キャシー・マロリー。ニューヨーク市警巡査部長。主にコンピュータ・ハッキングで発揮される天才的な頭脳と，張り込みや尾行ができないほどの鮮烈な美貌の持ち主。盗みと逃走に明け暮れ，孤独を友とした幼年時代ゆえに心に深い傷を持ち，感情を他人に見せることはない。彼女には善も悪もない。あるのは目的の遂行だけ。里親である刑事マーコヴィッツが捜査中に殺され，勝手に捜査を引き継いだ彼女は，裕福な老婦人ばかりを狙う連続殺人鬼を追いはじめる。怪しい霊媒，大魔術師の未亡人，自閉的なチェスの天才児……奇矯な人物の絡み合いに隠された真実は？　ミステリ史上最もクールなヒロインの活躍を描くシリーズ第１弾！

登場人物

キャシー・マロリー……………ニューヨーク市警巡査部長
ルイ・マーコヴィッツ…………重大犯罪課警視。マロリーの里親
ヘレン・マーコヴィッツ………ルイの妻
チャールズ・バトラー…………マロリーの友人。コンサルティング会社の経営者
ライカー…………………………巡査部長。マロリーの相棒
ジャック・コフィー……………警部補
ハリー・ブレイクリー…………刑事局長
ビール……………………………市警長官

アン・キャサリー………………第一の犠牲者
エステル・ゲイナー……………第二の犠牲者
パール・ホイットマン…………第三の犠牲者
サマンサ・サイドン……………第四の犠牲者
ヘンリー・キャサリー…………アンの孫
ジョナサン・ゲイナー…………エステルの甥。社会学教授
マーゴ・サイドン………………サマンサのまた従妹。ヘンリーの友人
レッドウィング…………………霊媒

ヘンリエッタ・ラムシャラン……精神分析医
マーティン・テラー……アーティスト
ハーバート・マンドレル……神経症の男
シャノン・オルテガ……チャールズの掃除婦

（以上、チャールズ所有のアパートメントの住人）

エドワード・スロープ……検視局長
デイヴィッド・カプラン……ラビ
ロビン・ダフィー……弁護士

（以上、ルイ・マーコヴィッツの旧友）

イーディス・キャンドル……霊能金融アドバイザー
マックス・キャンドル……イーディスの夫。魔術師。チャールズの従兄

氷の天使

キャロル・オコンネル
務台夏子訳

創元推理文庫

MALLORY'S ORACLE

by

Carol O'Connell

First published in English by Hutchinson
This book is published in Japan
by TOKYO SOGENSHA Co., Ltd.
Japanese translation rights
arranged with Hutchinson, Random House UK Limited, London
through Tuttle-Mori Agency, Inc., Tokyo

氷の天使

ポール・シドニーに、感謝をこめて

プロローグ

女に呼ばれ、犬はやって来た。ゆっくりと、毛皮のなかで身を震わせながら、ドーベルマンのほっそりした脚で軽やかに優雅に歩いてくる。アパートの部屋をつぎつぎ通り抜け、外の通路に向かって開かれたドアの前を素通りし、女の声にたぐり寄せられていく。犬はリノリウムを爪でカタカタ鳴らしながら、キッチンに入っていき、そこで女主人を見つけた。全身の筋肉がぎゅっと引き締まる。犬阪の気をつけだ。

犬の目は、すべすべの黒い顔に穿《うが》たれた、やわらかな茶色い傷。そして黒っぽい毛皮の下の皮膚には、本物の傷もある。犬は、若さと鋭い反射神経のおかげで、何度も命拾いをしてきたのだ。だがその彼ももう子犬ではない。

女は椅子にすわっている。ふたたび動きだすまでにまだしばらく間がありそうだ。この状態になったときの女の匂いには、何かがある。その目がカッと見開かれ、宙を見据える前であっても。

哀れっぽい小さな泣き声が、犬の喉の奥から漏れ出てくる。彼は椅子の前を行きつもどりつした。いまのご主人には何も見えない。自分の恐怖の声を聞くこともできないのだ。

時間は？　意識がもどるまで、あとどれくらいかかるんだ？　トランス状態の女の目がひっくり返っていく。もうじきだ。犬は吠えた。反応はない。女は瞬きひとつせず、身じろぎもしない。犬は椅子のまわりをぐるぐる回った。恐怖の声が、人間めいた泣き声へと高まっていく。犬は鼻面で女の手を押してみた。反応はない。手はだらりと膝の上に落ちた。

犬は鳴き声をあげた。

もうじきだ。

犬の理性は壊れかけていた。痛みによって教えこまれた規律が、くずれ去っていく。彼は儀式の決まりを破ろうとしていた。怯えた目を女に据えたまま、じりじりあとじさって部屋から逃げ出そうと。完全にキッチンを出ると、彼は身を翻して隣の部屋へ飛びこみ、カーペットの床を全速力で横切り、開いたドアから外へ出、長い廊下を走っていった。詩に謳われる美しい獣の動きそのままに、四つの足を軽く地に触れながら、筋肉を伸ばしては縮め、決意に目を光らせて。そしていま、跳躍し、舞い上がり、飛翔し、五階の窓のガラスを破って飛び出していく。

犬の心臓は、恐怖と、翼なしで飛ぶ緊張によって破れた。舗道に激突して骨が砕ける前に、彼はすでに死んでいた。

第一章

少年の茶色の髪は、だらりと垂れて、一方の目を覆っていた。もう一方の目はぎらぎら輝き、着ているTシャツは、腋の下が灰色と黄色の汗染みで薄汚れ、悪臭を放っている。彼が店内を横切り、質屋の檻に近づいていくと、色褪せすり切れたジーンズから骨っぽい膝頭がのぞいた。網とガラスに守られた檻のなかの老人は、ただひたすら、心の痛みが目からあふれ出るのを恐れ、少年が持ちこんだ品をもう一度見直す間も、ずっと目を伏せていた。

警察署はここからほんの数分だ。もうどれくらい経ったろう？　キャシーはどこにいるのだろう？　本当に彼女に電話してよかったのだろうか？　頬をぬぐう老人の手が震える。この少年は、自分の涙と震えをどう取るだろう？

「何もたついてんだよ、爺さん」少年が言う。「金《きん》は金《きん》だぜ」

ところが、そうではないのだ。

この懐中時計には、ルイ・マーコヴィッツの祖父の名前が入っている。そして、ずっしり重い金の指輪の内側に刻まれたイニシャルは、この品がヘレンがルイに贈った結婚指輪である証《あかし》なのだ。老人は、ふたりの結婚式に出席した。そして二十年後、ヘレンが死んだときは、ルイとキャシーとともに、その埋葬にも立ち会った。この時計と指輪はルイにとって金《きん》以上のものだ。生きているかぎり、あの男がこれを手放すわけはない。

少年は、しばらく檻のそばにたたずんでいたが、やがて部屋の向こうへ飛んでいき、ふわりとジャンプして振り返った。その体はひどく細く、針金でできているようだった。躁病的エネルギーが全身を駆けめぐり、乏しい肉からは汗が吹き出し、舞い上がった脳味噌からは熱気が立ちのぼっている。彼はひたすら、金《かね》を求めていた。血管を魔法で満たし、飛び立つための金を。

店の窓をコツコツたたく音がした。キャシー・マロリーの到着だ。老人が電子ロックを解錠すると、彼女はゆっくり入ってきた。ブルージーンズの長い脚で、音もなく。Tシャツの上にまとった黒いブレザーには、銃が隠されている。老人の彼女に対する賞賛は、根拠なきものではない。彼女には、確かに、類希《たぐい》なる資質がある。その目は、黄金の光輪に囲まれ、象牙の肌に埋めこまれた、冷たいグリーンの宝石だ。

老人の瞬きがシャッターを切る。マロリーは少年に近づいていく。彼女は窓辺に差す一条の光のなかからふっと消え、部屋の向こうの少年のうしろにふたたび出現した。その口は開かれ、舌の先がほんの少し歯の間からのぞいている。老眼のせいだろうか、それとも、ただの幻想なのだろうか——彼女はその瞬間を楽しんでいるように見えた。両の手が鉤状に曲がり、上へと上がっていく。

少年がさっと振り返る。しかしそれより早く、マロリーがその腕をつかみ、うしろにねじあげた。壁にたたきつけられ、少年は苦痛の悲鳴をあげた。それは、恐怖の悲鳴でもあった。彼はさきほどまでより幼く見えた。子供部屋の押入れに巣くうお化けの爪に捉えられた、怯えきった目の子供。こんなことありっこない——少年の目はそう言っていた。

その時計どこで手に入れたの？　マロリーがもう一度少年を壁にたたきつけ、そう訊いている。どこで？　声を荒らげもせず、彼女は繰り返した。しかしこの二度目のとき、彼女の手には、少年の頭から抜けた髪の毛が残っていた。

ジャック・コフィーは、連日の徹夜の疲れで朦朧としていた。疑問は堂々めぐりするばかりだ——なぜマーコヴィッツはひとりでこんなところへ来た？　なぜ？

どう考えてもわけがわからない。勤続三十年の切れ者刑事がそんなまねをするとは。母親のおっぱいでよだれかけがまだ濡れてるような、まったくの新米だって、そこまで馬鹿はやらない。もっと命を大事にするはずだ。

ジャック・コフィー警部補は、スーツの上着を脱いで、腕にかけていた。ピンストライプのシャツには汗がにじみ、ショルダーホルスターの当たる部分は特に濃い色に染まっている。褐色に日焼けした痩せたその顔の、顎の力は抜け、目は裂け目のように細く閉じられていた。

ああ、新米刑事と言えば——ちゃんと睡眠さえ取っていれば、こんな新米じみた姿をさらさずにすんだろうに。たったいま、彼は犯行現場からよろめき出てきて、胃袋の中身をすっかり歩道にぶちまけたのだ。今度は、膝ががくがくしだした。コフィーはさりげなく、人目を避けて、パトカーにもたれかかった。

通りは、他のパトカーや、それより地味な茶色っぽい市警の車輛数台でいっぱいになっている。死体運搬車は、扉を開いたまま、辛抱強く待機している。検視局の職員二名が夕バコをもみ消し、建物のなかへともどっていく。ジャック・コフィーのほうは、何があろうとあのなかへもどる気はしない——キャシー・マロリーの軽蔑を買うのでないかぎり。

サイレンの音が、じっとりした重苦しい空気を、女の悲鳴のように切り裂く。どこかの馬鹿が救急車を呼んだのだ。車はまっしぐらに疾走してきた。急いだところでルイ・マーコヴィッツが助かるわけでもないのに。あの男はもう二日も前から死んでいるのだから。

それにしても、なんていう死に場所だ。六階建てのビルの窓はどれも、ぎざぎざのガラスに囲われた暗い穴と化し、歩道のあちこちには、かつては美しかった正面装飾から欠け落ちたコンクリートの塊が転がっている。ここ数週間、この廃屋となったイースト・ヴィレッジの共同住宅は、ヤクの密売所として利用されていた。そのため、中毒者どもの捨てていった注射器が、歩道からドアまで点々と散らばっている。

パトカーの片側が沈んだ。もうひとり、もっと体重のある男がコフィーと並んでフェンダーに寄りかかったのだ。

「やあ、コフィー」刑事局長ハリー・ブレイクリー——髪はすっかり灰色になり、若き部下より四十ポンド分、スリムさに欠け、飲酒歴二十年分、美しさに欠けている男。アルコールはその白目を血走らせ、皮膚をどす黒くしている。

「局長」コフィーはうなずいた。「ライカーから話は聞きましたか？」

「わかってることは全部な。おんなじ変態の仕業なのか？　どう思う？」

「傷の特徴は同じです」

「ああ、神よ」ロワー・マンハッタンのこんなさびれた地区にいては、神の目に留まるはずもないのに。それでもブレイクリーは、ハンカチで顔をぬぐい、細めた目を、安アパートのくずれかけた外壁さえなければ天が見えるはずの方角へ向けた。「所見はもう聞いたのかね？」

「ええ。中途半端なもんですが。スロープがまだなのでね。鑑識によると、ふたりは四十時間から五十時間前に死んだようです。女の傷口にはビニールが残ってました」

「身元はわかったのか？」

「ミス・パール・ホイットマン。七十五歳。前のふたりと同じく、グラマシー・パークの住人です」

「なんだと。その女が何者か知ってるか？《ホイットマン化学》のパール・ホイットマンだ。かなり値打ちのある女だぞ」

まるで死体の融資限度額を見積もっているようだ。この局長はなかなかの政治家なのだ。

「おい、見ろよ」ブレイクリーは、テレビ局のロゴが入ったバンのほうに顎をしゃくっている。彼は制服警官の目を捉え、親指を下に向けた。警官はただちに、積み荷であるリポーターやカメラマンもろともそのバンを脇道に誘導し、犯行現場から遠ざけた。「変態と言やあ、あの連中、ジャッカル顔負けの速さで血の臭いを嗅ぎつけやがるな」

ジャック・コフィーは目を閉じた。しかし、そんなことをしても無駄だった。まぶたの内側に《ポスト》の見出しが浮かぶ――「透明人間、三人目を刺殺」。ライバルの新聞社は、「シルバー・レディ・キラー」という別名をつけているが、世間は最初の殺しのSF的側面により心を惹かれている。

最初の犠牲者アン・キャサリーは、白昼、グラマシー・パークのまんなかで殺された。公園を見おろす窓からも、公園のベンチからも、公園の外を行く通行人からも、丸見えの場所でである。にもかかわらず、目撃者はゼロだった。彼女の遺体は、人知れず茂みのなかに横たわり、無感動、無関心なニューヨーカーたちに無視されていた。そして翌日の早朝、ようやく、蝿の大群がひとりの住人の注意を惹いたのである。

第二の犠牲者エステル・ゲイナーもまた、同じ地区で発見された。だが、パール・ホイットマンは、地理的には二十ブロック下、経済的には何マイルも下に当たる、マンハッタンのリッチとは言えない地区で死に、これまでのパターンを打ち破ったのだ。もうひとつ、これまでのパターンと異なる点は、警官が――重大犯罪課のボスその人がともに犠牲となったことだ。

ハリー・ブレイクリーが安葉巻に火をつけた。コフィーは唇を嚙み、新たな吐き気を抑えつけ、こみあげてくるものを押し返そうとした。その目的は、ただ若干の威厳を保つことのみだ。胃袋は空っぽ、歩道にぶちまける昼飯などもう残ってはいないのである。

「ホシはどうやって被害者をここまで連れてきたんだ、コフィー？　どう思うね？」

「車を持ってるはずですよ」コフィーは言った。彼の頭脳は、目下、自動操縦で動いており、神経は内臓のみに集中していた。「おそらくグラマシー・パークのどこかの通りで被害者を拉致したんでしょう。金のある婆さんが、この近辺をうろつくわけはありませんから」

「なるほど」ブレイクリーは笑みを浮かべた。「ホシは自家用車を持っている。一歩前進だな。とすると、マーコヴィッツが死んだのも、まったく無駄じゃなかったわけだ」

この刑事局長に一発お見舞いしたらどうなるだろう、とコフィーは考えた。そう、残る一生、ただでビールにありつけるだろうが、恩給はふいになる。

「いまやおまえも重大犯罪課のボスだしな、コフィー。うまくやりゃあ、年内に警部に昇進だ。いい話じゃないか」

ああ、まったくだ。で、そのことをマロリーに話すのは、誰なんだ?

車体の長い黒のリムジンがゆっくり歩道に寄せられた。コフィーはそちらを見ていたが、注意を払っていたわけではなく、それが市警長官ビールの車だということにも気づいていなかった。

「マーコヴィッツめ」ブレイクリーが、コフィーに、そして、自分自身に言っている。「なんてドジなんだ。焼きが回ってたんだな」

コフィーの手が、スーツのくたびれた生地の奥で固い拳になった。では、長年、市警を輝かせてきたルイ・マーコヴィッツの功績は、まったく評価されないのか。マーコヴィッツは、この最後のミスによって記憶に留められるのだろう。ミスではなく、単にホシのほうが上手《うわて》だったというだけのことかもしれないのに。マーコヴィッツを出し抜けるほど利口な人間など、コフィーはこれまで見たことがない。もしも自分がそんな男と遭遇したら？　ブレイクリーは他の誰かと並んですわり、ジャック・コフィー警部補をその最後のミスによって記憶に留めるのだろうか？

「マロリーには誰か知らせたのか？」ブレイクリーは訊ねた。

「彼女、いま、鑑識の連中となかにいるんですよ」

「なんだと――」

「現場に真っ先に着いたのは、マロリーだったんです。彼女を遠ざけておくつもりだったんですか？」

「マーコヴィッツの遺体のある、あの建物のなかに彼女がいるって言うのか？」

「ええ、かなりカッカしてますよ」

もうひとり別な誰かがすぐ横に立ち、血の気のない骨張った手をフェンダーにかけるのを、コフィーはぼんやり意識していた。身を寄せてきたその男に、耳もとでわめかれ、彼は縮みあがった。「マロリー巡査部長がなかにいるだと？」

ビールのやつ、このフェレット並みの短足で、どこから出てきやがったんだ？

ショックでやや鈍麻した状態のまま、ジャック・コフィーは振り返り、その小男のうるんだ灰色の目を見おろした。市警長官め、チビのくせに声だけは馬鹿でかい。

ドクター・エドワード・スロープは、ついさきほどまで、都心を離れたウェストチェスターの自宅のプールサイドで、バーベキューをやっていた。事実、彼は、妻の身内や隣人たちの輪を抜け出し、叫びたてる子供たちから逃れ、飛び交うフリスビーを身を沈めてかわし、煙を上げるハンバーガーやフランクフルトにも目をつぶり、着替えもせずに、ただ鞄だけをひっつかんでやって来たのだ。出際にくどくどあやまってはおいたものの、私道からバックで車を出しながら最後に見たとき、竜巻のただなかに残された妻は、長く鋭い焼き串を握りしめ、声には出さず「殺してやる」と口を動かしていた。

通常、ニューヨーク市検視局長としての往診の際、ドクター・スロープが身に着けているのはもっと地味なスーツであって、流血の場と競い合うようなハワイ風のけばけばしい衣裳ではない。計らずもさらに無礼を働いているのは、シャツに描かれたエキゾチックな花々だ。そのせいで、死んだ女の青い高級ドレスは色褪せ、死んだ男の茶のスーツはいかにも味気なく見える。

そして、ドクター・スロープが通常扱うのは見知らぬ他人であって、生涯の半分にわたりつきあってきた男ではない。車から、制服警官たちにガードされたドアまで、彼は足早に歩いてきた。追いついてきて、なかにルイがいることを彼に教える暇など、誰にもなかった。ドクター・スロープは、何も知らずにこの部屋に入り、遺体となった旧友といきなり対面したのである。彼はむきだしの煉瓦の壁にぐったりもたれた。投光照明の強い光がその顔の皺を深め、彼を六十から七十へと一気に老けこませた。

何だろう、この違和感は？　彼は自問した。もちろん、すべてが狂っているのだ。ルイは鑑識の連中やカメラマンを指揮し、自分から所見を、最高の推理を引き出そうとしているはずだ。やつ自身が死体になってるなんてことは、金輪際ありえない。

それになぜ、キャシー・マロリーがここにいる？　あの子は署でコンピュータに向かっているはずじゃないか。なのにどうして、こんなところで乾いた血と埃のなかに膝をついている？　なぜ、蠅どもを巻き毛に光らせ、手や顔に這いまわらせているんだ？

カメラマンと鑑識の連中は、ドアのあたりで、マロリーのゴーサインを待っている。彼女は床にひざまずき、遺体となった父親の太い左の薬指に金の結婚指輪をはめていた。

ドクター・スロープは、手錠をかけられた少年のほうに目を向けた。あんな子供なら、あれほどでかい警官でなくてもつかまえておけるだろうに。あの様子では、ふたつの死体のどっちとかけっこしても勝てそうにない。少年は頭から血を流しているし、顔の片側は腫れあがっている。スロープは一瞬、気分転換に、生きている患者を診てみようかと思い、すぐさま思い直した。このジャンキーなら、遠からず、いつもの形で診ることになりそうだ。骸骨みたいに痩せているから、明日死んだっておかしくない。あの傷はキャシーの作品だろうか？　少年が彼女の奴隷であることは明らかだ。彼は、その視線によって、彼女につながれている。

マロリーは少年を見あげた。「この死体、動かしたんじゃない？」

出血の様子から見て、このふたりは知り合ってまだせいぜい三十分というところだろう。どうやら彼女は、短期間のうちにかなりよく少年をしこんだようだ。彼は飢えた実験用ラット並みにすばやく反応した。

「はい、刑事さん。あおむけにひっくり返しました」

「もとの形になったら、そう言って」マロリーはそう命じて、ルイ・マーコヴィッツの重たい体をうつぶせに転がした。

キャシーはこれまで殺人現場に入ったことがあるのだろうか？　スロープにはそうは思えなかった。警察に入った当初から、あの子は、生者であれ死者であれ、人間よりも市警のコンピュータを扱うほうが得意だった。そう考えたとき、記憶の不思議ないたずらにより、スロープの頭にふとある思い出がよみがえった。キャシーの子供時代、よく晴れた春の日に、ルイが彼女に野球の基本ルールを教えようとしていたときのことが。

少し気を取り直して、ドクター・スロープはルイの遺体のところへ行き、マロリーの隣にしゃがみこんだ。彼は、遺体の顔の黒ずんだ斑点を指差した。「鬱血している箇所を合わせるんだ。そこのところを床につけるんだよ」

マロリーはうなずいてかがみこみ、遺体の白い顔に顔を近づけた。八月の熱気のせいで生きているように温かい死んだ肉塊を、二本の手が動かしていく。作業が終わり、マロリーが顔を上げると、少年はうなずいた。

スロープは、ショックの色はないかとマロリーの美しい顔をさぐり、その平静さにとまどった。彼女はきわめて事務的に、今度は白い左手の黒ずんだ鬱血部を床に合わせ、ふたたび少年を振り返った。少年はまたうなずいた。マロリーは、これでよしと立ちあがると、今度は部屋の反対側へ行って、老女の遺体を見おろした。

女の喉には、第二の口とも言うべき傷ができていた。血まみれのドレスの前面は、ブラジャーもろとも切り裂かれている。乳房の一方はしぼんであばらの上に垂れ、ナイフで切り開かれたもう一方には、蠅がびっしりたかっている。ブンブンという羽音は轟くようだ。ドクター・スロープの目には、この黒い虫の大群が、餌をむさぼる一個の器官に見えた。遺体の老いた顔は、まさに恐怖の見本。そして蠅どもが、その顔と喉のふたつの口をさかんに出入りしている。

マロリーは、単なる物を眺めるように老女を眺め、それから少年を振り返った。

「こっちはどうなの」彼女は言った。

「いや」少年は答えた。「婆さんのほうは、おれが来たときのまんまです」

「他に言うことはない？　どこかに触ったり、何か動かしたりしなかった？」

「いえ。男のほうのポケットあさって、すぐ逃げたんで。財布はそこんとこに捨てました」彼は、煉瓦やゴミが乱雑に積みあげられている部屋の片隅を指差した。財布は、破れた緑のゴミ袋の上に載っていた。

スロープは鑑識の男の目を捉えてゴミ袋に顎をしゃくると、手帳に二、三、メモを取った。

「ちょっと！」マロリーが鑑識の男を呼び寄せた。「この子の指紋は取ったの？」

男は、一本一本の指の指紋がインクのしみとなって四角のなかに収まっている紙片を持ちあげてみせた。

マロリーは、手錠の少年の骨と皮ばかりの腕を捕えている制服警官のマーティンに目をやった。

「そいつはもういい。放してやって」

スロープは検視を中断して、マーティンの若い顔を見守った。彼は過ちを犯そうとしていた。

「こいつは死体を荒らしたんだぜ、マロリー」マーティンは言った。「しかも、マーコヴィッツの亡骸《なきがら》をな。なのに逃がしてやるってのか？」

「約束は約束よ。さあ、放してやって」低く単調な彼女の声は、凶暴性を水面下に秘め、こう言っていた――「わたしを甘く見ないで」マーティンに近づくにつれ、彼女は強く大きくなっていく。不安を誘う幻想。本人もその威力に気づいているのだろうか？　そう、おそらくは気づいている。

マーティンは大あわてで手錠の鍵を取り出した。うつむいたその顔がぐんぐん赤らんでいく。彼は必死になって手錠を外した。一瞬後、ジャンキーは消えていた。

利口だな、キャシー。つまらん裁判に手間暇かけることはない。

たぶん彼女は、弁護士を呼ぶという少年の憲法上の権利についても、あまり手間暇かけなかったのだろう。少年の黙秘権については一顧だにしなかったにちがいない。

彼女はカメラマンに向き直っていた。「オーケー、これでもとどおりよ。撮って」

フラッシュの光が、第二の遺体へと向かうスロープの視野にいくつもの斑点を残す。彼は女の遺体の両手にビニール袋をかけると、マロリーを見あげた。「鑑識が消えたら、すぐ仕事にかかるよ」

「この人も、前のふたりと同じパターン？」

「ああ」

「マーコヴィッツを先に調べて」マロリーは言った。「女のほうからは、新しいことは何も出ないと思うから」

「わかった」

「いまの段階でわかってることは？　死後どれくらいなの？」

やはり父娘だ。ふたりの間に血のつながりはない。それでもキャシーにはルイに似たところがたくさんある。

「二日前後だね。この暑さと腐敗じゃ死亡時刻を五、六時間内に特定するのは無理だよ。だが、死亡の前後に数時間、日照時間があったのは確かだ。この点も前と同じだな」

「マーコヴィッツは死ぬまでにどれくらいかかったの？」

「出血量から見て、三十分から一時間だろう。あの深手では手当てを受けなければどのみち死んでいたろうが、直接の死因は心臓発作だよ」マーコヴィッツは何度か軽い発作を起こしたことがあった。今度のは、鈍行列車の事故並みの威力があったにちがいない。

「じゃあ、マーコヴィッツは死ぬのを自覚してたわけね」

「ああ」そしてそれは、彼女にとってつらいことなのだ。ゆっくり曇っていくこの目を見ればわかる。そう、ルイ・マーコヴィッツは、最期の時を苦痛と恐怖のなかで迎えた。

人生ってのは、ひどいもんだよな、キャシー？

「犯人は、彼のほうはさっさと始末している」スロープは言った。「やつが興味を持っていたのは、主に女のほうだ。マーコヴィッツの両腕には防御創がある。最初に血の飛び散った位置からすると、彼は犯人と女の間に割って入ったらしい」彼女の目の焦点がほんの少しぼやけ、スロープは初めてそこに軽いショックの色を認めた。

「何かわたしで力になれることはないかね、キャシー？」

彼の第一のミスは、勤務中の彼女をファーストネームで呼んだこと、そして第二のミスは、おこがましくも親切心など起こしたことだ。安アパートの混み合った部屋じゅうから、いっせいに軽蔑のまなざしが返ってきた。ドジなやつ――制服警官、鑑識員、カメラマンの氷のような沈黙は、そう言っていた。「この死体はもういいの？」マロリーは、集中力を取りもどして、訊ねた。

スロープはうなずいた。このうえなく冷ややかに、事務的に。

「オーケー」彼女は、検視局長の部下たちに向かった。「死体袋に入れて、運び出して」つづいて彼女は、向こう端の老女の遺体に目をやった。「で、あっちは？　どれくらいで死んでる？」

「ほんの数分だ」

「あっちも運んで」

マロリーのつぎの命令により、余計な人員はすべて排除された。そしてそのなかには、故人の旧友も含まれていた。ドクター・スロープは、部下たちの先に立ってその場をあとにした。

建物から太陽の下に出ていくまでの道のりは、入ってきたときよりも長く感じられた。

キャスリーン・マロリー巡査部長は、室内にひとつだけあった椅子にすわっていた。鑑識班はよつんばいになって這いまわり、繊維、毛髪といった微細な証拠をさがしている。マロリーは血痕を目で追った。マーコヴィッツはあそこで倒れたのだ。あのドアのそばで。

なぜ死んだの、マーコヴィッツ？

それから彼は起きあがり、あの血で汚れた壁ぞいに体を引きずっていった。

見ざる聞かざるの人間ばかりのこの地区で、助けを求めて叫んでみた？

そしてあの窓のそば、血が遺体のまわりに広がっていたあの場所で、彼はくずおれ、死んだのだ。しかし、すぐにではない。彼には考える時間があった。

その間、何をしていたの？　あとには何を残したの？……それとも、何も残さなかった？

マロリーは目を上げた。ビニール製の黒い死体袋に入れられて、彼が運ばれていく。

彼女の膝の上には、小さな手帳が開かれていた。マロリーはマーコヴィッツの車に関するメモをさっと斜線で消した。車は盗まれたにちがいない。彼女がマーコヴィッツをさがしていたこの二日の間、押収車輛の駐車場に彼の車は届いていない。あれはいまごろ、塗り替えられて、ジャージーあたりに行っているのだろう。

なぜひとりでここに入ったの？

「防御創」マロリーは新しいページにそう書いた。マーコヴィッツは、ホシを尾行し、応援もないまま犯行現場に入ってきた。なぜ？「女の命が危なかったから」彼女は、読みやすい几帳面な字でそう書いた。マーコヴィッツは徒歩だったと見ていい——車の無線機があったなら、応援を呼んだろう。一歩前進。つまりホシも徒歩だったということだ。

彼女のペンがふたたび手帳の上を走る。「車での拉致ではない」それだけは確かだ。ホシは、グラマシー・パークからかなり離れたところで、老婦人と会う約束をした——この点は、前の二件の殺しとちがっている。今回の犠牲者のことは、タクシー運転手の業務日誌に残っているはずだ。金持ちの老婦人は地下鉄やバスは使わない。それに、見知らぬ人間に会いにひとりでここまで来るはずもない。被害者は犯人と面識があったのだ。

マーコヴィッツは、公園での殺しの手口を解明していたと見ていい。さすが切れ者。でもそんなに切れるなら、どうして誰かに話しておかなかったのか？　それに、いつからあのランクの刑事が、尾行をやるようになったのだろう？

鑑識員のひとりがマロリーに目を向け、あわてて視線を泳がせた。

涙を見ようとでも言うの？　隠しきれない本心を？　見せるものか。それに特別休暇だって取る気はない。でも市警長官のビールは石頭だ。あいつに取れと命じられたら？　そのときはどうする？

老女の遺体の放っていたひどい悪臭は、まだ消えない。パール・ホイットマンは、マーコヴィッツほどきれいに殺されてはいなかった。虐殺者は彼女のはらわたまで傷つけていたのだ。餌がなくなったため、蝿の軍団は徐々に縮小され、数匹のうるさい銃撃手を残すばかりとなった。窓はどれも割れていて、彼らを閉じこめる囲いはない。蠅どもは、か細い羽音とともにマロリーの耳もとをかすめていく。ブンブンと、黒く、血に肥えて。そして彼らはいなくなった。あたりはしんとしている。聞こえるのは、足もとで鑑識員が動かしているブラシの音だけ。彼は、埃と乾いた血のなかに、さまざまな兆《しるし》をさがしている。

「すみませんね、こんな遅くにお呼び立てして」

「いいや、助かったよ、ルガーさん」

眠たげなラビと夜警は、どちらも五十代で、どちらも禿げていた。しかし共通点はそこまでだ。夜警は、動作のすべてが自信なげで、ビヤ樽に楊枝の脚といった体型。ラビのほうは背が高く、体つきもスリムでゆったりとかまえている。眠りを奪われ、半眼になったその顔は、猫のように穏やかだ。

夜警はぐいと頭をそり返らせて、長身の相手を見あげた。「まあ、とにかく見てくださいよ。まるでちっちゃな子供なんですから。ただじっとすわりこんでるんですよ、この寒いなかに。ほら、ここは冷やしとかないと、ね？」

「もちろんだとも」

「こりゃふつうじゃないですよ。ここに勤めだしてかれこれ二年になりますがね、死体置き場でお通夜をやりたがった人間なんぞ、ひとりもいやしないんですから。どう考えてもふつうじゃない。誰に連絡したものかわからなくてね。そしたら、葬儀に呼ぶ人のリストに、ラビのお名前が載ってるじゃありませんか。で、この家族をご存じなんだろうと思いましてね。そうなんでしょう?」

「ああ、知ってるよ」

夜警は先に立ってドアの前まで歩いていき、四角い窓を指差した。

「ね、まるでちっちゃな子供でしょう?」夜警はゆっくりと悲しげに首を振りながら、扉を解錠し、うしろに退《さ》がった。「それじゃわたしは、見回りがありますんで」

「わざわざありがとう、ルガーさん。本当に親切な人だね」

夜警はにっこりして、慣れないお世辞の重みに首をすくめた。彼は薄暗い廊下を歩み去っていった。ぎくしゃくと、まるでその体が夜間だけの借り物で、乗りこなすコツがまだつかめていないかのように。

ラビはスウィングドアを押し開けて、味気ない緑に塗られた、ひんやりした明るい部屋に入っていった。彼女は、ロッカーの壁のすぐそばで、金属製の折りたたみ式の椅子にすわっていた。各ロッカーには、一体ずつ遺体が収められている。そして、キャシー・マロリーにとって、そのうちの一体はとても大切なものなのだ。彼女は上着の襟を立てて、寒さに耐えていた。手は、組んだ腕の内側にたくしこまれている。誰も抱いてくれる人がいないので、自分で自分を抱きしめている——その姿はそんなふうに見えた。

マロリーは二十五歳だ。ラビもそれは知っていた。けれども彼女は、ルイの財布にいつも入っていた、挑戦的にこちらを見つめる、あの古い写真の子供でもあるのだ。ラビが初めて彼女を見たのは十四年前。彼女はヘレンのあとから——ぴったりヘレンにくっついて——マーコヴィッツ家の居間に入ってきた。この子はあの日からほとんど変わっていない。もちろん背だけは高くなったが。

「こんなところで何をしているんだね、キャシー？　ルガーさんが心配なさっていたよ」

「誰かがお通夜をしなきゃ。誰か身内が」

「いいや、キャシー、その必要はないんだよ。ルイは正統派のユダヤ教徒じゃなかったからね。彼が信仰していたのは、木曜の夜のポーカーだけだった。しかも、この間の木曜は、それさえすっぽかしたんだよ」

ラビは膝を曲げ、魔法のように徐々に体を折りたたんで小さくなり、しゃがみこんだ。子供と話すときは目の高さを合わせるのが、彼のモットーなのだ。

「あの男はとても正統派とは言いがたかった。ある晩など、こっそりクリスマス・ツリーを買っていたくらいだからね。あれは確か、きみがルイとヘレンに引き取られた年だったな。ルイは、ハヌカー祭（ユダヤ暦キスレブの月（十一～十二月）の二十五日から八日間行われるユダヤ教徒の祭り）に飾る木だと言ってごまかそうとしたものだよ」

「マーコヴィッツを叱った？」

「もちろん叱ったさ。家までツリーを運ぶのを手伝いながらね。容赦なくやっつけてやった」

「あのツリー、十二フィートもあったのよ。よく覚えてるわ。天井まで届いてた」

「考えてもごらん。クリスマス・ツリーを飾ったり、小さな異教徒を育てたりする正当派ユダヤ教徒がこの世にいるかな？　やっぱり彼には、お通夜など要らないんだよ」

「でもヘレンは喜ぶと思う」

「こいつは参った」ラビは肩をすくめて、ほほえんだ。「そう、ヘレンは喜ぶだろうね。それにルイも喜ぶ」

マロリーは自分の手に視線を落とした。

「泣いたっていいんだよ、キャシー」

「残念でした、ラビ」

ラビ・デイヴィッド・カプランは立ちあがったが、そのさまはまるで身長がぐんぐん伸びていくようだった。彼は後方の壁に向かって歩いていった。ドアの近くには、折りたたみ式の椅子があと三脚置いてある。ラビはそのひとつをロッカーの壁の前に持ってくると、じっくり時間をかけて椅子を広げ、そこに腰を落ち着けた。

「わたしも残るとしよう」彼は言った。

「何のために？」

「ヘレンが喜ぶだろうからね」

「ひとりで大丈夫よ」

「こっちもだよ、キャシー。こっちも大丈夫だ。わたしがいつからきみを知っていると思う？　きみがまだ小さな子供だった時分からだよ」

「わたし、小さな子供だったことなんかないわよ。マーコヴィッツがそう言っていた」

「じゃあ、きみの背がまだ低かった時分からだ。わたしは、そんな大昔からきみを知っているんだ。必要なときは、たよってくれていいんだよ」

「わたし、ユダヤ教徒じゃないけど」

「知っているさ。だが、ヘレンはずいぶんきみに投資していたからね。わたしには、あの人の投資を守る責任があるんだ。それが無駄にならないようにね」ラビは蛍光灯を見あげた。「きょうは木曜だ。もう二度とルイとポーカーができないと知ったときは、涙が出たよ」

「わたしは泣かなかった」

「そうだろうね。ルイがよく言っていたよ――きみの背がまだとても低かったころだが――あの子には信条がある、あの子の考えによれば、涙はカモどもが流すものなんだ、とね。わたしはカモだよ、キャシー。何でも巻きあげたらいい。ときどき昼食をせびってもいいし、助言を求めてもいい。ルイにひどく腹が立っているかい？」

この言葉は、彼女の注意を惹いた。そうなのだ。彼女はひどく腹を立てている。

「マーコヴィッツは優秀な刑事だった」彼女は言った。「刑事が殺されるのは、不注意が原因よ。どうして注意しなかったのよ？」

「きみの気持ちも考えないで、かい？　ルイはよく心配していたよ。きみが重大犯罪課で働いているから。おや、気づいてなかったかな？　そうか、きみは犯罪者とかかわるよりコンピュータをいじっている時間のほうが長かったからね。ルイは、そんなきみをとても自慢にしていたよ。あの子はすごく利口なんだ、と言ってね。だが、ルイ自身が相手にしていたのは、きわめて危険な連中だったんだ。彼は常にリスクをわきまえていたよ。いつかこんな形で終わりが来ることはわかっていたと思う」

「わたし、マーコヴィッツをこんな目に遭わせたクズ野郎を追うつもりよ」

「きみの専門はコンピュータだろう、キャシー。現場仕事じゃないはずだよ。それは他の人たちに任せておきなさい。ルイはきみの安全だけを願っていた。せめてその願いだけはかなえてやりなさい。彼はきみが事件にかかわることなど望んではいないよ。手を引くと約束なさい。その約束をルイへの餞《はなむけ》にするんだ」

マロリーは、いよいよ本題、とばかりに、椅子に深くもたれ、腕組みをした。「じゃあ、マーコヴィッツは事件のことをすっかりラビに話してたのね。なるほど」

「ふたりで話はしたよ。それがどうした?」マロリーの顔にゆっくり笑みが広がるのを見て、ラビは不安を覚えた。ルイはこれをハルマゲドンの笑いと呼んでいた。「彼にとってわたしは単なるラビではなかったからね。わたしは彼の旧友だったんだ」

「で、今度はわたしの力になりたいわけね?　じゃあ力になって、ラビ。何もかも話すか、こっちの質問に答えるかよ」

上着の薄い生地のなかへ冷たい空気がしみこんでくる。マロリーの目が細くなっていく——面倒の兆候がまたひとつ。この美しい顔にガンファイターの目。なんと奇妙な取り合わせなのだろう。

「マーコヴィッツは、グラマシー・パークの殺しについて、何て言ってたの?」

「きみを面倒に引っ張りこんだら、ルイが生き返って、わたしの舌を切り取りにくる」

マロリーがいきなり身を乗り出してきた。まったく反射的に、ラビは身を退《ひ》き、心を退いた。彼女は椅子から立ちあがり、彼を上から見おろした。自分のほうが背が高いという事実を、ラビは忘れた。

「いいでしょう。それじゃわたしは身ひとつで飛びこんでいく。自分を守るものは一切持たず、ラビが約束したはずの助言も一切受けず——」

「わかったわかった……ルイじゃないが、約束は約束だ。だが彼は、具体的なことは何も教えてくれなかったんだよ。彼は謎めいた物言いをする男だったからね。ラビにでもなればよかったのさ。鍵は偽物であると同時に本物でもあり、事件は複雑であると同時に単純でもある——そう彼は言っていた。これで参考になるかな、キャシー?」

「何か隠しているでしょう」マロリーはふたたび腰を下ろし、ラビの顔に顔を近づけた。「マーコヴィッツには犯人がわかっていた、そうじゃない?」

「わたしには教えなかった」

「でもわかってはいた」

「彼の話だと、そいつを、そのケダモノをつかまえるには、現行犯逮捕しかないそうだ。それに彼は、この犯人は非常に利口だ、自分より頭が切れる、とも言っていた。きみより切れるかもしれない、とね」

「なぜマーコヴィッツは、そういうことをわたしでなくラビに話したのかしら?」

「それが親ってものだろう。やがては子離れしていくんだよ。そして、何でも知ってる気になり、助言など必要ないと思い、子供には絶対電話をしないんだ。受話器を手にしたら、腕が折れるとでも言わんばかりにね。親は、子供から、いちばんいい時期、いちばん可愛い時期をもらっている。これが、そのことに対するお返しなんだ。親はこの世の狂気を一手に引き受け、我が子はそこから遠ざけておくんだよ」

「他にも疑問があるの。教えて、ラビ。なぜマーコヴィッツは自分で尾行なんかしたの？　なぜ部下の刑事や制服警官を送りこまなかったの？」

「彼は犯人を恐れていた。こいつはただの人間じゃない、心の闇から生まれた怪物だ、と言っていたよ。自分のところの可愛い若者たちを送りこめるわけはないだろう？」

「納得できないわね、ラビ」

マロリーが首を振ると、その影が死体置き場のロッカーのきらめく金属の上で伸びて、醜くゆがんだ。ラビは目をそらした。

「ルイが大のダンス好きだったのを知っているかい？」

「はぐらかさないで」

「まあ、待ちなさい、キャシー。ルイはダンスが大好きだった。ところが、彼の家族には、ダンス好きのユダヤ人はいなかったんだよ。みんなとても保守的で、とても信心深かったが、愉快な一家とはいかなくてね。想像がつくだろう？　で、ルイはこっそり家を抜け出しては、アイルランド系の若者たちといっしょに踊りにいっていたんだ。ある夜、わたしたちふたりがまだ若かったころ——いまとはまったくの別人で、ほとんど新品だったころ——ルイはわたしをナイトクラブに連れていってくれたんだ。あのときのことは、初めての子が生まれた夜と同じくらい、いい思い出になっている。

「彼の踊りは実にみごとだったよ、キャシー。他の連中は、ルイとそのパートナーのまわりに輪を作った。みんな手をたたき、はやし立てていた。誰も彼もがふたりを見ていたよ。わたしたちは足を踏み鳴らし、まるで鼓動する一匹の巨大な生き物のように揺れていた。建物もそのせいでぐらついていたくらいだ。バンドは演奏しまくり、テンポはどんどん上がっていった。やがて音楽がやむと、二百の口を持つその生き物は、恐ろしい、歓喜に満ちた苦悶の叫びをあげたものだ……

「わたしたちは、日が昇りだしたころ、地下鉄でブルックリンへ帰った。わたしは泣いていた。ルイは不思議がっていたよ。大いに楽しんだはずなのに、とね」

マロリーは、もはやラビを締め出そうとはせず、彼の話にじっと耳を傾け、物語の終わりを待っていた。

「ルイは昔から太めだった。だが、あの身のこなしの優雅さには、女性だってかなわなかった。それにステップも軽やかでね。何より記憶に残っているのは、あの軽やかさだよ。ガリガリに痩せた男以上に足音が静かなんだ。生まれながらのダンサーだね。天分があったんだよ。そして人によっては、彼を生まれながらの刑事だと言う。犯罪者の背後からこっそり忍び寄り、あの頭脳と、あの——」

「なるほど。彼ほど繊細でない刑事なら、音を立てすぎたろうってわけね」

「しかしルイは、ほとんど音を立てなかった。それでも殺されたんだよ。お願いだ、キャシー、その異常者を追うのは他の人に任せなさい」

「わたし、犯人が誰かわかったような気がする……」

「では課にそう報告するんだ、キャシー。あとのことは他の連中にやらせるんだよ」

「マーコヴィッツはそのクズ野郎をとても利口だと思っていた。でもそいつは、今回は大きなミスを犯したのよ」

「これからどうするつもりだね、キャシー？」

「定石どおりにやる。マーコヴィッツが喜ぶでしょう。これがわたしからの餞《はなむけ》」

ラビ・カプランは、これまで経験したことのないほどの寒さを覚え、しっかりと上着を体にかき寄せた。

第二章

彼の体格は堂々たるものだ。そして濃いグレイのオーダーメードのスーツも、非の打ちどころがない。けれども、豊かな茶色の髪は、床屋の予約を三度もすっぽかした結果、ぼうぼうになっているうえ、コミカルなその顔立ちは、きょうという日にはいかにもそぐわない。いま彼は、行列に加わり、芝生の上をゆっくり進んでいる。胸は悲しみでいっぱいだ。そして悲しめば悲しむほど、その顔つきはコミカルになる。飛び出した目は、白目の部分がむやみに大きく、青い目玉が小さくて、いささか呆《ほう》けた印象を与える。鼻は馬鹿に大きく、ニューヨークの街の鳩が羽を休められそうなほどだ。雨粒が、多くの追悼者のなかで彼だけに目を留め、その顔に落ちてきて本物の涙をかき乱すと、彼は悲しみのカリカチュアと化した。身長六フィート四インチのチャールズ・バトラーは、他の人々よりも頭ひとつ分高くそびえている。身を隠すすべはない。ほら、そこだ。葬式のピエロがいるぞ。

彼のすぐ前を行くマロリーは、ひとりで歩いているも同然だった。同じ使命を帯びた、悲しみにくれる人々に交じっていながら、偶然まぎれこんだよそ者にしか見えない。庇護するようにその肩を抱く者はなく、支えとなるべく腕を取る者もない。しかしチャールズは、別に不思議とも思わなかった。

彼は足を速めた。追いついて横に並ぶと、マロリーは彼の顔を見あげた。詩人の言葉とはちがい、彼女の目は心の窓ではなかった。冷ややかなグリーンのその目は、何の想いも漏らしてはいない。チャールズは彼女の肩に腕を回した。隣を歩いていたふたりの制服警官が、彼がそんな危険を冒したことに、また、マロリーが彼の腕を振り払わなかったことに、あからさまな驚きを表した。

プライベートな会話では常にキャスリーン、ニューヨーク市警という公的な場ではマロリー――その彼女を、ルイ・マーコヴィッツの葬儀の席では何と呼ぶべきなのだろう？　彼女は、チャールズがマーコヴィッツから譲り受けた遺産だ。そのことをどう説明すべきなのか、彼は考えていた。ポケットの遺書が役に立ってくれればいいのだが、と彼に思った。

マロリーはコーヒーカップを置き、遺書を開いた。それは、故人の心残りの列挙から始まっていた。ルイ・マーコヴィッツは、妻ヘレンがキャシーのしつけを完了する前に逝ったことを残念がっていた。また、警察に入ったキャシーに強要され、彼女をマロリーと呼ばざるをえなかったことを悲しみ、さらに、他人のコンピュータに侵入するのは人の道に外れているとキャシーに教えきれなかったこと、自分自身、よいお手本にはなれず、彼女の盗品を利用してきたことを悔いていた。

つづいて、彼は悔いのない事柄を羅列していた。十か十一か十二だったキャシーを（誰も彼女の本当の年齢は知らない）逮捕したことは、本当によかった。それに、暴れるあの子供を、優しいヘレン・マーコヴィッツに引き渡したことも。ヘレンに抱きしめられ、絶対的な無償の愛を注がれて、キャシーはものも言えなくなるほどびっくりし、蹴りつけることさえ忘れたのだ。マーコヴィッツはまた、キャシーが美しく、ときとして怖くなるほど賢く成長したことを喜んでいた。

彼女は、ヘレンの晩年をかぎりなく、幸せすぎるほど幸せなものにしてくれた。だから彼は、彼女がいまも泥棒の心を持ちつづけていることを知りながらも生きつづけ、そして、死んでいくことができたのだ。さらに彼は、彼女がチャールズ・バトラーという友を得たことを喜んでいた。チャールズはこの世にふたりといない高潔な男だ。どうか、彼を利用するような恥知らずなまねだけはしないでほしい。ただ、困ったとき、助けが必要なとき、あるいは、そんなことはありそうにないが、ちょっとした人の優しさがほしくなったときは、彼をたよってほしい。そして、追伸として、マーコヴィッツは、彼女をずっと愛していた、と付け加えていた。

マロリーは手紙をたたんで、悲しげな呆けた笑みをたたえている男に目をやった。チャールズ・バトラーは部屋の向こう端にすわり、無言でコーヒーカップのなかを見つめていた。

わたしが泣きだすのを待っているんだろう、とマロリーは思った。

いくら待っても無駄なのに。

市警長官ビールは、カウチに腰を下ろした。男性的なカウチだと彼は思った。真っ黒な革製の品で、他の家具と同様にしっくり壁に溶けこんでいて、大きくがっしりしている。マロリー巡査部長の居間に見られる女性的な面はただひとつ、男には達成しがたいその完璧な整理整頓ぶりにある。そこには住む人の個性など少しも見出せない。いますわっているこの部屋は、高級家具店のショールームの見本であってもおかしくはなかった。しかも、ビールの見方によれば、その家具の高級さは度を超している。それに、部屋そのものも、彼女の給料の割には広すぎるようだ。分不相応な暮らしをしている警官や、自分より身なりのいい警官や、自分よりいい車に乗っている警官を見ると、ビールはいつも不安になる。市警長官は、計理士的なその頭脳にメモを取った。

マロリー巡査部長は、盆を持ってもどってきた。どう見ても銀製の盆。その上には、上等のシェリーと上質のクリスタルグラスが載っている。ビールはさらに頭にメモを取った。

マロリーはほほえんでいた。ハリー・ブレイクリー刑事局長は、マロリーに特別休暇を取らせたければ、彼女のオフィスを爆破するしかないなどと言っていたが、見当ちがいだったようだ。彼女はとても感謝していた。

「無期限の休暇ということにするつもりなんだよ、巡査部長」

ビールは、事件に決着がつくまでマロリーは遠ざけておいたほうがいいというブレイクリー局長の忠告を重く見ていた。それに局長は、数週間のうちに結果を出すと約束している。マロリーは貴重な人材だとブレイクリーは言っていた。「ですから、反感を抱かせないほうがいい。これが規則だからと言うんです」事実これは規則なのだ。医者は自分の身内の診察をすべきでない。それとまったく同じ理屈だ。マロリーは、その規則の妥当性を認めた。彼女はあらゆる点においてビールに同意した。彼は満足だった。大いに満足だった。

「それからバッジと銃は、取りあげることです」ブレイクリーはそう警告していた。「武器を持たせたまま野放しにして、勝手に動かれたくはないでしょう」

ビール長官は、バッジと銃のことに触れてみたが、どうやらマロリーには聞こえなかったようだ。その目はぼんやり曇っていた。この娘はほんの数時間前、養父を埋葬したばかりなんだぞ――ビールはそう自分に言いきかせた。彼女はとても美しく、とてもはかなげだった。ビールはそれっきりバッジと銃の件は持ち出さなかった。何もかもうまい具合に運んでいるのに、ぶち壊しにする必要がどこにある？　結局、彼女は、もっとも信頼のおける警官なのだし。

ちがうか？

「このアパートメントは賃貸なのかね、巡査部長？　家賃がいくらか教えてもらえないかな？」

「賃貸じゃなく、持ち家なんです。わたしがブルックリンの家を出るとき、マーコヴィッツが頭金を払ってくれました。ドアマンのいる警備のしっかりしたところに住めと言って」

マーコヴィッツは、おそらく、ローンの支払いと管理費も援助していたのだろう。あの男くらい警察勤めが長ければ、その程度の貯《たくわ》えがあってもおかしくはない。そうとも、バッジと銃を取りあげる必要などあるものか。マーコヴィッツはニューヨーク市警の歴史上、もっともクリーンな男だった。そしてこの娘は、あの男の手で、市警のよき伝統に則《のっと》って、育てられたのだ。それで充分ではないか。

あとでビールが、マロリーを武装した危険な状態のまま置いてきたと伝えるとき、刑事局長ハリー・ブレイクリーは、言葉もなく、天を仰ぐことだろう。

ジャック・コフィー警部補は、部屋に入ってドアを閉め、マーコヴィッツのオフィスのぱんぱんにふくれあがった椅子にぐったりと身を沈めた。背後の窓には、小さく禿げたその後頭部が映っている。正面の壁の上半分は、ドアのある部分以外、ずっとガラス張りになっていて、そこから部屋の外をせわしげに行き交う警官や職員の姿がのぞめる。

左右の壁は、まさにマーコヴィッツそのもの——書類でごったがえす彼のデスクと一体化している。床から天井までつづくコルクボードは、メモの書かれたマッチ箱、勤務表のプリントアウト、尾行および逮捕報告書、連絡メモ等が留められ、肥大化する課の司令所に送られてくる書類のコラージュと化している。その雑然たる装飾様式は、マーコヴィッツならではのもの。この部屋は、彼の脳味噌をひっくり返して、平らに伸ばした模型なのだ。彼は、細部にこだわり、イメージを収集し、些細なデータを溜めこむ男だった。

しかし、コフィーの注意を惹いたのは、むきだしとなった後方の壁だった。葬儀の前まで、その壁はコルクで覆われ、写真、手書きのメモ、新聞の切り抜き、供述書のコピー等々、グラマシー・パークの殺しに関する、鋲《びょう》で留めうるあらゆる資料でいっぱいになっていた。目下最優先とされているこの事件の何千という細かなデータで。

データのほとんどは、コンピュータから引っ張りだせる。それに、物的証拠は鍵をかけて保管されており、命令次第でいつでも手に入る。しかし、それではまったく同じとはいえない。後方の壁は、マーコヴィッツの脳のなかを示す最後のショールームだったのだ。書類の吹き荒れるこのオフィスに、たとえ一フィート四方でも空白部分があるのは異様だ。なのに、いまコフィーの目の前には、丸々一面むきだしの壁がある。これはレイプだ。

コフィーは部下の巡査部長を振り返った。相手は自分のみすぼらしい靴を眺めていた。

「彼女、どうやってあれを持ち出したんだ、ライカー？」

「じゃあマロリーの仕業だと思ってるのか？」

「とぼけるんじゃない」

そこでライカーは、マロリーがコルクのシートをはがすところは見ていないと主張した。これは本当の話だ。しかし彼は、勤務に入ったとき、重大犯罪課の課員に占められた十二のデスクを通過し、制服警官だらけの廊下を抜け、警備員の前を通って駐車場までマロリーを送っていったことは黙っていた。マロリーは、長くて厚ぼったいコルクの筒を一方の脇に、デスクマットをもう一方の脇にかかえ、マーコヴィッツのスケジュール帳をバッグに入れていた。そこに他に何が入っていたかは神のみぞ知る――それは大きなバッグだった。とはいえさすがの彼女も、そのうえさらにコピーマシンまで運ぶことはできなかった。ライカーは、彼女が二度往復する手間を省くべくコピーマシンを運んでやったのである。

マロリーが盗んだのは、三面の壁のうち一面のみだ。コフィー警部補は、デスクと椅子を残してもらっただけでも感謝すべきなのだ。これがライカーの見方だった。

マロリーはビール市警長官には見せなかった奥の部屋へと入っていった。もともとこの書斎にあったのは、パソコンとわずかばかりの家具――デスクに、椅子に、本棚だけだ。本棚には、コンピュータ・マニュアルと、数知れぬハッカー行為を記録するフロッピー・ディスクが収まっている。室内は禁欲的で清潔だった。大きなガラス窓も汚れひとつなく、人間の目にはまったく見えない。目の焦点はハドソン川ぞいの道を行く車の往来に出会って初めて結ばれるのだ。

マロリーは床のまんなかにあぐらをかいてすわり、ルイ・マーコヴィッツの驚嘆すべき頭脳をくるくると広げていった。コルクのシートは、確実に、もとのままの状態にしておかねばならない。何の上に何が留まっているかもまた、マーコヴィッツの思考プロセスの一部なのだ。

FBIのプロファイリングは、いちばん下の層にあった。それによると、犯人は、二十歳から三十五歳の間で、十三歳にならないうちに父親に捨てられ、女性、すなわち、母親か祖母に育てられたということだ。しかしその上には、最初のふたりの犠牲者が所有する有価証券の目録が留められている。金は昔からマーコヴィッツの好みの動機だ。上からものを留めて覆い隠すことで、彼は異常心理のプロファイルを排除したのである。彼がデスクごしに日々眺めたかったのは、いちばん上の層の資料だけだ。そしてあるとき、断片はまとまり、意味を成した。そのすべてがいまここにある。

マロリーは、第二の殺人以降、マーコヴィッツのために関係者の身辺を洗っていた。彼女の選んだ第一容疑者に関するプリントアウトは、コルク上の最高の地位を占めている。ジョナサン・ゲイナーは、ＦＢＩのプロファイルにぴったりとは言えないが、伯母、エステル・ゲイナーの遺産の唯一の相続人なので、金めあての犯人像には当てはまる。年齢は三十七歳。それに——ラビよ、ありがとう——この男は頭もいい。名前に、チャールズ・バトラーと同じくらいたくさん称号がついているのだから。ゲイナーなら、伯母を第一でなく第二の犠牲者にするだけの頭があってもおかしくない。

第一の犠牲者の相続人、ヘンリー・キャサリーもコルク上に登場している。マロリーはある銀行のコンピュータへ侵入し、この若者の財政状態を調べあげたのである。犠牲者以上に金持ちだと知って、マーコヴィッツはこの容疑者への興味を失ったらしい。

紙片をひとつひとつコピーしてオリジナルと同じ大きさに切り、それを広げたコルクのオリジナルの位置に留める作業には、二時間かかった。最近、警察のラボから消えたコピーカメラは、背後の床に置いてある。彼女は、ふたつの犯行現場の光沢印画紙の写真を、一枚ずつカメラの台座に載せて、スライドフィルムで撮影した。立体的な資料もまた、つぎつぎコピーカメラの下に送りこまれていった。マーコヴィッツが何かメモしたマッチのカバー、犯行現場にあったのと同種の緑のビニール袋、セロファンの袋に収められたビーズ。このおびただしい数の小さな白いビーズは、グラマシー・パークで発見された第一の犠牲者、アン・キャサリーの装身具だ。

鑑識班のいちばんの下っ端は、自分ひとりがこのいまいましいビーズの件を押しつけられた、とさも恨めしげに愚痴っていた。公園の芝生や地面をさがしまわって、その粒をひとつ残らず拾い集める作業には六時間もかかった。同種のネックレスをさがし出すのは一日仕事だったし、拾ったビーズの数と紐の切れていないネックレスのビーズの数を照らし合わせるのにはさらに数時間がかかった。これもみな、あの異常に細かいマーコヴィッツのおかげなのだ。

呼び鈴が鳴った。

アパートメントの誰かだろうか？　外部からの訪問なら、ドアマンがインターコムで知らせてくるはずだ。マロリーがここへ引っ越してきた日、ルイ・マーコヴィッツは粗相のないようドアマンを脅しつけ、そのうえさらに百ドル紙幣を握らせていた。そうしておいて、彼はひとりブルックリンの自宅へ、窓の明かりの消えた我が家へと帰っていった。かつて彼はその家の三人きりの小さな家族の一員だった。彼自身と、その妻と、小さな泥棒との。

玄関に向かう途中、ふたたび呼び鈴が鳴った。

玄関脇のテーブルには、バッグが載っていた。なかには、バッジのフォルダーと重なり合うように銃が入っている。敵が来るにはまだ早い。彼女はまだ何の痕跡も残してはいないし、物音だって立てていない。それでもドアを開くとき、彼女は背後に回した右手に銃を握りしめていた。

戸口にぬっと姿を現したのは、ライカーだった。仕立ての悪いスーツを着こんだ、毛むくじゃらの熊。鼻面が灰色になっているところを見ると、マーコヴィッツが死んで以来、髭は剃っていないらしい。不精者らしい哀悼の意の表明。ライカーは、隠れている手のほうへ視線を向けた。彼が笑うと、その顔の皺がいっせいに上を向いた。「おれを撃つ気じゃないよな、キャシー？」

ライカーは湯加減を見ているのだ。もしキャシーと呼ぶのが許されたなら、たぶん彼は撃たれずにすむ。マロリーはにっこりした。これがどんなに稀なことか、他人には想像もつかないだろう。

マロリーはドアを大きく開いて、ライカーを招き入れた。彼女がバッグに銃をもどしている間に、ライカーは早くもビールの入った冷蔵庫へと向かっていた。冷えた瓶の蓋が指ではじかれ、金属のコマとなってキッチンの床をくるくる回る。マロリーは身をかがめ、蓋を拾いあげてゴミ容器に捨てた。彼女は秩序を乱すものを忌み嫌っている。ヘレン・マーコヴィッツは常に家をきちんとかたづけ、清潔に保っていた。

ヘレンが亡くなった翌日、マロリーは、外科医が自分とヘレンを切り離すまで家族そろって住んでいたブルックリンの家の清掃にかかった。すっかり作業が終わらぬうちに、その古い家は屋根裏から地下室までぴかぴかになった。ブルックリンじゅうさがしてもそれほどきれいな場所はどこにも見つからないほどだった。彼女はさらに暖炉の掃除を始め、煙突の奥のほうまで磨き立てようとした。するとマーコヴィッツが彼女を灰のなかから引っ張りだした。灰は汚れよけの布の外にまで飛び散り、半日かけてワイヤーブラシでごしごしやったカーペットは黒く汚れていた。それを見て、マロリーはショックを受けた。マーコヴィッツがしっかり抱きしめると、マロリーはカッとなり、金切り声をあげてその胸を拳でガンガン殴りつけた。マーコヴィッツはそれを止めようともせず、気づかぬふりをして、いっそうしっかり彼女を抱きしめた。すると、彼女は泣きだし、何日も何日も泣きつづけた。やがて涙は止まり、彼女はそれっきり泣かなくなった。まるでヘレンが、彼女の涙を一度に全部奪い去っていったように。

ライカーはのんびりとカウチに腰を落ち着けた。

「コフィーがきみのちょろまかしたものを全部取り返してこいとさ。コピーマシンだけは別だがね。やつはまだあれがなくなったのに気づいてないんだ」彼はカウチの肘掛けの向こうへ片方の脚を垂らそうとし、ここがどこか、相手が誰かを思い出して思い留まった。

「コピーマシンも持っていって」マロリーは言った。「もう用はすんだから」

「いいや。おれは感傷的な人間でね。あれはマーコヴィッツのコピーマシンだ。大事に取っときな」彼はシャツのポケットから一本タバコを取り出し、許可を求めて持ちあげた。

マロリーはうなずき、ローテーブルの向こうへ灰皿を押しやった。

ライカーは銀色のライターを手に取った。ふたたびテーブルにもどされたとき、それは彼の指紋で汚れてしまっていた。「犯人を追う気なんだろ、おチビさん？　分署荒らしのときは、あんまり話をする暇もなかったが。まったく、コフィーのあわてようときたら！　泣きだすんじゃないかと心配したよ……で、どんな調子だ、キャシー？」

「大丈夫よ」

「何かおれにできることはないかな？」

「ある」

一時間後、例のコルクの筒は書斎の奥の壁に広げられていた。ただし、その領分は壁の半分だけで、もう半分は新品のコルクに覆われている。マロリーが壁に歩み寄り、大工用の下げ振り定規で古いコルクと新しいコルクの合わせ目がまっすぐなのを確かめると、ライカーが最後の釘を打った。マロリーはドアまで後退して、様変わりした部屋を見渡した。コピー用紙の切れ端が床一面に散らばっている。それにフィルムの空き箱もだ。向こうの隅にはビールの空き瓶が二本転がっており、さらにライカーが三本目のビールを磨き立てられた硬材の床にたっぷりこぼそうとしている。

壁を飾る紙のコラージュは、マーコヴィッツを知らない者には、めちゃくちゃに重なり合ったゴミ屑の層にしか見えないだろう。部屋はもはや、完璧主義の整理魔キャシー・マロリーを映す鏡ではない。それはむしろマーコヴィッツそっくりだった。あたかも最近まで彼がここに住んでいたかのように。

ライカーがマロリーに歩み寄り、その足もとにビールをこぼしたとき、彼女の手にはマーコヴィッツのスケジュール帳のコピーが握られていた。

「この毎週火曜の夜の約束に心当たりはあるかい？」彼は、マロリーの肩ごしにノートをのぞきこみながら訊ねた。「わけがわからないんでコフィーがいらついてるんだよ」

黒いインクで火曜ごとに書きこまれているのは、ＢＤＡというイニシャル、そして、ＰＭ九・〇〇という時刻だ。古いスケジュール帳に当たったところ、このマーコヴィッツの火曜の夜の習慣は、一年前、マロリーがブルックリンの家を出たときから始まっていた。

「ポーカー仲間や近所の人にも訊いてみたんだけど、マーコヴィッツが火曜の夜にどこへ行っていたか知ってる人はいなかったの。確認ずみのBDAのリストをもらえない？」

「おやすいご用さ、おチビさん。電話帳に載ってるそのイニシャルの会社を全部チェックしてきゃいいんだから。ついでに言うと、そのイニシャルで逮捕記録のあるやつはひとりもいなかったよ」

ライカーが、分捕り品の書類を入れたバッグとコピーカメラを持って帰ってしまうと、マロリーは部屋にもどって、新しいほうのコルクをほれぼれと眺めた。壁のそちら半分は、空っぽできれいだった。最初のひと筆が入る前の画家のキャンバスだ。彼女は壁に歩み寄り、イースト・ヴィレッジでの二件の殺人に関する報告書や写真をそこに留めていった。この事件については、自前の現場写真もある。

壁のマーコヴィッツ側とマロリー側のちがいは、紙の量だけではない。マーコヴィッツの資料の留めかたはひどいものだ。マロリーがきっちりもとの位置に復元した何百もの紙片のうち、曲がっていないのはひとつだけで、これも確率の問題、すなわち、偶然のなせる業《わざ》にすぎない。一方、マロリー側の書類や写真はすべて、機械が留めたようにまっすぐだ。供述書と報告書、例の死体荒らしの指紋、マーコヴィッツと老婦人の写真、検視官の報告書の各ページ——どれもぴったり等間隔に並んでいる。

マロリーは最新の現場写真に目をやった。全部で十枚。そのなかで、マーコヴィッツとパール・ホイットマンは十度《たび》殺されている。マロリーは壁の前を移動しながら写真を眺めていった。その下に彼女は、《ホイットマン化学》に関する新しいプリントアウトを留めた。連邦検察局マンハッタン支局のコンピュータに侵入して手に入れた情報――証券取引委員会からの調査報告書だ。そこには、イーディス・キャンドルなる人物が登場している。調査員は、その女を霊能金融アドバイザーと名付けていた。女の住まいはソーホーのアパートメント、その家主はチャールズ・バトラーだ。

マーコヴィッツなら、こうして事件とチャールズとの間にささやかなつながりが出てきても驚きはしなかったろう。彼はよくマロリーに言っていた――事件の関係者はみんな、この惑星に住む全人類の集合から切り取られた一部なんだ、警察の仕事で何より大事なのは、そのつながりをさがし出すことなんだよ、と。「袋小路なんてものはないのさ、おチビさん。誰だって、何かを知ってる誰かを知ってるもんだ」

「おチビさんじゃないでしょ」マロリーはそのときそう答えた。

イーディス・キャンドルに関する資料はわずか一ページ分しかない。マロリーは最後の鋲を使って、その紙をいちばん上の中央にまっすぐに留めた。彼女が壁の前を離れたとき、イーディス・キャンドルの紙は重力の法則に逆らい、まるで人為的に動かされたように斜めに傾いた。もうひとつ不思議だったのは、最後に壁を一瞥したマロリーがそのゆがみに気づかなかったことだ。彼女はドアを閉め、ジーンズのポケットに入った車のキーをジャラジャラ鳴らしながら出ていった。

日没まであと数時間。マロリーは二十番ストリートを左折した。彼女の乗る茶色い小型車は、鳴り響くクラクションやサイレン、街なかの争い、さかんに行き来する車の騒音を背後に残し、別の世紀へと静かにすべりこんでいった。

グラマシー・パークは、丸石の道やガス灯は失ったけれども、その他の点では百年前とほとんど変わっていない。地区内の建物は、赤煉瓦や褐色砂岩、大理石や御影石、マホガニーや真鍮から成る静かな大邸宅ばかりだ。その静けさには、無人島のような趣《おもむき》がある。むろん車や人は通っていく。しかし厳めしいその建物群は、ここへてくてく入りこむ小さな喧騒をことごとく静め、その歩みを厳かな行進に変えてしまう威圧感を備えている。

この街の壮麗な造りは、部外者がここに留まることは許されないとはっきりと告げていた。中央部の公園は、槍のような鋳鉄の格子に囲いこまれている。住人は各自その鍵を持っており、その他のニューヨーカーたちは持っていない。部外者が足を止め、一服するような場所はひとつもない。通りはすべて、侵入者をまっすぐすみやかに外へと連れ出すようにできている。ときおり足を止めるのは、犬の散歩の人々だけだ。他の者たちは、ただ通り抜け、何の痕跡も残さず去っていく。

日差しが薄れだす一時間ほど前、マロリーは、容疑者のタクシーとの間に充分距離を取って、この街の歩道に車を寄せた。相手は、コロンビア大学での最後の授業を終えてきたところだ。公園の周辺はとても静かだった。鉄格子はグラマシーに属するものだけを囲いこんでいる。冬のように白い髪の、夏服を着た婦人たちが、格子の内側で、木のベンチにすわり、手振りを交えておしゃべりをしている。若い母親がひとり、小さな子供を連れて砂利敷きの小径《こみち》を歩いていく。老人が鳩の群れとともにぽつんとベンチにすわっている。開いた車の窓からは、花々の香りがさまよいこんでくる。

容疑者は運転手に金を払っている。マロリーはその隙にグラブコンパートメントを開けて、フォルダーを取り出した。その中身は、大学の頭の悪いコンピュータがプレゼントしてくれたゲイナーの授業の時間割と、キャストに彼の名がある学生演劇のビラだ。三つの殺人はどれも白昼起きている。ゲイナーの授業や学生指導のアポイントメントの合間にはいくつか空白の時間がある。いい車があり、青信号に恵まれれば、百ブロック飛ばしてきて、ちょっと人を殺すくらいのことはできる。残る問題は、いつやったかだ。

ジョナサン・ゲイナー教授には伯母の死亡時のアリバイがある。しかしマロリーはこの点はさほど気にしていなかった。この三件の殺人をやってのけるだけの頭脳の持ち主なら、見てもいないときに自分を見たと学生の一団に思いこませることくらいできるはずだ。これが魔術の要《かなめ》ではないか——観衆に見てもいないものを見たと思いこませる。白昼の殺人には魔術的な一面がある。しかしマロリーは魔術など信じない。これはトリックにすぎないのだ。必ず解き明かしてみせる。

彼女の目は、鋳鉄の格子や手入れのよい植え込みや花々を通り越し、緑の芝生の向こうの最初の殺人現場を見つめた。キャサリーという老婦人は、おもちゃの家風に造られた小さな茶色い納屋のそばで発見されている。

いらだたしい謎だ。その残忍さはきわめて単純、しかし、結果はきわめて複雑だ。グラマシー・パークの住人のうち二十八人が、その日、それぞれ別な時間帯に公園にいたことを認めている。ところが、よそ者が公園に入ってきたのを覚えている者はひとりもいない。その人物が、老婦人を納屋のほうへ誘いこみ、切り刻み、そのビーズと血を、周囲からほぼ丸見えの場所で飛び散らせたというのにだ。そう、確かに、不審な音、悲鳴が聞こえたはずはない。スロープの所見によれば、喉への最初のひと突きが、犠牲者の声を奪ったということだから。おそらく血が吹き出ると同時に喉がゴロゴロ鳴ったろうが、それだけだ。

自分が何か単純なことを見落としているのは確かだ。それが何なのかわかりさえしたら！すべては論理的に説明できるはずだ。そのケダモノは利口かもしれないが、透明人間でも超人でもないのだから。

大学の劇場から持ってきた芝居のビラが、フォルダーからすべり出て、車の床に舞い落ちた。マロリーは、そのボールド体の文字をじっと見おろした。《ラジオ・デイズ》というのが、バーナード大学の学生たちが上演するその芝居のタイトルだった。ビラのなかでマロリーの興味を惹いたのはただひとつ、古いラジオ番組《シャドー・シリーズ》から取ったそのタイトルだけだ。彼女は《シャドー・シリーズ》の台本をすっかり空で覚えている。ブルックリンの家の地下室は、マーコヴィッツの古いレコードの保管庫だった。彼はアーティー・ショーからエルビスに至るまでありとあらゆるポピュラー音楽を集めていたが、いちばんのお気に入りは、《シャドー・シリーズ》をレコーディングしたアルバムだった。《ローン・レンジャー》だの《ジョニー・ダラー》だの、マーコヴィッツの好きな番組は他にもあった。でも彼が特にご執心だったのは、《シャドー・シリーズ》なのである。マロリーは幾度となく、マーコヴィッツと並んですわり、四〇年代、五〇年代のなつかしい放送を聴きながら土曜の午後を過ごしたものだ。

近隣の父親たちは、たいてい地下室に作業場を持っていて、妻たちが上ではやらせてくれない家具作りをそこで行っていた。しかしマーコヴィッツが自分の仕事場で作りあげようとしていたのは、ゴミ容器の残飯を食べ、玄関先や段ボールで夜を過ごすという過酷な現実を生き抜いてきた子供の想像力だった。

古いラジオ・シリーズのヒーローには、人の心を曇らせ、自分の姿を見えなくしてしまうという力があった。

ううん、そんなの信じられない。当時マロリーはマーコヴィッツにそう言った。「そんなことできっこないよ」子供だった彼女は言った。

「できると信じてごらん、キャシー」マーコヴィッツは彼女を見おろして言った。そのころの彼女は、マーコヴィッツよりもずっと背が低かったのだ。

「いやだね。そんな嘘っぱち信じるのは、大ボケ野郎だけだもん」

「そんな言葉使わないの」突然、ヘレンが地下室の階段から現れて言った。彼女は、暖房炉からほんの一メートルほどのところにすわっている子供にセーターを着せにやって来たのだ。

「この子は寒くなんかないよ」マーコヴィッツは抗議した。そこでキャシーはヘレンを喜ばせるためにぶるっと身震いしてみせた。するとマーコヴィッツは言った。「おや、だいぶわかってきたな、おチビさん」

マロリーが車を停めたのは、スポーツ・クラブの玄関付近だった。ドアマンに話しかけるジャック・コフィーの姿を認めると、彼女は座席に身を沈めた。コフィーがクラブのなかに入っていく。張り込みのチームは、街の監視にこの建物を選んだのだ。ここはまた、第二の犠牲者、ジョナサン・ゲイナーの伯母が発見された場所でもある。遺体は、窓の黒い自家用車の車内で見つかった。第二の殺人は大胆不敵だったが、衆人環視のなかで殺すといった度肝を抜く技巧には欠けていた。

しかしエステル・ゲイナー殺しもまた、残虐な白昼の殺人だった。ありえないことだが、それは、名士録に載る財産家や、成りあがり者のロックスターの住むこの街で起こったのだ。第三の犠牲者、パール・ホイットマンは、貧しい地区で死に、このパターンを破った。なぜだろう？　それに、マーコヴィッツが気づいていて、自分が見落としていることとは、いったい何なのだろう？　パール・ホイットマンはどうも引っかかる。彼女には相続人がいないのだ。それに、チャールズ所有のアパートメントに住む女、イーディス・キャンドルが登場する証券取引委員会の調査の件も気になる。キャンドルが怪しく思えるのは、情報がきわめて少ないせいだろう。この女は、自分の事業を水面下で行うすべを心得ている。

また一台、タクシーが近くの歩道に寄せられた。後部の窓は、買物の袋と派手な布地でほぼふさがれ、そのところどころから白い顔と褐色の顔の断片がのぞいている。やがて左右の後部ドアが開くと、運転手と男の子とドーベルマンの子犬とともに、さまざまな品物が流れ出てきた。買物の袋は、虹のように色とりどりで、どれも紙の折り目が裂けんばかりにふくらんでいた。折りたたみ式の薄っぺらな丸テーブルがひとつ車に立てかけられ、いくつもの箱が運転手によっていまにもくずれそうに積みあげられていく。一方、男の子は大きなスピーカーのついたアンティークの蓄音機と格闘している。

いまや歩道に積みあげられた品物の体積は、タクシーの車内の容積を上まわっていた。マジック・ショーはさらにつづいた。助手席のドアが開き、巨大な女が姿を現したのだ。女は身の丈優に六フィートはあり、胴回りはどう考えてもそのタクシーから出てきたにしては太すぎる。

タクシーの運転手と女のどなりあいが始まった。女が運転手に渡したチップがあまりに少なかったためだ。運転手はアラブ系だった。その理解しがたい英語と、カッカせずにアメリカ女とわたりあう能力の欠如から判断すると、この国へ来てまだ間もないようだ。彼は意味不明の叫び声をあげながら、拳を振りまわしていた。その吠えるようなひどい英語のなかでマロリーに理解できたのは、「なめんじゃねえ、このあばずれ！」というせりふだけだった。

背丈で負けている運転手は一フィート低い位置から女を見あげた。運転手の前にぬっと立つ女は、もはやただの太った婦人ではなく荘厳な存在と化していた。彼女は身をかがめ、運転手の顔の前に顔を突き出すと、彼だけに聞こえるように何かささやいた。

運転手はあわてふためき、蝶番がもげそうな勢いで車のドアを開けた。彼は車内に飛びこむと、タイヤをきしらせ、焼けたゴムの痕を長々と残して街を出ていった。

マロリーは、彼女にはめずらしく、女巨人の力量を認めてうなずいた。

第三章

チャールズ・バトラーはつま先をトントン打ち鳴らし、エレベーターの速度が上がるよう念じた。ツキに恵まれ、この先一度も停まらず行けるとしても、十分は遅刻だ。彼は同乗者たちを見おろした。彼らは、チャールズの地上への到達を遅らせるべく手を組み、一階おきにエレベーターを停めている。

もちろんマロリーは、ここから六十階下に下り、さらに六十ブロック南へ行った約束の場所に時間どおりに着くだろう。一秒後でも一秒前でもなく、きっかりその時刻に、彼の空っぽのオフィスをノックするにちがいない。彼女は、整理整頓に関してそうであるように、偏執的なまでに時間に正確なのだ。

そこまで考え、チャールズは思い出した。気がかりなことはもうひとつある。彼の新しいオフィス、最近空いた、彼の住まいの向かい側に当たる部屋は、よく言っても、うずたかく積みあげられた書類や本から成るエッシャーの迷宮、蜘蛛と埃でいっぱいの汚らしい掃き溜めだ。

エレベーターがまた停まった。チャールズは搭乗客をにらみつけた。いまや、エレベーターが停まるたびに、それが自分に対する妨害に思える。この人たちは午前中いっぱいいつでも好きなときにエレベーターで上がり下りできたはずなのだ。一方、明るい面を考えるなら、マロリーは待たずに帰ってくれるかもしれない。刑の執行は延期となり、彼はオフィスをきれいに整える猶予を与えられるかも。

その朝、彼はかたづけに挑戦してみた。けれども手紙は、相変わらずいたるところに散らばっているし、四半期ごとの税金申告書――国税用と州税用――は、デスクの引き出しや段ボール箱からあふれ、彼がファイルする気になる日を待っている。そのうえ、アパートメントの所有に伴い発生する書類がこれに加わる。百冊余りの本と数年分の雑誌は、新しい本棚のまわりに放置されたままだ。

あの惨状を見たら、キャシーはどんな顔をするだろう？　ことによると何者かに家が荒らされたと思うかもしれない。彼女のあとから入っていって、愕然としてみせようか？

掃除のおばさん、ミセス・オルテガがやって来たとき、彼は絨毯のほんの一角でもきれいにしようと必死で床を這いまわっていた。住まいのほうの鍵が開く音を耳にし、彼は希望でいっぱいの目をしてオフィスのドアから顔をのぞかせた。ミセス・オルテガの目は冷ややかになった。そっちには一歩だって入らないからね――チャールズの住まいに消えていく彼女の背中はそう言っていた。そこがミセス・オルテガのテリトリー、守備範囲はそちらだけなのだ。

ミセス・オルテガが、チャールズをよその国からの訪問者とみなしているのはわかっていた。おそらくは、上空の、何マイルもの彼方からやって来たと思っているのだろう。決して、彼女自身の四角い地球、ブルックリンのラテン人街からではなく。

それにチャールズ自身も、自分は少々ふつうとちがうと思っていた。彼は閉ざされた学問の世界に育ち、その後、いっそうせまいある研究機関のコミュニティーに入っていった。ごく最近まで、外の実社会を訪れたことはなかったのだ。一年前、彼が新しい住所を教えたとき、ミセス・オルテガは、なぜアッパー・イーストサイドの美しい大通りを離れ、せまくて汚いソーホーに移るのか、訊こうともしなかった。異世界の人の考えが、ブルックリン人の考えとちがうことは、前からわかっていたからだ。

アップタウンの地上六十階での約束を果たすため、かたづけと掃除を中断して出てくる直前、チャールズはこのオフィスをブローランプで焼きつくしてやろうかと考えていた。

エレベーターがまた停まった。胃袋が勝手にせりあがってくる。乗りこんできたのは、子供連れの女性だった。ドアが閉まりだすと、子供は手を伸ばし、止める間もなくたてつづけに十個ボタンを押した。

ミセス・オルテガの母親はアイルランド人で、戸口に立つこの見知らぬ女と同様、緑の目と赤みがかった金髪を持っていた。でも、母さんは警官なんかじゃなかった。ミセス・オルテガが警官臭さに気づいたのは、ミスター・バトラーのオフィスを開けろと女が命じたときだった。まちがえっこない。この女は警官だ。

ミセス・オルテガは鍵を回して、生前、罪を犯した掃除婦の行く地獄のドアを開けた。本当はこのオフィスの鍵など持ちたくはなかったのだ。そのうち自分がこっちの掃除までやるだろうなどとミスター・バトラーに期待されてはかなわない。断じてそれはありえないのだ。このシャノン・オルテガにかぎっては。自分には権利というものがある。こんな部屋、こんなゴミ溜めの掃除など強要されてなるものか。

ミスター・バトラーがこの部屋をオフィスとして使うことにし、あのいまいましい書類だの本だのを通路の向こうへすっかり運び去ったとき、彼女は大いにほっとしたものだ。それに、これであの人も、掃除機をかけたり磨いたりする間は、彼女の邪魔をせずに別室にいられる。でも何があろうと彼女は、この穴蔵、このきわめつけの掃き溜めに、かかわりあう気はない。まあまあきれいなのは、塗り直された壁くらいのもの。窓は、ガラス一枚につき少なくともバケツ一杯のアンモニアが要るほどすすけているし、書類の山の間では、蜘蛛どもが永住を決めこんで念入りに巣を紡いでいる。奥のほうには足を踏み入れてみたこともない。彼女は心臓が悪いのだ。

ああ、この女が笑うのをやめてくれさえしたら、ネズミの死骸にだってキスしてやるのに！それにこれは、親しげな笑いでも楽しげな笑いでもない。これは猫の笑いだ。生きたネズミを口にくわえた猫の。


地上十五階で宙吊りとなったエレベーターの奥で、その利用者たちは落下の際はどうすべきなのか考えをめぐらせていた。そのうちひとりは、ぴょんぴょん飛び跳ねているのが有効との説を何かで読んだことがあった。その男が囚われの聴衆に説明したところによれば、飛び跳ねていると五分五分の確率で墜落の瞬間、宙に浮いていられるのだという。

「で、脚を折るわけですね」チャールズは付け加えた。「飛び跳ねていたって、結局エレベーターと同じ速度で落下しているわけですから」

奇妙なことに、落下と重力の法則を理解しているのは、あの十一歳の少年だけのようだった。他の連中はみな、暗闇のなかで、ぴょんぴょん飛び跳ねている。

つかえたドアの向こうでは、消防本部長が拡声器を使って静かにするよう呼びかけている。「こら！　馬鹿なまねはやめるんだ！」

ミセス・オルテガは壁際へとあとじさっていった。女刑事は、ドアへの逃走ルートを完全に遮断している。

「英語話せない」ミセス・オルテガは言った。実際には、話せないのはスペイン語のほうなのだが。彼女は、アメリカ生まれのスペイン系四世、話せるのはニューヨーク語だけなのである。

通りの名前をさんざん繰り返したすえ、チャールズと英語がわからないタクシー運転手とはついに合意に達した。いざ走りだしてみると、その運転手はがっくりくるほど交通法規に忠実で、他のドライバーたちに対する競争心などみじんもなかった。彼は、四十三ブロックの間ただの一度も車線変更をせず、黄信号では律儀に速度を落とし、青信号の交差点を渡るときは注意深く左右を確認したのである。

いくらなんでもひどすぎる。

チャールズは、勝手に犯罪に走らぬよう両手を膝の上で固く組み合わせた。第一、この運転手を、運転手になった初日に殺す必要は少しもない。つぎのお客が必ずやってくれるはずなのだから。

チャールズは通路でミセス・オルテガに出くわした。彼女は、絨毯に目を据えたまま、彼の横を通り過ぎていった。エレベーターへ、自由へ向かって。この歩みを妨げられてなるものか。チャールズが明るく「さようなら、また来週」と声をかけても、彼女は「おまわりどもめ」とつぶやいただけだった。

オフィスのドアは開いていた。なかへ入っていくと、そこは一糸乱れぬ秩序の国だった。窓は輝き、敷いたその日に絨毯を覆いつくした書類の雪崩は消え去り、何も載っていないデスクは、五週間前サザビーズのオークションで買ったときそのままに黒っぽい木目を見せている。値札がついたままの新品のファイルは、マホガニー製のアンティークのファイリング・キャビネットの上に積みあげられ、値札のない他のファイルは、長く赤い爪のある手によって、各引き出しに収められていた。十二年分の仕事関係の雑誌やささやかな蔵書は、壁の一面の棚を埋めている。

マロリーは手を伸ばしてファイリング・キャビネットの扉を閉めると、チャールズに向き直った。「コンピュータを導入すべきよ、チャールズ。これじゃあんまりひどすぎる」

「やあ、キャスリーン」チャールズは彼女の頬にキスした。部屋にはすわり心地のよい椅子まであった。これは彼が買い忘れていたものだ。「ごめんよ。ふだんは半日も約束に遅れたりはしないんだけどね。それにしてもみごとだな」彼は感嘆のまなざしで、部屋を、そのアンティークの家具やティファニーのスタンドを、眺めまわした。コンピュータであれ何であれ、ここに機械を入れるなんてとんでもない。タイプライターや鉛筆削り器だって許せない。「本当にみごとだよ」彼は、コンピュータの話を意識的に避けて、繰り返した。

ふたりは知り合ってもう二年以上になり、その間何度も同じ会話を繰り返してきた。マロリーは、なぜチャールズがここまで抵抗を示すのか、どうしても理解できずにいる。彼はコンピュータに精通している。それどころか、コンピュータを扱うのに適した才能について貴重な論文を発表したことさえある。この論文のアイデアを与えたのは、マロリーの存在だった。彼女はやろうと思えば、キーボード経由で、既成のソフトウェアの内臓に手を突っこみ、自力で起きあがって月に向かって吠えるような、まったく新しい生き物を創り出すこともできるのだ。

「わたしたち、最新型のコンピュータ・システムを導入することだってできるのよ」彼女は言った。

「ぼくとしては、昔ながらのやりかたでいきたいな」口にはしなかったものの、チャールズは、彼女が「わたしたち」という言葉を使ったことに気づいていた。これはどういう意味なのだろう?

ブザーが鳴った。チャールズは、ハイテク導入の構想から逃れ出て、玄関へと向かった。これで話は終わり。コンピュータは入れない。そんなものは、彼の大事なアンティークやペルシャ絨毯にそぐわない。絨毯はしっくり部屋になじんでいる。これを織った、百年も前に死んだはずの誰かが、神秘的な心の目でこの部屋を見ていたとしか思えないほどに。

ブザーは執拗に鳴りつづけている。ふつうの人は軽く一回鳴らすだけだ。単発的な爆音だけでも、充分やかましく耳ざわりなのである。いつまでもつづくこの騒音、ボタンにのしかかっているとしか思えないブザーの鳴らしかたは、４Ａの住人、ハーバート・マンドレルにちがいない。

ドアを開けると、そこにはおどおどした顔つきの痩せた小男がいた。男は、四方八方に落ち着きなく目を配り、ありとあらゆる物体の悪意を警戒している。その体からは神経症的なエネルギーが発散され、波紋のように広がっていた。

「ちょっといいかい?」彼はそう訊ねると、どうぞと言われもしないうちに、チャールズの体とドア枠の隙間からするりと入りこんできた。ハーバートはマロリーのすぐ前までやって来て足を止めた。彼女は脇へ寄る気配もなく、玄関に立ちふさがっている。

小男は首をかしげ、片目だけで強くしっかとマロリーをにらみ据えた。まるで吸血鬼に十字架を突きつけるような意気込みである。六インチ身長が上まわるマロリーは、無惨に轢き殺された路上の動物を見るときと同じ嫌悪のまなざしでハーバートを見おろした。

「実はいま手が離せないんですよ、ハーバート」相手のせりふが問いかけではなくハーバート流の挨拶だということを忘れて、チャールズはそう言った。

ハーバートは言っている――「ここは危険になりだしている。誰も彼もが銃を持っているんだ」

「誰も彼も？」

「三階のヘンリエッタ。彼女は銃を持っている」

「ああ、それはだいぶ前からじゃないかな。確か七年前からだって本人が言ってましたよ」

「知らなかったよ。知っていたら、もっと早く手を打っていた」両足だけは絨毯にしっかり踏ん張っているが、彼の体のその他の部分は片時もじっとしていない。しゃべっている間も、二本の眉はぶつかり合い、首は右へ左へがくがく動き、とがった指の一本はしきりと宙を突き刺している。「知ってるかい？　銃弾は、四つの階を貫いて、罪もない人間を殺す可能性があるんだ。あの銃をどこかへやってくれ。さもなきゃただちに行動を起こすぞ」

「どんな行動を？」愚問だ。ハーバートにとって、蛇口の水漏れから通路の明かりの電球切れに至るまで、問題の解決策といえばひとつしかない。

「家賃の不払い運動を起こす。全住人が支持してくれるさ。あの銃をこの建物から排除してほしい。いますぐにだ！」彼の指はいまにもチャールズの顔に触れそうだった。

マロリーが一歩進み出たが、チャールズは手を振って彼女を引きさがらせた。彼は玄関のドアをさらに大きく開いた。そんなことをしても無駄なのだが。「出ていけ！」と怒号でもすればともかく、こんなほのめかしに気づくほどハーバートが敏感だとは思えない。事実、彼は気づかなかった。

「ヘンリエッタはガンクラブに所属しているんです。あの拳銃はちゃんと認可を受け、登録されているんですよ。あなたにもぼくにもどうしようもありません」

「ほう？　そう思うかい？　こっちも銃を持ったらどうだ？」

「つまりそれはこういうことですか。ヘンリエッタが何かのはずみで発砲してしまった場合、あなたは、床板を突き破ってくるその弾丸を狙い撃ちして、向きをそらすつもりだと？」

「いますぐ銃を手に入れてやる」

マロリーが手を伸ばしてハーバートの肩をたたき、彼が飛びあがると、笑いを浮かべた。彼女は一方の手を腰に当て、ジャケットの片側を開いて、ショルダーホルスターに収まった三五七口径のスミス&ウェッソンを見せた。馬鹿でかい銃だ。ハーバートの目はまん丸くなった。

「考え直したほうがいいわよ、あんた」絹のようになめらかな声でそう言いながら、彼女は小男に迫っていった。一歩、また一歩と、彼は後退していき、ドアに張りついた。「合法的におやんなさい。わたしがいつか、銃を持ってるあんたを見かけたり、あんたが銃を手に入れたって噂を聞いたりする場合に備えて。いいわね？」念押しとして、マロリーは手を伸ばし、長く赤い一本の爪で男の胸に触れた。

小男が色を失い、機敏にくるりと向きを変えるのを、チャールズは畏怖に打たれて見守っていた。なんということだろう。ハーバートが自らの意思で立ち去ろうとしている。しかもこんなにもすみやかに、ドアを閉めるのも忘れて。

チャールズは、さきほどまでハーバートが立っていた、言祝《ことほ》ぐべき空っぽの空間をじっと見つめた。

「よく悪い夢を見るんだ――銃を持った彼の夢を」

「許可なんか絶対取らせない。異常人格者としてあの男の名前を登録してやる」

「何をするって？」

「警察のコンピュータにわたし専用の裏口を作っておいたの。いつでも好きなときに入っていけるのよ。なんてことないわ」

「ねえ、キャスリーン、そういう話は聞かせないでほしいな」

「あなた、だんだんマーコヴィッツに似てきたわね」マロリーはチャールズに背を向けて年代物のデスクに歩み寄ると、磨きこまれた天板を片手でなで、デスクの前の椅子にサイズを確認するようにすわった。

「アパートの賃貸に関する書類は、研究資料やレポートといっしょに、隣の部屋に積んでおいた。それだけで、ほぼ六平方フィートもスペースを取られてるわよ。スキャナーを使って全部ディスクに入れてあげましょうか。そうすれば、たった五平方インチ内に収まるから」

ああ、またこの話か。「ぼくは、ちゃんと手で持てる書類が好きなんだよ。そのほうが本物らしく見えるからね」

「このままやってくなんて無理よ、チャールズ。いまに書類の下敷きになる」

「会計士が月に一度やって来て、鞄一杯分の書類を持っていってくれてるよ」

マロリーはおもしろがらなかった。「じゃあ来月は、モデムからディスクの中身を送ればいいでしょ――その会計士の往復の手間を省き、ヘルニアから救ってやるの」

「それなんだよ、キャスリーン、それこそコンピュータの問題点なんだ。いまに人間が処理する仕事はひとつもなくなってしまう。ぼくらはみんな、コンピュータ・ネットワークに飼いならされてしまうんだ」

マロリーの目は言っていた——「うまい理屈ね」

確かに彼女は正しい。チャールズにもそれはわかっていた。ルイ・マーコヴィッツとはちがって、彼には、傍目には混沌としか映らない秩序を生み出す才はない。身のまわりが乱雑になればなるほど、微細な情報やデータが増えれば増えるほど、マーコヴィッツの頭脳の回転はよくなった。チャールズの乱雑さは、単なる混乱にすぎない。オフィスを——マロリーが作りあげてくれた完璧な秩序を見渡し、彼は思った。自分がふたたび書類の万年雪の下敷きになるまでに、あと何日あるだろうか？

マロリーは早くも彼の顔に降参の色を読み取っていた。ゆっくりと、その顔いっぱいに笑みが広がった。「あなたにはわたしが必要よ。さっそく明日から始めるわね。奥の部屋のどれかをわたしのオフィスに当てればいいでしょ」

「なんだって？　ここで働く気？　ねえ、キャスリーン、どうしてぼくの下で働きたいなんて思うの？」

「下で働くんじゃない。共同経営者になるの」バッグと車のキーを手に立ちあがると、彼女はチャールズの椅子の前まで歩いてきて、そばの桜材のテーブルに小切手を載せた。

小切手には、大手生命保険会社の社名が入っていた。本来ならマーコヴィッツの保険金が下りるまでには、二週間でなく、二カ月かかるはずだ。小切手発行のスピードを上げるのに彼女が使ったのは、ハッカーの腕だろうか？　それとも銃だろうか？

「これでコンピュータ機器がたくさん買える」マロリーは言った。「取引成立ね？」

共同経営は言うに及ばず、たとえ一時的にせよ、他人と協力しあう彼女の姿など想像もつかない。彼女は、警察署内に他にも警官がいることにさえ、気づいていないようなのだ。あの子はずっと一匹狼だった――遺体が見つかった日、チャールズが開いたルイ・マーコヴィッツの遺書には、そう書いてあった。警官たちがたむろするバーには決して出入りせず、消耗しきった連中のみじめで情けない姿は一度も見ていない。機械だけがあの子の仲間なんだ。最期の日まであずかってくれ、とルイにその手紙を渡されたとき、チャールズは名誉なことだと思ったが、同時に好奇心をも覚えた。なぜ自分なのだろう？　なぜラビ・カプランか、もっとつきあいの長い誰かに託さないのだろう？

するとそのときルイが言った。「キャシーは異例のケースだ。きみは常に異例のケースを扱っているからね」

確かに。ラビ・カプランも、他のどんな聖職者も、マーコヴィッツが手紙のなかで言っている「道徳観のない蛮人」には到底かなうまい。

数年前、妻のヘレンが亡くなったとき、キャシーの願いは世界中の人間を皆殺しにすることだった。わたしには、ヘレンを救えなかった外科医のはらわたを引きずり出すのは文明人のすることじゃないと言いきかせるのが精一杯だったよ。わたしが死んだら、市警長官のビールは、あの子を重大犯罪課からはじき出し、無理やり休暇を取らせるだろう。どうかあの子に、それが規則なんだと教えてやってほしい。そして、ビールがどこかの路地裏でタマから吊された姿で発見されるようなことがあってはならない、とね。

いま思うと、休暇を強制されたときの彼女の態度は、きわめて文明人らしいものだった。彼女は、ひとことも言い返さず、抗議ひとつせずに、彼の忠告を受け入れたのだ。なぜあのとき怪しいと思わなかったのだろう？　もちろん、自分が馬鹿だからだ。

いまとなってはどうしようもない。他に何か見過ごしていることはないだろうか。直接、本人に訊いても無駄だろう。彼女は確かに自分に好感を抱いている。友人とみなしてくれているだろうし、場合によっては秘密を打ち明けたりもするだろう。しかしそれにも限度がある。自分は尻ぬぐいに回るしかなさそうだ。

チャールズは完璧に整頓された部屋を見渡した。マロリーはチャールズなど必要としていないのかもしれない。彼も、この地球上の他のどんな生き物も。一方、チャールズが彼女を必要としているのは、どちらの目にも明らかだ。しかし彼女と手を組めば、チャールズは眠れぬ夜を過ごすことになる。他人のコンピュータに入りこみ、持ち主の知らぬ間に、その許可もなく、彼女が何をするかと思うと。

コンピュータ以前の時代なら彼女の才能には、何の使い道もなかったろう。遺伝子の青写真の先見性に、チャールズは驚嘆せずにはいられない。生まれながらに特定の才能を持つ人々との出会いは、その才能が応用されているかどうかはともかく、彼に人類の未来をのぞかせてくれる。しかしキャスリーン・マロリーが垣間見せる世界は恐ろしいものだった。彼女との提携など愚の骨頂。地雷原を歩いて渡ったり、順調に飛んでいる飛行機から飛び降りたりするようなものだ。慎重に考えなければ。ルイが生きていたら真っ先にそう忠告するだろう。

碁盤の目のような彼の脳の片隅に、ルイ・マーコヴィッツの幽霊が見える。幽霊はぐるりと目玉を回し、冷笑的に「おいおい、チャールズ」と言いながら首を振った。そのしぐさにこめられた想いはこうだ――「いや、そりゃまずい。実にまずいぞ」

「オーケー、キャスリーン。手を組もう」チャールズが差し出した手を、彼女はしっかりと握った。

「マロリーって呼んで。今後は仕事上のパートナーなんだから」

「で、ぼくはバトラーって呼ばれるわけ？　それだけはやめてくれよ。親しい間柄なんだ。そんなの不自然だよ」

「わかった。こっちはチャールズって呼ぶ。品物が届いたら、サインだけしておいて。ほら」

彼女は一枚の名刺を差し出した。「見本よ。どう？」

名刺？　見本のわけはない。上質紙に、栗色と灰色の二色で印刷されているのだ。発注したのは、少なくとも二週間前、おそらく葬儀のあったその日だろう。

「キャスリーン――」

「マロリーよ」

「ごめん。ちょっとここにあるこの言葉が気になるんだけどね。この内偵っていうのは何？　私立探偵がするみたいなこと？」

「いけない？」

「うちはコンサルティング会社なんだよ」

「コンサルタントは何をする、チャールズ？」

「そうだな。お客が相談にくると、その問題を検討し、解決方法をさぐり出す」

マロリーはチャールズの頭のてっぺんにキスすると、ドアへ向かった。彼自身の返事が充分答えになっていると言わんばかりに。もちろん場合によっては、そうも言えるだろう。だが彼の仕事は、新しいタイプの知性、特異な才能の活用法を見つけ出すことなのである。それに彼女は、新しい社名《マロリー＆バトラー》のなかで、自分の名前が先になっているなどという些細な問題はまったく気にしていないらしい。

「ちょっと待った」チャールズは、部屋を出てドアを閉めようとしている彼女に呼びかけた。

「この手のことには何か特別な免許がいるんじゃない？」

「免許ならもうあるわよ」彼女は言った。

「いったいどうやって——？」チャールズは口をつぐんだ。愚問だ。ただ、真夜中にどこかのコンピュータを徴用して、手配したに決まっている。彼は否も応もなく、正規の免許を持つ私立探偵としてコンピュータ・システムのなかに収まっている……マロリーが休暇を取らされ、行動を制限されている間は。
パートナーシップが成立してまだわずか一分。なのに彼は早くも搾取されている。こんなことが法的に許されるわけはない。何か規則や基準があるはずだし、それに――

マロリーが笑みを浮かべる。ドアは閉じた。

彼女が立ち去って数秒するともう、チャールズは喪失感を覚えていた。マロリーはいつも彼にこうした作用を及ぼす。彼女が部屋からいなくなると、空気にぽっかり穴が開くのだ。シャネルの香りのほのかに漂う空洞が。

ふたりが友達以上の仲になる可能性をチャールズが考えるのは、白昼夢のなかでだけだ。彼女があんなにも美しいのに、彼のほうは……巨大な鼻を持つ男、嘴があるようなものなのだから。それに目立った点は他にもある。人によっては奇怪だと言う特徴が。

彼の直観記憶（過去に見たものを鮮明に視覚的によみがえらせる能力）が、マーコヴィッツの手紙の最後のページをよみがえらせる。彼はその映像を何もない壁の上に投影した。記憶のなかの像は、便箋の折れ目、ルイがボールペンより好んで使った万年筆の黒いしみといった細部にいたるまで鮮明だ。

あの子は警察に入ったばかりの一時期以降、現場で働いたことはない。いまもわたしは、あの子が現場に出たりしないよう願っている。わたしの最後の足跡を追ってほしくなどないんだ。ずっとそばにいてあの子を守ってやれないと思うと、たまらない気分になるよ。

子供時代のほとんどをあの子は路上で過ごしてきた。朝飯も昼飯も晩飯も盗み、靴も盗んだ。あの子は怖いもの知らずだ。頭のよさでも銃の腕でも自分に勝てる人間は存在しないと思っている。残念なのは、あの子が不気味なほど利口で、射撃の腕もピカ一で、この仕事にぴったりだってことさ。怖いと思わんか、チャールズ？

ルイはもういない。そう思うとチャールズは淋しくてならなかった。彼が最後にルイに会ったのは、この手紙を渡された日だ。ルイはデリケートな手つきでシェリーグラスを持っていた。彼のしぐさはいつも優雅だった。あの体重にもかかわらず、歩く姿も軽やかだった。じっとしているときの彼を見て、人が真っ先に連想するのは、太ったバセットハウンドだ。ところが、垂れた頬肉がきゅっと上がって笑みが浮かぶと、犬のイメージは跡形もなく消え、あの男独特の魅力があふれ出る。その笑顔を見ると、誰もがほほえみ返さずにはいられなかった。手錠をかけられた者たちでさえも。

ルイは自分を殺した相手を知っていたのだろうか？　それは老婦人たちを殺したのと同一人物なのだろうか？　犯人は男と見ていいだろう。あの種の暴力が女によるものとは思えない。そして、その男はきわめて知能が高いはずだ。もしルイがマロリーでもかなわないと考えていたのなら、その男の知能指数は上位二パーセントに入る。

だが、これは彼が挑戦すべき謎ではない。ルイは、殺人犯をさがしてくれとは言っていない。娘をたのむと言ったのだ。ふたつの難問のうち、こちらのほうがより面倒であり、むずかしいのだが。

マロリーは車のエンジンを切ると、シートに背をあずけて、ジョナサン・ゲイナーがタクシー代を払い、自宅のアパートメントに入っていくのを見守った。月曜から金曜まで、彼の行動パターンはほとんど変わらない。マロリーはいつも日が暮れるまで彼を見張っている。三件の殺しは一貫して昼間の犯行だからだ。

静かにそよぐ九月末の風が向きを変え、刈りたての草のつんとする匂いを運んでくる。グラマシー・パークの通りの清潔さ、公園の手入れのよさ、その完璧な秩序は、マロリーの眼がねにかなった。この街はとても静かだ。そして、花々の咲き乱れるこの季節、ニューヨークの他の地域とはまったくちがって、彼女の五感をなだめ、仕事中毒の日常にない安らぎをもたらしてくれる。マロリーは公園の小さな納屋をじっと見つめた。アン・キャサリーはその近くで、ビーズを飛び散らせ、ゴミ袋をかぶせられて、血のしみこんだ地面に横たわっていたのだ。そしていま、そのほんの数ヤード先のベンチに、犠牲者の孫、ヘンリー・キャサリーがすわっている。

ヘンリー・キャサリーは、二十一歳という実年齢よりもずっと若く見えた。異常に体の大きい十二歳といっても通りそうだ。彼もまた、ほぼ規則正しい生活を送っている。時間はまちまちだけれども、毎日必ずあの同じベンチにすわって公園でひとときを過ごすのだ。彼は、祖母が殺された日も、どの時点かで、その殺害現場からほんの数ヤードのあの場所にすわっていたにちがいない。

キャサリーは携帯用のチェスボードに向かっていた。この地球に自分以外の生き物が存在することなど気づいてもいない。二カ月前、ニューヨーク市警の捜査官は、この無関心が双方向性のものであることを知った。彼はあまりにもあたりまえの存在となっていて、もはや街のドアマンの目にも住人の目にも映らなくなっているのだ。彼らには、キャサリーがいつやって来て、いつ帰ったか、明言することはできない。ちょうど、ある朝消火栓がなくなって、午後いつもの場所にもどっていても気づかないのと同じことだ。

祖母殺害時のキャサリーのアリバイは、故パール・ホイットマンの証言だけだった。マーコヴィッツならこれをどう解釈しただろう？　彼は偶然を信じない。きっとこう考えたろう――パール・ホイットマンは証言を翻そうとして殺されたのではないか？　それとも、証人が死んだのは、単なるキャサリーの幸運なのだろうか？

人の心にいかなる悪が潜んでいるか、誰にわかろう？

シャドーにはわかる。

マロリーは、古いラジオ番組のオープニングの文句を思い出してほほえんだ。マーコヴィッツは決してあきらめず、曲がり角の向こう、ふつうなら見えないものを見る創造的な目を、彼女に植えつけようとしていた。いちばん最近の彼女の空想的発想は、仮に人間のなかに宇宙人がまぎれこんでいるとしたら、ヘンリー・キャサリーはそのひとりにちがいないというもの。びっくりしたようなアーチを描く彼の眉は、ものうげにきょろきょろ動く半眼の目とはなんとも不釣り合いだし、小さな口は、たったいま犬の糞を踏んでしまった人のようにへの字に曲がっている。それにその孤独な生活ぶりもまた奇妙だ。ときどきみすぼらしい身なりの若い女がやって来て、キャサリーと並んですわり、無視されながら一方的にしゃべっているが、本当の友達はひとりもいないようだった。

そして、チャールズが仕事上のパートナーとなってしまったいま、マロリーにも友達はいない。

マーコヴィッツは、FBIの犯人像にキャサリーがぴったり当てはまることを黙殺していたとはいえ、キャサリー本人を除外してはいなかった。ただしこの若者は、他のグループから隔離され、コルクボードの片隅に追いやられていた。祖母の生死にかかわらず、彼は両親の遺した莫大な信託財産を受け取ることになっている。金めあての犯行と見ると、やはりゲイナーのほうが有力だ。

マロリーは、ジョナサン・ゲイナーのアパートメントに近く、なおかつ、市警の監視チームの死角に当たる場所に車を停めていた。一台のタクシーが、車四台分先に停まると、彼女はメモを取った——女巨人とお付きの一行は、今週は一時間遅れで到着。真っ先に車から降り立ったのは、例の男の子だ。ドーベルマンの子犬が吠える。ドアマンがタクシーの運転手といっしょになって、道具一式を降ろしている。鞄、テーブル、蓄音機、箱。女巨人が車の後部から姿を現すと、マロリーは、あるハイテク詐欺師の逮捕記録とその女とを一項目ずつ照らし合わせていった。コンピュータで盗み出したその記録には、身長、体重、そして、お供の少年と犬のことまで載っていた。ただしそれは何年も前の記録であり、犬は生後六カ月のこの子犬ではない。

　これまでのマロリーは、グラマシー・パークに入りこみたければ、チャールズとイーディス・キャンドルとのつながりを利用するしかなかった。《ホイットマン化学》に対する証券取引委員会の調査に登場するあの女——人はみなどこかでつながっているものだというマーコヴィッツの持論の生きた見本であるあの女だ。しかしいまのマロリーには、この女巨人がいる。おそらくちょっとした暴力、あの巨大な腕を軽くひとひねりするだけで、このコミュニティーに入りこめるはずだ。こいつを手なずけるか脅しつけるかすれば、彼女はこの車を、この歩道を離れ、財産家の老婦人たちの輪のなかを自在に動けるようになるだろう。

　マロリーはカメラの望遠レンズを上へ向け、女巨人の顔に焦点を合わせた。女は前回遠目に見たときの印象とは異なり、単純な白人と黒人の混血ではなかった。ガンメタルのように青光りする黒っぽい目玉は、アジア風の一重まぶたのなかでオイルを差したベアリングのようにくるくる動いている。肌は地中海人風のオリーヴ色、鼻孔と唇の形は古典的なアフリカ型だ。長く伸ばした赤茶色のその髪は、きょうは、頭に巻いたスカーフからまっすぐ流れ落ちている。いったいこの巨大な皮膚の広がりの下には何種類の人種が息づいているのだろう？　女はひとりで全世界だった。

　女巨人は両切りの黒い葉巻に火をつけ、男の子に声をかけた。男の子はのろのろと女のほうへ向かった。まるで左右の足がそれぞれ二十ポンドもありそうな重たげな足取りで、両手はだらりと垂れ、頭はがっくり落ちている。どこか悪いのだろうか？

女巨人はアパートメントの入口に向かった。丈の長い、華やかなプリントのドレスの下で、異様に小さな足がせかせかと動いている。女は運転手とはスペイン語で、男の子とはフランス語で、ドアマンとは英語でしゃべっていた。やがてガラスの扉が閉まり、話し声はふっつり途絶えた。

マロリーの顔を照らす暖かな日差しが急に翳った。

「ねえ、おまわりさん、あの人を逮捕してちょうだい！」

何？ どこから出てきたの、この女は？

マロリーは開いた車の窓から、面やつれした五十代半ばの婦人を見あげた。その髪は濃い茶色で、不自然なことに、たるんだ顎や皺の寄った腫れぼったい目に似合わず、ひとすじも白髪が交じっていない。身に着けているリネンのスーツは《ロード&テイラー》、真珠は本物だ。

「ねえ、あの人を逮捕してちょうだいって言ってるの。早くして！」

婦人は、女と男の子と子犬の小部隊を呑みこんだ扉を指差した。

「ほら、行って」それは、獰猛な犬を配達の少年たちにけしかけるときいつも使っていると思《おぼ》しき高飛車な声だった。

「わたしは警官ではないんです、奥さん」

「まあ、嘘おっしゃい」

「奥さん、わたしは――」

「最初は確かに変だなと思いましたよ。いつも車をきれいにしていらしたし。でも、そのバックシートにあるのはテイクアウトの容器でしょう？」

マロリーは後部座席を振り返った。新聞紙やサンドウィッチの包み紙、ノート、デリカテッセンの紙容器、ストロー、角砂糖、ケチャップやマスタードの容れ物、フィルムの空き箱、フィルムを買ったドラッグストアのマークの入った白いビニール袋が、雑然と散らかっている。重なり合った蠟紙の間からは、食べかけのサンドウィッチがいかにもまずそうにのぞいている。いつのまにこんなことになったのだろう？　まるで記憶喪失になったようだ。自分がいつ、張り込みの車にありがちなゴミ屑をこの車に溜めこんだのか、さっぱりわからない。

いっそ車のボディに警察のマークを入れておけばよかった。この話を耳にしたら、ジャック・コフィーのやつ、腹をかかえて笑うだろう。そして彼女を、特別休暇から、給与なし、バッジも銃もなしの停職処分へと追いこむだろう。

「わたしは警官ではありません」

「それに、そのコーヒーの紙コップ。それに車の色も茶色だしねえ。どう考えたってあなたはおまわりさんですよ。もしあの女を逮捕しないと言うなら、上に報告いたしますよ。わたくしはビール長官をようく存じあげているんですから。歯医者が同じなのでね」

「わたしは警官ではないんです」

「それじゃ今週ずっと、それに先週も、毎日ここにいたのは、張り込みじゃないとおっしゃるの？」

「わたしは私立探偵なんです」

「なんですって？」

マロリーは婦人に名刺を差し出した。

「ほら、おわかりでしょう？　本物の警官ではないんですよ。長官もわたしが人を逮捕したら喜ばれないでしょう」

婦人は名刺をじっと見つめた。栗色の文字を読むうちに、その唇が疑わしげにひん曲がり、顔の片側へ勢いよく移動した。

「内偵ですって？　これで秘密が保てるとお思い？」

そのとき、故エステル・ゲイナーの甥、ジョナサン・ゲイナーが歩道に姿を現した。マロリーはイグニションを回し、エンジンをかけた。ゲイナーは着替えをし、野球帽をかぶっていた。しかしこの男なら、どんなに遠く離れていようとすぐに見分けがつく。ゲイナーは脚長で、案山子《かかし》のようにぎくしゃく歩く男だ。歩道を行くその姿は、まるで風に流されているようだった。身のこなしがぎこちないとはいえ、ゲイナーはそれなりにいい男だ。その髭面と黒い髪に、マロリーは好感を抱いていた。それに、その引き締まった血色のよい顔も、この男が彼女の大事な親父さんを切り裂き、ひとりぼっちで死なせた可能性さえなければ、魅力的に映っただろう。

ゲイナーが手を振ってタクシーを停めると、マロリーは発進した。

やつれた顔のあの婦人が、リアビュー・ミラーのなかに見える。婦人はあんぐり口を開け、通りに突っ立ってマロリーを見送りながら、警告の小旗を振るようにあの名刺を振っていた。

ラビ・デイヴィッド・カプランはカードテーブルの脚と格闘していた。片意地なその脚は折りたたみ式のはずなのだが、どうしても出てこようとしない。

「いつもは家内がやってくれているんだが。きょうは誰も来ないと思っていたものでね」

「ビールを持ってきてよかったよ」ドクター・スロープは言った。「冷蔵庫に何かあるかい？」

本当なら今夜は、ルイ・マーコヴィッツがサンドウィッチを持ってくる番だった。かつてドクターの妻ドナが、こう言って、そのルールを作ったのだ——「アンナに何か作ってもらおうなんて思わないでくださいよ」アンナ・カプランが冷たいサンドウィッチだけ出してすませるわけはない。ドナにはそれがわかっていたのである。放っておけばカプランの妻は、キリストの再臨を祝うにふさわしいご馳走を並べたことだろう。

「アンナといっしょになってもう三十五年だが」ラビは言った。「その間、空っぽの冷蔵庫など一度だって見たことがないよ。その点だけは安心なんだ」テーブルの脚が一本下りてきた。だが、脚を留めているラッチにたまたま手が触れたことなど彼は知る由もない。妻の手にかかると、この作業は三秒で終わる。ラビにしてみれば、テーブルは彼女が念じるだけで、広がって、四本の脚で立ちあがるとしか思えない。そして彼の知るかぎり、それはひとりで部屋の中央まで歩いていくのである。

スロープはキッチンに入っていき、冷蔵庫のドアを開けた。思い返せば、かつてはルイ・マーコヴィッツの冷蔵庫もちょうどこんなふうだった。それもそう遠い昔のことではない。あの冷蔵庫の棚は、買物リストやレシピによって選び出される本物の食材、過去の食事や未来の食事の材料でいつもいっぱいだった。暖かな色合いの果物、ひんやりした青い野菜、調味料、そして、ラベルのない瓶に入った謎の液体。ルイの家から最後の女性が出ていくと、冷蔵庫のなかはすっかり様変わりし、デリカテッセンの袋や冷凍食品ばかりが並ぶ、さびれた場所と化した。奥のほうに押しこまれた品々はどれも、病にかかり、そこにうずくまって死んでいく小さな獣を思わせた。

スロープはいま、アンナ・カプランの充実した冷蔵庫を眺めている。食は愛——これがこの冷蔵庫からのメッセージだ。

ボウルや鍋の中身を見たり、タッパーウェアのなかをチェックしたりしていると、玄関のベルが鳴った。新たに到着したのは、ロビン・ダフィーにちがいない。この弁護士の声は温かく、いつもは陽気だ。しかし今宵、壁ごしに聞こえてくるその声は、数オクターヴ低く、弔いの鐘のようだった。ロビンはルイ・マーコヴィッツの旧友だ。その死の痛手から立ち直るには、長い時間がかかるだろう。

ドクター・スロープはトレイの上にマスタードを追加した。

これで三人。

葬儀の日から二週間が過ぎた。そして今宵、なぜか心が通じ合い、彼ら三人は、四人目のメンバー、ルイ・マーコヴィッツが仲間に愛されて過ごしたこの場所に集まってきたのである。

スロープはタッパーウェアをかかえこみ、顔をゆがめて涙をこらえた。彼は容器をトレイに載せた。他に要るものは？　トレイを持ちあげながら、そう考えていると、ふたたびベルが鳴った。四人目の到着。トレイが両手から落ちた。

スロープは床にしゃがみこみ、ずっしり重いマスタードの瓶にのろのろと手を伸ばした。ごつい瓶は割れてはいなかった。彼は、タイルの上を這いまわりながら、やみくもに手さぐりし、固く目を閉じたままバターとナイフをつかみ取った。

落とし物を全部回収すると、スロープはトレイを手にせまい廊下を進み、ラビの部屋に入っていった。四つの壁を埋めつくす本とふたりの旧友、そして、雲を突くような大男とが彼を迎えた。この四人目の男は、カードテーブルの四本目の脚を開こうとしていた。身長は優に六フィートを超えているが、それだけの巨漢でありながら少しも脅威を感じさせない。それはおそらく、男の顔がすばらしく魅力的なせいだ。まったくなんという鼻だろう。それにあの目。まぶたがあんなに垂れているのに、瞳がひどく小さいおかげで、その周囲にはたっぷり白目の余地がある。そのため男は、この世のすべてに驚嘆し、目を見張っているように見えた。

スロープはたちまちこの男が気に入った。仲間たちの顔に目をやると、彼と同様、他のふたりも我知らず笑みを漏らしていた。

「椅子をどうぞ、ミスター・バトラー」

「チャールズです」

「エドワードです」

「まず基本ルールを教えよう、チャールズ」がっちり小柄な人間ブルドッグ、ロビン・ダフィーは、ルイの二十年来の弁護士および隣人として紹介を受けるなり、そう言った。

「それはもうルイが教えていたよ」ラビ・カプランがテーブルに椅子を引き寄せて言う。「チャールズは、五セント硬貨と十セント硬貨の玉を五、六キロ分、持ってきてくれたんだ」

ぎこちない沈黙を破ったのは、ロビン・ダフィーだった。「大負けを覚悟で来てくれるとはありがたいね」

「すると、ルイがあんたを誘ったわけだね？」スロープはカードを配ると、さっそくパストラミのサンドウィッチを作りだした。

「ぼくは彼のポーカーの席を譲り受けたんです」チャールズは、鑑定家の鋭い目で、トレイに載ったサンドウィッチの材料を吟味し、手前のチェダーチーズは取らずに、繊細なコールドチキンの味を殺さないスイスチーズに手を伸ばした。彼は、上着のポケットから例の遺書を取り出すと、それをスロープの手に渡し、代わりにマヨネーズの瓶を受け取った。

ドクター・スロープは、長年の検視局勤めを通じてすっかりなじみとなったその筆跡をじっと見おろした。ルイの友人は、三段落目を指し示している。そこには本当に遺贈の件が明記されていた。配られた手札はしばらく放置され、遺書は、無言のうちに、手から手へと渡されていった。それはまるで、ルイの友人が単なる席以上のものを譲り受けたかのようだった。

「ふむ、つじつまは合う」手紙をたたみ、テーブルの向こうの持ち主に返しながら、ダフィーが言った。「昔からずっと思っていたんだ――このポーカーはただの口実で、本当の目的はキャシーの自慢話をすることなんじゃないかとね」彼はビールの蓋を開け、カードを手にした。

「あの子をどこで拾ったか、ルイから聞いているかい？」

「いいえ、聞いていません」

「あの子は十一くらいだった。ルイはあの悪ガキが、他人様《ひとさま》のジャガーに押し入ろうとしているとこを捕まえたのさ。彼はあの子の襟首をつかんで引きずり出した。あの子は、小さな拳をめちゃめちゃに振りまわして暴れていた。というわけで、ルイとしては、子供を家に連れていくしかなかったんだ。さもなきゃ感化院で足止めを食らって、うちにたどり着く前に奥さんの誕生日が終わっちまうからな」

「ところが、ヘレンは勘違いした」スロープが自分の手札を取りあげて言った。「あの人は、キャシーを自分への誕生プレゼントだと思ったんだ。そしてその後十二年間、あの子を手放さなかったんだよ」

チャールズはほほえみ、卓上の空いたスペースを見おろした。彼の写真のような記憶力が、そこに、ホイル（英国のトランプの権威）によるポーカーのルールブックを投影している。彼は一度もポーカーをやったことがないのだ。しかし、２の札をワイルドカードに使えるドゥームスタッド・ポーカーについては、その本のどこにも書かれていなかった。「彼女があんなに立派に成長して、ルイはさぞうれしかったでしょうね。警官にまでなったわけですから」

他の三人は手札から目を上げた。どの顔も無言のうちにこう言っていた――「おい、気は確かか？」

「ヘレン・マーコヴィッツはキャシーにテーブルマナーを教えた」ダフィーは表向きに配られ

たカードをチェックした。「五セント賭けよう。しかし、あの子の本質はまったく変わらなかったよ。警官になったのは、コンピュータでより一層おもしろいものが盗めるからさ。しかも、つかまりっこなしにね」

「そうとも」スロープが葉巻に火をつけ、コインをテーブルの中央へ押しやった。「十セント、レイズする。キャシーは、ルイに必要な情報はすべて手に入れてやった。彼もときには恩給のことが心配になったろうよ。あの子がＦＢＩのコンピュータに侵入したときは、十字を切っていたもんだ――おっと失礼、ラビ」

「あの子のやってのけたことと言ったら」ダフィーが言う。彼は、それが最強の手になる見込みなどまるでないふうを装って、手札をいじくりまわしていた。彼の十セント硬貨がいかにも惜しそうにコインの小山のなかへ押しこまれた。

「小さいころのあの子を覚えているかね？」スロープが言った。「ヘレンが、ニューヨーク大学の子供向けのコンピュータ・コースにあの子を入れたろう？」

「ああ」ダフィーが答えた。「あの日のヘレンは本当にうれしそうだった。とうとうキャシーが、合法的なことに興味を持ってくれたんだ。あの子からプレゼントをもらったとき、ヘレンがどんなに泣いたか覚えているかい？　ほら、コンピュータ・スクールであの子が作った作品さ？」

「貯蓄貸付組合からの送金だろう？」つぎのカードが表向きにテーブルに置かれると、スロープは賭け金の山にさらに一枚五セント玉を投じた。

「それさ」ロビン・ダフィーが思わずにんまりする。手札がいくぶんよくなったのだ。彼はすぐさまその表情を隠そうとして、ぶるっと唇を震わせた。「キャシーには、どうしてヘレンが泣いているのかさっぱりわからなかった。あの子は、クリスマスの三週間前に当座預金の口座に二万ドル入りゃ誰だって大喜びするはずだと思っていたんだ」

「それから――」とラビ・カプランがつづける。「キャシーはこう考えた――そうか、ヘレンはユダヤ人だもの。クリスマスは関係なかったんだ」

つぎの四時間で、チャールズは、ポーカーは本で学べるものではないということ、そして、ヘレンがキャシーの行いに奇跡を起こしたということを知った。六カ月間里親を務めた結果、マーコヴィッツ夫妻は、子供を買物に連れていき、数分間つづけて目を離していられるまでになった。というのも、盗みは、小さな盗みであれ、大きな盗みであれ、ヘレンを泣かせたからだ。ヘレンの教育のおかげで、いまやキャシーはどこへ行ってもきちんとしたお嬢さんで通る。ただしここでは別だ。この三人の男たちだけは、本当のキャシーを知っている。生まれながらの泥棒、善悪の観念に欠けた手に負えないワルである彼女を。それでもルイ・マーコヴィッツは、この地球上に住む五十億の人間の誰よりもキャシーを愛していた。

ヘレンのプレゼント騒ぎのあと、ルイはキャシーにコンピュータ・コースをやめさせた。ニューヨーク大学のインストラクターは、すばらしく利口なその生徒を失うのを残念がった。送金の件はちゃんと処理しておきましたよ――分厚い眼鏡をかけた、その青白い小男は言った。銀行は金がなくなっていたことに気づいてもいないんです。なぜお子さんをやめさせるんですか？　インストラクターは心底不思議がっていた。お嬢ちゃん、悲しそうですよ。ほら、いまにも泣きだしそうじゃありませんか。

ルイが、逃がさぬように手をつかまえているその子供は、ただの子供ではない。しかし、こういう人当たりのいい、どこまでも辛抱強い小男に、それをわからせる方法があるだろうか。キャシーなら、丸一日、体中針でつつかれつづけても、決して決して泣かないだろう。この子には急所などないのだ。

後にその彼女も、ヘレンの死を悼んで泣くことになる。しかしそれはまだまだ何年も先のことだった。これは、この小さな犯罪者の幼いころのエピソードなのである。

一般市民をキャシーから守ろうと固く決心したルイは、放課後、彼女を職場に連れていき、重大犯罪課のオフィスに並ぶコンピュータを指差した。ひどいポンコツさ――ルイは、当時はまだ彼の襟のバッジにも背が届かなかった、やせっぽちの子供にそう説明した。ここには天才プログラマーはいないし、まともな機械もない。ここにあるやつは二回に一回は故障している。いま、まるっきり動かないパソコンが一台あるんだ。自信あるんだろう？　直してくれ。そうすりゃ好きなだけそいつで遊ばせてやるよ。

そのときから背丈が一インチほど伸びたある晩、キャシーは奇妙な薄笑いを浮かべて、こっそりルイのオフィスに入ってきた。そして、一束のプリントアウトを彼のデスクにどんと載せると、何も言わずに出ていった。ヘレンが小さな天使を連れ帰ったあとも、ルイは長いことデスクに向かって、かねがねありうると思っていた市警の汚職の裏情報に読みふけっていた。小さな泥棒は、あらゆる階層の暗号を打ち破り、内務監察部のコンピュータに入りこんだのだ。

プレゼントのつもりで。

キャシーはこのときほど長々とお説教されたことはない。

ゲームのほうは、クイーンを持っていれば2がワイルドカードになり、10を持っていればジャックがワイルドカードになる、変則的なファイヴ・カード・ドローへと変わっていた。そのころには、チャールズもかなりこのメンバーに詳しくなっていた。たとえば、スロープは優れた検視官であるだけでなく、葉巻の煙で輪っかを作ることもできるのだ。

スロープは指を一本立てて、カードを一枚受け取った。他の連中に四枚そろったと思いこませる作戦だ。ただのはったりだが。「あの子はわけがわからず何カ月も考えていた。なぜルイは、あのブツを利用して刑事局長にのしあがらないんだろう、なぜがっぽり賄賂《わいろ》をせしめないんだろう、とね」

ダフィーがここで口をはさむ。「それにあの子は、ちょっとした分け前も期待していたんだろうよ。二枚くれ」

「われわれにはいまだに、キャシーがあの一件をどう解釈したのかわからないんだよ」スロープが言う。「ルイはしばらく、あの悪ガキの軽蔑を買ったんじゃないかと気にしていた。あんなすごい裏情報に手を出さないなんて、腰抜けだと思われたろうとね」

「わたしはこのままで行く」ダフィーが言った。「しかし、ひどい手だな」

「わたしは降りる」ラビがカードを置いた。「二十歳になったあの子が、大学をやめて警察学校に入ると言いだしたときは、あの男、心臓発作を起こしそうになっていたよ」

「盗みのライセンス、それプラス銃さ」ダフィーは賭け金の山に十セント玉をチャリンと投げこむと、顔を上げ、眉をひょいと躍らせた。「この手を見た日にゃ、あんたら泣くぜ」

スロープは五セント玉を二枚放りこみ、他の連中がそれに倣うと、ずるそうな笑顔でダフィーを見やりながら、ワイルドカードのジャックと10三枚を広げてみせた。「ルイは、ニューヨークの町をキャシーから守るために、さんざあちこちにたのみこんであの子を重大犯罪課に入れたんだよ」

ラビ・カプランが両手を上げた。「もう充分だよ、エドワード。あんまり言うと、チャールズが怪物を譲り受けたと思いこむぞ」

「事実そうだからな」そう言うと、ダフィーはワイルドカードとクイーン三枚をテーブルに広げ、その短い腕を伸ばして、どうにかこうにか五セント玉と十セント玉の山をかき寄せた。

「ルイとヘレンが街から救い出したとき、キャシーにはまだ根っこの部分の感情は残っていた」スロープが言った。「だが、あの子を完全に社会化することはできなかったんだ。文明化に至ってはまるで無理だったしね。とにかくもう遅すぎたのさ」

「あの子はひと目でヘレンを愛するようになった」ラビ・カプランが新しいカードを配りながら言った。「でも、ルイがあの子の信頼を勝ちえるまでの道のりは長かったよ。一年経ってもまだ『よう、おまわり』だったからね。それからようやく『よう、マーコヴィッツ』になったんだ」

「でも、あの子はルイを愛していた」スロープは言った。「路上で暮らしている間に、もっと荒《すさ》んでしまう子もいるんだ。目をのぞきこんでも、そこに心がないんだよ。麻痺しちまっているのさ。そういう子供たちから連続殺人鬼が生まれるんだ。幸いキャシーの感情はまだ生き生きしている。それでもあの子が毀《こわ》れていることは忘れんほうがいいだろう」

チャールズは手札を並べ換え、それによって他の三人にツーペアがあることを見抜かれてしまった。自分を取り巻く笑顔を、彼は見あげた。「例の透明人間も、毀れた子供だったのかもしれませんね」

スロープは指を二本立てて、カードを請求した。「世の中には生まれつき邪悪な人間もいるとルイは言っていた。わたしもその意見に賛成せざるをえないな。この殺人鬼はたぶんごくふつうの社会病質者で、どうということのない存在なんだ。そういう連中は異常とは言えないほど大勢いるんだよ」

「ルイは、人が人を殺すのはほとんどの場合、金《かね》のためだと考えていた」ダフィーが手を振って、カードの交換をことわる。「重大犯罪課は、きわめて残忍で奇怪な事件や気の触れた連中を扱うために組織されたんだ。だが結局、犯人のほとんどは、金を狙っているか、刺激を求めているかなんだよ」

「刺激？」

「社会病質者はふつうの人間よりも刺激が必要でね。思うに、殺しという行為はかなり刺激的なんだろう」スロープが言う。「五セント賭ける。そして、今度の社会病質者には、虫けらほどの倫理観もないんだ」

三ゲーム終わって、チャールズの手持ちの金が十セント硬貨の包み一本となったとき、ラビは、キャシーの行動も読めなくはないという話をしていた。彼女には彼女なりの倫理観があるというのだ。「ヘレンの人間性が、キャシーの行動を規制しているんだよ」

ラビ・カプランは、史上最悪の手札ごしにチャールズを見つめ、勝利者のごとくほほえんだ。チャールズは自分の手札を見おろした。ラビのよりいい手——実のところ、すばらしい手だったのだが、彼の顔がその事実を告げるなり、他の三人はゲームを降りてしまった。

「気づいているだろう？」ラビ・カプランは言った。「あの子は、ルイを殺した犯人を追うつもりなんだ」

「ルイには犯人が誰かわかっていたんでしょう？」

「それは何とも言えんな」スロープが言う。「ルイは、ホシの特徴をいくつもつかんでいた。だがそれはごく一般的なことばかりだったよ。ホシは利口なやつだ。その点は確かだね。やつは毎回ちがうナイフを使っている。刃の形状もまったくちがっているんだ」

チャールズは、彼を勝利に導いた手を広げてみせたが、驚く者はいなかった。「二件目の殺人はどうなんです？　ゲイナーというご婦人は、車のなかで発見されたんですよね？　犯人は鍵をこじ開けたんじゃありませんか？　ということは、プロの犯行でしょう？」

「鋭い指摘だな」ダフィーはそう言うと、自分の前を素通りして、チャールズ側へかき寄せられていく賭け金を悲しげに見つめた。「だが、ニューヨークじゃどのブロックにも、鍵のかかっていない車の一台や二台はあるんだよ。その車の持ち主の爺さんは、細君の見舞いに病院に行くときしか運転しない人でね。鍵をかけたかどうか覚えていないんだよ。ああいう街じゃうっかりするのも無理はない。グラマシー・パークには昼日中に車を盗むやつなんぞいないからね」

「白昼、人を殺すのは、ただ車を盗むよりむずかしいはずですよ。犯人は周囲に溶けこめる、その地区の住人なんじゃないでしょうか？」

「グラマシー・パークにもちゃんと容疑者はいる」ダフィーが言う。「殺された婆さんたちは、莫大な財産を遺しているからね。だが、相続人たちを犯行に結びつける証拠がないんだ。法廷に持っていっても一笑に付されるだけさ。相続人に三つの殺しのうち一件にでもアリバイがあれば――実際、彼らにはあるわけだが――他の二件のほうも当然怪しくなってくる。仮に状況証拠があったにしてもね」

「犯人はとても利口だよ」ラビ・カプランが言う。「ルイは、現行犯でつかまえるしかないと言っていた」

「ふたりでやった可能性は？」

「あると思う」スロープが言う。「しかしルイの見方はちがっていた。彼はずっと単独犯による犯行だと考えていたんだ。『連中』とか『やつら』なんて言葉は一度も使わなかったよ。彼はホシを、『ケダモノ』とか『怪物』とか『そいつ』と呼んでいた」

つぎのゲームはすでに始まっている。チャールズは最後の一枚をラビに配った。「キャスリーンの行動はだいたい読めるとおっしゃっていましたよね？」

「きみももっとヘレンのことを知れば、いっそうキャシーを理解できるよ」

「このままで行こう」ダフィーがそう言って、カードをことわる。「小さいころ、キャシーは、ありとあらゆるものを盗んで、ヘレンにプレゼントしたもんだ。それくらいヘレンを愛していたんだね。ヘレンのためならいくら盗んでも足りなかったんだ」

「二枚くれ」スロープが言う。「たぶんあれが、自分を愛してくれたことに対する、あの子なりのお返しだったんだろうな」

「もちろん、プレゼントをもらうたびにヘレンは泣いていたよ。一枚くれ」

「あの子はひどくとまどっていた」ダフィーが言う。「だって、どれもただなんだからね。なのにヘレンはなぜ泣くんだろう？　キャシーはいい子だったよ……あの子なりにね。ヘレンの言いつけはいつだって守っていた。でも必ずしも、その理屈がわかってたわけじゃない。しまいにあの子は、自分にも理解できるルールを作った。ヘレンを泣かせるようなことは一切しない——たとえあの人がなぜ泣くんだかわからなくてもだ。以来あの子は、決して物を盗まなくなった」

「カードを換えますか、ラビ？」

「そう、物はね。あの子は二度と物は盗まなかった。一枚もらおう。でもヘレンの盲点が、キャシーの法の抜け道となった。ヘレンはコンピュータのことは何も知らなかった。だから、キャシーの見方によれば、コンピュータでできることは、ほとんど全部合法なんだ」

「それにヘレンは、キャシーが人を殺す可能性なんて考えたこともなかった」スロープが付け加える。「だからあの人は、人を殺しちゃいけないとは一度もあの子に言わなかったんだよ」

第四章

マロリーは、ジッパーを上げ、ボタンをはめ、ブックバッグを肩にかけながら、「くそっ」というつぶやきとともに、ドアの外へと飛び出していった。きょうにかぎって目覚ましの音を聞き逃すとは。ゲイナーはもう家を出ているだろう。でも地下鉄で行けば、彼より先にキャンパスに着く。

時刻は八時半、ラッシュアワーだ。彼女は、運よく座席を確保した通勤客たちと並んで、ぎゅうづめのシートにすわった。立っている乗客たちは、壁際へぐいぐい押しやられていく。彼らはすでに、家畜輸送車的なその環境に痛めつけられ、いらだっていた。トラブルが起きないよう願いながら、それでもその全員がニューヨーク人らしく心を完全武装して、誰かが押されたり、足を踏まれたり、背中、もしくは、腹にブリーフケースを突っこまれたりすることから始まる、避けがたい争いに備えている。

百十七番ストリートで電車を降りると、地下鉄構内の朝のアンモニア臭は次第に強まり、壁に向かって立ち小便している男のそばにさしかかったとき、正真正銘の尿の臭いとなった。あまりにも見慣れた光景なので、公共の壁をトイレ代わりに使うのが違法であることなどマロリーはとうの昔に忘れていた。彼女は階段を上り、朝の日差しへと足を踏み出した。ひんやりした空気と、近くの売店から漂ってくる熱いプレッツェルやコーヒーの香りが彼女を包みこむ。

坂になった歩道を、〈ニューヨーク物乞いスクール〉の卒業生が、おぼつかない足取りで近づいてくる。男の手には商売道具の紙コップが握られていた。その片脚はねじ曲がり、誰が見ても不自由そうだ。しかし、マロリーの目の何かが、近くまで来た男を思い留まらせた。彼はいきなりコースをそれ、どこも悪くない二本の脚で遠ざかっていった。

マロリーは大学キャンパスの見慣れた門をくぐり、広場を横切って、通りを見張れる建物の入口に身を潜めた。ゲイナーは毎朝、同じ場所で、必ず九時を回ってからタクシーを降りる。マーコヴィッツの時計によると、いまはまだ九時十分前だ。マーコヴィッツが持ち歩いていたころ、その時計はずっと止まったままだった。時計の修理の件は、十年にわたるマーコヴィッツ家の話題で、夕食後パイとコーヒーが出ると、決まってふたことみことその話が出たものだ。マロリーは、両親のやり残したその仕事を代行し、遺品が警察から返ってきたその日に時計を修理に出した。宝石店からもどってきたとき、時計にはもうひとつ、新たな特徴が備わっていた。金の蓋の内側、マーコヴィッツの祖父と父と本人の名の下には、新たにマロリーの名が刻まれていたのである。

彼女の視線が、広場の向こうのガラス張りの学生食堂へとさまよっていく。眠たげな学生たちがコーヒーをがぶ飲みしている。トレイを持った学生たちがレジに並んでいる。つづく十分の間に、数人の学生が金を払わずに出ていった。食堂のスタッフはやる気のない学生アルバイトで、他の学生たちがテーブルや椅子を盗んでいったところで一向気にならないらしい。こんな盗みは簡単すぎて、敬意に値しない。

マロリーはふたたび懐中時計に目をやった。今朝のゲイナーはいつもより遅い。彼女は上着のポケットから手帳を取り出し、メモを取った。何か変わったことがあれば、すべて書き留めることにしているのだ。

だがゲイナーは遅れていたのではなかった。早く来ていたのだ。

彼は食堂の正面口からふらりと出てきて、広場を歩きだした。手には蓋つきの紙コップと茶色の紙袋を持っている。彼女のメモによれば、その中身は通常、チョコレート・ドーナツ一個、紙ナプキン一枚、薄めのコーヒーに入れる砂糖三袋だ。

マロリーは教官室まで彼をつけていくと、少し離れた廊下の壁に寄りかかり、掲示板を眺めるふりをしながら、ゲイナーの二十分の朝食が終わるのを待った。きっかり二十分後、彼はブックバッグを肩にかけて出てくると、ドアに鍵をかけた。マロリーは充分距離を置いて、最初の授業に向かう彼をつけていった。

ゲイナーの両脚は、どうやら別々の方角に進みたがっているようだった。二本の腕も東と西を向いている。この男の手足は、不承不承胴体に従っているだけなのだ。当然予測のつくことだが、講堂に向かう途中、彼は一度、敷石に足を取られ、さらに、大理石の階段でもつまずいた。学生たちは、ゲイナーの到着と同時に集まりだした。彼らは、ひとりで、あるいは連れ立って、どやどやと入ってくる。若者たちが席に着き、紙がガサガサ音を立て、本が膝に載る。ゲイナーはそのざわめきのなかで、書見台にノートを並べた。やがて講堂が静まり返ると、ゲイナーはにっこりして、おはようと言った。

マロリーはいつもどおり講堂の後方に席を占めた。その位置なら、百もの若い顔のなかに埋もれていられる。ノートとペンを手に、彼女はおなじみの役を演じた。ただしそれは、初めてゲイナーの授業に出たときから単なる演技ではなくなっている。彼は優秀な教授だ。講義の間に居眠りする学生はひとりもいなかった。

彼が三度目にチョークを落としたとき、マロリーは、隣の席の学生が、ノートの上のほうに小さく一本、線を引いたのに気づいた。そこにはすでに二本、線があった。授業が終わるまでに、記録は5となるはずである。

ゲイナーは多くの点で先の読める人物だが、決して退屈な男ではなかった。マロリーは学生たちといっしょになって熱心に話に耳を傾けながら、彼の皮肉なユーモアに笑みを漏らすまい、彼を好きになるまいと懸命に努めていた。

ふたつめの授業が終わると、彼らは――ゲイナーとその黄金色の影法師は――ゲイナーが本を落としてそれに蹴つまずくという事故はあったものの、それ以上ひどい災難に見舞われることもなく、ふたたび教官室にもどった。

マロリーは、ゲイナーが学生との面談をこなす間、ずっと廊下のベンチにすわっていた。学生たちはつぎつぎ部屋に入ってきては、また出ていく。つづく二時間、彼は一瞬たりともひとりにはならなかった。

マロリーは最後の学生の到着時刻をすばやく書き留めると、キャンバス地のブックバッグから自分宛の手紙を取り出した。きのうのうちに開封すべきだったその手紙を彼女は見つめ、片手で重みを確かめた。封を切るまでもなく、内容はわかっていた。ロビン・ダフィーがまた勧告をよこしたのだ。彼は、マーコヴィッツ一家の弁護士であり、長きにわたる友人でもあった。そのささやかな一家ももう存在しない。ブルックリンの家を何とかしなくては――ダフィーはそう言ってきたのだろう。これでもう三度目。マロリーは、未開封の手紙をそのままポケットにしまった。

家のことはまだ先だ。

あの古い家に入っていき、もうそこに家族はいない、この先もずっといないのだというつらい現実を受け入れる気にはまだなれない。

マーコヴィッツはどの次元かに、まだ存在しつづけている。でもそれは来世ではない。天国など役には立たない――とてもあるとは思えないから。彼女も古いラジオ番組のヒーローなら一時間ほど信じていられるが、それが限界だ。それでも、マーコヴィッツはどこかに存在しつづけなくてはならない。

彼女はあの日以来、警察署にほど近い小さなカフェには行っていない。朝のうちは、その区画は歩かないようにしている。もしも存在しつづけているなら、マーコヴィッツが朝食を取っている時間帯だから。ブルックリンのあの家にも帰れない。マーコヴィッツが芝生に覆われた墓地の暗い穴にいることを認めるわけにはいかないのだ。彼のいないあの家を見ることはできない。

マロリー自身も、これまでの彼女と同じように存在しつづけている。つぎは何をして親父さんの目を見張らせようか、ポーカー仲間が集う木曜の夜のために、どんな話題を作ってやろうか、作戦を練っている。マーコヴィッツはいつもこんな具合に話しだす――「なあ、聞いてくれ、うちのおチビさんが今度は何をしでかしたか」

サマンサ・サイドンはドアマンに白髪頭を軽く下げると、銀色の柄の杖を振り振り、隣のブロックへ向かってのろのろと歩きだした。わずかに足を引きずりながら、ひどい転びかたをして腰を折った忌まわしい記憶を胸に、彼女は歩道を急いだ。骨はいつまで経ってもつかなかったし、関節炎の攻撃が彼女の苦痛をいや増した。もう一度転ぶくらいなら、四頭の早馬に四つ裂きにされたほうがまだましだ。彼女はその杖なしには、どこへも出かけない。ライオンの頭がついたそれは、いくばくかの勇気を与えてくれるのだ。

ほどなくサマンサは、グラマシー・パークの静けさから、その周辺のなじみのないマンハッタンの喧騒へと深く入りこみ、その空気すら信用できずに浅く呼吸していた。彼女は手を振ってタクシーを停め、運転手にミッドタウンのある所番地を告げた。その男がニューヨークの伝統的タクシー・ドライバーだと知って、彼女は驚いたり喜んだりした。彼はブルックリンなまりの地元民で、どのブロックでも命を賭して車線変更を繰り返し、黄信号はすべて突っ切ったのである。運転手が住所をまちがえ、町の反対側に行ってしまう可能性まで計算に入れていた彼女は、約束の時間よりかなり早くマディソン・アベニューに到着し、車から降り立った。

余った十五分の間、彼女は、人通りの激しい曲がり角の公衆電話のそばに立ち、街を行進する足もとの確かな企業戦士たちを見守っていた。彼らは、底の平らな靴やハイヒールをピシピシカツカツ響かせ、目を一点に据え、昼休みの邪魔をする者は老婆でも幼児でも平気で踏みつけていこうとしている。こんな連中など、自分の投資のもたらすたった一日分の利益で、好きに売り買いできる。そうとわかっていても、サマンサは彼らが怖かった。何かのはずみで軽くひと突きされれば、彼女は、ベッドで牽引されたまま、あるいは、車椅子に縛られて、残る一生を送ることになるのだ。杖を使う日々でさえ残り少ないというのに。

しかし時計の針が進むにつれて、こうした考えはどこかへ消え去った。公衆電話が鳴ったときには、心の準備はできていた。それどころか彼女は勇み立っていた。

歩行者の大群は心臓が止まりそうなスピードで行き交っている。立ち聞きされる恐れはまったくない。それでも彼女は、受話器に低くささやきかけた。声は、通り過ぎていくバスの音に呑まれた。つづいて警察の車がやって来た。サイレンがすさまじい悲鳴をあげだし、やがて、いらだたしい唸りに切り替わる――「おい邪魔だぞ、ほれほれ、どくんだ」ついにサマンサは、周囲のざわめきに負けじと大声を張りあげだした。人々はサマンサになど目もくれず、通り過ぎていく。仮に彼女に頭がふたつ生えていたところで、気づきもしないだろう。

公衆電話から歩み去るとき、サマンサの足の運びは速くなっていた。このささやかな陰謀が、彼女を若返らせたのだ。しかし銀行のウィンドウに映るその姿は、這うように進む背中の曲がった白髪頭の老女だった。

ゲイナーと前後してキャンパスの劇場に着いたマロリーは、階段の最上段に立ち、入口横手のガラスの奥に収まった芝居のポスターをさりげなく眺めはじめた。彼女はすでにそらんじている宣伝文句をもう一度読み、ゲイナーがドアをくぐって三分経ってから、なかに入っていった。

この建物のことは、よく知っている。学生時代、バーナード大学演劇部の公演に参加していたからだ。あのころの生活は、いまとはまったくちがっていた。いま思い返してみると、それはまるで別の誰かの身に起きていたことのようだ。自分ではないあの少女は、周囲の人々がさかんにおしゃべりしている間、ひとりぽつんとすわっていた。彼女の耳に聞こえていたのは、生き生きとしゃべる口と狩られるものの優しい目を持つ、自分とはちがう生き物たちの言葉だった。

せまいロビーに入ると、ゲイナーはちょうど、扉を通って劇場内へと消えていくところだった。あとを追おうとすると、目の前に若い女が立ちはだかった。女は両手を腰に当て、ちりちりの茶色いロングヘアをさっとうしろへ振り払った。その髪は、まるで錆びたスチールウールを長く伸ばしたようだった。

「なかへは入れないわよ」女は言った。自分がどんなに愚かしく見えるかまるでわかっていない喧嘩っ早いプードルそっくりの態度だ。

マロリーの見たところ、このちりちり頭のブルネットは二十歳そこそこだ。第一、マロリーより小柄で骨格も華奢《きやしや》なうえ、銃も持っていない。彼女は女を迂回し、先へ進んだ。

「あと一歩でも動いたら、警備員を呼ぶわよ」

こいつは馬鹿なのだろうか。マロリーは足を止め、プードルを見おろした。「だから何？大学の警備員が駆けつけてくるのは四十分後でしょ。まったく来ない場合もあるし」

ククッという笑いが脇で起こった。明らかにプードルを笑っているのだ。見ると、デニムのシャツにブルージーンズという格好の、ベビーフェースの若者が、チケット・カウンターに片肘をついていた。彼はマロリーを見つめながら、タバコに火をつけ、それを口からだらんと垂らした。そして、古びたフェルト帽の広いつばを軽く持ちあげてみせると、そのつばを小粋に斜めに傾けた。マロリーは、帽子と若者の両方に合格点を与え、ほんのかすかにうなずいた。

「いま舞台稽古の最中なの」プードルは、相変わらず険しい目つきでマロリーを見あげながら言う。「出演者以外、立入禁止よ」彼女はふと空気を嗅ぎ、煙の匂いを捉えると、さっと頭をめぐらせた。一歩遅れて胴体がそのあとにつづき、若者のほうを向く。「いますぐそのタバコを消しなさい！」彼女の額で左右の眉が衝突する。「この建物内での喫煙は違法よ」

「だけどさ、ブー、ぼくは法律なんかちっとも気にしてないんだよ」若者は言う。彼の笑顔は、チャーミングな子供の笑顔だった。

「消しなさい。さあ！」

若者はかがみこんで、すり減った靴の裏でタバコをもみ消したが、吸いさしを捨てようとはしなかった。タバコを無駄にしたがらないところを見ると、この子は特待生らしい。親に金があるからでなく、優秀さゆえにここにいるのだ。

「わたし、今夜の座席案内係なんだけど」マロリーはブーと呼ばれたプードルに言った。「まずプログラムを折る作業から始めて」彼女はチケット・カウンターから段ボール箱を引っ張りだし、マロリーの手に押しつけた。女が楽屋口からそっくり返って退場すると、マロリーは若者に向き直った。

「何でもっと早く言わなかったのよ？　じゃあこれ」プードルはぴしゃりと言った。「まずプログラムを折る作業から始めて」


「ブーって何？　名前なの？」

「ううん、いやがらせにそう呼んでるんだ。ブーいじめは、ここじゃひとつの芸術形式なんだよ。きみもなかなか筋《すじ》がいいじゃない」彼はふたたび夕バコに火をつけて、にっこりした。

「ところで、いつから案内係が舞台稽古につきあうようになったのよ？」

「何でもがんばってやるたちなの」

「それとも苦行が大好きかだな。ぼくのほうはこんなの二度とごめんだね。出演者だからしかたないけど」若者は木のベンチに腰を下ろして手招きした。「ねえ、どう思う？　ラジオの台本をビジュアルなものに使うのって、ちょっと無理があるんじゃない？　こんなのありかな？」

「シャドーにかぎって言えば、無理でしょうね。シャドーはラジオじゃないと見えないもの」

マロリーはプログラムの箱を膝に載せ、懐中時計を見た。「さっき見かけたのは、ゲイナー教授？」

「うん、何分か前に入っていった」

「あの人、ここで何してるの？」本当は知っているのだが。ゲイナーの名は、マロリーの書斎のコルクに貼られた芝居のビラに載っている。

「ブーが、ラジオ・アナウンサー役に教授を引きずりこんだんだよ」

マロリーはプログラムの箱を脇に置いて、向かい側の両開きのドアをじっと眺めた。確かあれは階上席へのドアだ。あの向こうには階段があるはずだ。これまでのところ、ゲイナーが昼の間に十分以上マロリーの視界から消えていたことはない。ところがいま、そうなりかけている。ここにはいくつ出口があるのだろう？

ブーがロビーにもどってきた。口が醜くゆがんでいるところを見ると、ご機嫌斜めらしい。タバコを吸っている不運な若者に目を留めると、彼女は生気を取りもどした。

「タバコを消しなさい、さあ！」

ブーはマロリーに目を向けた。マロリーは、プログラムを一部ゆっくりと手に取り、それを丹念にふたつ折りにした。

「ほら」ブーは赤いチケットの束をマロリーの面前に突きつけた。「無料招待券の枚数も数えて」

赤い束とブーの手は、チケットの勘定にまるで熱意を見せないマロリーに無視され、宙に浮いていた。ブーが何か言おうと口を開くと、マロリーは目を細めてその顔を見あげた。ブーは、命令を受けたかのようにすばやく口を閉じ、ベンチの反対端に腰を下ろして、自分でチケットを数えはじめた。ほんのわずかでも自分の権威が脅かされる可能性がある場合は、自ら手を動かしたほうがいい。あるいは、彼女は、自分が単なる二十歳の小娘で、何の権威もないことを思い出したのかもしれない。

マロリーはふたたび懐中時計を確認した。ゲイナーが視界から消えてもう十分になる。老婦人を殺し、また舞台稽古にもどってくるのに充分な時間とは言えないが、どうも気に食わない。

若者がブーの手からチケットを取りあげた。「ぼくがやるよ」

ブーがロビーのドアから劇場内へ入っていくと、彼は、無惨にねじ曲がったタバコにもう一度火をつけた。マロリーはすばやく立ちあがると、いきなり人が消えたことに驚いてはっと顔を上げた若者の表情を惜しくも見逃し、正面の両開きのドアへと向かった。

マロリーは、長い脚を大きく伸ばして一度に三段ずつ、広い階段を駆けあがっていった。ここには一度しか入ったことがない。そう言えばこの階段は、懐中電灯なしだと危険なのだった。ふたつづきの階段をぐるぐる上っていくと、小さな通路に出、その先の暗闇に五段の階段があり、さらにその先が二階席になっていた。彼女は闇にまぎれてそこにすわった。ブーは、はるか下の舞台中央で照明係に指示を出している。舞台の十フィート手前は、客席の最前列になっており、ふたりの若い女がそこにすわって、いっしょにひとつのクリップボードをのぞいている。ふたりとも、ブーと同じく、ジーンズにカウボーイ・ブーツというバーナード大学のユニフォーム姿だ。舞台上手《かみて》には、まるでバーナードらしからぬ赤毛の女が、ふくらはぎの半ばまで届くドレスにスティレットヒールといういでたちで立っている。また、ステージの端には、髪をぴったりうしろになでつけ、四〇年代風のスーツを着た若い男が、時代遅れのランニングシューズをぶらぶらさせてすわっていた。ブーは、両足を踏ん張り、両手を腰に当てて、照明係に向かって大声を張りあげている。彼女がひと声どなるたびに、ステージのちがう部分に照明が当たっていく。やがて二十二番のヒューズが飛び、劇場内は真っ暗になった。

サマンサ・サイドンは腕時計を確認し、杖のてっぺんについた銀のライオンの頭を、一方の手でぎゅっと握った。足音より先に、彼女は背後の気配に気づいた。その日は朝から、何かゆゆしきもの、目に見えない怪物が迫っているのを感じていた。いまそれが近づいてくる。その瞬間はもう目前だ。それは死だった。

関節炎の痛みのせいで、すばやく振り向くことはできなかった。分厚い眼鏡の向こうに目の焦点が合うまでには、さらに時間がかかった。困惑が、霞んだ茶色の目を一層曇らせる。

「じゃあ、あなただったの」彼女は言った。「不思議だこと。ほんとに不思議」彼女はナイフをじっと見つめた。悲鳴をあげようかとも思ったが、その考えはただぼんやり浮かんだにすぎず、本当に声を出す気などなかった。杖が弱々しく上がっていき、最初の一撃を防ごうとする。この動きは命そのものの条件反射なのだ――死ぬ直前、彼女はそう認識した。その器《うつわ》が生きながらえることにさほど執着していないというのに、命とはしぶといものだ。

ブーは、ちりちりのたてがみをさっとひと振りして、ステージに上がった。髪は彼女の思いのままにはならず、ただ片側に固まっている。

「照明係はどこ?」彼女は闇に向かって叫び、片手を目の上にかざして、二階席の、マロリーの上あたりを見あげた。「時間がないのよ!」

それにゲイナーはどこなの? マロリーは思う。また二分が過ぎた。あと二分やろう。それでも出てこなかったら、さがしにいく。

ブーは、今度は一番から二十番までの照明に合図を出しながら、舞台上をすまし返って行きつもどりつしている。照明がつぎつぎとついては消えていく。彼女は叫んだ。「ジョナサン! いったいどこにいるの?」

そうよ、どこなの? マロリーは思った。もうすぐ十九分。どこにいるの、あのろくでな——?

ゲイナーがステージに駆け出てきた。つばの広い帽子をかぶり、ネクタイをゆるめ、シャツの袖はゴムバンドで留めてある。いつもとちがう点は他にもあった。がくがくと肘を突き出す癖は消え、両脚もいつものようにぎくしゃくせずに協力しあってひとつの方向に胴体を運んでいる。彼は深々とお辞儀をして、ブーの手に接吻した。しかも滑稽な印象はみじんも与えず、実にクールにだ。急に風格が出たわね、とマロリーは思った。これがいわゆる演技というやつなのだろう。

ゲイナーは踊るような足取りで優雅に軽々と、事故を起こしてやろうと身構えている即席造りのがたつく階段を上っていった。壇上に上がると、彼は、デスクの前の、背もたれのまっすぐな椅子にすわった。デスクの中央には、ラジオ局のコールサインを戴いた旧式なマイクが置いてある。壇の下手《しもて》側には、造りつけの凹みがあった。

ブーがつぎの合図を叫ぶと、客席の照明が落ちた。「シャドーはどこ？」

ロビーの扉がさっと開き、両側の壁にバタンとぶつかった。舞台上の俳優たちがいっせいに振り返る。その視線を浴びながら、泥酔状態の若い男が劇場内につかつかと入ってきて、薄闇に立ちつくした。乱れた黒い巻き毛に、それよりもっと黒い目、そして豊かな唇。こんなに美しい若者はこれまで見たことがない――マロリーがそう思ったとたん、彼はばったり倒れた。後頭部、尻、片腕のみごとな三点着陸。これがシャドーにちがいない。ブーの顔に浮かんだショックの色が、その仮説を裏づけている。

ゲイナーは壇上から降りてくると、軽やかにステージの端に進み、床に飛び降りた。彼は意識を失った若者の名を呼び、その体をつつき、息があるかどうかチェックした。そしてついには、若者の腋の下に手を入れ、力の抜けた両腕をずるずる床に引きずりながら、横手のドアから出ていった。

ブーは何を血迷って、意識を失っていてさえセクシーな、あの人目を惹く若者にシャドー役を振り当てたのだろう。どう考えてもミスキャストだ。シャドーは人の心を曇らせ、自らの姿を見えなくする力を持っているのだ。しかしどんな女も、彼を見逃すほど鈍くはなれないはず――死んで三日経っていようと、目隠しされていようと、ひどい人混みのなかであろうと、あの若者になら気づくはずだ。

ゲイナーがステージにもどってきて、デスクのうしろの持ち場に上っていった。壇は、いかにも一時しのぎの、ちゃちなものだ。マロリーは、いまにもそれがくずれ、ゲイナーとデスクと椅子とをステージ上に放り出すのではないかと待ちかまえていた。そうはならなかったけれども、いつかは必ずそうなると信じて彼女は待ちつづけた。

そのあとは、昔なつかしいジャック・ベニーの出し物や、ラジオ・ドラマ《ステラ・ダラス》のシーンなど、ラジオの芝居が一時間つづき、その間、ブーは人のいい出演者やスタッフを威嚇しつづけた。そうしていよいよマロリーは、待っていたせりふを耳にした。

人の心にいかなる悪が潜んでいるか、誰にわかろう？

シャドーにはわかる。

マロリーは、台本のせりふどおりに静かに口を動かした。目を閉じると、そこはふたたびブルックリンの古い家の地下室になっていた。雨降りの土曜の午後、彼女はマーコヴィッツと並んですわり、ココアを飲んでいる。観客はもっと少なく、熱心にヒーローを信じるふりをするふたりだけだ。

会話に、あってはならない長い間《ま》が開いた。シャドーが最初のきっかけを逃したのだ。

マロリーは目を開けた。スターはすでに登場していた。彼がまったくのしらふだということは、最初のせりふですぐわかった。あわててコーヒーを飲んだくらいでは、あそこまで回復はしない。つまり、酔っ払いの卒倒シーンは、ブーを苦しめる芝居にすぎなかったのだ。若者は舞台中央に進み出て、みごとな独白を始めた。

もちろんそのせりふは、まったく別の芝居《欲望という名の電車》に登場する、まったく別の人物のせりふであって、シャドーの台本には何の関係もないものだ。それでもヒロインは、人の心を捉えて放さない野性的なその叫びに雄々しく応え、袖から駆け出てきた。彼女は、はずむようにステージを横切っていき、若者の腕に飛びこんだ。若者は彼女を抱きあげると、出演者とスタッフとマロリーのさかんな拍手を浴びて退場した。

ブーの口汚い叫びは、喝采にかき消された。

客席が明るくなりだすと、マロリーは二階席から降りていった。劇場の外に出た彼女は、本で顔を隠して、階段で待ち伏せした。普段着にもどった役者たちが、ぽつりぽつりと出てくる。ひとりの若者が、不自然に長いフルートを吹きながら、ぶらぶらと通り過ぎていく。ブーが、なおもぶつくさ言いながら、急ぎ足で歩み去る。そして十五分後、ようやくゲイナーが出てきた。彼は、自前の服——ジーンズと開襟シャツとスポーツコート——にもどっていた。

キャンパスを歩いていく彼をマロリーは見守った。ひょろ長い脚は、もとのぎくしゃくした動きを取りもどしていた。肘は鋭く突き出され、足は始終、浮いた敷石につまずいている。彼はいつもの自分にもどったのだ。

ゲイナーの残りの一日には、これといっておもしろいことはなかった。彼は夕刻までキャンパスにいた。マロリーが興味を抱いているのは、明るい時間帯、殺しのときの彼の動きだけだ。疲れ果て、夕方のいちばん混む時間帯にふたたび地下鉄に乗ったマロリーは、車内の壁に押しやられた。背中のブックバッグには手が届かない。こうなったら、人々の頭上の広告用スペースを眺めて我慢するしかなかった。広告のひとつには「イボ、ウオノメにさようなら」と書かれていた。また別の広告は、生まれる権利の支持者たちへの呼びかけになっている——未婚の妊婦を見かけたら、この番号に通報を。

乗客のひとりが険しい目つきでマロリーを見あげ、口を開いた。人の足を踏みつけるやつには、それ相応の恥辱を味わわせてやらなくては。しかし彼は、マロリーの目を見て急に考えを改め、彼女に倣って広告を読みはじめた。

チャールズにはいますぐマロリーに訊きたいことがあった。ところが彼女は、唇を引き結び、冷ややかな目をして、無言で通り過ぎていく。いま怒らせたら命がないかもしれない。そう思った彼は、数分置いてから、マロリーのオフィスとなった奥の部屋に入っていった。何もない部屋、マロリーの人格を示唆する、きわめて気がかりなヒントばかりがある部屋だ。

二段になった三対のコンピュータとプリンタ、そして、もっと高度な機械の収まった可動式コンソールは、ロボットのアヒルのように整然と一列に並んでいる。奥の掲示板も、マーコヴィッツのとはちがって人間味ある乱れに欠け、どの紙もほんのわずかなゆがみもなく四隅を鋲で留められている。横手の棚に並ぶ備品は塵ひとつ寄せつけず、マニュアルや参考書はきちんと背表紙をそろえて、隙間なく本箱に並んでいる。

チャールズが質のいい家具を提供しようとしたのに、マロリーはごくふつうのオフィス用品ばかりで部屋をしつらえてしまった。合金のデスク。回転式の椅子一脚に、回転式でない椅子一脚。デスクのうしろには、金属製の大きなファイル・キャビネットがある。引き出しを開けてみるまでもなく、なかの書類がきっちりそろっていることはわかっていた。部屋には家族の写真一枚ない。壁を飾るのは、グラフ化された情報のみだ。デスクにも私物は一切ない。それは、非人間的なまでに精密に考え行動する、秩序の維持にとりつかれた人間の部屋だった。

この異常な整頓ぶりは、機会あるたびに悪に走り、ナチスのごとき情熱をもって他人のコンピュータを侵略する若い女のイメージとはどうも噛み合わなかった。

「いくつか実務的なことを話し合いたいんだけど、いいかな、キャスリーン？」

「マロリーよ」彼女は、コンピュータのひとつにスイッチを入れながら、機械的に訂正した。

「わかったよ、マロリー。ぼくの会計士のことなんだけどね。ひどく気を悪くしているんだよ。ぼくが仕事のあらさがしをしていると思って」

「そう」マロリーは会計士のフロッピー・ディスクからファイルをひとつ呼び出した。「それじゃ帳簿をごまかしちゃまずいってこともわかったでしょうよ」

「帳簿をごまかす？　アーサーはクリップひとつ盗めない男だよ。名誉ある会計の仕事に生涯を捧げているんだからね」チャールズは、マロリーの椅子のうしろに立ち、彼女がどれだけちゃんと聞いているのか、そして、この話し合いからいったい何が得られるのか、考えあぐねていた。「彼は、扶養家族の欄に初めて我が子を記載した税金申告書をラミネートして取ってあるくらいなんだ。人によっては、赤ちゃんの靴を型に取って、記念のブロンズ像を作る……でもアーサーの場合は申告書だった。彼はいい人だ。手放すわけにはいかないよ」

「別に彼が何かしたとは言ってないでしょ」

「そうかな？　きみは、自分で監査をしたいと言って、彼にディスクのコピーを要求したろう？　それはどういうつもりなの？」

マロリーはもはや聞いてはいなかった。彼女は画面のスクロールを止め、３Ｂの部屋に関する項目をじっと見つめた。「この部屋の人、家賃を滞納してるわね」

チャールズはかがみこんで、彼女の肩ごしにイーディス・キャンドルの項をのぞいた。「３Ｂの人は、家賃を払わなくていいんだよ」

マロリーは、その目にほんのかすかに驚きと色気をたたえて、ゆっくり顔を上げた。

「ねえ、マロリー、石鹸でその目を洗っておいで。この人は高齢のご婦人でね、以前このアパートメントの持ち主だった人なんだ。その部屋の生涯不動産権があるんだよ。わかった？」

ドアのブザーが鳴った。これでこの一時間に三度目だ。過去数週間で、彼は、ある一点については マロリーが完全に正しかったことを思い知らされていた。自分が家主だということを住人たちに隠しておかなかったのは大失敗だった。フルタイムの管理人がいるにもかかわらず、苦情はいつもまっすぐ彼の部屋にもたらされた。アポイントを取って訪れ、手紙や電話で仕事をかたづけるクライアントのほうが、まだ手間がかからないくらいだ。

「そうあわてないで」マロリーが言う。「ところで、お客は誰？」

短いブザーにつづいて、軽いノックの音がした。

「ドクター・ラムシャランだな」チャールズは答えた。「３Ａの精神分析医だよ。あの人は絶対ブザーを二度鳴らさない。何度も鳴らすのは失礼だと思っているんだよ」

マロリーは玄関の前までチャールズについていきて、彼がドアを開けるのを見守った。ヘンリエッタ・ラムシャランが入ってくると、マロリーはコーヒーを作りに出ていった。チャールズが訪問客を当てられるかどうかという、いつもの賭けの支払いだ。ここ数週間、彼は自分でコーヒーを入れたことが一度もない。

最初のうちチャールズは、他の機械と同様、オフィスのコーヒーメーカーにも抵抗を感じていた。これでは見渡すかぎり機械だらけだ。しかしやがて彼は気づいた。マロリーが市警の古いオフィスから盗んできたのは、マーコヴィッツのコーヒーメーカーだったのだ。おかしな話だが、チャールズは、その窃盗を彼女が人間らしくなってきた証と見ていた。それは感傷ゆえの盗みだったのだ、と。

オフィスのキッチンに入るとき、彼はいつもその機械に目をやるまいとしている。ルイの魂が何かに宿るとすれば、このコーヒーメーカーに宿るにちがいない。それを見るたびに、チャールズは、マロリーの日々の行動を把握していないうしろめたさを感じる。夜働くほうが好きだなどという口実は信じられない。彼だってまったくの馬鹿ではないのだ。ときどきそんな気はするが。

「お邪魔してごめんなさい」彼にカウチを指し示され、礼儀正しいヘンリエッタ・ラムシャランが言っている。そのこめかみにちらほら交じる白髪が、真っ黒な髪のなかで明るくきらめく。彼女の髪は、九時から五時まできつく束ねられているのだが、いまはヘアピンから解放されて、ゆるやかに流れ落ちていた。身に着けているのは、くつろげるよう着慣らしたアフターワーク用の色褪せたブルージーンズだ。けれども彼女は、自由なひとときをのんびり楽しんでいたわけではないらしい。その目もとと口もとにはいらだちの色が浮かんでいた。それを見て真っ先にチャールズの頭に浮かんだのは、あらゆる人間を――温厚なヘンリエッタまでも――いらだたせるこのアパートの住人のことだった。

「ハーバートでしょう?」

「ええ」ヘンリエッタは言った。「どうしてわかりました?」

「ハーバートのことなら、だいぶわかってきましたからね」

しかしヘンリエッタのほうは、アパートメントの住人全員を知っている。彼女はここに住んでもう十年以上になるのだ。とはいえ、住人たちが経歴から仕事までお互いのことを何でも知りつくしているのは、不思議だった。チャールズなど、アッパー・イーストサイドに住んでいた四年間、壁一枚隔てた隣人とさえ、そこまで突っこんだ話はしなかった。最初、彼はこれを自分の社交下手のせいと考えていた。近所同士のときに淡白、ときに冷淡なそうした関係はごくふつうのものだと教えてくれたのは、マロリーだった。彼女によれば、このアパートメントの緊密なネットワークのほうこそ変わっているのだ。しかも住人たちには、組合も、共通の興味も、集会所もないのである。この小さな謎はときおり彼を悩ませた。イーディス・キャンドルなら、そのわけを説明できるのかもしれないが、簡単に教えてもらえるとは思えない。

「ハーバートが銃を持っているとお思いなんですね?」チャールズは言った。

「どうしてわかりました？」

「ハーバートの向かいに住んでいるマーティン・テラーをご存じでしょう？」

ヘンリエッタはうなずいた。「ええ、もちろん」

「今朝、廊下でそのマーティンとすれちがったんですが」チャールズは言った。「あの防弾チョッキはいやでも目に入りますからね。特にきょうは暖かかったし。防弾チョッキならマロリーも持っていますが、食料品の買い出しにまで着けていきはしませんよ。となると、やはりハーバートでしょう」

「確かにマーティンはハーバートを怖がっています。でも、イーディス・キャンドルの部屋の壁に口紅の落書きがあったという話はご存じ？」

「いいえ。すると、あの人の部屋が何者かに――」

「いいえ、荒らされたとか、そういうことじゃないの。あの人のトランスのことはご存じでしょう？　あなたは小さいころからあの人を知っているって聞きましたけど」

「トランス？」

「自動書記のことは？」

これは初耳だ。彼の従兄《いとこ》マックスとのマジック・ショーで、イーディスが自動書記のネタを使ったことはなかった。読心術はやっていた。そのことなら覚えている。子供時代のいやな思い出、ふと漏れ聞いた会話の断片が、よみがえりそうになる。しかし彼の直観記憶も、この思い出を呼び起こす助けにはならない。

「トランス・ライティングと呼ばれることもあるんですけれど」ヘンリエッタが言っている。

「イーディスが壁からその文字を洗い落とそうとしていたとき、マーティンがちょうど残り物をもらいに降りていったんです」

「残り物を？」

「不況になってから、彼の芸術作品もあまりお金にならなくてね。イーディスが週に三回、食べる物をあげているんです。ここ数年ずっとですよ。だからマーティンは黙って入っていって、イーディスが壁をごしごしやっているのを見てしまったというわけです」

「マーティンはイーディスの部屋の鍵を持っているんですか？」

「あの人、決して鍵をかけないんですよ。ご存じなかった？　あなたから注意してあげたほうがいいかもしれないわね。わたし、もう何年も前から危ないって言っているんですけれど。アパートメントなんていつよそ者が侵入するかしれないでしょう。たとえ警備がしっかりしていても」

「それでは外部の人間の仕業かもしれないですね」

「壁の文字のこと？　いいえ、ちがいます。あれはイーディスが書いたのよ。本人は、まったく覚えがないと言ってますけど」

「前にもそういうことがあったんですか？」

「ええ。でも、もうずっと昔のことよ」

そして、視線を落とし、そわそわしているところを見ると、その件は話したくないらしい。

どういうことだろう？

「で、今回、その壁には何と書かれていたんでしょう？」

「それがわからないの。マーティンが話してくれないので。あの人がどんなかご存じでしょう？ 一日にみことしゃべったらめずらしいくらいですもの。彼から聞き出せたのは、死、ここ、もうすぐ――これだけです。ハーバートが怖いのかと訊いてみたら、何にも言わずうなずいていました。わたしが知っているのはそれで全部。マーティンの人格はきわめてもろいんです。それに、ハーバートが銃を持っているかもしれないと思うと、わたし自身ちょっと不安だし」

　気がつくとマロリーがそばに立っていた。彼女は、コーヒーのマグカップをふたつ持って、何の前触れもなく、カウチのそばに出現したのだ。

「わたしがなんとかします」彼女は、マグのひとつをチャールズに、もうひとつをヘンリエッタに渡しながら言った。

「いや、いけない。ぼくに任せて」チャールズは言った。ハーバートの妄想狂的な小さな心臓が、マロリーとの面談に耐えられるとは思えない。

　ヘンリエッタはコーヒーを口にし、感謝をこめてマロリーにほほえみかけた。「ハーバートに直接近づくのはまずいかもしれない。彼、爆発寸前だもの。ずいぶん前からいろいろ溜まっているのよ。奥さんは彼との離婚を望んでいて、その裁判が泥沼化しているし、そのうえ九月末には会社もクビになる。もうひとつ何かあったら、もうだめでしょうね。ささくれが剝《む》けたとか、そんな些細なことでも」

チャールズは、マロリーの疑い深げな顔を見あげた。「これではっきりしたろう？」彼は言った。

「つまり、そいつは奇人ってことね」彼女は答えた。

ヘンリエッタとチャールズは目を見交わし、無言のうちに、マロリーの明瞭かつ端的な表現に賛意を表した。

電話が鳴った。チャールズが立ちあがり、デスクに手を伸ばそうとしたとき、マロリーが特に急ぐふうもなくあっさり彼を出し抜いた。彼女の移動のしかた、というより、ある地点からふっと消え去り、別の地点に出現するそのさまは、動揺をかきたてる。

彼女はアンティークの電話機の受話器を取った。

ああ、でもそれはもうアンティークとは言えないのだ。

彼女が電話機のコードを付け直し、もとの架台を捨てて、留守番電話用のプラグが付いたものに替えたと気づいたとき、チャールズは愕然としたものだ。ある日、彼が電話を受けようとすると、通話は口もとからもぎ取られ、デスクの引き出しへと入っていった。そして彼はそのとき初めて、留守番電話の存在に気づいたのである。

「《マロリー＆バトラー》です……ああ、ライカー。ちょっと待って」マロリーは保留ボタンを押すため引き出しを開けた。ふたりがいっしょに見おろすと、なかでは着信のライトが明るく点滅していた。メッセージが四つ入ったままになっている。仮にチャールズに腹を立てたとしても、そんな様子はみじんも見せず、マロリーは自分のオフィスに入っていき、ドアを閉めた。

彼はヘンリエッタを振り返った。「ぼくからイーディスに何があったか訊いてみましょうか？」

「いいえ」彼女は言った。やや度を越してすばやく、きっぱりと。その口調は、いいえ、いいんです、ではなく、絶対やめて、と言っていた。

「なあ、マロリー、一日じゅうどこほっつき歩いていたんだよ？　百遍も電話したんだがね」

「四回でしょ。チャールズったらメッセージをチェックしようとしないのよ。留守番電話が存在しないふりをしてるの」

「ちょっと思いついたんだがね」ライカーは言う。「ゲイナーとキャサリーはそれぞれ、三件中二件の殺しにアリバイがある。だが、ふたりの両方にアリバイがある殺しは、ひとつもないんだ」

「だから何？　共謀説を唱えるつもりなら、たいして興味ないけど」

「まあ待てよ。キャサリーには、祖母《ばあ》さん殺しのアリバイがあり、ゲイナーのほうには、伯母殺しのアリバイが――」

「ねえ、ライカー、あの映画ならわたしも見た。でもそれじゃつじつまが合わないでしょ。マーコヴィッツはホシを知っていたんだもの。容疑者がふたりだったなら、ひとりで尾行なんかするはずがない。どうやってやるって言うの？」

「答えはあるよ。あんたは気に入らんだろうがね、おチビさん」

「言ってみなさいよ」

「コフィーは、マーコヴィッツが謎を解いていたとは考えてない。ホシにはめられたってわけだ。親父さんは、ホシが何者かわかってなかった。だから殺《や》られたんだ。そいつに不意をつかれたから」

「へえ、すばらしい推理じゃない。コフィーは確か、ホイットマンが拉致されたなんて考えてたわよね。彼女がホシに会いに現場に行ったことくらい、頭の足りないチンパンジーだって教えてやれたでしょうにね」

「なあ、おチビさん。ここにいるのはライカーだぜ。おれは味方だ。覚えてるよな？」

「マーコヴィッツのスケジュール帳のＢＤＡについては何かわかった？」

「いいや。コフィーはその線を捨てたよ。おれはひとりで追ってみるが、手がかりがなくてな。ブルックリンの家へも行って、マーコヴィッツの私物を調べてみたが、クレジットカードの利用明細にも小切手帳にもヒントはない。でも、どこに何があるかわかったもんじゃなし。マーコヴィッツの書斎は、署のオフィスとまるでおんなじだよ。あんなふうじゃ何がなくなってもおかしかないね。自分で調べてみちゃあどうだ？　玄関のテープなら簡単にはがれるからな」

「わかった。できるだけ早く行ってみる」

彼女は電話を切った。見ると、三台のうちいちばん端のコンピュータは、まだ、３Ｂの老隠遁者に関するファイルを表示していた。過去二週間の間に、チャールズの漏らしたイーディス・キャンドルについての情報はごくわずかだ。彼はプライバシーを重んじる人間であり、マロリーは彼のこの長所を突きくずすことができずにいる。

マロリーは天井を見あげた。老婦人の気配がする。そう感じたとき、頭上の床で椅子の脚がきしった。三番目のコンピュータ上で赤いライトが点滅し、イーディス・キャンドルの活動再開を告げた。老婦人はコンピュータの電源を入れ、モデムから何かを送り出している。あの小箱を通じて、老婦人は、電子の網の上で、ニューヨークから東京証券取引所まで出かけていき、数秒足らずで帰ってくることができるのだ。

マロリーは、握りとダイヤルのついた黒いテスト用の電話機を手に取った。彼女は電話会社が保守点検に使う番号をダイヤルしながら、椅子を転がし三番目のコンピュータのほうへ移動した。キャンドルのモデムにつながっている電話会社の線を通じて、マロリーは一階上のコンピュータにもぐりこみ、3Bの部屋でキャンドルがアクセスしている画面の監視に入った。今夜の老婦人は、株価を追っているのではなかった。彼女は小さな名もないビジネス情報ネットワークに接続し、信用調査を依頼しているのだった。調査対象のJ・S・ラズボーンなる人物も、きっと降霊会マニアの金持ちなのだろう。調査会社はラズボーンの持ち株の一覧表を上の階のキャンドルのコンピュータに送りこみはじめた。マロリーは三番目の画面に視線をもどし、つぎつぎスクロールされていく株の銘柄を見守った。

これまでのところ、合併や乗っ取りに先だってキャンドルが株を売買した形跡はない。しかし彼女は、暴落直前に株を売ることにかけては、驚くほどツキに恵まれている。そのうち一件は、危険な欠陥商品の回収に伴う暴落だったが、キャンドルは、その情報が公《おおやけ》になる直前に持ち株を売っている。さらに彼女は、商品開発に伴う急騰の前に株を購入することにかけても、やはり公の情報にたよらずに、たてつづけに幸運に恵まれている。そのうちひとつのケースでは、株価は二倍になっている。こうした多数の例から、キャンドルが、百発百中の占いの世界か、インサイダー取引の世界に属しているのは明らかだ。しかし確固たる証拠はない。どの取引も、《ホイットマン化学》の合併で彼女が得たほどの巨額の利益を生んではいない。

マロリーは二番目のコンピュータのスイッチを入れ、サイバースペースに飛びこんでいった。まずキーをひとつたたき、ワシントンDCの証券取引委員会のデータベースに入りこむ。最近のキャンドルの株購入に関するファイルはなし。しかし四年前の《トッド&レミー》の合併と彼女の動きの間には相関性が見られる。この件はまだ充分出訴期限内だが、証券取引委員会は八〇年代初頭の《ホイットマン化学》合併以来、キャンドルへの興味は失っているようだ。おそらく水晶玉の盾に臆したのだろう。

金鉱発見。

マロリーは《トッド&レミー》の合併でボロ儲けした人物のリストに目を通していき、グラマシー・パークのおなじみのメンバー、エステル・ゲイナーを発見した。そこには、この老婦人に対して過去に調査があったことも記されていた。マロリーはキーを五回たたいて、その部分をすっかりコピーし、フロッピー・ディスクに移した。つづいて彼女は、キャンドルが利用している調査会社に接続し、キャンドル自身の信用調査を行った。

イーディス・キャンドルが長期にわたり、この調査会社を利用しているのは明らかだった。情報ネットワークに釣りに行く者は、釣りの餌にもなりうる。マロリーはそれを避けるため、ネットワークには侵入するだけで決して金を払わない。しかしキャンドルはマロリーほど慎重ではなく、調査会社はキャンドルの株取引の履歴をまとめていた。マロリーはざっとページを繰っていき、この新たなデータを、連邦検察局から盗んだ証券取引委員会の調査報告のファイルに加えた。この報告書で《ホイットマン化学》とイーディス・キャンドルの関係を知ったからこそ、彼女はチャールズのパートナーになることを決め、3Bの老婦人へ通じる道を切り開いたのである。

一時間ほどしたころだろうか、ふたたび玄関のブザーが鳴り、ドアが開いて閉じる音がした。かすかに人の話し声がする。マロリーはさらに数分かけて3Bのファイルを整理してから、それを閉じた。

受付エリアに行ってみると、ヘンリエッタ・ラムシャランはすでに帰ったあとで、チャールズのデスクの前には、グラマシー・パークで遭遇した、例のやつれた顔の婦人がすわっていた。「その人よ」婦人は鋭く叫んで、マロリーのほうへあの名刺を振った。「そういう仕事はしてないなんて言わせませんよ。別に薄汚いことをたのんでるわけじゃない。離婚訴訟とかそういうんじゃないんですからね。用心もほどほどになさい」

チャールズは罠にはまったといった風情で、デスクの向こうの椅子にぐったり身を沈めた。

マロリーは、デスクの横のアン女王朝様式の椅子に腰を下ろした。「パートナーは担当がちがうんです。この人は、もっと特殊な事例を扱っているんですよ」

チャールズがあからさまに疑いの目を向けてくる。思ったことがすぐ顔に出るたちなのだ。

彼はミセス・ピカリングに向かった。「わたしの依頼人は主に、研究機関や大学や政府の臨時委員会なんです。仕事の内容は、変わった天分、才能、さまざまなタイプの知性を研究することです。また、そういった才能を、いろいろな職業や研究プロジェクトに活用する方法を開発したりもしています。調査の仕事をしているのは、ここにいるわたしのパートナーのほうなんですよ」彼はぐるりと椅子を回して、マロリーに向き合った。「ミセス・ピカリングは、きみがグラマシー・パークでいったい何をしているのか、不思議がっておいでなんだよ」

彼はほほえんでいたが、それは作り笑いに近かった。

「守秘義務があるので」マロリーはそう言って、ミセス・ピカリングにほほえみかけたが、それはまったくの作り笑いだった。

「おや、ほんとに用心深いこと。で、なぜわたくしの依頼を受けてくださらないの？」

「受けないなんて言いました？」

「こちらのかたが言いました」

チャールズが椅子の背にもたれ、勘弁してくれ、と言うように手を振った。「ミセス・ピカリングは、母君のお気に入りの霊媒のペテンを暴いてほしいとおっしゃるんだ」

マロリーは今度は心からの笑みを浮かべた。「なぜいけないの。その女をペテンの天才だと思えばいいのよ。それならあなたの専門分野でしょ。ただちょっと目新しいだけで」

「別に目新しくもないよ」チャールズは言った。「これまでも霊媒を被験者として使ったことはあるからね。ただしぼくは、あの人たちを精神感応力の持ち主とみなしているんだ。何人かは本当に才能があったよ」

　ミセス・ピカリングが椅子から立ちあがり、天井に向かってぐんぐんと上っていく。「その女は貪欲な詐欺師なのよ！」本来なら、このトンマ、とつづくところだ。婦人は、この激しい非難の表明だけで力尽きたと言わんばかりに、ふたたび地上に、椅子の上にもどった。「あなたは、あのペテン師が亡くなったわたくしの父にコンタクトできるとおっしゃるの？」

「才能ある霊媒であってもそこまで死者と共感しあえるのかどうかは疑問です」チャールズは言った。「しかしその女性は、生きている対象の洞察に長《た》けているのかもしれない。そういう人は、たいていの人間より直観力に優れているのです。彼らは、ひとりの人間のあらゆる特徴を取りこみ、それを分析し、新たな情報として放出する。相手が、他人には知りえないと思っていることまでわかってしまうわけです。まるで魔法ですよ」

　しかしミセス・ピカリングは、魔法などとは縁のない典型的なニューヨーカーだ。なんて馬鹿なのと言わんばかりのその顔つきを、チャールズは見逃さなかった。マロリーがすでに気づいているように、彼が何かを見逃すということはまずありえないのだ。

「たとえば、あなたです」チャールズは言った。「あなたは最近、離婚なさった。いい学校で教育を受けてきた。処方薬を飲んでいるのに、よく眠れない。ときどきこれといった理由もないのに、憂鬱になる」

婦人は、熱心にチャールズを見つめながら、我知らずうなずいていた。マロリーは、婦人の指にかすかに残る白い線に気づいた。あれは結婚指輪の跡だ。教育は、婦人のしゃべりかたにも出ているし、グラマシー・パーク在住とくれば当然のこと。目の下の隈は、ファンデーションごしに透けて見えるが、よほど注意しなければわからない。隠すメイクに長けているということは、いつも睡眠不足に悩まされているということ、そしてこれは、いつも不眠症の薬にたよっているということだ。そして、あのやつれた腹立たしげな顔から判断すると、婦人は幸せではないのだろう。

やるじゃない、チャールズ。

「あなたは、二週間おきに美容院に行っている」とチャールズ。

これは簡単だ、とマロリーは思った。そうでないなら、生え際は灰色になっているはず――しかし白いものは少しも見られない。

「それに、小さいころから十代にかけて、バレエを習っていた」

どうしてわかるの？　ミセス・ピカリングはつま先立って入ってきたのだろうか？

「オークションは、クリスティーズのよりサザビーズのがお好きだ」

よくまあそんなでまかせを。

そう思ったときマロリーは、ミセス・ピカリングの指にはまったいくつもの指輪に気づいた。造りはどれもアンティークだ。チャールズはおそらく、あの奇怪な記憶力でオークションのカタログを呼び出したのだろう。

「あなたは犬を飼っている」

どうして、あのドレスの毛が猫のものでないと言えるの？　ああ、なるほど。あの立派な鼻が濡れた毛皮の匂いを嗅ぎつけたのだ。今夜は雨模様。ピカリングはたぶんここへ来る前に犬を散歩させたのだろう。猫は雨のなかを散歩したりしない。

「あなたは大急ぎで着替えてきた」

婦人の高級な装いは非の打ちどころなさそうだったが、やがてマロリーの目は、そのうなじに見えているタグに留まった。それに、ほんの少しだが、一方の頰に紅がよくなじんでいない箇所がある。見栄っ張りな女が出かける前にじっくり鏡を見なかった――となると、相当あわてていたわけだ。

「このところあなたご自身の生活には、特に大きな事件は起きていない」チャールズが言う。「事実、あなたの毎日は気が狂いそうなほど単調だし、この先も果てしなく変わりばえしない日々がつづこうとしている。あなたは母君の裏切り行為に頭を痛めている。いや、怒りさえ感じている。しかしそれ以上に、あなたは、自分自身の暮らしを憂い、恐れている……この程度は何でもありません。才能ある霊媒は、あなたの心をのぞきこみ、あなたがこれは母君のためだと言ったときの目の揺れに注目するんです。才能ある霊媒は、あなたが気遣いでなく怒りを表していることに気づき、わたしなどには到底不可能なことまでさぐり当てるんですよ」

いいえ、あなたにはその気がないだけ。マロリーは胸の内でつぶやいた。チャールズの振る舞いは常に紳士的だ。彼女はその点をあてにし、機会あるごとに利用している。彼の天才的IQに対する彼女の強みはそこだけなのだ。でも、今後はよくよく注意しなくては。チャールズを危険に引きずりこむなどもってのほか。彼を利用するのはオーケー。でも巻き添えには絶対できない。しかし、彼がたったいま屑扱いしたこの依頼を引き受けたりして、こちらの意図を悟られたら、そうした事態も避けられなくなる。

とはいえ、このピカリングという女を利用すれば、グラマシー・パークへ、資産家たちの世界へ入りこめる。これ以上は望めない入場券だ。ただし、あの魅惑的な女巨人を利用するという手もあるが。

「お引き受けします」マロリーは、あらゆる条件を光の速さで検討したすえ、そう言った。「千五百ドル前払いしていただいて、時間当たりの料金と経費をそこから引いていくことになりますが」

ミセス・ピカリングは相変わらず椅子にまっすぐすわっている。体の厚みが減ったわけでも背が縮んだわけでもない。それでも彼女は、室内にもとと同じだけのスペースを占めているようには見えなかった。彼女はおとなしく、疲れたようにうなずくと、バッグのなかをかきまわして小切手帳をさがした。結局、ミセス・ピカリングは単なる見かけ倒しで、マロリーの第一印象とはちがい、きわめつけの性悪女の素質など備えてはいなかったのだ。

「母の名はフェイビア・ペンワースと言います」婦人は金色のペンで力なく小切手にサインしながらそう言うと、バッグから白い名刺を取り出した。「これが住所です」

マロリーは小切手と名刺を受け取り、手を差し出した。マロリーを知らない者は親睦の印と誤解するかもしれないが、彼女の場合、これは取引成立の合図である。「どうもありがとう、ミセス・ピカリング」

ミセス・ピカリングは、いまや途方に暮れたただの中年女となって、おずおずとほほえんだ。「マリオンと呼んでくださいな。あの、あなたは……？」

「マロリーです」

ミセス・ピカリングは立ちあがると、ゆっくりと、きわめて優雅にドアに向かった。これでバレエの素養が明らかになった。ミセス・ピカリングのつま先は外向きになっているし、その身のこなしは訓練によって培われたものだ。それに彼女は落ちこみながらも、うなだれるでも肩を落とすでもない。これは、太い杖を持った鬼のダンス教師によって、年端もいかないうちに自然な身体表現を体からたたき出された証拠だ。そういった方式は、マロリーには通用しなかったものだが。

チャールズはひどくみじめな顔をしていた。ドアが閉まると、彼はぐるりと椅子を回してマロリーと向き合った。「きみ、毎日、グラマシー・パークで何をしてるの？」

マロリーは、睫毛に濃く縁取られた悩殺的な緑の目を大きく見開き、今度は誘惑するようにその睫毛をゆっくりと伏せた。ふたたび目が見開かれたとき、それはまるでストリップ・ショーだった。チャールズを守る盾は、彼女がまだ二十五歳という若さであり、すばらしく美しいのに、自分のほうはもう三十九で、彼女に友情以上の関心を持たれることなどありえないという事実のみだ。彼はきわめて論理的な男なのである。

色仕掛けは効果なしと見ると、マロリーは赤い爪に視線を落とした。もちろん爪は完璧に手入れされ、整然と並んでいる。

「さあ、ちゃんと話して」

「ちょっと気になって調べてることがあるの。いまの話に関係あることよ」

「キャスリーン」このひとことは、彼女に対する疑いをほんの軽くほのめかしていた。

「マロリーよ」彼女は言い直した。「事実、グラマシー・パークはペテンの舞台になってるの」

その口調は「嘘じゃないわよ」と言っていた。もちろん、嘘だということは、ふたりともわかっている。でも、チャールズは立派な紳士だ。女性の嘘を糾弾することはできない。「さっき話に出た霊媒、警察の記録に載っているんだから」

「で、きみのしていることは、ルイの事件には何の関係もないんだね？」それに、今朝は太陽も二度昇ったことだし、と彼の目は言っていた。

「そうよ」

「きみのことが心配なんだ。もし面倒に巻きこまれたら、ぼくに相談してくれるね？」彼女がそんなことをした日には、地球は一時間かそこら太陽のまわりを回るのをやめるだろうが。

「もちろん。当然でしょ」

そう、当然。彼女は心からチャールズが好きなのだから。嘘で彼の気が休まるなら、いくらでも嘘をついてあげよう。彼女はそれほど彼が好きなのだ。

「じゃあきみは、その霊媒に興味があるだけなんだね？」そして、このチャールズ・バトラーは花の冠をかぶった可憐な少女だ、とすくめた肩が言っている。

「その霊媒はコンピュータを使って詐欺を働いてるの。天才プログラマーというわけじゃないけど、情報ネットワークは使いこなせる。３Ｂのイカサマ師とおんなじね」

「何だって？」

「イーディス・キャンドルよ。３Ｂの年寄り。彼女のやり口もおんなじ。コンピュータ・サービスを利用してニュースを読み、調査をする。全世界から雑誌を集め、信用調査会社も使っている」

「するときみは、イーディスを調べたわけだ。たのむから、今後は、テナントたちのことは放っておいてくれよ。彼らのプライバシーを侵害してもらっちゃ困るんだ。それに、イーディスが情報ネットワークを利用していたって、怪しいことはひとつもないよ」

「でしょうね」

「あの人は三十年以上もこのアパートメントにこもりきりなんだ。ご主人が亡くなった年からずっとね」

「別に彼女が変人じゃないとは言ってないでしょ。ただ、ピカリングの霊媒が前回逮捕されたときと同じことをやってると言っただけ」

「イーディスは引きこもっているが、世捨て人じゃない。世の中と接触を保つために、情報ネットワークを利用しているんだよ。あの人は、外界の人間よりずっと世情に通じているんじゃないかな。それに信用調査サービスを利用するのは、アパートメントの家主として当然じゃないか。まったく何の害もないよ」

「でも、彼女はもう家主じゃない。なのにいまもサービスを利用しつづけているのよ。あなたがこのアパートメントを買ってから、もう――えーと、どれくらい？――一年になるでしょう？　それにどうして億万長者が、ソーホーのアパートメントなんかに身を隠しているの？」

「イーディスはそれなりの財産を築いてきたが、億万長者ってわけじゃないよ。アパートメントを売った利益は、二十五万ドルにもならなかったんだ。数年前、ここは二重担保に入れられて――ああ、ごめんよ、相手が誰か忘れていた。きみは、そのときの正確な貸付額まで知っているんだろうね？」

もちろん彼女は知っていた。

「チャールズ、その女には唸るほど金があるのよ。彼女、証券マニアなの。ねえ、知ってる？　証券取引委員会には彼女の調査記録があるのよ」

「何だって？　いや、いまのはなしだ。ぼくは知りたくない」

「インサイダー取引がらみ。関係書類はすっかり手に入れたわ」

「なるほどね、印刷物に載っていたなら、まちがいないな」チャールズは両手をパッと広げ、天井を仰いだ。彼の皮肉は辛辣さに欠ける。ときには耳を凝らさなければ、嫌みな調子が聞き分けられないほどだ。彼はスーツの内ポケットに手を入れ、財布を出した。

「きみの書類信仰を揺るがしてみようか」彼は運転免許証を取り出して、デスクの上に放った。

「それを見てごらん。ぼくは二六年生まれということになっている。出生証明書のほうもおんなじだよ。十六時間にわたる難産のあとで、医者が疲れていたからなんだ。彼はまちがった日付を記入した。書類なんてそんなものなんだよ」

「イーディスは召喚状も渡された。証券取引委員会は彼女を調査するよう正式に命令を受けたの」

「これ以上聞きたくないよ」

「なぜ？　資料は連邦検察局から引っ張ってきたの。信用できるものよ。プリントアウトを見たい？」

「やめてくれ！」

この話を持ち出したのは、ただ彼の関心をそらすためだったのだが、やりすぎてしまったようだ。チャールズが怒りを表すことはめったにない。以前に一度、ふたりはプライバシーの侵害に対する彼の嫌悪について話し合ったことがある。マロリーは、チャールズの考えかたが理解できず、彼を欠陥ある不自由な人間とみなし、治療を申し出た。自分ならちゃんと治せる、と彼女は遠回しにほのめかした。自分ほどそれにふさわしい人間はいない――

「大声を出すつもりはなかったんだ」彼は声を和らげた。「ちゃんと話し合おうよ。他人についての情報は、その人と自分との関係を変えてしまうものなんだ。ぼくは小さいころからイーディスを知っている。あの人のご主人は、ぼくの父方の従兄だからね。もうぼくにはあの人しか身内がいない。いま以上にあの人のことを知る必要はないんだよ」

「それじゃインサイダー取引のことは知りたくないのね？」

「やめてくれ！……ごめん……たとえば、誰かがきみのところへやって来て、ルイやヘレンについていやなことを言ったら、どんな気がする？」

「もういい、わかったから」マロリーは言った。

いいや、わかってないね――彼の目はそう言っていた。あっさり即答しすぎたのだ。今後は用心しなくては。

ふたりは外の通路で、ぎこちなくおやすみの挨拶を交わした。マロリーはエレベーターに向かい、ボタンを押した。ドアが開くと、ハーバート・マンドレルのぎくっとした顔が現れた。マロリーが完璧な歯並びを見せて笑うと、彼の小さな頭が小鳥の頭のようにぴくんと動いた。ハーバートは天井を仰ぎ、四方の壁を見回し、エレベーター内の数少ない逃げ道を点検しつくすと、できるかぎりうしろへ退《さが》って、奥の壁にぴったり背中を張りつけた。ドアが閉まり、エレベーターがゆっくりと上昇しはじめると、彼は、マロリーの目をまっすぐ見るのに必要な高さを稼ぐつもりか、その小鳥の胸をふくらませ、わずかに姿勢を正した。

マロリーは、ハーバートの軍用雑役服と脇腹のふくらみに目を留めた。彼の手がふくらみを隠そうとしたが、もう遅かった。彼女は笑いを浮かべて彼を見おろしながら、赤いボタンに手を伸ばし、エレベーターを三階で停めた。

ハーバートの首の筋が浮き出す。マロリーがその顔にぐっと顔を近づけ、ささやきかけたときも、彼は目を合わせようとはしなかった。「あんた、テレビをよく見るほうでしょ、ハーバート？　刑事ドラマとかその類だけど？　壁に手をって言われたら、どうすればいいかわかるわよね？」

するとハーバートは彼女の目を見つめた。小鳥の胸がしぼんでいく。彼は勇気を奮い起こして、再度胸をふくらませ、眉を寄せた。これぞニューヨーク流の失せろの構えだ。「あんたにゃそんな権限は――」

マロリーは、彼の腕をつかんでその体をくるりと回し、エレベーターの壁面にたたきつけると、片足で彼の脚を開かせた。両手両足を大きく広げ、いまにもパンツを汚しそうになっているハーバートに、彼女は言った。「動いたら痛い目に遭うよ。わかった？」

ハーバートはうなずいて、凍りついた。マロリーは上から下へとその体をさぐっていき、それから、空いているほうの手を彼のベルトの前へ回して、ずっしり重い金属の品を抜き取った。

「もういいわよ、ハーバート」

ハーバートはさらにしばらく、蒐集家の壁に飾られた標本の姿勢を保っていた。それから彼は、ゆっくり壁から手を離して向き直り、彼女を見あげた。その顔には、彼女の背丈への嫌悪がはっきりと表れていた。自分に対するマロリーの数々の犯罪行為のなかで、とりわけ我慢ならないのがこの点らしい。

「これは何？」マロリーは、ストラップを持ってスピードローダーをぶらさげた。

「ガンクラブで、ある男から買ったんだ」

「銃はどこなの？」

「持ってない」

「そんなごまかし、わたしには通用しないわよ、ハーバート。スピードローダーはあるのに銃はないって言うの？」

「ほんとに持ってないんだ。市が免許を取らせてくれないんだよ。いま弁護士をその問題に当たらせている。イーディス・キャンドルに訊いてみるといい。あの人が知ってるよ。弁護士を紹介してもらったんだ。おれはただ、ガンクラブで射撃の練習をしてるだけさ」

「どこのガンクラブ？」

「西十四番ストリート」

「バリー・アレンがやってるやつ？」

「そうさ。あの男もおんなじことを言うはずだよ。調べてくれよ。バリーに訊いて、イーディスに訊いて」

「ええ、そうする」

マロリーはボタンを押して、三階へのドアを開いた。エレベーターを降りると、彼女は振り返って、スピードローダーをハーバートに放った。彼はあわてて手を伸ばし、空をつかんだ。スピードローダーは両手の間をすり抜けて下に落ち、エレベーターの奥へと転がっていった。ドアは、床に膝をついた彼の背後で閉まった。

ハーバートの話は筋が通っている。あの男に、盗まれた未登録の銃を買う伝《つて》があるとは思えない。バリー・アレンは元警官で評判もいい――そっちは心配ない。でも、あのチビがガンクラブの仲間から銃を手に入れるのは、時間の問題だ。

マロリーはハーバートのことは頭から払いのけ、チャールズとの言い争いについてふたたび考えはじめた。彼の言い分はよく理解できる。自分だってヘレンやマーコヴィッツを中傷する者がいたら、ぶちのめしてやるにちがいない。証券詐欺の件はやり過ごすとしよう。でも、《ホイットマン化学》のパール・ホイットマンが証券取引委員会の報告書に登場しているという事実に目をつぶるわけにはいかない。かつてマーコヴィッツは、警察の仕事の半分は、浮かんでいる者から浮かんでいない者へつながりを追っていくことだと言っていた。パール・ホイットマンは自分を殺した男と面識があった。おそらくはイーディス・キャンドルもその男と面識がある。そんなことを考えながら、彼女は３Ｂの部屋のブザーを押した。

近づいてくるくぐもった足音は聞こえたが、鍵を回す金属音はしなかった。ドアが開くと、そこにはふくよかな女性が立っていた。その髪は白く、肌も白かった。生きている人間でこんな白い肌の持ち主を見るのは初めてだ。その肌は輝いていた。イーディス・キャンドルは、約束もなく訪れた赤の他人ではなく、長いこと待っていた友人を迎えるようにほほえんだ。この態度は、ニューヨークにおける警備信仰の教義に反している。掟に従えば、玄関には差し錠一個、頑丈なシリンダー錠二個、ドーベルマン一匹、ピットブル一匹、のぞき穴ひとつを配備しなくてはならないのだ。

「わたし、チャールズ・バトラーの友人なんですが」

「まあ、チャールズのお友達なら大歓迎ですよ」彼女は脇へ寄って、マロリーをなかへ招じ入れた。明るいリビングに入っていくと、マロリーが証券詐欺師イーディス・キャンドルに抱いていたイメージはすっかり打ち砕かれた。彼女は背が低かった。頭は体の割に妙に大きく、うなじにはきれいな髷《まげ》ができている。ドレスは時代遅れも甚《はなは》だしく、レースの襟は三重顎に埋もれている。両手は関節炎の瘤だらけ、ふたつの目はレンズの分厚い眼鏡のせいで期待に満ちた青い皿と化していた。

丸々した白い手がそっと腕に触れ、マロリーを奥へと導いた。「さあ、おかけになって。コーヒーを温めてきましょうね。それともワインのほうがいいかしら？」

「いいえ、コーヒーで結構です。どうもありがとう」

この家にあるアンティークの家具が安物の模造品でないことは、チャールズから聞いて知っていた。部屋には他にも高価な置物がごちゃごちゃと置いてあった。小さな陶器の像、銀のキャンディー皿、フリルのついたランプシェード。広い窓枠はどれも小さな写真立てでいっぱいだ。何もかもが埃を捉えて逃がさぬようにできていながら、埃などどこにも見られない。あたりには松の香りと家具用ワックスの匂いがたちこめている。そのすべてが、世界一の主婦ヘレン・マーコウヴィッツの思い出を呼び覚ます。もうひとつ別のなつかしい匂いが、キッチンから漂ってくる。夕食のポットローストの名残。千回も嗅いだ日曜のディナーと月曜の朝のお弁当の匂いだ。

「そのかたはどなた？」

マロリーがさっと振り返ると、イーディス・キャンドルはびくりとして一歩うしろに退った。

彼女のぶつかった揺り椅子が揺れはじめる。老婦人はバランスを取りもどし、ずれた眼鏡を直した。椅子は誰かがすわっているかのように揺れつづけた。

「この部屋が誰か女のかたを思い出させるんでしょう？」老婦人はカウチに腰を下ろし、そのふくらんだ肘掛けの掛け布を無意識に整えた。「どう見てもここには男性の気配はありませんものね。あなたが考えていらしたのは、お母様のこと？」

「わたし、母のことは知らないんです」

「さっき深呼吸していらしたでしょう。ここには花の匂いはしない。お掃除のあとの匂いだけね。それにあなたは、お部屋がよく整頓されているのに感心していらしたわね。お顔に出ていましたよ。きちんと育てられたのがよくわかる。誰かに可愛いがられていたのね。どなただったの？」

「ヘレンという人です。いま過去形を使われましたけど、どうしてヘレンが死んでいるのがわかったんですか？」

「あなたが思い出を見つめていらしたから」

ああ、なるほど。じゃあチャールズは、ここでさっきの芸を覚えたのね。

ふたりは広いキッチンにすわっていっしょにコーヒーを飲んだ。「ええ、そうなんですよ」イーディスはそう言いながら、ブラウニーの皿を押してよこした。「チャールズが子供のころ、あの子の親御さんたちは始終うちに遊びにきていました。あの子のお母様が五十六という途方もない年齢で出産なさったのはご存じ？　バトラー夫妻は、ほんとにいいかたたちだった。マックスとわたしは、おふたりが大学の会議で町を出るときはいつも、小さなチャールズをあずかってあげていました。わたしはよく、チャールズを公園に連れていったものですよ。あの子は、他の子たちに仲間に入れてもらおうとしては失敗していた。いつだって期待でいっぱいだったけど、その都度、打ちのめされていましたよ。あのＩＱだけでも充分変わっているのに、そのうえ見た目があれではね。あの鼻は生まれつきなんですよ。生まれたてなのに鼻が大きな赤ちゃんなんて、わたしはあとにも先にも見たことがないわ。チャールズが博士号を取得して、つぎの研究をしていた当時も、わたしたち、ずいぶん長い時間をいっしょに過ごしました。わたしは被験者だったんです。昔、サイキックだったのでね」

「ええ、知っています。彼とわたしは、いまインチキ霊媒の事件を調査しているんですよ」

インチキという言葉に、老婦人の目がおもしろそうにきらめいた。

「おやおや、だとすると、ここへ来てほんとによかったわけですよ。わたしはたぶん、この世に存在するありとあらゆるペテンを知っていますからね。でも、あなたももう少し心を開かないと。チャールズなら、霊媒によっては真の力、魂を読む能力があるんだということを教えてくれますよ。あなたのなかに読み取れるのはね、痛みですよ……それもとっても激しい痛み」

コーヒー二杯の後、イーディス・キャンドルは外の通路の突き当たりのドアを開こうとしていた。マロリーは老婦人につづいて小さな踊り場に出た。その先は、ぐるぐるとつづく鋳鉄の階段となっていた。手すりは、むきだしの白壁と黒い金属とが生み出す模様のなかを、螺旋を描いて降りていく。手すりのねじり棒の支柱は円形の空洞に斜めの影を落とし、各階へ通じる下の踊り場の戸口では裸電球が輝いている。

イーディスは、五部屋ある自宅の外の、別世界へと入っていく。そのあとにつづいて、マロリーも階段を下りていった。ふたりは、二階の表示、そして、一階の表示のついたドアを素通りしてぐるぐると階段を下りつづけ、地下の最後のドアへとたどり着いた。ニューヨーク市内で鍵のついていないドアは、ここだけにちがいない。マロリーは片手を伸ばし、そっと老婦人を制した。ドアをくぐり、暗闇に足を踏み入れるとき、彼女はショルダーホルスターの重たい銃を意識していた。一方の手がドアの左手の壁をさぐり、照明のスイッチを見つけたが、明かりはつかなかった。

「ヒューズ・ボックスの上に懐中電灯がありますから」老婦人が背後で言う。

マロリーは、さらに大きくドアを開いて階段からの光を入れた。ヒューズ・ボックスはドアの左手の壁にあった。腕を伸ばすと、その上の懐中電灯に手が触れた。彼女はそのスイッチを入れ、ヒューズ・ボックスを照らした。どのヒューズも飛んでいない。彼女はガラスのつまみを回して外し、ヒューズの接触を試してみた。

「ヒューズはどこも悪くないんですよ」イーディスが目を瞬きながら彼女を見あげる。「あの電気のスイッチは、マックスとわたしがこのビルを買ったときから利かなくてね。これは三代にわたる電気工の謎なんです」イーディスはマロリーの手から懐中電灯を取りあげた。「記憶にまちがいがなければ、あそこの壁のそばにもうひとつ明かりがあったはずだけれど。そう、あれだわ」イーディスは、箱やトランクを避けながら、フリルのシェードのついた古いスタンドへと向かった。彼女がスイッチをひねると、地下室の一部が温かな光で小さくほんのり照らし出された。「それにもっと明るいスタンドもあるの」彼女は笑顔で言った。「ついていらっしゃいな」

大小さまざまな箱がいくつも載った大型トランクの間をイーディスについて歩いていくと、四方から影が迫ってくる。埃よけの覆いの下には古びた家具も見えた。通路の行き止まりには、頭のないマネキン人形がひとつだけぽつんと立っていた。

「マックスの魔術の仕掛けは全部この地下室にあるんですよ」イーディスは言う。「わたしたちはふたりでこの倉庫を造りあげたの。この部屋は地下の半分を占めているんです」彼女が錠に鍵を差しこむと、壁がアコーディオン式に開きだし、その向こうに洞窟じみた空間が現れた。その奥の天井際には、幅の広い換気用の窓があり、そこから差しこむ光だけが室内を照らしている。光の源は、遠い一階の窓から外へ漏れ出ている明かりだ。換気用窓のガラスの向こうは歩道になっていて、そこに並んだゴミ缶の間をネズミがちょろちょろ走りまわっているのが見える。

一方、部屋のなかには、たくさんの箱や背の高い三枚屏風の輪郭が、ぼんやりと浮かんでいた。

「ここに降りてくるのは、本当に久しぶり」そう言って、先に立って歩いていくと、イーディスは球形の物体に触れた。電気がつき、球は鈍く輝きだした。スタンドの明かりの小さな輪のなかで、衣裳の入った透明のビニール袋に光が入りこみ、絹の襞《ひだ》をきらめかせ、スパンコールに反射する。

「いろんな魔術師が、お悔やみに来ては、手品の仕掛けを売ってもらえないだろうかともちかけてきたものですよ。でもわたしには、マックスの秘密を売る気なんてなかった。これは名誉の問題ですもの。いちばん評判だったあの人のイリュージョンをごらんになりたい？　心臓は丈夫なほうかしら？　この出し物は一度きりやったことがないんですよ。あまりに血なまぐさすぎると劇場主に言われてしまってね。あなたは怖がりなほう？」

マロリーは老婦人を見おろした。「試してみてはいかが？」

イーディスは、屏風の足もとのフットライトをつけた。地下室の高い天井に触れんばかりにそそり立つ、薄いクラフト紙を張った三枚のパネルの上に、口から炎を噴き出すドラゴンの姿が照らし出された。

「ここでお待ちになって」老婦人は言う。「すぐすみますからね。まず装置をテストしないと。もう三十年以上も使っていないので」彼女はマロリーに懐中電灯を手渡すと、屏風の向こうへ消えた。

マロリーは、手の甲が粟立つのを感じた。本能が警戒せよと告げている。彼女は球形のスタンドを取り巻く闇を調べにかかった。背中に視線を感じた一瞬後、懐中電灯の光がふたつの目を照らし出す。

チャールズ？

いやちがう。彼女は、胴体のない頭の目を見つめているのだった。蠟人形にちがいない。そうとわかっていても、近づいていくと、冷たいものが背筋を伝った。頭はトランクの上に載っていた。目の高さは彼女と合っている。そいつは、不気味なまでにリアルな目で、彼女を見つめ返した。目玉と白目の配分はノーマルだが、クリスマスの朝の九つの子供を思わせる大きく見開かれたその目は、まちがいなく同じ遺伝子を受け継いでいる。これは確かにチャールズの従兄だ。

こんにちは、マックス。

そのとき彼女の名を呼ぶ声がした。屏風の向こうへ回ったマロリーは、ずらりと並ぶハンガーラックの間を歩いていき、高さ十五フィートのギロチンの台座にひざまずく老婦人の十フィート手前で足を止めた。老婦人の白髪は赤いターバンに包まれ、首は、頭と左右の手を入れるよう穴が三つある木の枷《かせ》で支柱の間に固定されていた。幅の広い鋭利な刃がそのはるか上にぶら下がり、いまにも落ちてこようとしている。

イーディスは笑顔でマロリーを見あげた。「そのレバーを引いてくださいな」彼女は、ギロチンの側面についた、凝った装飾の金色のレバーのほうに顎をしゃくった。

マロリーは、彼女らしくもなく、驚きあきれて首を振るばかりだった。この人は気でも狂ったのだろうか？　これは蠟人形ではない。イーディスはちゃんと自分に話しかけたし、体だって動いている。どちらも本物。それにあの刃は鋭い。これは鏡のトリックでもない。

マロリーは金属のきしみを耳にし、さっと目を上げた。歯車が動いたのだろうか？　少し下に落ちたのでは？　胃袋がひっくり返った。彼女はとりつかれたように刃を見つめていた。少し下に落ちたのでは？　あるいは角度が変わったのでは?

刃がひと目盛り分下がった。

イーディスの悲鳴があがった。同時に、まぶしい光がその活人画の上をさっと流れた。ギロチンのてっぺんに載った燃える火の玉が地下室全体を照らし出す。マロリーは光に目を眩まされながら、両手を差し伸べ、イーディスのほうへと走った。あともう少しというとき、刃が落下し、ターバンに包まれた頭は切断された血みどろの首もろとも木の枷から転がり落ち、まぶしい白い光を浴びながら床を転がってきた。老婦人の足がひくひく痙攣し、やがて動かなくなった。

マロリーは凍りついた。体は氷で射抜かれ、喉は麻痺していた。

足もとの頭は声をあげて笑っている。

いや、そうではない。目が慣れてくると、その正体が明らかになった。それは蠟でできたただの作り物、若き日のイーディス・キャンドルの頭だった。血などどこにも流れていない。イーディス・キャンドルは無傷で床から起きあがろうとしている。

「ああ、あなたの顔ときたら」イーディスは胸を波打たせ、腹を揺らしていた。「いまのがより効果的にトリックを見せる方法なの」彼女は、笑っている目から涙をぬぐった。「誰もが歯車が動いたと思いこむ。目の前で事故が起きようとしているってね。これが驚くほど効果的でね。観客は悲鳴をあげまくる。マックスのイリュージョンはほとんどどれも、生きるか死ぬかの出し物なの。それがあの人のトレードマーク」

マロリーは床にすわりこんだ。膝の力が抜けそうだったのだ。「ああ、驚いた。これよりすごいのがないといいけど」

イーディスは、小道具の山のなかから低いスツールを引っ張りだして、マロリーのそばにすわった。「マックスのイリュージョンのことはあまりお話しできないの。おわかりでしょ？　魔術師の掟。ひとつだけ言えるのは、このトリックのいちばん大事な要素は、光だということね。観客は目が慣れてくるまで、はっきりものが見えない。だから見るはずだと思っていたもの、つまり事故を見てしまう。それ以上のことはお話しできないわ。光の仕掛けもお見せできない。企業秘密なのでね」

マロリーは、老婦人というものに対する自らの先入観と格闘し、すばやく考えを改めた。彼女は新たな敬意をこめて、頭ひとつ分上のスツールにすわっているイーディスを見あげた。そう、ここへ来て本当によかった。

「霊媒はどんなトリックを使うんでしょう？」

「そうねえ、マジックとスピリチュアリズムはずいぶんちがうものだけれど。でもイリュージョンの原則はいつも同じ――相手の注意をそらすこと、うまく目を眩ますこと。昔、ある依頼人が、自分の通っている四十二番ストリートの霊媒のことを話してくれたけれど、その霊媒は物を空中に浮遊させるということだったわ。わたしもその類のことならお見せできますよ」

「糸を使って？」

「いいえ。黒魔術でね」

「黒魔術？」

「例のオカルトとはちっとも関係ないの。黒魔術というのは、黒を黒でカムフラージュすること。必要なのは、手鏡と、とても暗いお部屋。空中浮遊させる物は、ほんの数インチ浮きあがればいいの。やりすぎるとわざとらしくて、インチキ臭く見えますからね。傾けた鏡のなかの数インチの浮揚のほうが、なぜか本当らしくて、恐ろしいものなのね。あなたのおっしゃる霊媒も、これをやるなら相棒が必要よ。自由に部屋を歩きまわれるような誰かが」

「相棒はいます。小さな男の子ですけど」

「そう。そうすると、少し守備範囲が広がるわね。助手がいれば、かなりいろんなイリュージョンをやれるから」

「その女はハイテク好きなんです」

「目新しいものは使っていないと思いますよ。ホログラムの映像とかその類はね。単純であればあるほど、イリュージョンはうまくいくの。その霊媒だって、ハイテクの小道具を標的の家に持っていけはしないでしょうし」

「その女、カモのことをコンピュータで調べているんです」

「標的とおっしゃいな。カモなんて言うと、卑しいことをしているようでしょう。でも観客だって楽しんでいるんですからね。マックスとわたしは、読心術もやりましたよ——あの人が怪我から回復するまでの間だけ。マックスは危険なイリュージョンに失敗して……でも、これは脱線ね。あなたがお聞きになりたいのは、トリックのことですもの。わたしはね、目隠しをして、標的が手に持っている物を当ててみせたの」

「どうやって？　小型マイクを使ったとか？」

「いいえ。トリックというのは、たいていとっても単純なの。複雑な仕掛けにたよりすぎると失敗するのよ」イーディスは眼鏡を押しあげた。その目はどこか、記憶のなかの風景の一点を見つめていた。「マックスは最初の言葉でわたしにヒントを与えたの。『集中して』と言ったら、金属製品。つぎの言葉は、それがコインなのか、腕時計なのか、そういうことを知らせる。『さあ、どうぞ』と言ったら、それは紙でできているもの。お札か、写真。読心術のつぎは、目隠しを外して、お客たちの顔を読み、秘密や心配事をすっかり言い当ててみせたりもしましたよ」

「あらかじめ調べておくわけですか？」

「いいえ。お客が外で待っている間、マックスが行列に交じっているの。わたしたちはいつも、お客を長いこと待たせた。列に並んでいる人というのは、かなりおしゃべりになる。観客参加の出し物で、参加者が適当に選ばれるということは絶対ないの。そんなのずるだと思うでしょうね。でもお客たちはひとり残らず入場料分楽しんで帰っていった。あれはなかなかのショーでしたよ」それからあることを思い出し、イーディスの笑みが消えた。

「その後わたしは、自分の真の力に気づいたの。別の町に移ったら、ひとりの保安官がわたしたちを追ってきた。そのとき、わたしの心に見えたことが現実になったの。わたしは死体を見、保安官はそれを発見した。わたしは有名になった。わたしたちはワールド・ツアーをつづけたけれど、今度のスターはマックスではなくわたしだった。マックスが死んだあとは、あんな力を持っていなければよかったと思ったわ。わたしはあの人の死を予知していたの。信じていないのね。なんとなくわかりますよ。でもこれは本当なの。わたしには恐ろしい力があったのよ」

「パール・ホイットマンの死も予知なさった？」

「いいえ。トランスはそのとき親しくしていた人が亡くなる数日前に起こるの。でもパールにはもう何年も会っていませんでしたからね」

「彼女の話をしていただけます？」

「もちろんかまいませんとも。そう、あれは悲しい死にかただったわね？　わたしが会ったとき、あの人はまだ六十五歳だった。お父様を亡くしたばかりでね。お父様は確か九十代でしたよ。あの人はお父様の霊を呼んでほしいと言ったの。わたしは、そういうことはやっていないとお話ししました。わたしにできるのは透視なのでね。霊媒といっしょくたにされがちなようだけど、そのふたつはまったく別物なんですよ」

「では、彼女に何をしてあげたんですか？」

「株とビジネスについてアドバイスをしてあげました。あの人がお父様に相談したがっていたのはそのことだったのでね」

「水晶玉を使ってアドバイスなさったの？」

「いいえ。キャシーとお呼びしていいかしら？　わたしは株式ゲームの達人でね。リサーチもするし、いいデータベースも持っている。直観にもたよっているわ。パールには合併の件でアドバイスしてあげました。おかげであの人は前の二倍もお金持ちになったんですよ」

「あなたも、その合併を考慮の上で投資なさった？」

「しましたとも。マジック・ツアーのおかげで、かなりの貯えがありましたからね。マックスとわたしは不動産を売ってずいぶん儲けていたし。わたしはそのお金をあちこちに大きく投資していました。その株を全部売却して、《ホイットマン化学》の株を買ったんです。合併後、わたしの財産は二倍になりましたよ」

「そういうやりかたは違法だと誰かに言われませんでした？」

「インサイダー取引じゃないかということね？　政府のお役人とちょっとだけもめましたよ。合併先の会社の社長ともほんの少し縁故があったものだから、さや取り商人だなんて言われてしまって。わたしがインサイダー情報を違法に利用しているですって。連中はわたしに召喚状をよこし、何時間も質問攻めにしたの。しまいには、召喚状を破り捨てていましたけれどね。その後は何の音沙汰もありません。連邦検察局としては、老霊能者を証言台に立たせるなんて馬鹿げているような気がしたんじゃないかしら。その後、ミルキン氏の事件が大評判になって、お役人連中もさっさとそっちへ行ってしまったわ。わたしのことなんかすっかり忘れてしまったんでしょうよ。年を取ると、どんな悪事もやりたい放題なの。ほんとにびっくりしますよ」

　マロリーがほほえむと、老婦人はパッと顔を輝かせ、自分のうまいジョークに声をあげて笑いだしそうになった。マロリーは思った——霊能者かどうかは知らないが、この女には自分の心は読めないし、自分の笑いの意味さえわかっていない。

尻尾を出したね――これがマロリーの笑いの意味だ。

「するとイーディス――イーディスとお呼びしてもいいですか？」

「もちろんですとも」

「パール・ホイットマンは父親を呼び出すのはあきらめたわけですか？　それとも他の誰かに当たってみたんでしょうか？」

「それはわからないわね、キャシー。あの人はそれっきりうちへは来なかったから。それ以上、わたしにしてあげられることは何もなかったのでね」

「霊媒や霊能者に株だの証券だのについて相談するのは、よくあることなんでしょうか？」

「かなりよくあることですよ。恋愛相談でなければ、お金の相談。年寄りであればあるほど、お金の相談の可能性が高いの」

「じゃあ金融アドバイスは霊能ビジネスの基本なんですね？」

「いいえ。それにはいくらか専門知識が必要ですからね。たいていのペテン師は三流どころ。なんとかやりくりしていても、大儲けしているわけじゃないの。それに、本物の能力のある霊能者のなかには、お金を取らない人もいる。そういう人たちは、ボランティアで警察に協力しているの。でも優秀な金融アナリストは、この世にもあの世にもめったにいないものよ」

「でもあなたは優秀だった。合併はたっぷり利益を生んだわけですもの。なぜパール・ホイットマンはそれっきり来なかったんでしょう？」

「たぶんもうお金は充分儲けたと思ったんじゃないかしら」

「あなたもかなりお金があるんでしょう？」

「ここだけの話、腐るほどありますよ」

「なぜここにいらっしゃるの？　つまり家のなかに、閉じこもって、ということですが？」

「外に出ていく必要がありますか？　世界がここにやって来るのに？　わたしはニュースやリサーチのサービスを受けている。テレビもあるし、ビデオや本は郵便で買える。アパートメントのみなさんともうまくいっている。何のために外に出るのかしら？」

「でも、理由はそれだけじゃないんでしょう？　これはご主人の死と何か関係があるんじゃないですか？」

「賢い人ね、キャシー。そう、ある意味では。わたしは夫の死を予知していたのに、それを防げなかった。あの人が亡くなったあと、わたしの望みは引退だけだったの。でも、世間はわたしを見つけ出してしまう。毎日、少なくともひとりは誰かが訪ねてくるしね。隠遁者としては、わたしは失格かもしれないわね。また世の中に出ていったほうがいいのかも。最近、ますますそのことを考えるようになってきましたよ」

「霊媒についてはどれくらいご存じなんです？　専門外とおっしゃっていたけれど」

「霊媒のトリックについて？　マックスと長年やってきたから、たぶん仕掛けを見破ることはできるでしょうね。でもトリックは必ずしも詐欺の証拠にはならないの。むしろショーマンシップの表れね。人間は新しい文明の利器に走り、コンピュータにリサーチをさせたりしているけれど、昔ながらのサロン向け手品の需要はまだあるはずよ。回路基盤で人を魅了することはできないものね」

「降霊会に出席してみません？」


たった一ブロック四方内に個人所有のビデオカメラがこれほどたくさんあろうとは、ジャック・コフィーは思ってもみなかった。それに、この二十世紀から取り残された小さな町の一角で、住人たちが窓やバルコニーから身を乗り出し、殺人捜査のホームビデオを作っているさまは、なんとも異様だ。コフィー自身は、本来ならば、殺人そのものの映画を撮れたはずなのだが、ホシが選んだ場所は、グラマシー・パークのただひとつの死角だった。監視カメラの目は、地下の守衛詰め所の周囲十フィートは、まったく捉えていなかったのである。

部下たちは最善を尽くし、人間業とは思えない礼儀正しさで野次馬の整理に当たっている。しかし上流階級の住人たちは、何を誤解しているのか、血塗られた犯行現場の三文ショーに参加する基本的人権を主張してやまない。今夜は、ビール市警長官のリムジンは現れそうにない。ブレイクリー刑事局長も、ここに立ち寄りはしないだろう。姿を見せれば、記者どもの質問は避けられない——どうして警察の目と鼻の先でこんなことが？

アパートメントは投光照明に煌々と照らされ、歩道も真昼のような明るさだった。カメラマンのジェリー・ペッパーは、歩道の手すりから身を乗り出して、地下室のドアの外の囲われた場所にカメラを向け、フラッシュも焚かずに作業をしている。つぎにペッパーは、もっと近くから老婦人を撮るため短い階段を下りていった。婦人は壁にもたれかかっていた。壁は血の手形で赤く染まっている。ペッパーは何度も何度もシャッターを切った。婦人は、静かに、抗議ひとつせず、そんな段階は超越して、彼を見あげている。その顔を撮すなり、カメラマンはぎくりとしてあとじさった。まるで老婦人に何か不快なことを言われたかのように。

「おい、ジェリー！」コフィーは下に向かって呼びかけた。「手形の写真も撮っておいてくれ」

カメラマンが顔を上げた。どうも様子がおかしい。十五年間、死体を撮りつづけてきたこの大ベテランを、何かが動揺させたのだ。切り刻まれた幼児から、薬物の過量摂取で死んだジャンキーまで、人間に起こりうるあらゆる種類の悲惨をこの男は撮ってきた。老女の切り裂かれた喉やざっくり割れた胸より、もっと凄惨なものを見てきたのである。コフィーは手招きして、階段の上の壁際に彼を呼び寄せた。

「どうしたんだ、ジェリー？」

今宵この街では百もの会話が交わされている。そのざわめきのなかでは、盗み聞きなど不可能だ。にもかかわらず、カメラマンはしゃがれた声で低くささやいた。「こいつは自殺者の肖像写真になるよ。もちろん信じられん話さ。でも、ジャック、おれがどれだけ自殺者の写真を撮ってきたか知ってるだろう？」彼は手櫛で髪を梳《と》き、肩ごしにうしろを見やってから、言葉をつづけた。「そういう写真を壁紙にして家じゅうに貼れるくらいさ。それにその十倍は、殺されたやつの写真を撮ってきた。そのふたつの区別ならちゃんとつく」

コフィーはジェリーと知り合ってずいぶんになる。馬鹿め、ガイ者が自分で自分を切り刻んだってのか、などというせりふを吐くつもりはなかった。隊の士気をくじくのは彼の役目ではない。神はそのために刑事局長というものをお創りになったのだから。そして、ブレイクリー局長がジェリーの言葉を耳にすることは決してあるまい。

「馬鹿な話だよな」ペッパーは言う。「でもあんたが訊くからさ」

鑑識の連中が、遺体袋を運んで、ゆっくり階段を上ってくる。ドクター・エドワード・スロープがゴム手袋を脱ぎ、コフィーにうなずいた。たったそれだけのしぐさで、彼は、この殺しも前と同じだということ、自分たちが相変わらず狂った世界にいるということを伝えたのである。

コフィーはスロープの腕に手をかけた。「被害者はいつ死んだんです？　最高の推理を聞かせてください」

スロープは鞄を閉じ、まっすぐコフィーを見つめた。その顔からはいまにも笑みがこぼれそうだった。「おやおや、ジャック」スロープは言った。「マーコヴィッツにきちんと教育されたようだな。体温、傷の状態、遺体の硬直から見て、今度のはそうむずかしくはないよ。検視解剖で特に異常な点が出てこないかぎり、死亡時刻はきょうの午前十一時から午後二時の間と見ていい。明日にはもう少し範囲を限定できるだろう」

おやすみの挨拶もなく、スロープは踵《きびす》を返し、のろのろと歩み去った。その足取りと姿勢のせいで、彼は、コフィーがこの前見たときより何歳も老けこんで見えた。もうこんな形で会うのはやめにしなくては。

ライカーは、手帳のページを前のほうへと繰っている。「ドアマンは、サマンサ・サイドンがいつここを出たのか覚えてない。たぶん午後だろうってことだが。掃除のおばさん、ミセス・ファイエットは、正午に被害者を見ている。それがファイエットが仕事を終えた時刻なんだ。この人の話だと、サイドンは部屋着姿でスリッパを履いてたそうだよ。着替えの時間を考慮すると、被害者がロビーに降りてきたのは、早くて十二時十五分だな。彼女、両手両脚とも関節炎を患っているんだ。ボタンをはめるのにふつうの人より時間を食うんだよ。となると、ここを出たのは十二時半近くかもしれないな」

「守衛とは話したのか?」

「ああ。かなりびくついてたよ。そいつ、副業を持っててね、アパートメントの管理会社と話すにしても、そのことは黙っててくれってことだ。やつは十一時十五分ごろ副業からもどってきて、階段を下りていった。だいぶ暗かったらしいよ。しばらく前に電球が切れちまってたんでね。でも通りから結構光が差すんで、すぐには付け替えなかったんだと。隅っこに丸まってたキャンバスの布に気づいたのは、ドアの鍵を開けてるときだった。やつはムッとした。テナントの誰かが、自分に始末させる気でガラクタを放りこんだものと思ってね。自分ちの戸口はゴミ捨て場じゃねえぞってわけだ。やつはキャンバスを拾いあげた。最初は、目の前に何があるんだかわからなかったそうだ」

コフィーは、ライカーが読みあげている手帳を見おろした。そのページにはたった四語しか記されていなかった。

「被害者の部屋に近親者についての手がかりはあったか？」

「親戚は従妹《いとこ》がひとりいるだけだよ。迎えの車を出そうか？」


「その女、名前は何と言ったかな？」コフィーは言った。

「マーゴ・サイドンです」三代にわたる制服警官の三代目、マイケル・オハラ巡査が答える。

「被害者のまた従妹です」

「どの部屋へ通した？」

「マーコヴィッツさんのオフィスです」

「いいか、オハラ、マーコヴィッツさんのオフィスはもうないんだ」

「そうでした」そう言いながらも、オハラは納得しかねる様子だった。「その人、警部補のオフィスにいます」

ライカーはジャック・コフィーのあとを追って、ゆるゆると歩いていった。コフィーの襟足と白いシャツの隙間が、徐々に憤怒の赤に染まっていく。ライカーは靴に目を落とし、にやにやしながら、コフィーにつづいてマーコヴィッツのオフィスに入った。

この模様替えに自分もいつかは慣れるのだろうか――ライカーにはとてもそうは思えなかった。四方の壁にかかっているのは、ふつうサイズの掲示板。そして、競走馬の写真二枚。コフィーの情熱の対象は、馬と、カワイ子ちゃんたちだけなのだ。

マーゴ・サイドンは、ライカーの基準からすると、到底カワイ子ちゃんの範疇には入らない。

彼女はデスクのそばにすわり、紙コップのコーヒーをすすっていた。まるで、顔の片側だけノボカインを射たれたような飲みかただ。口の左側の筋肉は硬直している。彼女が笑っても、それはあざけるような笑顔にしかならない。頬に残るかすかな傷は、神経が肉もろとも切断されたことを示していた。

《ジャスパー&ビッグス法律事務所》に問い合わせをした際の、ライカーのメモによれば、マーゴ・サイドンは遺産をもらうことになっている。しかし、遺言執行人ホレス・ビッグスはローマで休暇を過ごしていて不在。夜中に起こされ、カンカンになったモートン・ジャスパーのほうは、彼女が本当に唯一の相続人なのかどうか知らなかった――あるいは、教えようとしなかった。

マーゴ・サイドンは女相続人のイメージにはほど遠かった。髪はくしゃくしゃだし、合成皮革の靴はすり減っている。黒いドレス、色褪せたゴブラン織りのベスト、薄っぺらなショール、と何枚も重ね着しているが、そのシルエットはほっそりしていた。美しい脚は、前に突き出されている。小柄だが筋肉質にちがいないとライカーは見た。ダンサーは、きっと毎日体を鍛えるものなのだろう。彼女の本当の弱点はその顔だ。小さな目と、あるかなしかのその顎だ。

コフィーがふたりを紹介しようとしている。

「前にお会いしてるよ」ライカーは言った。「ミス・サイドンは、第一の被害者の孫、ヘンリー・キャサリーのご友人だからね。マーコヴィッツといっしょに彼を訪ねたとき、ミス・サイドンもその場にいらしたんだ」

コフィーの顔に浮かんだ憤激の表情はこう言っていた――なぜもっと早く教えてくれなかったんだ。

ライカーはオフィスの奥へ進み、マーゴ・サイドンの少しうしろの端のほうに、コフィーと向き合ってすわった。彼は革表紙の手帳をポケットから引っ張りだすと、キャサリーの家で書き留めたメモのところまでページを逆に繰っていった。

「すると、ミスター・キャサリーとお友達なんですね」コフィーが言う。

「知り合いです」彼女はそのふたつのちがいをはっきりさせた。「わたし、週に一度、従姉のサマンサを訪ねていたんです。キャサリー一家は同じアパートメントに住んでいました。ヘンリーのお祖母さんが亡くなったあと、わたし、ときどき彼のところへ寄っていたんです。お祖母さんが殺されたせいで、あの人、悲惨な状態になってました。何もかもお祖母さんにたよりきりだったので。ひとりになってからは、まともな暮らしができなくなっていたんです」

ライカーはコフィーにうなずいた。その点は本当だ。あの日のメモのいちばん上に、彼は「ガイ者／乳母」と書き、下線をつけていた。アン・キャサリーがヘンリー・キャサリーの保護者だったことはまちがいない。祖母がいないため、若者の体と洗濯物は汚れたまま放置されていた。マーコヴィッツとライカーがキャサリーを訪ねたのは、彼がひとりになって、丸ひと月経ってからだ。彼の祖母の事件は、第二の犠牲者が出て連続殺人事件となるまでは、重大犯罪課の管轄ではなかったのだ。ライカーは、あの若者の部屋に、最近掃除婦が来たらしい匂いが残っていたことを思い出した。しかし若者の体をきれいにするのは、掃除婦の役目ではない。

彼の体臭は、花の香りの芳香剤ではごまかしきれないほど強烈だった。

「だから、ちょっとした手助けをしていたんですよ」マーゴ・サイドンがコフィーに言っている。「ちゃんと食事をするように気をつけてあげるとか、そんなことですけど」

コフィーが目を向けると、ライカーはふたたびうなずいた。彼のメモのつぎの言葉にも下線が入っている――「マーゴ・サイドン――新しい乳母」。あの日ドアを開けて、マーコヴィッツを迎え入れたとき、この娘は、きれいなジーンズと男物のシャツを一方の腕にかけていた。その場を仕切っているのが誰かは疑うべくもなかった。ヘンリー・キャサリーは、マーコヴィッツの質問に答える前は必ず娘のほうに目をやっていたし、答えがなかなか出てこないときは娘が代わりに答えていた。彼女は支配者であり、ヘンリーのほうは、人並み以上の身長体重、肉付きのよい顔や腹を備えていながら、彼女よりもひ弱に見えた。

「ヘンリーは、食料がどこから出てくるのかさえわかってないいんじゃないかしら」マーゴ・サイドンがジャック・コフィーに説明する。「きっと、どうしてこのごろ冷蔵庫がいっぱいじゃないんだろうと思いながら、どうすることもできないんでしょうね」

ライカーは「食料品」という書きこみを見つめた。そうだ、あの日も、面談が始まって十分後に、食料品の配達があった。ヘンリー・キャサリーは、配達の若者への支払いとしてマーゴ・サイドンに札束を渡し、彼女は傷みやすいものを冷蔵庫にしまうため、何分か席をはずした。慈善的行為――そのときライカーはそう思った。この娘を良妻賢母タイプとみなしていたわけではない。彼らはどちらも孤独な子供、群れになじめぬ変わり種なのだ。

ライカーは、ヘンリー・キャサリーに関するあの日最後のメモに目をやった。それが書きこまれたのは、面談が終わったあと、署にもどる車のなかでだった。マーコヴィッツは、娘が食料品の支払いの釣りをヘンリー・キャサリーに返さなかったことを指摘した。そこでライカーは、手帳に「寄生」と書きこみ、下線を引いたのだった。

あの日、キャサリーの部屋は暗くしてあった。そしていま、署のまぶしい蛍光灯の下でマーゴ・サイドンを見て、ライカーは初めて気づいた。彼女の着ているものは高級なボロなどではなく、単なるボロだ。年取った金持ちの従姉は、この娘に対して気前よくはなかったらしい。

コーヒーを飲み終えると、マーゴ・サイドンはデスクにコップを置き、膝の上で両手を組み合わせた。その手は勝手に動きまわらないよう、ぎゅっと押さえつけられていた。そこまでしつけの行き届いていない脚のほうは、足首のところで何度も組み直されている。

コフィーは従姉の死に対するお悔やみを述べている。事情聴取はさらに二十分つづき、その間コフィーは、ときおりちらちらライカーに目を向けて、半時間、ひとつもメモを取っていない部下の怠慢にちゃんと気づいていることを知らしめた。その目には、いつもながらのいらだちの色が浮かんでいた――「おれを怒らせないでくれ」。それでもライカーのペンは、手帳の上の宙に留まったままだった。

「いいえ、サマンサには敵なんていませんでした」マーゴは、コフィーの手から写真を受け取り、うなずいた。「ええ、まちがいなくサマンサです。ナイフは鋸歯状《きょし》でした？」

「は？」コフィー警部補は、耳が遠い人のように身を乗り出した。

「凶器のナイフです。刃は鋸歯状でした？」

彼女はデスクの上に写真を置いた。それは身元確認用の頭部のみの写真で、遺体の喉には白いタオルがかけられていた。顔は傷ひとつなく、安らかで、まるで眠っているようだ。

「いや、その点はまだわかっていません」コフィーが言う。「目下、検視解剖の最中なので」

「わたしなら、傷の写真を見ればわかるかもしれませんよ」

「そこまでしていただかなくても結構です、ミス・サイドン。身元確認だけで充分ですので」

「見せられない理由でもあるんですか？」

「マスコミに伏せておきたい点もいくつかありますし」

こりゃ大きなミスだぞ、とライカーは思った。娘の目がきらりと光った。

「ぜひ見せていただきたいの」

今度、ミスを犯したのは娘のほうだった。彼女は顔の半分で笑おうとし、その結果あざけるような笑顔でコフィーのいらだちを招いてしまった。彼は封筒から光沢印画紙を取り出し、喉の傷だけが写っている写真を娘に渡した。

「長いナイフね」彼女は、近視の人がよくやるように写真に目を近づけた。「それに刃は鋸歯状じゃない」

コフィーが立ちあがって、ネクタイを直した。もうたくさんだ――その顔と堅苦しい姿勢は、はっきりそう告げていた。

「ライカー巡査部長のほうから、あと二、三、質問させていただきます。そのあと、彼がお宅までお送りしますから」

そして警部補は出ていった。

ライカーはいくつかメモを取り、それから顔を上げた。マーゴ・サイドンは歓迎の表情を浮かべていた。

「きょうの午前十一時から午後二時までどこにいたか覚えていますか、ミス・サイドン？」

「トライベッカの、ロフトの稽古場にいました」子供時代のテレビ学習によりつぎの質問を察知して、彼女はつづけた。「稽古場には他に百人もの人がオーディションを受けにきていました。演出家はわたしのことを覚えていると思います。とてもうまいと褒めてくれましたから」

しかし本人もライカーもわかっていた。彼女は、その顔の左半分ゆえに記憶に残っているのだ。

「電話をもらえることになっているんです」彼女は片頬だけの笑いを浮かべ、反対側の頬の傷を醜い三日月のように縮ませた。

そう、確かに電話はもらえるだろう。

「お宅まで車でお送りしましょう、ミス・サイドン」

イースト・ヴィレッジは、飢えた芸術家を装う良家の子女でいっぱいだ。しかし、安物の靴を履いたこの若いダンサーは、正真正銘本物で、文字どおり飢えていた。前回会ったときも今回も、ライカーはうしろに控えていた。だが、こうしてせまい車内にいっしょにいると、古着屋の匂いがはっきりと嗅ぎ取れる。それにこの娘は、活力をも発散している。まるで波紋のように。

ライカーはハウストン通りをそれて、北へ三ブロック進み、彼女のアパートメントの正面に車を寄せた。近くの角にはティーンエイジャーが数人たむろしており、マークのない警察の車を興味深げに眺めていた。ゴミ缶にはネズミどもがちょこまか出入りし、歩道に捨てられた紙屑の間には、砕けた注射器のかけらが散らばっている。

「上までお送りしますよ」ライカーはイグニションからキーを抜きながら言った。

「いいえ、結構よ」マーゴ・サイドンは妙に急いで言った。「面倒をおかけしたくないの」

ひとりの酔っ払いが、通りの向こうで、壁に向かって放尿している。

「ちっとも面倒じゃありませんよ」

「いいえ、本当にいいんです」マーゴ・サイドンは言った。半分の笑みを浮かべているが、その半分にすら心はこもっていなかった。彼女は車を降りると、ライカーが運転席のドアを開けるより早く、その窓から車内をのぞきこんできた。

「おやすみなさい、ライカー巡査部長」

ライカーはうなずいてエンジンをかけ、ゆっくりと車を流れに乗り入れた。マーゴ・サイドンはしばらく歩道に立って、遠のいていく彼を見送っていた。その姿は、リアビュー・ミラーのなかでどんどん小さくなっていき、やがてアベニューCの物騒な風景のなかに消え去った。

ライカーは車からマロリーの自宅に電話を入れた。彼女は、たっぷり相手を待たせてから電話を取る。それを知っている彼は、ずっとベルを鳴らしつづけた。

この事情聴取が始まる前、ライカーは、マーゴ・サイドンはおそらく老婦人の全財産を相続するはずだとコフィーに話し、マーコヴィッツが常に金の動機を有力視していたことを指摘した。これに対しコフィーは、マーコヴィッツはもう死んだのだと指摘した。彼がそれを言うのは、その夜はもう二回目だった。このアル中の老いぼれ刑事には、そんな単純な事実ひとつ呑みこめないとでも思っているのか。それに――とコフィーはつづけた――犯人は女じゃない。これを言うのは、なんとまあ、もう十回目だった。

つぎの赤信号で、ライカーはその夜最後のメモを取った――女かもしれない。

部屋の明かりをつけると、一匹のゴキブリが大あわてで足もとの床を逃げていった。マーゴ・サイドンは炊事場を、ナイフのラックの前を、通り過ぎた。そこには、プロの料理人が使うよりもっとたくさんのナイフがあった。そして寝室代わりの凹所には、さらに種類のちがうナイフがある。スイス・アーミー・ナイフや、よくあるペンナイフや、飛び出しナイフがいくつも。

ときどき彼女は、世間の人が自分ほど刃物に執着していないのを忘れてしまう。今夜もやりすぎてしまった。刑事たちは、月の暗い部分からいましがた落ちてきた者を見るような目で、彼女を見つめていた。

若いほうの刑事、コフィーなど、サマンサがどんなナイフで殺されたのか訊いたら、死ぬほど驚いていたではないか。

大好きよ、サマンサ。それに、遺産も。

かつての笑顔、いつもいっしょだったあの笑顔を買いもどそう。もうすぐそれに充分なお金が手に入る。顔の片側だけで笑うと、目がきらめいては曇った。彼女は踊りはじめた。四肢を祝うようにはずませ、さざめかせながら、エレベーターもないしけたアパートの部屋をぐるぐる踊りまわり、四方の壁のひとつひとつにおわかれのキスをしていった。

マロリーはソーホーの暗い通りでひとりの女を追い越した。女はハッと息を呑んだ。怯えたのではない。驚いたのだ。足音などしなかった。どんな物音も一切。マロリーは女の横に不意に出現し、追い越していったのである。

背後の女がどの戸口で通りを離れたか、マロリーには振り返らなくてもわかった。女がスナップ式の財布から鍵を取り出したことも。急に怖くなって、足を速めたことも。それでいい。民間人は臆病であるべきだ。周囲を警戒すればするほど、長生きできるのだから。

マロリーは車庫のある北へ向かった。車はそこに置いてある。ハウストン通りの一ブロック手前で彼女は足を止め、耳をすませた。それから、うしろを振り返って目を細め、ついさっきまで誰かが立っていたはずの空っぽの空間に人の痕跡を見出そうとした。

痕跡はなし。誰もいない。

通りにいるのは自分ひとり――マロリーの目はそう報告する。しかし彼女は、自分を見つめる誰かの視線を感じていた。

無数の赤い警告灯を閃かせ、ある思い出が前頭葉に光の速さでよみがえる。「大半の人間は頭の上には注意しないもんだ」警察に入りたてのころ、マーコヴィッツはそう教えてくれた。彼女はうしろに退って、上を見あげた。黒い物体が落下してくる。ニューヨークよりましな世界へ彼女を送りこむために、猛スピードで。ジグザグに閃く稲妻のように鋭く、街のネズミのようにすばやく、彼女はさっと飛びのいた。と同時に、巨大なコンクリートの塊がすぐ横の舗道に激突し、蜘蛛の巣状のひび割れを残した。

マロリーは長い屋根ぞいに目を走らせた。黒い人影が、夜空を背に屋根の端を動いていく。拳銃がホルスターから手へと移る。しかしそれは、ほんの何分の一秒か遅すぎた。影はもう見えない。

マロリーは建物の側面へ走り、非常階段の出っ張りに飛びついた。アドレナリンが全身を駆けめぐる。筋肉の緊張すら意識せず、彼女は格子に囲われたいちばん下の踊り場に一気に体を引きあげ、六階建てのビルをまっしぐらに上っていった。ゴム底の靴が二段飛ばしで金属の階段に触れていく。

月明かりもなく、ただ街の灯のみに照らされた屋上に出ると、前方に、ぐんぐん遠のいていく人影が見えた。マロリーは屋上と屋上の間の障壁を飛びこえ、つづいて、壁を接していないふたつのビルの谷間に身を躍らせた。影はさほどすばやくなかったが、時間と距離で差をつけていた。その黒いコートが強風にあおられ、コウモリの翼のようにはためいている。と、そいつは飛翔し、空中へと消えた。

五感のすべてが、暗闇にいるのは自分だけだと告げていた。両足がついに地に着き、銃を持つ手が脇に垂れた。マロリーはタール舗装の屋上を軽やかに進み、非常階段や扉をつぎつぎチェックしていった。扉のひとつは開け放たれていた。彼女はその奥の暗い階段をのぞきこんで、空気の動き、体温の名残、身を潜める生き物の音や気配をさぐった。しかし返ってくるのは、建物の内部で眠る勤め人たちの静けさばかり。それに、影が逃げこんだのがここでないのはわかっていた。マロリーはさらにその先の屋上のドアもチェックし、そのビルの金属の非常階段を見おろした。

ついに彼女は下の通りから目を離し、屋上の端から身を退いた。眼下には、マンハッタンの稜線が見えた。そして、明かりの灯った夜型人間どもの窓のパノラマ、警察がドアをたたいても、何も見なかったとしか言わない無数の目が。

ジャック・コフィーはひとり、いまだにマーコヴィッツのオフィスと呼ばれている自分のオフィスにすわっていた。あのマーゴ・サイドンという女は癇にさわる。ナイフについてのあの質問も、あざけるようにゆがむあの口もだ。彼は、あいつもヴィレッジ住まいの不良のひとり、警官の頭痛の種だろうと決めつけていた。

彼は、ライカーがデスクに残していったファイルに目を落とした。ファイルには、マーコヴィッツのサインの入った申請書がテープで留められていた。小さな事実の蒐集家マーコヴィッツは、ヘンリー・キャサリーを訪問したあと、この書類を申請したのだろう。マーゴ・サイドンが襲われた二年前の事件の報告書。そこには、顔のナイフの傷、顔面神経の切断のことも書かれていた。そしてその傷跡は誰の目にもはっきり見える。なのにコフィーには、無礼なあざけりの笑みしか見えなかったのだ。あれはどう考えてもナイフの傷だというのに。あの娘は被害者にすぎなかったというのに。

くそ、被害者どもめ。

他に自分は何を見逃しているのだろう？　彼は深い疲労を覚えた。

ライカーは、マーゴ・サイドンの事件ファイルに自身のメモをつけていた。あの男は事件の担当刑事をつかまえ、個人的な見解を求めたのである。コフィーは、ごくふつうににっこり笑う可愛い女の子の写った学校の写真を見おろした。残忍な変質者がこんなせりふを吐いたのは、その写真が撮られたすぐあとのことだ――「さあ、この踊るナイフをごらん、お嬢ちゃん」担当刑事の話によると、事実、暴行のショックで放心状態に陥っていたマーゴは、裸の体を血だらけにしたまま、刃が自分の皮膚に食いこむのを見守り、血が流れ出るのを見守っていたのだという。

くそ、被害者どもめ。

コフィーは天井の明かりを消し、すぐにも部屋を出ようとしながら、疲れすぎて動きだせずにいた。デスクのスタンドをつけると、ほのかな光が部屋を照らし出した。その壁は塗り直され、マーコヴィッツ流の雑然とした装飾は取り払われている。しかしマーコヴィッツは、いつのまにか、部屋の返還を求めてもどって来ていたらしい。今夜、その床には、フォルダーが散らばっていた。デスクの向かい側にある二脚の椅子には、事件ファイルが積みあげられている し、真新しいコンピュータの隣の、真新しいデスクマットの上には、昔ながらの方式で読み、取り扱うべき手紙と日記の山がある。

死んだ老婦人たちは、一年以上も前に書くのをやめてしまっている。いったいどういうことだろう？　書き記すに足る興味の対象がなくなったのか、それとも、手紙や日記を書くよりもっとおもしろい何かに熱中しだしたのか。コフィーはこのことで頭を悩ませていた。老婦人のひとりなど、手紙や日記を全部、倉庫のトランクにしまいこんでいた。居住域からは一通の手紙も見つからなかったのである。ところがその婦人も、かつてはこまめに日記をつけていた。発見された十年分の革表紙の日記帳には、一日たりとも書きこみのない日はなかった。

日記を読み、その胸の内を知るまで、コフィーにとって被害者たちは薄っぺらな存在だった。相続人どもは、老婦人たちの日常について、ごく基本的な事柄すら知らなかった。どんな友達がいたのかも、四人に共通の趣味は何だったのかも。親族もまた、何の情報も提供できなかった。日雇いの女たちが知っていたのは、老いた雇用主の取るに足りない日々の習慣だけだ。今夜、彼は被害者たちの心に入りこみ、彼らが何者だったのかさぐり、同時に相続人どもの人物像にも肉付けをした。被害者たちが何より恐れていたのは、わずかに残された人間関係を失うこと——世界を試す試金石を、血のつながりを失うことだった。

古風で流麗な筆跡で、ひとりの老婦人は、めったに来ないお客を帰すまい、会話を終わらせまいとして、馬鹿な質問ばかり連発してしまう自分自身を叱りつけていた。周囲の無理解や、自分と何の共通点もない世代と心が通じないことに対する憤りの涙もあった。おいおい泣いてしまったこと、無駄な戦いをみじめにもあきらめたこと。ただ涙を流しただけで子供扱いされることへの怒り。若い者たちがまともに話を聞こうとしないこと。それゆえに誤解が生じることへのいらだち。関節炎の手では、幼児のいたずら防止策を施したキャップは開けられないという簡単なことさえ、若い連中はわかっていない。そして、四人の老婦人に共通しているのは、誰かに触れてもらいたいという切なる願いだった。

会ったときや別れ際、わたしと抱き合うのを、あの娘はじっと我慢している。そういう瞬間、あの娘には、わたしが命にしがみついているように見えるのだろう。実際そのとおりなのだ。あの娘は、わたしが触れたい、触れられたいと願っている温かな肉体そのもの。人は、人と触れ合っていなければ死んでしまう。あの娘がこれっきり来てくれなかったらどうしよう?

コフィーは明かりをつけたままオフィスを出て、廊下の先の捜査本部へと向かった。そこには、ライカーがマロリーから取り返してきた品々、そして、物的証拠のすべてが収められていた。血みどろの殺戮のカラー写真や、何らかの形でつながるはずの紙切れから成る混沌。手がかりが多すぎる——マーコヴィッツはそう言っていた。そしていまや、容疑者までもが多くなりすぎ、うちふたりが共謀した可能性まで出てきた。若いキャサリーはＦＢＩの犯人像にあらゆる点で当てはまるが、動機はない。社会学の教授ジョナサン・ゲイナーは、誰よりも多くの遺産を相続している。マーゴ・サイドンはもっとも困窮している相続人だ。

マーコヴィッツめ。金めあてだと？　ああ、だが親父さんは確かに何かつかんでいた。この殺人鬼はまちがいなく病気だが、狂っているわけじゃない。マーコヴィッツはもう少しのところまで迫っていた。どうしてちょっとでもヒントを残してくれなかったんだ？　埃まみれのメモひとつでも、何でもいいのに。


「ううん、こっちは何もなし。電話ありがとう、ライカー。わかった、またあした」

何もなし？　自分はまだ生きている。その点は大きい。

マロリーは電話を置いて、書斎に入った。ゲイナー尾行の最新メモを、彼女は壁に留めた。四人目の被害者は、正午から午後二時の間に死亡。交通事情がきわめてよかったとしても——地下鉄の乗り継ぎがすべてスムーズにいったか、信号が青ばかりだったとしても、ハーレムの端からグラマシー・パークへ行って帰ってくるには一時間近くかかる。それも、犯行にかける時間をほんの数分としての話だ。ゲイナーがそれだけ長く、つづけて視界から消えていたのは、学生指導のときだけだ。こっそり抜け出したのだろうか？　ミセス・ピカリングが指摘したとおり、張り込みはマロリーの得意分野ではない。彼女は、ゲイナーが犯人であるよう願っていた。そう考えると、すべてつじつまが合うからだ。

かつて彼女はジグソーパズルのピースを空いた場所の形に合わせて切っているところを、マーコヴィッツに見つかったことがある。「なあ、キャシー」彼は言った。それはまだマーコヴィッツが彼女をそう呼ぶことを許されていたころだったのだ。「インチキしてピースをはめこむことはできても、完成した本当の絵は見られないんだよ。人生ってのはそんな形でしっぺ返しするもんなのさ」

マロリーはゲイナーに関するメモをコルクから外し、公園でチェスをするヘンリー・キャサリーのロングショットが留めてある端のほうへ移した。

新しい有力な容疑者、新しい視点が必要だ。マロリーはマーコヴィッツのスケジュール帳を見つめた。あの火曜の夜、彼がBDAとの約束を果たせなかったとしたら？　マーコヴィッツが最後に目撃されたのは、火曜の朝だ。その前の週、彼は木曜夜のポーカーにも顔を出さなかった。仮に、死ぬ前の火曜の約束も果たさなかったとしたら？　いったい毎晩、何をしていたのだろう？

マーコヴィッツが謎を解いていたとすると、その手がかりは最初の二件の殺しにあったことになる。それとも、彼は三件目の殺しまで予測していたのだろうか？　彼に見えていて自分に見えていないものとは何なのだろう？

マロリーはスライド・トレイを映写機に置き、腰を下ろして、殺害されたマーコヴィッツの写真が繰り返し現れるのを見守った。そのところどころに、最初の二件の殺しの写真が挿入される。そして、彼女自身の撮ったゲイナーとキャサリーの写真、お供と荷物を黄色いタクシーから出現させるあの霊媒のマジック・ショーの写真も。「奇妙な点をひとつ残らず拾ってごらん」彼女が犯罪分析を担当するようになった最初の年、マーコヴィッツはそう教えた。「どんな些細なこともないがしろにしちゃいけないよ、おチビさん」

「おチビさんじゃないでしょ」彼女は手厳しくやり返した。そしてその後、呼び名は常にマロリーとなった。長年キャシーだった彼女を、まるでその養育に少しもかかわらなかったかのようにマロリーと呼ぶのは、マーコヴィッツにとってむずかしいことだった。

マロリーはスライドを見つめつづけた。映像が切り替わるたびに、彼女の顔の上で光が躍動する。親父さんならこれをどう見るだろう？　そう、まずこう言うはずだ――おまえは足跡を残してるよ。馬鹿でかい目立つやつをな。ダンス狂のマーコヴィッツなら、足跡を残すようなまねは絶対しない。

じゃあなぜ殺されたの？

スライド・トレイは一周して、血溜まりに倒れているマーコヴィッツの最初の写真にもどった。自分が決して泣かないという事実に、もはや誇りなど持てなかった。彼女は乾いた目を固く閉じて、映写機のスイッチを切り、暗闇のなかにひとりじっとすわりつづけた。


マロリーが作りあげてくれた新しい秩序は、いつしか彼の生活全般に浸透し、オフィスのキッチンにまで及んでいた。冷蔵庫を開くと、輝く金属の棚には、彼女の補充した食材、調味料がたっぷり詰めこまれていた。これだけあれば、ありとあらゆる種類のサンドウィッチが作れる。

こんな瞬間に自らの想いの深さを悟るのはなんとも奇妙だ。しかし、ハムとピクルス、マスタードとマヨネーズを取り出しながら、チャールズは恐ろしいほどはっきりと悟った——倫理観のない泥棒であり、嘘つきであっても、自分はキャスリーン・マロリーを死ぬその日まで愛しつづけるだろう。チェダーチーズはどこだ？　そしてこの愛は、滑稽な顔を持つ孤独な男の片思いに終わるのだ。

彼はコンロの上の壁の黄色い広がりに目を向けまいとしながら、お茶のやかんを火にかけた。キッチンの壁を黄色にしたことを彼は後悔していた。それは衝動的な選択だった。大半の人がそうであるように、彼も、黄色は陽気で楽しい色だと思いこんでいたのだ。手遅れになってから、彼は過ちに気づき、色をテーマとしたある古い科学誌の記事を思い出して、そのページを白い冷蔵庫の扉に投影してみたものだ。記事の内容は彼の印象と一致していた。黄色は人をいらだたせる色だったのである。

つぎの段落には、鎮静効果のある色はピンクであると書かれていた。泥酔者保護室の実験によりそう証明されたのだという。しかし仮に壁がその色であったとしても、今夜の彼の心を鎮めてはくれなかったろう。

チャールズは、ライ麦パンにマヨネーズをたっぷり塗りつけながら考えた。グラマシー・パークでは何が起きているのだろう？　彼女が見張っているのは誰なのだろう？　逆に彼女を見張っている人物がいるとしたら、それは誰だろう？　さまざまな憶測が、癌のように脳に広がっていく。彼はハムを三枚パンに載せ、彼女が毎日持ち歩いている銃のことを思った。それにもうひとつ、ハーバートの銃の問題もある。イーディスはこれにどう関係しているのだろう？

彼は分厚く切った黄色いチーズをハムの上に載せた。

お茶のやかんが甲高く叫びだした。

「つまりもとのパターンにもどったってわけだ」ライカーは、朝食のビールをがぶがぶ飲み、その数滴をシャツにこぼしながら言った。「このサイドンって婆さん、他の被害者と顔つきがちがうと思わないか？　すごく安らかでさ」彼はマロリーに写真を差し出した。彼女はただそれを受け取って肩をすくめた。そりゃそうだな。キャシー・マロリーが安らぎなんてものを知るわけない。

彼女は、サマンサ・サイドンの血みどろの肖像を、他の現場写真といっしょに壁に留めた。ライカーの持ってきた資料に熱中するにつれ、彼女は、次第にコルクのなかに溶けこみ、壁を通り抜けていきそうだった。

最初の写真の外壁には血が飛び散っている。サイドンの淡い黄褐色のスーツも、ほんの一部をのぞいて、すっかり血に染まっている。頭の数フィート上の粗いブロックには、血の手形が残っている。マロリーはこの写真に指を突きつけた。

「これは被害者の手形？」

ライカーはうなずいた。

マロリーは、マーコヴィッツの蒐集物が掲げられている隣のコルクボードへもどった。彼女は、最初の殺しのあった公園の写真を見つめ、それからつぎへ移った。「二番目のときは？ 車から指紋や掌紋は出たの？」

ライカーはコルクの壁に寄りかかり、ビールのがぶ飲みを中断した。「うん？」

「エステル・ゲイナーよ——リムジンの車内で発見された。血のついた指紋や掌紋はあったの？」

「マーコヴィッツの報告書に全部載ってるよ。窓に、親指の指紋と人差し指の指紋が一個ずつ。どっちもガイ者のだ。掌紋はなし。少なくともガイ者のはな。比較的新しい指紋の主はすべて突き止めた。ひとつは修理工のやつ。それから、車の持ち主の爺さんの指紋がいくつか。それだけだ」

ライカーはビールの残りをごくりと飲み干すと、マーコヴィッツ側の壁へ行き、マロリーのうしろに立った。彼女は、キャサリー殺しの現場写真を見つめていた。そこに写った納屋の白い木部には、血の手形がついている。

「本気で共通点を見つけようってわけか。トレードマークをさがしてるんなら言っとくが、パール・ホイットマンの現場には血の手形はなかったよ」

「どうも引っかかるのよ」彼女は自分側のコルクボードにもどり、サイドンの写真と、それとは別に撮られた血の手形の写真の前に立った。

ライカーはいま、マーコヴィッツのこだまを聞いているのだ。あの男も常に引っかかる点はないかと目を凝らしていた。「手形はその人が助かろうと必死で戦ってた証拠だよ、マロリー」

た顔ではない。

だが、待てよ。ライカーはサマンサ・サイドンの安らかな顔を見つめた。どう見ても戦ってい

「スロープは単独犯と断定はしてないの？」

「まだ結果は出てないんだ。ビール長官も共謀説は気に入ってるよ。自分たちがマスコミの知らないことを知ってるって気になれるからな」

「ビールはコフィーの尻をたたいてるわけ？」

「いつものことさ。マスコミがビールをやっつける。ビールはあの小さなげんこつを振りまわして、わめき立てる。そしてコフィーは、ネズミを怖がるふりをする」

マロリーは一枚の報告書をコルクボードに留めた。「今回は、これまでとちがう点はないの？　何かおかしな点は？」

「あるさ。その紙が曲がってる」ライカーは、彼女がいましがた留めた紙を指差した。

「ふざけないで」

ふざけてなどいない。マロリーが完璧な秩序を少しでも乱すのは、本当におかしなことなのだ。ライカーは、彼女の右手の欠けた爪に視線を落とした。彼は、改めて書斎を見回し、ふだんとちがう点をさがしはじめた。テレビとビデオが別の部屋から運びこまれている。スライドの映写機もこれまではなかった。しかし埃はどこにも積もっていない。その点は確かだ。たぶん紙のゆがみは、完璧主義者も休む日があるということを示しているだけなのだろう。

「手口はいつもとおんなじだ」ライカーは肩をすくめた。「従来どおり、従来どおり。婆さん

の財布はなくなっていた。地元の死体荒らしの動きも同じ」

マロリーはほほえんだ。その笑顔はライカーの不安をかきたてた。いったいどういうことだ？　彼女はどの点に興味を持ったのだろう？

「傷のほうは？」彼女が訊ねる。「四件とも同じ？」

「スロープが言うには、ホシがその都度ちがうナイフを使ってるなら同一犯かどうか判定するのは無理だとさ。だが、傷の部位と切られた順序はおんなじだ。真っ先にやられるのはいつも喉なんだ」

「スロープはどっちに歩《ぶ》があると見ている？　同一犯かちがうのか？」

「訊いてはみたんだが、スロープは言わないんだ。あのギャンブル好きの男がだよ」

マロリーが最後の写真を留めたとき、ライカーはそれもまたゆがんでいることに気づいた。彼はうしろに退がって、ボードを眺めた。壁のマーコヴィッツ側は、昔と変わらず雑然としている。キャシー側は、それに比べれば整然としているが、ボードに何かが加わるたびに少しずつ乱れていく。彼がここに入ってくると必ず何か新しい資料が加わるのだが、その都度、鋲の留めかたは雑になっていくのだ。今回の仮報告書は、一個の鋲で留められ、斜めに傾いていた。いったいどうなっているんだ？　アパートメントの他のところは、いつもどおり整然としているのに。彼女はどれだけの時間をこの書斎で過ごしているのだろう？

彼女が、ひとりの女と、その巨体のそばで小さく見えるタクシー運転手の写真を差し出した。

「その女、レッドウィングというの。グラマシー・パークでペテンをやってるんだけど、見覚えない？」

「張り込みの記録に載ってるが、顔は知らないね」ライカーは言った。レッドウィングは、新参者ではなく、一年以上も前から週に一度、あの街に姿を見せている。それより彼が気になったのは、ジョナサン・ゲイナーとヘンリー・キャサリーの写真のほうだった。

「明日、降霊会でレッドウィングと会う予定なの」マロリーが言う。「で、情報がほしいんだけど、レッドウィングという名前ではコンピュータから引っ張れないのよね。別名で逮捕記録に載ってたら、教えてくれない？……ライカー？」

ライカーは、マロリーが張り込み中に撮った写真に気を取られたまま、上の空でうなずいた。

「なあ、おチビさん、おまえさんのやりかたについて話し合わなきゃな。こんなに近づいて写真を撮れば、敵に気づかれるかもしれないぞ」

マロリーは彼に背を向け、レッドウィングの写真を留めた。「あなた、マーコヴィッツといっしょにゲイナーから話を聞いたんだったわね？」

「ああ」

「メモは？」

ライカーは、よれよれになった手帳のページを繰っていた。「風車、だと」彼はメモを指し示しながら言った。

「どういうこと？」

「やつの動作のことさ。あいつ、やたらと身振り手振りが多くてね、さかんに腕を振りまわすんだよ。マーコヴィッツとおれがいっしょにロビーを歩いていたときも、あいつはしゃべりながら腕を思いきり振りまわしていた。小柄な婆さんたちの一団とすれちがったが、みんなカラスみたいに散り散りに逃げてたよ」

「あの男を怖がってるわけ？」

「いや、そういうんじゃないね。だが年寄りには気をつけてやらないとな。もろくなってるんだから。あの男にはみんなちょっとばかり用心してるってとこじゃないか。風のなかでぶんぶん腕を回して、前を見ようともしないから」

「まるで案山子《かかし》じゃない」

「ああ、それそれ」ライカーは「風車」という文字を棒で消し、「案山子」と書きこんだ。

「マーコヴィッツはゲイナーをどう見ていた？」

「よくわからないな。マーコヴィッツは面談の間ずっと、あいつの専門家としてのアドバイスを無料で引き出そうとしてたよ」

「ゲイナーは心理学者じゃなく社会学者よ」

「そうだね。だがあいつは、高齢者について論文だか本だかを書いたことがあるんだよ。マーコヴィッツは、婆さんたちのテリトリーに入りこもうとしていたからな。そんときゃまだ、第二の殺しから十時間しか経ってなかったがね」

「あの男はどんな話をしたの？」

「何にも。メモもないくらいだ。社会における高齢者の役割とか、その手の戯言《たわごと》さ。マーコヴイッツは興味津々だったが、おれはくだらんと思ったね」

「コフィーはいまどんな線を追っているの？」

「マーゴ・サイドンのことを、おれに調べさせてるよ」彼は上着のポケットからビデオテープを取り出した。「こないだの事情聴取を見るかい？　テープに録《と》っておいたんだ」

マロリーは彼の手からテープを受け取り、ビデオデッキの口に入れて、再生ボタンを押した。マーゴ・サイドンが画面上に現れたが、十分後、聴取が終わりもしないうちに、テープは取り出された。マロリーはライカーにテープを放ってよこした。

「この人なら公園で見たことがある。わたしも監視チームと同じ程度のことしか知らないけどね。彼女、ときどきヘンリー・キャサリーにくっついてるの。キャサリーのほうはたいてい無視してる。公園の門の鍵を開けてやらないことさえあるの。キャサリーは女の子とおしゃべりするより、ひとりでチェスをしていたいのよ」


マロリーは、四階の通路に立ち、マーティン・テラーの部屋の外に寄せ集められた雑多な品々を見おろした。きれいに積まれた本や雑誌、掃除機、銅製のお茶のやかん、小型扇風機。これは粗大ゴミではない。チャールズによれば、ミニマル・アーティスト（最小限の表現手段を用いて絵画・彫刻を制作する芸術家）のマーティンは、真っ白ではない所有物をすべてここに置いているのである。

マロリーは、向かい側のドアに目をやった。４Ａのハーバートを脅しつけることは禁じられている。四個の錠の外される音に、彼女はしぶしぶマーティンのドアに目をもどした。大家が二十年近く前に付けた古い造りの錠に対し、他の三個はぴかぴかの新品だ。

　ドアが開き、マーティンの坊主頭がかすかに揺れて、彼女をなかに招き入れた。ミニマル・マーティンは、無用の長物である眉毛をも剃り落としていた。防弾チョッキでふくれあがった白いシャツ、白いズボンとソックスにより、彼はすっかり白い壁に溶けこんでいる。居間は、いましがた泥棒に押し入られ、何もかも略奪されたかのような様相を呈していた。窓にカーテンはなく、四方の壁も、切手サイズの芸術作品が各面にひとつ飾られているばかり。小さな作品はどれも、鉛筆書きの薄い線でしかない。

　マロリーとしては、他のどんな流派より、ミニマル・アートが好ましかった。ミニマル・アートは、こざっぱりしていて、存在しないも同然で、鬱陶しい色も考察の余地もなく、手間がかからない。

　居間に置かれた扉のないクロゼットには、必要最小限の衣類が収められている。その衣類もまた色は白で、それゆえこの室内では目に見えない。朝食用のテーブルである四角形の白い台には、白い皿がひとつと卵がひとつ載っている。寝室の奥までは見えないが、きっとそこには、白いシーツが折り返されたせまいマットレスが置いてあるのだろう。

　防弾チョッキは、この部屋やマーティンの付属品としては、ごてごてしすぎている感じがした。

「ねえ、マーティン、わたし、イーディス・キャンドルのうちの壁に書かれた言葉に興味があるの」

マーティンはただ、彼女をでなく、彼女のいる方向を見つめるばかりだった。まるで声を手がかりに相手の位置をさぐろうとする盲目の人のようだ。待てど暮らせど答えが出てくる気配はない。マロリーは彼の視線の直線上に移動し、ほほえんだ。マーティンの額に不安げな皺が刻まれた。彼の場合、これは感情の爆発にも等しい。マロリーの笑みを笑みと取る並みの人間より、マーティンのほうが彼女を真に理解しているのかもしれない。

「壁の言葉よ、マーティン」彼女は期待をこめて身を乗り出し、あとは目だけで相手を促した。強引に迫ったりすれば、彼は自分だけの世界に入りこみ、ドアを閉めてしまうだろう。だから彼女はじっと待った。

そしてさらに待った。

反応はない。

ああ、そうか。ちゃんとたのんでなかったじゃない。

「何て書いてあったか教えてくれない?」

「赤」三十秒を数えたところで、ようやくマーティンが言った。

マロリーは笑みを消した。

ここ一カ月、彼女はときおり、通りや通路でこのアーティストが同じ星に住む他の人間と接触する姿を見かけた。人々は、この男は変わってはいるが無害だと得心するまで、ずっとそわそわしていた。

「そうよ、赤い口紅。でも何て書いてあったの?」

彼女はまたほほえんだ。彼の不安をかきたて、より速く答えを引き出すためだ。一日中こんな馬鹿をやっている暇はない。

「太い字」マーティンは言う。

こいつは、まちがってちがうストーリーのアテレコをつけられた外国映画だ。でも、この男を殺すことはできない――そう思ったとたん、ヘレン・マーコヴィッツの亡霊から訂正が入った。

殺すことはできるけれど、殺してはいけない。

それ以上は何も出てこなかった。マーティンはただ突っ立っていた。待っているわけでも、何か期待しているわけでもなく、ただそこにいるだけ。でも、こいつだって人間のはずだ。

「その言葉が何だったか教えてくれない？」マロリーは優しく訊ねた。その声は、低く、なまめかしく、見えない絹糸でマーティンの目をたぐり寄せるようだった。しかし彼はその糸をぷつんと断ち切り、壁に顔を向けてしまった。もう言葉は使い果たした――彼の背中はそう言っていた。在庫はない。

マロリーの背中のうしろで、両の手が拳になっていく。それでも彼女はあくまでも優しく言った。「このアパートメントって変わってるわよね、マーティン？　ほら、ここに住んでる人たちって、廊下ですれちがうたびに首をすくめてるでしょ？　まるで、みんなお互いのクロゼットやベッドの下に何が隠してあるか知ってるみたい。都合の悪い小さな秘密を共有してるって感じよね。ちょっと不気味だと思わない？」

マーティンの頭がほんの一インチ下がった。彼の場合、この一インチは大きい。マロリーは白い台のひとつに腰を下ろすと、彼の背中を凝視し、振り向けと念じた。相手がこちらに顔を向けても、彼女は少しも驚かなかった。この男の五感はそれほど鋭いのだ。マロリーは自分の声にさらに絹を織りこんだ。

「このアパートメントは、人の入れ替わりがほとんどないでしょう。これは変よね。ニューヨークは人の移動の激しい町よ。いったいどうして、あなたがたはここを動こうとしないの？　あなたは、十年前、ジョージ・ファーマーが自殺未遂を起こしたときもここにいたのよね。ファーマーのつぎに出ていったのは、チャールズの部屋の向かいの人。その男はある日突然、引っ越し先の住所も残さず、荷物をまとめていなくなった。アパートメントの敷金もその十五年分の利子も回収せずに。いったいどうして、そんなまねをしたのかしら？」

マーティンの目が彼女の視線とぶつかり、苦しげにくるりとそれた。

マロリーは、わけがわからないというように両手を広げてみせた。

「その男もやっぱり壁の文字を見たんだと思う？」

マーティンはまた向こうを向いてしまった。彼は右へ左へ首を振った。それはノーという意味ではなく、頭から彼女の言葉を振り払おうとしているようだった。

やりすぎてしまった。

マロリーは立ちあがり、ゆっくりと玄関へ向かった。ドアを開けたとき、マーティンが言った。「用心して。そのときは突然やって来る」

チャールズはオフィスにもどって驚いた。昼間なのにマロリーがいる。彼女は調理台に向かい、プロのコックのようにみごとにサンドウィッチの盛り合わせを作っていた。

「やあ、マロリー」チャールズが、うっかり彼女をキャスリーンと呼ぶことはもうない。いまの彼にとってこの女性は、言葉にする場合もしない場合も、常にマロリーだった。彼女はみごとに彼をしつけたわけだ。そのうえ彼女は、チャールズにきちんと食料を供給し、彼の生活を整理した。会計士のアーサーでさえ、おかげで仕事が楽になったと彼女を讃えた。コーヒーやお茶のしみで金額が見えなくなった書類が、汚らしく紙袋に積めこまれることももうない。

それでも彼は、自分の生活がますます面倒なものになりそうな予感を覚えていた。

「イーディス・キャンドルといろいろ話したわ」マロリーが言う――やや不自然なほどさりげなく。

チャールズは、いつかは彼女もイーディスに会うだろうと覚悟していた。このアパートメントの住人はみな、遅かれ早かれ、あの部屋に吸い寄せられていくのである。だが目下彼が解き明かしたいと思っているのは、この謎ではない。

「あの人、まるで囚人ね。あの部屋に閉じこめられてるみたい」マロリーは言う。

チャールズは、ローストビーフと、シャキシャキのレタスやパセリの載ったライ麦パンをものほしげに見つめた。「見たところは確かにそうだね」

ルイ・マーコヴィッツの霊にとりつかれたコーヒーメーカーが、ゴロゴロ唸り、ポタリと滴《しずく》を落として、会話に割りこんだ。

やはりイーディスの謎をここで話題にしたほうが得策かもしれない。マロリーは恐ろしいまでに一途だ。いまはルイを殺した犯人のことだけに集中しきっている。ということは、このふたつにはつながりがあるのだろう。

「あの人がなぜここを出ないか知っている？」マロリーは訊ねた。

彼女は世間話に興じるタイプではない。何の気なしに無邪気な質問を放つことなどありえない。そういうたちではないのだから。そうだ、こちらからの質問で何も聞き出せないとしても、彼女自身の質問から何かつかめるかもしれない。

「イーディスはいまもご主人の喪に服しているんだよ」チャールズは今度は、マスタードとマヨネーズのついたパストラミに目を留め、ふたつのサンドウィッチの板挟みとなった。

「三十年も喪に服す人間なんていないわよ」マロリーの口が疑わしげにへの字に曲がった。ルイのコーヒーメーカーもブツブツ言っている。「他にも何かあるんじゃない？」彼女は格子模様のテーブルクロスの上にサンドウィッチの皿を置いた。「旦那の事故と関係あることかしら？」

「あの人からその話を聞いたの？」

「すわって」マロリーは食卓の椅子を指差し、ルイの宿るコーヒーメーカーのほうへもどっていった。

チャールズは何度も彼女と食事をともにしたことがある。しかし、キッチンでというのは初めてだ。思えば、彼女の父親はキッチンを好んだ。ただしこれはもくろみがあってのこと。ルイの意見によれば、キッチンの雰囲気は会話の潤滑油となり、堅苦しいセッティングは人の口を重くするのである。

チャールズはふと思った――あのポーカー仲間たちの指導はまちがっていたのではないだろうか？　マロリーの行動を読みたいなら、ヘレンではなくマーコヴィッツの教えに注目したほうがいいのかもしれない。

「三十年か」マロリーが言う。「まるで服役期間ね」

「罪の償いみたいだね」チャールズはサンドウィッチをつまんだが、急に食欲が失せるのを感じた。罪の償い。なぜこれまで思いつかなかったのだろう？　記憶が浮かびあがってくる。しかしそれはまだ茫洋としていた。「イーディスはあの事故に責任を感じているのかもしれない」

「そのわけは……？」マロリーが促す。

「よくわからない。マックスが死んだとき、ぼくはまだ九つだったからね」

「あなたにはコンピュータ並みの記憶力があるじゃない。思い出してみて」

「直観記憶はそんなふうには働かないんだ。本の一章を丸ごと暗誦することはできる。コーヒーをこぼした箇所まで思い出せるよ。でも、子供時代の頭の上でのやりとりを思い出すのは得意じゃないんだ」

「あなたならお母さんのお腹から出てきて以来、ほとんど何事も見逃さなかったはずよ。思い出せないというそのやりとりだけど、それを聞いたの、従兄の人が死ぬ少し前じゃなかった？」

「だと思う。マックスは最後の三日間、うちに泊まっていたから」

「マックスだけが？　奥さんを置いてきていたの？」

「うん、そんな気がする。いや、まちがいないよ。ふたりは喧嘩したんだ。新しい出し物のことでね。イーディスは、そのマジックは危険すぎると考えていた。きっとやめてほしかったんだろう。でも彼は聞かなかった。一時は、大魔術師マクシミリアンとしてポスターのトップを飾っていた人だからね。あいにくその後、偉大なるイーディス・キャンドルのただの夫になってしまったけど。あのまばゆいイリュージョン、彼自身の才能は忘れ去られてしまったんだよ」

「じゃあ、そのショーは彼のカムバックだったのね？　マックスは再起を賭けていたのね？」

「そうなんだ。彼はこの出し物のためにすごいセットを考案したんだよ。思い出すなあ――ぼくらは――マックスとぼくの両親は、初日のつぎの朝、みんなでテーブルを囲んで批評を読んだんだよ」写真のような記憶力が、子供だった彼を感嘆させた新聞記事をよみがえらせる。三十年経ったいまも、その思い出は消えていない。「あの《ニューヨーク・タイムズ》がマックスを巨匠と呼んだんだからね」これこそ彼の得意技だ。チャールズはもうひとつ別なコラムをよみがえらせ、実際その新聞を手にしているかのように文面を読みあげた。『大魔術師はもはや並ぶ者のないところまでその創造性を極めた』――彼の星はふたたび昇りだしていたんだ」

悲劇的結末を迎えた二日目の公演の翌朝、新聞は幼いチャールズの目に触れないよう隠されていた。

「マックスは上りつめようとしていたのね。イーディスのほうはどうだったの？」

「そうだな、あの人もまだ心霊術の世界では多少権威を保っていたよ。でもマックスはその彼女を一夜にして霞ませてしまったんだ。文字どおり、両手を縛られた状態でね。ほんとにあれはすごかった。数えきれないほど批評が出たんだよ。当時のニューヨークは、いまよりたくさん新聞が発行されていたからね。そのどれもが、『死への挑戦』とか『きわめて危険な』とかいう言葉を使っていたんだ」

「危険？　だってあんなのインチキなんでしょ？」

「とんでもない。その新しいマジックは、本当に危険だったんだ。フィナーレには、彼の持てる技と精神力のすべてが要求された。ショーの前の彼は、電話もメッセージも受けようとしなかった」

「イーディスからでも？」

「イーディスからは特にさ」なぜこんなことを言ってしまったのだろう？

「じゃあかなり激しい喧嘩だったわけね」

「あのイリュージョンにはものすごい集中力が必要だったからね。雑音は一切おことわりだったんだ」

「たとえばイーディスの死の予言みたいな？」

壁の文字。母はそれについて何と言っていただろう？

「そう、確か問題はそれだったよ。オープニングの数日前、マックスは自宅の壁にメッセージが書かれているのを見つけたんだ。赤い口紅の」

「何て書いてあったの？」

「わからない。聞きかじったことから推測しているだけだからね。ぼくには誰もそのことを話してくれなかったんだよ。でも不思議だね。あの人がショーでトランス・ライティングをやったことは一度もなかったんだから」

「トランス・ライティング？」

「うん、トランス状態で意識のないまま文字を書くことだよ。あの人は、自分が壁の文字を書いたことは決して否定しなかった。覚えがないとは言っていたけれどね」

「彼女を信じた？　あなたはどっちの味方だったの？」

「どうだろうね。当時はまだ九つだったから。ふたりの両方を愛していたのは確かだけど」いや、それはちがう。一方を愛し、一方を崇拝していたのだ。「たぶんマックスのほうに余計なついていたんじゃないかな。彼はずいぶん長い時間、ぼくにつきあってくれたし。他にすることはいっぱいあったはずなのにね。あのころの彼はとても忙しかったんだ。それでも時間を割《さ》いてぼくと遊んでくれたんだよ。ぼくはマックスが大好きだった」

　チャールズは皿から一個オリーヴをつまみあげ、てのひらにそれを隠した。ふたたび手を広げると、オリーヴはなくなっていた。彼は手を目にやって、眼窩からオリーヴを引っ張りだすまねをし、片目を閉じたままそれをマロリーに差し出した。彼女は笑った。それは、幼い子供の単純なユーモア、血なまぐさくて不気味なものを愛する心に訴える手品なのだが、マックスがまだ生きていて愛されていたその昔、チャールズ自身が笑ったように、彼女もまた笑ってくれた。

「マックスは公演二日目の夜、水槽を使った新しいマジックの最中に死んだんだ。つぎの日、両親から事故のことを知らされたとき、ぼくは信じようとしなかった。ただのトリックに決まっていると思ったんだよ。マックスが死んだあと、イーディスは引きこもってしまった。葬儀にさえ出ずにね。ぼくは出席したよ。式は大聖堂で行われたんだ。世界中からマジシャンが集まってきたものだよ。みんな服装を統一していたけれど、マジシャンの黒い衣裳じゃなかった。全員が、白いシルクハットをかぶり、白いマントとスーツを着ていたんだ。女性マジシャンは白いサテンのドレスだった。花も全部白なんだ。式が終わって柩が墓に降ろされると、千羽の鳩がマジシャンたちのマントの下から飛び立っていったよ。空は鳩の翼で真っ白くなった。あんな光景は、あれ以来見たことがないな」

「葬儀にも出ないなんて、イーディスはよほど具合が悪かったのね」

「そうだろうね」

「よくは知らないの？」

「その後、父と母は、ぼくをあの人のうちに連れていかなくなったんだ。母は、ひとりでいたいという本人の意思を尊重しているんだと言っていたよ。つぎにぼくがイーディスと会ったのは、母の葬式のあとだった」

コーヒーメーカーがブツブツ何かつぶやいた。

イーディス・キャンドルは、壁を見つめていた。しかしその目に壁は映っていない。壁紙に描かれたからみあう薔薇の模様を通り越し、彼女は、あるマジシャンの死に先立つ古い記憶をさぐりながら、無意識に椅子を揺らしていた。

人生を方向づけ、自分の運命を変えたある瞬間や決断や行動を、人ははっきり指し示せるものだ。彼女の場合、その瞬間がやって来たのは、中西部の平坦な風景の荒れ果てた一角にいたときだ。暑い夏の夜で、空は深紫色だった。そよ風を入れるため大テントの三角形の垂れ布は開かれ、その向こうには銀貨のようにきらきら輝く星が見えたものだ。マクシミリアンは標的といっしょにテントの奥にいた。彼は、符帳を使って、手にした腕時計の特徴を彼女に伝えていた。

「もう見えない」彼女は唐突に叫んだ。「イメージが別の思考のなかに埋もれてしまった」この別の思考とは、開演待ちの行列における盗み聞きの賜物。マックスは、ある女性が自分の姉エマリンの心臓について話しているのを耳にし、その女性が日夜ひどく心配していることを知ったのである。

「その思考のことを教えておくれ」マックスは言った。そのせりふが、目隠しを取り、エマリンという名に心当たりのある人はいないか観客に問えという合図なのだ。イーディスは目隠しを取り、緊張の色をたたえる、静まり返った顔の海を見渡した。

そして彼女は、標的のいるテントの奥からずっと離れた最前列のあの少年に釘付けとなった。少年は彼女を見つめると、身震いし、目をそらせた。どんよりした目が恥じ入るように靴を見おろした。じっと見つめると、少年はふたたび彼女と目を合わせた。そのさまはまるで溺れかけた獣だった。少年はベンチから立ちあがりだした。すると溺れる者のイメージはますます強まった。彼はスローモーションで動いていた。あたかもその場の空気に殺す重みと圧力があるかのように。同じガソリンスタンドの制服を着ている連れの年寄りが、少年の肩を押さえてすわらせようとした。少年の怯えた目が、彼女の目を見返す。彼は老人の手をすり抜け、少しも酔ってなどいないのに、酔っ払いのようによろよろと通路を歩み去っていった。

イーディスは彼に呼びかけた。「自分が何をしたか警察にお話しなさい」少年はさっと振り返った。その顔は苦痛に満ちていた。こんな子供には耐えられぬほどの痛みに。

「話すのよ！」彼女は叫んだ。

少年は押し殺した叫びをあげ、通路を逃げていった。ひとりの制服警官が立ちあがり、そのあとを追って外へ向かった。

その夜、地元の保安官は、バラック街のあばら家の裏庭からタミー・スー・パートウィーの遺体を掘り出した。この事件は翌朝の新聞に大きく取りあげられた。そしてイーディスは、《マクシミリアン・マジック一座》の付け足しではなくスターとなったのである。

ヘンリー・キャサリーは黄昏の公園にすわっていた。街灯が灯ってまもなく、あのきれいな人はやって来た。やっぱりもどって来てくれたのだ。彼は昨日もずっと暗くなるまで彼女を待ちつづけ、結局失望させられた。毎朝毎晩見ていただけに、きのうは淋しかった。その後、ミセス・サイドンが死に、あのきれいな人はふたたび彼のもとに帰ってきた。

彼女は茶色い車のドアを開け、歩道に降り立った。こんなことは初めてだ。彼はゆったりと優雅に歩くその姿を追った。彼女は通りの向こうのアパートメントに向かっている。すると今回は自分といっしょに時を過ごすつもりはないのだ。彼は頭を動かさず、目玉だけで彼女を追いかけた。金色の髪が街灯の光を受け、きらきらと火花を散らす。その稲妻の女性は、すばらしく危険な目をしていた。

彼女は、立派なオーク材のドアをくぐってアパートメントに入っていった。ドアを押さえたドアマンは、傷心もあらわに彼女を見つめていた。彼女に触れるチャンスに比べれば、三度雷に打たれるチャンスのほうがまだ大きいとわかっているからだ。ドアマンはかなり背が高く、平坦な牛の放牧場にいたのならよい避雷針になったろうが、ここはニューヨークである。

ヘンリー・キャサリーはベンチを離れ、のろのろと門に向かった。彼は格子に顔を押しつけて、あの人の小さな茶色い車をしばらくじっと見つめ、それから門を開けて、ゆっくり通りを渡っていった。つぎつぎ走ってくる車のことは気にも留めない。ドライバーたちは、あわててハンドルを切り、彼をよけている。彼は通りに突っ立って窓から車内をのぞきこんだ。きょうはいつもよりずっと座席がきれいだ。紙屑もコーヒーカップもない。彼は、上のほうがほんの少し開いた運転席の窓に顔を寄せ、深々と息を吸いこんだ。これがあの人の香りなのか。彼はで手が届くと、てのひらでシートを愛撫した。

窓に手を差し入れた。そして、ぎゅうぎゅう腕を押しこみ、無理やり隙間を広げ、ついに奥ま

ジョナサン・ゲイナーがドアを開けたとき、マロリーは、相手の鼻に散らばった薄いそばかすが見えるほど、そのすぐそばに立っていた。あと二、三年で四十になるというのに、ゲイナーには作り物の髭をつけた男の子のイメージがつきまとう。マロリーは、写真入りの身分証とバッジの入った革のフォルダーを掲げてみせた。大半の人間はただおざなりに眺めるだけなのだが、ゲイナーはその身分証をきちんと読んだ。

「マロリー巡査部長、時間どおりですよ」彼はドアをさらに大きく開き、うしろに退って彼女を招き入れると、ロレックスに目をやった。「まさにぴったり、水晶時計並みです」

ゲイナーの視線は、マロリーがジーンズの上に着ているカシミアのブレザーに落ちた。バッジと拳銃を持つ者の給料と、上等な服とがなかなか結びつかないようだ。マロリーは保険査定人の目で室内を値踏みしていった。アンティークの木目に残るコップの跡。新聞が広げっぱなしになっている椅子。繊細なそのブロケードの上張りは、たぶん新聞のインクに汚れてしまっているだろう。いたるところに——ほぼいたるところに置かれた華奢なクリスタルのコレクション。あちこちのテーブルにできた空きスペースを、バランス感覚の鋭いマロリーの目が、最近まであったはずのクリスタル製品で埋めていく。彼女は、他の家具を圧倒する大きな肘掛け椅子に勝手にすわり、それより小さな向かい側の椅子にすわるようこの家の主人を促した。

「この約束の件は誰にもおっしゃっていませんね？」

「もちろんです、巡査部長」ゲイナーは体を折りたたんで椅子に収めると、そばのテーブルの小さなクリスタル像にいまにもぶつかりそうな角度に両腕を突き出した。「覆面捜査の危険性は充分承知していますから。どうぞご安心ください」

「どうもありがとう。ご近所のかたのひとりは、わたしを私立探偵だと思いこんでいるんです。その人にはそう思わせておきたいんですよ」

「わかりますよ。で、ご用件は？」

「マーコヴィッツ刑事はご存じですね？」

「一度だけお会いしました。伯母の事件のあと、訪ねていらしたので。いいかたでしたね。お亡くなりになったなんて実に残念ですよ」一方の手が勝手に動きだし、椅子の肘掛けに落ちた。もう一方の手は膝の上に乗っているが、体のこのふたつの部分はまるで赤の他人同士だった。彼の手足は常に、互いに面識があるとは思えないような動きかたをする。

「ライカー巡査部長から聞いたんですが、マーコヴィッツはあなたにプロとしての意見を求めたそうですね、ミスター・ゲイナー」

「ええ。あの人はグラマシー・パークにおける社会動学に興味を持っておられたんです。殊に、高齢の住人たちの」

「その会見に関しては、メモがひとつもないんです。マーコヴィッツが追っていた線をたどれば、捜査の役に立つかもしれません。どんな話をしたか覚えていませんか？」

「うーん、もう二カ月以上前のことですからねえ。覚えているのは要点だけだな。マーコヴィッツ刑事は、グラマシー・パークにおける高齢のご婦人がたの人間関係に着目していました。この街は、興味深い特殊な小国家なんです」だらんと垂れていた手が、途中、小卓にぶつかりながら、椅子の肘掛けに上がっていき、体の他の部分と合体した。ゲイナーは、手が怪我したことにも気づいていないらしい。彼とその手との関係はそんなにも遠いのだ。

「マーコヴィッツはもっと具体的なことを聞きたがったんじゃありませんか？」

「確かに。しかしわたしに示せたのは概観だけでした。具体的な事柄については、あまりお役に立てなかったんじゃないかな。そのときはまだ引っ越してきていませんでしたからね。ここに入居したのは、伯母が亡くなって数週間してからだったので。だからそのときは、まだこの街のことはよくわかっていなかったんです」

「ライカー巡査部長の話ですと、マーコヴィッツはあなたの話を大いに参考にしていたようです。その会見は、えーと——三時間つづいたそうですね？　マーコヴィッツは通常、長くても四十分で話を切りあげるんです。不思議だと思いませんか？」

ゲイナーは、この点についての私的メモをさがすように天井を眺めまわした。

「マーコヴィッツ刑事は、共通点をさがしていました。わたしに指摘しえた唯一の共通項は、殺されたお年寄りたちが孤立していたということです。その段階ではまだ、ふたりだけでしたが。わたしは、もうひとりのかた、ミセス・キャサリーが、何らかの形で外の世界とつながりがあったかどうか訊ねました。刑事の答えはノーでした。そうしたつながりは何も見つからなかったと言うんです。エステル伯母も同じでした。それに、ふたりとも住みこみのお手伝いも雇っていなかったし」一方の手が椅子の肘掛けからずり落ち、膝に乗っていたもう一方の手の上にドサリと落下した。

「でもミセス・キャサリーはひとり暮らしではなかったんですよ。孫がいっしょに住んでいたんです。ヘンリー・キャサリーという。彼をご存じですか？」

「ここはニューヨークですよ。同じブロックの別のアパートメントはもちろん、隣室の住人とだってご近所づきあいなんかしやしません。伯母は一応、彼を知っていました。引きこもりの若者だと言っていましたよ。それにわたしも、彼が変人なのは知っています」一方の足がコーヒーテーブルの下を歩きだし、それにくっついていった向こうずねが固い縁にドスンとぶつかった。しかし痛みはゲイナーまで伝わらなかったと見え、彼は身をすくめさえしなかった。

「新聞によると、彼はあの晩お祖母さんが帰らなかったのに、警察に届けもしなかったそうですね。妙だと思いませんか？　つまり、警察としてはどう見ているんです？」

「妙？　彼は担当刑事に、平和と静けさがありがたくて、祖母をさがそうなんて思いつきもしなかったと話したそうですよ」

ヘンリー・キャサリーに対する、その最初の事情聴取は、三カ月前、第一の殺しがまだ重大犯罪課でなく殺人課の管轄だったころに行われた。担当刑事のメモと、自らのキャサリー訪問の結果から、マーコヴィッツはあの若者が真実を述べているものと判断した。マーコヴィッツは、飾らぬ真正直さには弱い男だった。

「あなた自身はヘンリー・キャサリーと話したことはないんですか、ミスター・ゲイナー？」

「ジョナサンと呼んでください」彼がそう言って椅子にもたれると、その肘が、左側のテーブルに載っていた小さな像を端のほうに押しやった。「ときどき公園で見かけはしました。引っ越してきたばかりのころは、何度か会釈もしてみましたよ。でも彼は挨拶を返さないんです――ただ、わたしを通り越してその向こうを見ているんですね。彼は公園の常連ですが、わたしのほうはもう、あまりあそこへは行っていません」

ゲイナーは立ちあがり、両脚に従って、大きな一枚ガラスのはめ殺しの窓まで歩いていくと、マロリーに手招きした。「ほら、あそこに」彼は、通りを隔てて真正面に見える、黒い格子の向こうのベンチを指差した。ヘンリー・キャサリーは携帯用チェスボードの上にかがみこんでいた。マロリーが窓辺に寄って見おろした瞬間、キャサリーは顔を上げた。若者がまっすぐ自分を見つめているのが、彼女にははっきりとわかった。反射的に一歩うしろに退りながらも、嫌悪と好奇心を半々に感じながら、彼女はキャサリーを見つめつづけた。

「彼にしちゃ少し時間が遅いな」ゲイナーが言っている。「あそこにいるのは、いつもは日中だけなんです。膝のチェスボードが見えますか？　子供のころ、どこかのチェスのチャンピオンだったらしいですよ。かなり早く燃えつきてしまったわけですが。ああ、すみません。たぶんこんなことはもうご存じなんでしょうね」

いっしょに窓辺を離れると、今度はゲイナーのほうが彼女をカウチに導いた。「ファーストネームはキャスリーンでしたよね？」

マロリーはうなずいた。「パール・ホイットマンとは面識がありましたか?」

「一度も会ったことがありません。キャシーとお呼びしてもいいですか?」

「いいえ」

ゲイナーの顔が赤らんだ。これでよし。マロリーは先をつづけた。「パール・ホイットマンは定期的に霊能者を訪ねていたんです。毎週ここに来ているある霊媒ともかかわりがあったかも——」

「レッドウィングですか?」

「ご存じでした?」

「あんな巨大なものを見逃す人はいないんじゃないかな。あの女、身長はどれくらいあるんだろう? 六フィート二インチくらいですかね? それにあの胴の太さ」彼の両手が大きな輪を作り、その拍子に、カウチのうしろの長テーブルに載っていた、ほっそりした陶器の像にぶつかった。像はかすかに揺れだした。「以前、伯母を訪ねてきたとき、帰り際にここのロビーであの女とすれちがったことがあるんです。ドアマンがそのとき名前を教えてくれました。それで、つぎに来たとき、あの女のことを伯母に訊いてみたんです。もうずいぶん前のことですが、あのときの伯母とのやりとりは、よく覚えていますよ。すさまじいどなり合いになってしまったので」

「すると伯母様も降霊会に参加なさっていたわけですか?」

「そうは言いませんでした。むろん、あの口論のあとは口が裂けても言えなかったでしょうしね。レッドウィングが今度の事件にかかわっているとお考えなんですか？」

「いいえ、ただこの街の出来事すべてに興味があるだけです。レッドウィングは一年以上前から毎週ここに来ているんです。伯母様と言い争いになったとき、ゲイナーさんはその霊媒のどんな点に反発していらしたわけですか？」

ゲイナーの手が、急に彼を置き去りにして空中で揺れた。クッションが吹っ飛び、大理石の床へと舞い降りた。「あんなのインチキの塊でしょう？　お婆さんたちはあの手の嘘っぱちを信じたくてしょうがないんです。いくらだってだませますよ。お年寄りをカモにするなんて、実にけしからん話です。わたしはああいう連中が心底嫌いでね」

「レッドウィングに挑戦してみたくありませんか？　彼女、明日の午後、降霊会をやるんです。あらかじめ審査を受けて、参加許可を得なくちゃなりませんけど。ミセス・ペンワースに電話してみてはいかがです？　降霊会を主催しているのは、その人なんです。わたしは、その人の娘さんから招待状を手に入れました。ゲイナーさんの場合は、直接ミセス・ペンワースに電話したほうがいいでしょうね。亡くなった伯母様とコンタクトしたいとおっしゃってはいかが？」

「本気ですか？」彼の片肘がうしろに飛び出し、びくりとした片脚は低いコーヒーテーブルにぶつかった。華奢なクリスタルの花瓶がテーブルの端まですべっていき、非情な大理石の床への転落をなんとか免《まぬか》れ、木の縁で止まった。

「ええ、本気です」マロリーは言った。「もし、おつらくなかったら。捜査の役に立つかもしれないので」

「しかし、わたしを参加させたい理由は何なんです？」

「レッドウィングが、伯母様について一般には知られていない事柄を言い当てるかどうか確かめたいんです」

「すると、あの女と被害者たちの間に何らかのつながりがあったと見ているわけですね？」

一方の脚がもう一方の脚にからみつこうとしたが、誤報を受けた膝はまずクリスタルの花瓶にぶつかった。花瓶のそり返った足のひとつが、ついにテーブルの縁を越えた。マロリーの手がさっと伸び、落ちていく花瓶を受け止めた。彼女はそれをテーブルのもとの位置にもどした。

「いいえ。何かつながりがあったなら、これまでにわかっていたはずです。ただ、できるだけいろんなところから情報収集したいというだけですよ。出席者は、伯母様と同年代のご婦人が四、五人です。なかには伯母様の知り合いもいるかもしれません。わたしとしては、何とかして伯母様の死とパール・ホイットマンとを結びつけたいんですよ」

「公分母をさがそうというわけですか。大いに結構です。で、あなたは、ミス・ホイットマンの遺族をかたったわけですか？」

「いいえ。わたしは、死者の国からルイ・マーコヴィッツを呼び出してもらうことになっています。彼はわたしの父親だったんです」

花瓶が床に落ち、ナイフのように鋭い無数の破片となって飛び散った。

ドライブウェイに車を乗り入れたとき、マロリーは気づいた。この古い家は、六週間もほったらかしにされていたようにはとても見えない。窓に明かりはなかったが、家と庭には住む人のいる気配がある。彼女がどんなに冷酷にこの家を見捨てたか、物語るものはひとつもない。芝生は刈りたてだし、小径やポーチはきれいに掃き清められている。いまは落ち葉の季節だが、この庭には放置された枯れ葉など一枚もない。これもすべて、ロビン・ダフィーのおかげだ。彼女は隣家に目をやった。

この隣人がマーコヴィッツの代わりに芝生を刈るのは初めてのことではない。ときとしてマーコヴィッツは、犯行現場で見つかったたった一本の毛髪にとりつかれ、自宅の前庭が草ぼうぼうになっていても気づかないことがあった。ロビン・ダフィーもやはりごっこ遊びをしているのだろうか、とマロリーは思った。芝生を刈りながら、彼はいつもどおりマーコヴィッツを罵ったろうか？　それとも今回は、その習慣を破ったのだろうか？

この前ここに来たとき、ライカーは裏口から入ったにちがいない。警察の封印は、玄関のドア枠にそのまま残っていた。彼女はテープをはがし、古い鍵をドアに差しこんだ。

庭が幻を壊さなかったとしても、家の内部は真実を告げていた。ドアを開くと、そこには、積もった埃の匂い、すえた空気の匂い、誰もいないことを示す空虚な静寂があった。壁のスイッチを入れると、天井の明かりに温かな光がやわらかく灯った。

マロリーはふたりがけのソファのそばにたたずんだ。ヘレンは晩になるとここにすわって繕い物をしていた。裁縫の籠は昔のままの場所にある。このヘレンの形見とは、ずっと前に折り合いがついていた。しかし、マーコヴィッツが火曜と木曜以外の毎晩、新聞を読んでいた、ふくれあがったリクライニング・チェアに目を向ける気にはなれなかった。

マーコヴィッツはどんな想いで、この家にひとり暮らしていたのだろう。マロリーは、自分が二度とここに住めないことを知っていた。ヘレンの死後、住みつづけるだけでも、とてもつらかったのだから。

彼女はゆっくりとキッチンに吸い寄せられていった。髪に櫛が通っているか、爪がきれいになっているか、ミルク代とお弁当を忘れず持ったか気遣ってくれた、ただひとりの女性の思い出が、マロリーをたぐり寄せる。彼女の記憶では、そのキッチンはもっと大きいはずだった。おそらく彼女は、マーコヴィッツに捕まった小さなならず者の目でずっとこの部屋を見つづけていたのだろう。

「おいこら、何してるんだ?」マーコヴィッツはしゃがみこんで、どこかのカモの置いていったジャガーの低い窓をのぞきこんできた。

「失せな、おやじ。怪我するよ」彼女は答えた。

そしてその夜、彼はマロリーをこの家に連れてきた。施設で四トンも書類を書かされてちゃ今夜の誕生パーティーに間に合わんからな、と彼は言った。ヘレンに贈るケーキは、彼の車の後部座席に収まっていた。それはレモンの匂いがした。そしてマーコヴィッツはチェリー・フレーバーのパイプ・タバコの匂いがした。

手錠をかけられた子供の姿に、ヘレンは怒り狂った。哀れなマーコヴィッツは大あわてで手錠を外したが、妻の納得は得られなかった。そして幼いキャシーは、洗濯石鹸と液体洗剤と磨き粉の匂いのする優しい女性のふっくらした腕に包みこまれた。ヘレンの背後には、茹でた野菜とポットローストの匂いが漂っていた。その夜、キャシーは、糊の利いた清潔なシーツの匂いに顔を包まれた。そしてヘレンがかがみこんでおやすみのキスをしたときは、タルカム・パウダーの匂いがした。

ヘレン。

この家にはもはやヘレンらしい匂いはなかった。いたるところに埃がある。ヘレンが見たら悲しむだろう。

マロリーは階段を上り、マーコヴィッツが書斎として使っていた奥の部屋に向かった。途中、家具や持ち物がかつてのままになっている彼女自身の部屋を通った。マーコヴィッツはその部屋を、彼女が去ったときのままにしておいたのだ。おそらくは娘が帰ってくる日のために。ドア枠には、彼女の成長を記録した最後の刻み目がついていた。最初の刻み目ははるか下にある。十歳のころの自分はなんてチビだったんだろう。なのにおこがましくも二歳も多く年を言ったなんて。

マーコヴィッツの書斎は、泥棒に荒らされたとしか思えない様相を呈しており、いつもとなんら変わりはなかった。ライカーは、見つけた物を動かさないよう充分気をつけていた。請求書の類は、他人の目にはただデスクの脇に落ちているようにしか見えないだろうが、ちゃんと支払い期日順になっている。《オールド・タイム・ラジオ・ネットワーク》からのお知らせは、それに比べればどうでもよい国税庁からのお知らせの上に重ねられている。マロリーは、マーコヴィッツがクレジットカードの利用明細や換金ずみの小切手を溜めこんでいた金属製の屑入れを手に取った。しかしここは、ライカーがもう調べたにちがいない。

マロリーはデスクの引き出しから取りかかり、一時間後、傷だらけの古いファイリング・キャビネットの最後の引き出しに到達した。そこには、彼女の通信簿やクラスの集合写真が入っていた。マロリーは、マンハッタンの私立校のその集合写真を見つめた。あそこの授業料を払うために、親父さんはかなり無理をしたにちがいない。その最初の写真の彼女は目立っていた。無邪気な顔のなかにただひとりまぎれこんだ子供でない子供。親父さんの言ったとおりだ――自分は小さな子供だったことなど一度もない。

マロリーは階下にもどり、明かりを消した。ドアの郵便受けの下に溜まった封筒の山に気づいたのは、ポケットから車のキーを取り出そうとしていたときだ。彼女は、ダイレクト・メールをざっと調べていき、もう少しで見逃しそうになりながら《ブルックリン・ダンシング・アカデミー》のチラシに目を留めた。

ＢＤＡ。

ライカーは、全五区の電話帳に載っていた企業は全部チェックしたと言っていた。自分に隠しごとをしていたのだろうか？

マロリーは、電話台へ歩み寄ると、重たい企業用番号簿を一方の腕にかかえ、引き裂かんばかりの勢いでページを繰っていった。《ブルックリン・ダンシング・アカデミー》の企業広告はない。彼女は個人番号欄を調べた――載っていない。ライカーは咎《とが》を免れた。これで歯を失わずにすむ。

マロリーはマーコヴィッツの椅子までのろのろと歩いていき、そのなかに身を沈めた。両の手がすり切れた革の肘掛けをなでていく。彼女は背もたれのクッションに深々と頭を沈めた。埃の層には覆い隠せないある匂いが鼻をくすぐる。右手の小卓に、刻みタバコの箱が開いたまま載っていたのだ。一方の手がパイプラックへと下りていき、指がすり減ったなめらかな木のくぼみをさぐる。彼女は、彫刻の入ったそのパイプを手に取った。マーコヴィッツのお気に入りのパイプ。彼女が彼の誕生日に贈るために盗んだ品だ。あれはまだ彼を「よう、おまわり」と呼んでいたころだった。マロリーはパイプをぎゅっと握りしめた。関節が白くなっていく。彼女は目を閉じ、若き日のマーコヴィッツを思い描こうとしていた。

ダンス狂の若いマーコヴィッツ。

パイプの柄が手のなかでふたつに折れた。マロリーは、壊れたパイプを驚きの目で見つめた。彼女はゆっくりと折れた柄を持ちあげ、ぎざぎざになった箇所を合わせようとした。一瞬、それをもとどおり一本のパイプにもどせると信じたかのように。

両手が膝に落ちた。割れたパイプは彼女の手を離れ、音もなく絨毯の上に転がった。マロリーは左右に体を揺らしはじめた。記憶の彼方から掘り起こされたゆりかごの動き。隠れ、逃げ、食べ物を盗み、飛んでくる割れた瓶や幼児売春のポン引きをかわす暮らしが始まるはるか以前の。彼女は揺れて揺れて揺れつづけた。呼び鈴の音にも、ドアを激しくたたく音にも、ロビン・ダフィーが遠い昔にあずけられた鍵でドアを開ける音にも気づかずに。そしてしばらくは、あの小柄な人間ブルドッグが、怯えた目をして、自分の肩をゆすぶりながら大声で呼びかけているのにも気づかずに――「キャシー！　キャシー！」

ナイフの男は、窓の日除けの上で躍る木の葉の影ひとつひとつのなかにいた。マーゴ・サイドンは、それでお化けから身を守れると信じきっている子供のように、頭から毛布をひっかぶった。眠るのはもうあきらめていた。彼女は暗闇のなかでヘンリー・キャサリーの電話番号をダイヤルした。彼女の指はそれほどこのボタンの順序に慣れているのだ。ヘンリーは起こされて不機嫌そうだった。

「何だよ！」彼は挨拶代わりに大声でどなった。

「わたしよ、ヘンリー。ねえ、二十ドル貸してくれない？」

「何言ってるんだよ、マーゴ。きみは金持ちなんだぞ。税金を引かれたって百万は入るんだから」

「でもそれはまだ先なの。それにサマンサの部屋は警察に封鎖されてる。質に入れる物も取ってこられないの」

「じゃあ朝になったら銀行に行ってみな。先払いしてもらうんだよ。ぼくのときはたのむまでもなかったよ。銀行のほうから、払い戻しの同意書の草稿を送ってよこしたからね」さよならのひとこともなく、冷ややかなカチリという音とともに電話は切れた。

マーゴは受話器をガチャンとたたきつけた。なんていやなやつ。それとも彼は、祖母の宝石箱から彼女が指輪をいくつか盗《と》ったのを嗅ぎつけたのだろうか？　あいつだってディズニーランドに行きっきりってわけじゃない。頭がはっきりするときもある。そういうときは、ものすごく不気味。まるで夢遊病の人間が、プラグを差しこまれ、スイッチを入れられて、いきなり覚醒し、全宇宙をはっきり認識しだすみたいなのだ。そしてそういうとき、あいつは彼女の脳に電極をつなぎ、ショックを与え、何日も幾夜もつづけて悪夢なく過ごせた日々の思い出などきれいに忘れさせてしまう。彼女の前であのナイフの男のことを持ち出すのは、知り合いのなかで彼だけだ。

マーゴには、従姉サマンサとの親密な会話などひとつも思い出せなかった。あれだけ長い年月、あの老いぼれにこびへつらってきたというのに。

最初、サマンサのアパートメントに連れていかれたのは子供のときだった。その後、母親が再婚し、消えてしまうと、マーゴはひとりぼっちになった。老いぼれサマンサは、無心すればいつも五十ドル出してくれた。もっともそのためには、何時間も恐ろしい退屈に耐えなくてはならなかったが。

いつだったかマーゴの母が、若くて美しかったころのサマンサの話をしたことがある。マーゴには、背中に瘤のできた手の震える骨と皮ばかりのあの老婆が美女だった姿など想像もつかなかった。マーゴが幼いころ、あの老いぼれは、性別も命のあるなしも問わず、この世のあらゆる物を「ダーリン」と呼んでいた。マーゴもダーリン、その髪の蝶結びのリボンもまたダーリンだ。そのふたつは、あの老女のお愛想と愛情に満ちたおしゃべりのなかでは、重みが同じなのだった。時が過ぎるにつれて、従姉サマンサのおしゃべりは次第にけたたましくなっていき、最終段階の、恐怖の悲鳴へと高まっていった。

ナイフの男がマーゴの顔に細工を施したあと、老女は病院に見舞いに訪れたが、それも一度限りだった。サマンサは顔を隠すようマーゴに懇願した。その傷を隠して、とても見ていられないから、と。その後、恐怖がふたりを満たすようになった。しかも毎晩毎晩だ。それが、レイプ事件後のふたりの唯一の共通点だった。一方は、ひとりぼっちの恐怖に悲鳴をあげて目を覚ます。そして、その二十ブロック南では、もう一方が、ナイフの幻に怯えて目を覚ます。それは、踊りながら目の前に上がってきて、それから頬へと降り、かつて顔のもう一方の側にも笑みを与えていた神経を切断していく。

マーゴはじっと壁を見つめつづけた。暁の光に壁が明るくなると、彼女はいちばん手近な衣類の山から服をつかみ取った。身支度をしているとき、ベストのボタンをかけちがえたが、彼女は気づかなかった。家には食べ物がまるでない。先払いしてもらったら、スーパーへ行こう。支払いは全額、現金で、細かいお札でしてもらおう。全世界を、それに肉を買おう。赤身の肉、それからゼリーロールも。

第六章

ドアのついたちゃんとしたオフィスがあったら、と銀行員は思った。仕切りのない店内には、混み合った舞踏会場ふたつ分に匹敵するだけの面積とプライバシーがある。しかしきょう、彼のデスクのある二階の張り出しは、衆人環視のなかにあった。人々は、彼の前にすわった異様な身なりの若い女をじろじろ眺めている。女は不快なあざけりの笑いを顔に浮かべていた。その一方の頬には、薄れかけた三日月形の傷があり、着ているものは汚れている。彼女は椅子のなかでうとうとしかけては、ハッと目を覚ましていた。

「ミス・サイドン」銀行員は言った。「わたくしどもといたしましては、遺言執行人の指示がないかぎり、預金の払いもどしはできないのですよ。これぱかりはどうしようもありません。先払いしようにも、お従姉様個人についてお宅様は何ひとつご存じないようですし。ミドルネームすらご存じないというのでは――」

「わたしたち、あまり話もしなかったから」

「あのかたの法律事務所にご相談なさっては？」

「あの連中、折り返し連絡するとしか言わなくて。なのに電話なんか一度だって来たためしがないの」

「ご自分の弁護士に調べさせてみてはいかがです？」

「弁護士なんかいない。わかってるでしょ。わたしお金が必要なの。それもきょう。飢え死にしそうなとき使えないなら、百万ドルが何になるの？　ねえ、何になるのよ？」

明らかにこれは詐欺だ。それもさほど独創的な手口とは言えない。同じような話は前にも聞いたことがある。ここにいるこの……この人間は、死亡広告の熱心な読者なのだ。でも仮に、あとになってこれがサマンサ・サイドンの本物の相続人とわかったら？　ここは慎重にいかなくては。「何か身分証をお持ちじゃありませんか？　運転免許証などは？」

「運転はしないの」

「お買物して小切手を書くときは、どのような身分証をお使いで？」

「小切手なんか書かないのよ。当座預金の口座を持ってないから」

では、やっぱり嘘だったのだ。この惑星に当座預金の口座を持っていない人間などいるものか。「きちんと身分を証明できないなら、お金はお渡しいたしかねます。おわかりでしょう？」

よかった、わかってくれたようだ。女は体を引きずるようにして椅子から立ちあがった。ぞろりと長いドレスが骨にまとわりつく。薄っぺらなブロケードのベストも、痩せ細った腕や顔は隠せない。この女はぜんぜん食べていないのだろうか？

女はのろのろとメインフロアに下りる大階段へと向かった。自分のポケットマネーを少しやったら？　そんな考えが一瞬頭をよぎった。しかし彼は考え直した。情けをかけたりしたら、かえってひどい騒ぎになりかねない。

広い階段をのろのろ下りていくマーゴ・サイドンを見守っている数分の間に、彼は、六〇年代、ロックバンドでリードギターを弾いていたかつての自分を思い出した。二十五年連れ添った妻も、バンドとともに歌い、バンドとともに飢えたヒッピー娘の面影を留めている。なのに、たったいま腹をすかせた女を追い出したこのいやな男は誰なんだ？

彼はクリップをもてあそびだした。マーゴ・サイドンは大理石の階段の下で向きを変え、つるつるすべるだだっ広い店内をドアへと向かっていく。彼女が大理石の床の上ですべって転ぶと、彼はクリップを落とし、視線を落とした。

ライカーは、ガラスで仕切られたそのオフィスから充分距離を保ったまま、脱出口をチェックした。ビール長官がこちらを向いたら、即座に退散しなくては。なかへ呼ばれて、コフィーとともに銃弾を浴びせられてはかなわない。あのネズミ色の小男は、コフィーの面前で新聞を振りまわしている。ライカーはその見出しを空で覚えていた——透明人間、市警をかわす。

事件が起きて八週目、マーコヴィッツの死後わずか四十八時間というとき、事件は解決間近だとビール長官に報告したのは、刑事局長ブレイクリーである。それから六週間後のいま、そのブレイクリーはたるんだ腹をデスクに乗せ、葉巻を吸っているばかりで、コフィーに救いの手を差し伸べようとはしない。

コフィーは突っ立って、ビール長官を見おろしている。できることなら、ブレイクリーと同じ体勢を取るのがいちばんだと教えてやりたいところだ。すわりこんでいるだけで何もしないブレイクリーは、長官より高くそびえ立ってもいない。コフィーは、ビールの政権下でうまく立ちまわるには、どう見ても背が高すぎる。そのうえ彼は、誰からもおべっか笑いを教えてもらっていないらしい。ひれ伏して、どうぞ蹴飛ばしてください、と哀願すればいいものを、あの男はただ、岩のようにどっしりその場に立っているばかりだ。その瞬間、ライカーはコフィーを好きになりかけていた。

ふたりの制服警官が喉が渇いたふうを装い、ライカーのいるウォータークーラーのそばに来て、ショーを見物しはじめた。

いまこそ、長官に盾ついて、コフィーへの支持を表明すべきときかもしれない。そうとも、いまがそのときだ。ライカーは財布を取り出し、制服警官たちに言った。「長官が帰るとき、コフィーがまだ立ってるほうに、五ドル賭けるぞ」

マーゴ・サイドンは、ゴミ容器から紙コップを引っ張りだすと、鉤裂きのあるスウェットシャツを着た男にそれを差し出した。男は十セント玉と二十五セント玉をそこへチャリンと入れてくれた。二十分後、彼女は窓口のスロットに小銭を押しこみ、地下鉄のトークンを買い求めていた。彼女は電車のなかで眠りこみ、降りる駅を乗り過ごした。

駅からアパートメントまで十五ブロック歩いて部屋の前に立ったとき、彼女は吐き気とともに鍵がないことに気づいた。銀行のロビーで転んだとき、ポケットから落ちたにちがいない。彼女は空っぽの部屋の木のドアをガンガンたたき、そこにすがりついて泣きながら、通路の夕イルの上にへたりこんだ。出生証明書は部屋のなかにある。ガラクタの山のどこかに。なのにそこには手が届かない。マーゴは、残っていたありったけの力をこめてドアを蹴飛ばした。

待って。郵便受けは？

郵便物は名前と住所の証明になる。でも郵便受けの鍵も、家の鍵と同じホルダーについているのだ。マーゴは、ポケットから飛び出しナイフを取り出すと、踊るように階段を下りていった。彼女は、郵便受けの鍵をこじ開け、ダイレクト・メール一通と光熱費の請求書を取り出した。

マロリーは目を細めた。まぶしい朝日が、ずらりと並ぶ高い窓から差しこみ、赤いベルベットのカウチに残るタバコの焼け焦げをひとつ残らず照らしている。カウチの両端には、赤の他人同士のふたりの婦人がすわっていた。どちらもかなり年配だが、消防車が得意になってつけそうな真っ赤な頬紅と口紅をこれ見よがしにつけている。受付の前には、ひとりの老人が立ち、ドライクリーニング店のおまけらしいプラスチックのマネークリップからついいましがた抜き取った紙幣を数えている。受付嬢は、目の前のデスクに札が一枚置かれるたびに、四重顎を波打たせてうなずいていた。

慇懃《いんぎん》なエスタバン氏は、低く腰をかがめて、ビデオデッキにテープを入れている。マロリーは、その頭の分け目の左右にある四分の一インチの灰色ゾーン、黒い染め粉の効果が及ばなかった部分を眺めていた。

「この教室では、生徒さんみなさんのビデオを二週間ごとに撮るんですよ」エスタバン氏は言っている。「そうしてどれだけ上達しているか、ご自分で見ていただくわけです。ふつう、そういうテープは消してしまうんですが、これは特別なんです。保存版ですからね。あのかたはすばらしくお上手でしたよ。素質がおありだったんですね」機械に向かってかがみこみ、画面に鼻をくっつけんばかりにして、エスタバン氏は映像が出る前に閃くテストナンバーを見守った。「さあ、始まりますよ」

そしてそれは始まった。白髪頭の肥満体のマーコヴィッツとほっそりした若いパートナーとが、カメラから少し離れたところに映っている。赤いドレスにダンスシューズのその若い女は、マロリーと同い年かそれより若いくらいで、見覚えはあるのだが、まったく見知らぬ人だった。妙に似合いのそのカップルが踊りながらカメラに近づいてくると、マロリーはハッと息を呑んだ。

それはヘレン・マーコヴィッツだった。

そのヘレンは、太ってもいないし、家庭的でもなかった。それは主婦らしさのかけらもないヘレン——髪を逆立て、鼻にリングのピアスをした、三十若いティーンエイジャーのヘレンだった。

驚くまでもない。傷だらけの赤いベルベットの椅子に沈みこみながら、マロリーは思った。今週はずっと幽霊の週だったもの。

ラビ・カプランの言葉にまちがいはなかった。マーコヴィッツは名ダンサーだ。チャック・

ベリーの曲に合わせて、パートナーを空中高くリフトし、回して遠くへやり、またくるくると引きもどす。彼はロックしていた。流れるような動きの生み出す幻は、長い年月を消し去り、いつしかそこにいるのは、十代のヘレンとともに踊る若きルイとなっていた。

「あの女の子は何という名前ですか?」

「ブレンダ・マンクージです」

「彼女はどこに?」

「もううちでは働いていないんです。マーコヴィッツさんが亡くなって以来、ここには来ていません」

「彼女の電話番号と住所を教えてください。それからこのテープのコピーも必要です」

またあの女を見ることになろうとは夢にも思っていなかった。だが、女は実際ここにいて、汚れた手にふたつの封筒を握りしめ、それを彼の鼻先に突きつけて叫んでいる。「見て! 見てよ!」

彼は、こういう形でシラミが移ることもあるのだろうかと危ぶみ、また、そんな心配をする自分が嫌になりながら、二本の指でそろそろと封筒をつまみあげた。請求書上の名前を読み、彼はうなずいた。

「これですと、お客様とサマンサ・サイドン様が同じ姓をお持ちだという証明にしかなりませんが」

「わたし、どうしても――」

「お客様がお帰りになったあと、サイドン様の弁護士と連絡を取ろうとしたのですが、その人はいまヨーロッパでして、連絡がつかないのですよ。パートナーのかたが、この件を調べて、折り返し連絡すると言ってくださいましたが」

「そうでしょうよ。あのろくでなし、わたしのお金を全部持って逃げたんじゃないの」

「その点は大丈夫です。お金はすべて、ミセス・サイドンの口座にちゃんと入っておりますので。ですが、遺言執行人からの指示があるまでは口座は凍結しておかなければならないのです。そのあとは、写真つきの身分証が必要となります。パスポートか、もしくは――」

「お金が必要なんだってば。このポケットにいくら入ってると思う？　ほら！」

彼女はベストの深いポケットをひっくり返した。糸屑のついた一セント玉と五セント玉がデスクの上にジャラジャラ落ちてくる。つづいて、ゆっくり回転する湿ったティッシュの塊が。そして最後に、ナイフが転がり出てきて、デスクマットのまんなかに落ちた。それは飛び出しナイフだった。

この女に自分を脅す気などないことは、銀行員にもわかっていた。ナイフはただ、ティッシュやコインといっしょにポケットから転がり出ただけなのだ。とはいえナイフはナイフ。たぶん彼は、銀行の店内でナイフを、いや、何であれ武器を見たので、あわててしまったのだろう。だから音のしない警報装置に手が伸びてしまったのだ。彼自身にもよくわからないが。

ふたりそろってナイフを見つめていると、肥満体の白髪頭の警備員二名が、猛然と階段を駆けのぼってきた。どちらも、慣れぬ運動に顔を赤くほてらせている。

彼と彼女は、ともに茫然として、目を見交わした。

彼女は片手でナイフをひっつかむと、階段を駆けおりていった。女が間を突っ切っていくと、老警備員たちは同時に手を伸ばし、彼女が通り抜けたあとの空をつかんだ。彼らは踵を返し、女を追った。彼女はロビーを走っていく。警備員たちの足はのろかった。彼女はよろめき、お客のひとりにぶつかり、怒りのあまりわっと泣きだしながら、外へ飛び出していった。


「いいえ」マロリーは言った。「彼女はわたしがひとりで行くと思っています。レッドウィングにあなたのことを調べられたら、計画は台なしですから。あなたは、家族の友人だということにするつもりです」

「あまりうまい手じゃないわね」イーディス・キャンドルは言う。「ペテンを成功させるのは、真実なの。真実の断片ね。まったくの嘘は大失敗につながる。その女にいくらかでも才能があるなら、すぐ見破られてしまうでしょうからね」

「とにかくきょうは、わたし流にやります」

黒いワンピースと糊の利いた白いエプロンを着けた女がドアを開けた。マロリーが名を名乗ると、ふたりは玄関の間に通された。混ざり合った濃厚な香水の香りとともに、ティーカップとソーサーのぶつかり合うチリンチリンという音やショパンのエチュードの静かな調べが漂ってくる。メイドは向きを変え、怪しいお客を留め置くこの小部屋の少し先に開けている広い部屋にせかせかと入っていった。玄関の間にいても、人の声は聞こえてくる。のどかな笑い声、ぺちゃくちゃしゃべる高い声。部屋の奥には、日差しに照らされた窓がずらりと並んでいる。香水の香りといっしょに、寝たきりの人の部屋のこもった匂いもかすかに運ばれてくる。

メイドがサッシのひとつを引きあげている。通りの音が入ってきた。その不協和音から、マロリーは、これが公園側の窓でないことを知った。どこかで車のクラクションが鳴りつづけているが、これはこの街では起こりえぬこと。ここを通り抜ける生き物や車輛は、暗黙の了解のもと、そういうまねは決してしないことになっている。それに、サイレンの音が近くの通りを駆け抜けていく。それは途中行く手を阻まれたらしく、不平がましい唸りに切り替わり、早く行かせろと泣きごとを並べている。一方、このアパートメントの一室では、老婦人たちが柵に並ぶ小鳥のように集い、テーブルや椅子が運びこまれるのを眺めながら、緊張した様子であちこちに止まっている。おしゃべりを交わす、青い髪の女たちとヘナで髪を染めた女たち。室内には、来たるべきものへの期待がたちこめていた。

七十代初めの婦人が、笑みをたたえて玄関の間へと歩いてくる。その喉は真珠に締めつけられている。頭は体の割に妙に小さい。ずんぐりした砂時計に載った、白髪の生えたビー玉といったところだろうか。

「マロリーさん？　わたくし、マリオンの母のフェイビア・ペンワースです。来てくださってとってもうれしいわ。あら、こちらはどなた？」彼女はイーディス・キャンドルを見おろし、ふたたびマロリーに視線をもどした。「これはいけませんわ。おひとりで来ていただくことになっていますのに。レッドウィングは予告なしには誰とも会わないんですよ」彼女はここでぐっと身を寄せ、脇ぜりふ風に声を落とした。「お父様のことはすっかりお話ししておきました。レッドウィングが言いますには、暴力によって死んだ人の霊はいちばん呼び出しやすいそうですよ。そういう霊は、わたくしたちにコンタクトしたがっているんですって。真実が明るみに出ることを望んでいるんですわ」彼女は突然、イーディスという小さな厄介事を思い出した。「でも、これはいけませんわ」

マロリーは言った。「このかたは、家族の古い——」

「はじめまして」イーディスが進み出る。「イーディス・キャンドルと申します。ミス・ホイットマンやミセス・ゲイナーからお聞き及びじゃないかしら？　お三人ともいつだったか同じブローカーをお使いでしたものねえ？」

「まあ、もちろんですとも。はじめまして」ペンワースはイーディスに向かって、高価な義歯をずらりとむきだした。「光栄ですわ。ほんとにとっても光栄です。そんなこととは知らなくて。それなら何の問題もありませんわ。レッドウィングも喜ぶでしょう。心霊術界の権威に会えるんですもの」

メインルームへと導かれ、霊媒に紹介されたあとも、マロリーには、レッドウィングが喜んでいるのかどうか確信が持てなかった。霊媒のすわる、詰め物入りの大きな肘掛け椅子は、まるで玉座だった。帝王レッドウィングは、けばけばしく着飾り、頭にインド風にスカーフを巻きつけていた。腕輪、金の鎖等の身に着けた宝石は、マロリーがざっと見積もったところ、重さ十ポンド相当。足は、ストラップの華奢な、細かな金のラメ入りのサンダルに収まっている。ずんぐりした手があたかも接吻を待つようにイーディスの唇の前に差し伸べられたとき、その目は細められていた。レッドウィングは、年上のイーディスを迎えるに際し、立ちあがろうとはしなかった。

差し出されたレッドウィングの手を、イーディスは関節炎の手で握った。マロリーは、彼女が苦痛に身をすくめたのに気づいた。炎症を起こしているイーディスの関節は、少しでも力が加わると、痛むのかもしれない。あるいは原因は別にあるのだろうか。レッドウィングの目が大きく見開かれた。鋭すぎるほど鋭く、ぎらぎらと。

玉座のうしろに立つ例の男の子は、明らかにレッドウィングの奴隷だった。マロリーは、遺伝子のこの新たな組み合わせのなかにどんな人種が存在するのか、ひとつひとつさぐり当てていった。男の子の目は黄色く、肌は金褐色、髪は少し縮れている。顔立ちは白人だが、目はつりあがっている。ただし、染色体のこの新たな翻訳のなかでは、アジア風の一重まぶたは消えている。男の子の表情は虚ろだった。薬を打たれているのだろうか？

挨拶がすむと、レッドウィングはそっぽを向き、謁見を終わらせた。マロリーは、誰もいない部屋の隅にイーディスを引っ張っていった。

「エステル・ゲイナーともお知り合いだったなんて初耳ですよ」

「訊いてくれれば教えたのにね。この年になると、亡くなった知り合いが何人かいるなんてめずらしいことじゃありませんよ」

「殺された知り合いが何人かいるのも？」

サマンサ・サイドンはどうなのだろう？　四人目の被害者も、死者の仲間入りをする以前から、死んだ人々と会釈を交わす仲だったのだろうか？

玄関の呼び鈴が軽やかな快い音を立てた。ジョナサン・ゲイナーが部屋に案内されてきた。玉座のレッドウィングと軽く握手を交わしたあと、彼は、初対面のようにマロリーへの紹介を受けた。主催者に連れ去られるとき、彼はマロリーにウィンクした。ひとりの白髪婦人が、この危険な動く物体にいち早く気づき、鋭く張り出された肘が接近すると、その通り道から逃げていった。

人にぶつかったり物につまずいたりせず、腰を下ろしているかぎり、ゲイナーは年取った女性にもてるようだった。老婦人たちは彼のご機嫌を取り結び、栄養たっぷりのシュガークッキーを食べさせた。話の途中で彼が八十代のひからびた皺くちゃの手に触れると、その婦人はめろめろになった。マロリーは、四十を過ぎたら性は消滅するとの自分の見解を見直さざるをえなかった。

彼女は、同じカウチにやって来た、背の高い痩せた婦人に注意を移した。婦人の細い体は、デザイナーブランドのドレス向き。金《かね》のかかったレザーカットの短い白髪は、骨格の美しい皺だらけの顔を囲んでいる。婦人はイーディスに言っていた。「ええ、そりゃあもう。サマンサ・サイドンのことはみんなよく存じておりましたよ。ふたつめの殺人事件以来、あの人は欠かさず降霊会に出ていました。スリル満点だと言ってね。こんなにわくわくしたのは五十年ぶりだし、五十年前のスリルのほうはあっという間に終わってしまったのですって」

マロリーはメイドの手から華奢なティーカップを受け取り、マネキンのような体つきのその婦人のほうを向いた。「失礼ですが」

「何でしょう、お嬢さん?」

「怖くはないんですか? 三つの殺人は、家のすぐ近くで起こっているんですよ。亡くなったかたたちは——」

「いいえ、怖くなんかありませんとも。たとえばパール・ホイットマン。あの人はこの街で殺されたわけじゃないでしょう。ああ、でも、犯人は同じ変質者なのよね? そうに決まっていますよ。でもね、パールがいちばん怖がっていたのは、死ではないんですよ。いまに体が動かなくなるんじゃないかってことだったの。死ぬのを待ちながら、何年も病院のベッドで寝たきりになること。誰かがお見舞いに来てくれるのを待ちながら、いつもがっかりさせられ、それでもずっと待っていること」

「ミス・ホイットマンもこの降霊会に出ていらしたんですか?」

「特別会員でしたよ。あの人は、今度の殺人のおかげで降霊会がいっそうスリリングになったと言っていたわ」

「エステル・ゲイナーもですよね?」

「あの人は、最初の降霊会の主催者でしたよ」

「いいえ、ちがいますよ」マロリーの椅子のうしろで声がした。「最初の主催者は、アンだったじゃないの」

マロリーは、まん丸い顔をした青い髪の婦人の輝く目を見あげた。

「アン？」

「アン・キャサリー。公園で死んだ人」丸顔の婦人は言う。

「じゃあおふたりとも、このつながりに気づいていらしたわけですか？」

「殺人と降霊会の？　もちろん気づいていましたとも。全員がね」彼女は部屋全体を手振りで示した。「生き残った全員がよ。気づかないわけないでしょう？　きっとあなたがた若い人は、年寄りはみんな、生まれつきしみだらけで、アルツハイマーだと思っているのね」

マネキン人形がマロリーのほうに身を寄せ、それより優しい口調で言った。「いいんですよ、お嬢さん。あなたが、年寄りは脚も頭も弱いものだと思うのは当然。まだお若いんだもの。それが若さってものですよ。わたしはまったく気にしていません。そのおかげで若い人たちと取引するたびに得しているんですからね」

丸顔の婦人がマネキン人形にウィンクする。「去年、あなたが乗馬に連れていったあの若い資本家のときみたいに？」

「あの人には百万ドル儲けさせてもらったのよ、エイプリル」彼女はマロリーを振り返った。「その若い男、理事会におけるわたしの地位は、大株主の未亡人に与えられたただの名誉職だと思っていたらしいの。でも、あなたはお金より殺人事件に興味をお持ちのようね。育ちがいい証拠ですよ」

「怖くはないんですね？」

「死ぬことが？　それはどうかしらねえ。ふだんは、正直言って怖いと思っているけれど。でも、そうじゃないときもあるの。わかるかしら？　いいえ、わかるわけないわね。あなたはまだ子供だもの。お漏らししたり、お腹が張ったりするのがどんなに楽しいものか、知らないでしょう。サマンサ・サイドンはたぶん、もう一年寿命があってもなくても、どうでもよかったんじゃないかしら。あの人は、自分は長生きしすぎたと思っていましたからね。自分の子供より長く生きたんですもの。それこそ犯罪というものですよ」

「あの人には従妹がいたでしょう？」

「マーゴね。変わった子ですよ。サマンサが、あの娘を好いていたとは思えませんね。あの娘が毎週訪ねてくるのをよく自慢にしていたけれど、本当に喜んでいたのかどうか。そうね、やっぱりサマンサは、死を怖がってなどいなかったと思いますよ」

「でも、ああいう形で死ぬのは……」

「いきなり終わりが来るのも刺激的でいいんじゃないかしら」マネキン人形は言う。「あれは一大イベントなの。死というのはね。でも、あなたにはわからないでしょう」マネキン人形は紙のように軽い手をマロリーの手に乗せた。「あなた、自分は永遠に生きられると思っているんでしょう？　ああ、訊くまでもなかったわね」

丸顔の婦人が腰を下ろし、カウチに深々ともたれた。ずんぐりしたその足は、床にまったく届いていない。「何はともあれ、降霊会のおかげでサマンサの最期の日々が刺激的になったのは確かだわね。まるでくじ引きみたいだったもの。それとも、陳腐なたとえだけど、ビンゴ・ゲームと言ったほうがいいかしらね。ああ、ビンゴ会場。神が青い髪の人たち向けに創りたもうた小さな待合室」彼女はため息をついた。「つぎまでまだひと月もあるなんてねえ」

「つぎの降霊会ですか？」マロリーは訊ねた。

「そうじゃないの」マネキン人形が言う。「降霊会は週一回。この人は殺人のことを言ってるの。だいたい四週おきに起きているでしょう？」

「降霊会とのつながりについて、誰か警察に話したんでしょうか？」

「とんでもない。レッドウィングがいやがるでしょう。カルマに障るかもしれないから。芸術家というのはとっても繊細なの。あなた、密告したりなさらないわよねえ？」

マーコヴィッツは、常に地勢を確認せよと言っていた。いまマロリーは、杖と白内障、青い髪と脚部保護用ストッキング、陰謀と殺人のただなかにいる。

メイドの手でベルが鳴った。

マロリーの抱いた鳥女《とりおんな》のイメージそのままに、老女たちが部屋のあちこちからいっせいに飛び立つと、カサコソ衣ずれの音を立て、椅子をサラサラこすり、きしらせながら、白いクロスのかかったテーブルのまわりに舞いおりた。マロリーはジョナサン・ゲイナーと、さかんに頭を上下に揺らすひとりの婦人の間にすわった。イーディスはその婦人と主催者の間だった。レッドウィングが両隣の人の手をつかむと、他の人々もそれに倣って手をつないだ。

テーブルの中央には、火の灯っていない黒いロウソクを載せた皿が、明るく彩色された、キリストを抱く聖母像と並んで置かれている。レッドウィングの正面には、雑多な品物が積みあげられていた。輝く宝石の指輪、鍵、リボンで束ねられた金髪の房。とても細いその髪は、幼い子供のものだったのだろう。マーコヴィッツの懐中時計もさまざまな品物のなかできらめいている。

メイドが、陽光の当たる窓に厚いカーテンを引いた。部屋が暗くなると、テーブルの中央のロウソクに自然に火が灯り、それが室内唯一の明かりとなった。そして明かりが灯るとともに香が甘く香りだし、老婦人たちの香水に重なり、やがてその匂いを圧倒した。ロウソクの揺れる炎が錯覚をもたらし、小さな聖母像はちらちらと躍動しているかに見える。

レッドウィングは目を閉じ、肘掛け椅子の背に頭をあずけた。「天にまします我らの父よ」彼女は唱えた。集まった人々もみな目を閉じた——マロリー以外は。みなはレッドウィングにつづいて唱えた——マロリー以外は。

天にまします我らの父よ、

マロリーはただ口だけ動かしていた。重いハンデを負った偽信者《にせ》の、ささやかな異端の主張。彼女には天国など信じられない。

御名を崇めさせたまえ。

マーコヴィッツは土に埋もれ、ウジ虫の餌となっている。その考えを寄せつけまいと彼女は絶えず闘っていなければならない。

御国を来たらせたまえ。御心が天にあるごとく、ウジ虫がもぐりこむ。ウジ虫が這い出てくる。

地にもあらせたまえ。

塵は塵に、灰は灰に。死んだ人間は死んだ人間、死体は死体。冷たい土のなかにたったひとり。マーコヴィッツ。

我らに罪をなす者を我らが許すごとく、我らの罪を許したまえ。

許さない。

レッドウィングの椅子のうしろで、あの男の子がすーっと立ちあがる。その姿には、揺らめくマリア像ほどの生気もない。確かに薬を盛られているとわかったらすぐ、この子は施設に放りこもう。子供が殴られているのを見ると、マロリーはいつもいたたまれなくなる。だがこれはもっとひどい。この光景は、霞のかかった幼少期の記憶を呼び覚ました。けれどもそれは、たちまち彼女の手をすり抜けていった。どこかへ消え失せ、どうしても思い出せない夢のように。彼女も思い出そうとはしなかった。本能が、深入りするなと告げている。

蓄音機が鳴りだした。曲はクラシック。それがいつしか二〇年代の曲となり、やがてなつかしい五〇年代風のロックへと変わった。マロリーの顔がほんのこころもち上がった。その曲は、マーコヴィッツが地下室に蒐集していたアルバムのなかの一曲だった。

レッドウィングは、テーブルの中央に寄せられた品物の山に手を突っこみ、マーコヴィッツの懐中時計を引き出した。音楽がやんだ。

レッドウィングは鎖を持って懐中時計をぶら下げた。時計が下がっていくにつれ、その目も閉じられていく。時計はついにテーブルに降りた。金の鎖が、広げられた手からするすると離れていく。レッドウィングの目玉がひっくり返った。その両手はテーブルクロスにぴったり押しつけられている。彼女はゆっくりと揺れだした。最初は静かに、それから次第に速く、そしていまや、激しく身をひきつらせ、震えている。彼女はテーブルをガタガタ揺すった。椅子は揺れ動き、四つの脚でスタッカートのリズムを打っている。突如、その揺れが止まり、レッドウィングの体が、椅子に沈みこみ、硬直した。彼女は後頭部をクッションに埋め、三重顎が開いた口の下に垂れ下がるほど頭をのけぞらせた。

彼女は頭を起こし、マロリーを見据えた。その顔の肉がかき寄せられ、マーコヴィッツの笑顔になった。楽しげに細められたその目はほとんどなくなり、目尻の笑い皺へとつながっていた。

テーブルの他のみんなもほほえんでいる。マーコヴィッツにはそんな力がある。しかしマロリーだけはほほえまなかった。

「やあ、おチビさん、どうしている?」マーコヴィッツの声が言う。いつもながらの低音のブルックリンなまりだ。

マロリーとマーコヴィッツはテーブルごしに見つめ合った。

「おチビさんじゃないでしょ」マロリーは言った。

マーコヴィッツは笑いだし、いつまでも笑いつづけた。テーブルがマロリーの両手の下で震えだす。彼女は、マーコヴィッツの笑いに少し酔ったようになっていた。

肘掛け椅子のうしろの男の子が、横に足を踏み出し、全身を現した。マロリーの目の前で、その子もトランス状態に入っていく。レッドウィングの手は大きく広げられ、伏せられているのに、テーブルは揺れている。そして男の子のほうは、テーブルには触れていない。ふたたび音楽が始まった。バディー・ホリーが恋とジェットコースターの歌を歌っている。音楽が蓄音機から流れ出ているわけはない。ターンテーブルは回っていないのだ。それでも音はそちらから聞こえてくる。

マーコヴィッツの笑いが止まった。その笑みが広がり、和らいだ。彼の目がマロリーの目を見据える。「何かわたしに言いたいことがあるんじゃないかい、キャシー？……ない？……ふーむ、それじゃ訊きたいことがあるのかな？」

「人の心にいかなる悪が潜んでいるか……」彼女は、ささやくように始めたが、声は消え入り、ついには声ではなくなった。

「シャドーにはわかる」マーコヴィッツが答えた。

椅子の横で、少年の口が音もなく声に合わせて動いている。痩せ細ったその体が前へうしろへ揺れている。マーコヴィッツはふたたび笑いだした。男の子も声を出さずにいっしょに笑う。目を閉じ、音楽に合わせて揺れながら、笑い、腹を突き出している。

テーブルを囲む人々はみな、両のてのひらをぴったりテーブルクロスにつけている。テーブルは揺れつづける。数インチ左へ、それから右へとすべる。マロリーは、てのひらの下からエネルギーが湧きあがってくるのを感じた。体が緊張する。マーコヴィッツは笑いつづけ、彼女の心臓は胸郭をガンガンたたきつづける。テーブルは、激しく、いまにも倒れそうに揺れている。エネルギーは、チクタク鳴る時限爆弾の脅威のように蓄積され、血を凍らせ、心をはやらせる。笑い声はいまや轟くようだった。

男の子はもはや陽気さを演じてなどいない。その目は純粋な恐怖に満ちていた。彼は見えない拳から身をかばうように両手を差しあげ、哄笑の轟くなか、無言の悲鳴をあげていた。彼は自分の腹をつかんだ。マーコヴィッツが刺されたのと同じ場所を。聖母像がぐらぐらと前後に揺れて、やがて倒れた。小さな石膏の頭が胴体から取れ、マロリーの手めがけてテーブルクロスの上を転がってくる。

マロリーは自分が立ちあがったのに気づいていなかった。意識が浮かびあがってきたのは、居間の厚い絨毯の上を歩いているとき——夢から覚めながら、ドアへ向かい、その場を離れていくときだった。うしろでは、マーコヴィッツの悲鳴がつづいている。

老婦人たちが、さかんにぺちゃくちゃささやきあっている。もうドアはすぐそこだ。背後では、椅子が床をすべりだし、テーブルから離れていく。マロリーはドアを抜け、通路に出た。マーコヴィッツの叫びは小さくなり、うめき声へと変わっている。彼女は急ぎ足で通路を歩いていった。目に映るのは、前方に見えるエレベーターの鉄格子の扉だけだ。ここを離れ、立ち去ること以外何も考えられない。

背後から足音が聞こえてくる。イーディス・キャンドルが走って追いついてきた。無言のまま、ふたりはエレベーターに乗りこんだ。凝った装飾の鉄の箱が、鉄の檻のなかを落下し、下へ下へとふたりを運んでいく。深い闇とまぶしい光のなかを交互に出たり入ったりしながら、彼女たちは三階分落ちつづけ、ついに地上に到達した。

ヘンリー・キャサリーは寝室の大きな窓の前に立ち、彼女が老婦人とともにアパートメントから出てくるのを見守っていた。本当にきれいな人だ。彼はもうずいぶん長いこと窓辺に立ち、彼女が出てくるのを待っていた。トイレに行きたいのも我慢して、この場からじっと動かずに。

彼女はきょうもいっしょにいてくれなかった。彼としては、あらゆる機会を利用せざるをえない。すでに準備はできている。彼は、望遠カメラの焦点をその姿に合わせ、レンズに彼女を、その苦悩に満ちた美しい顔を捉えて、何度も何度もシャッターを切った。彼女は車を停めた場所へと向かう。彼女の匂いのするあの茶色い車へ。シャッターがふたたびカシャリと音を立てた。彼女と老婦人は車内へ消え、車は視界から走り去った。彼は窓辺に残り、公園をじっと見おろした。究極のゲーム盤を。

警察は、才能のないチェス・プレイヤーと同じ過ちを犯している。あの阿呆どもは、定石どおりにコツコツやる。過去の経験だけをたよりにする想像力のないプレイヤーども。論理を飛躍させる能はない。それが彼らをエンドゲームへ導く唯一の手だというのに。

グラマシー・パークの外れの喫茶店で、イーディスがウェイトレスにお茶のおかわりの合図をしている。マロリーのほうは、コーヒーカップの縁ごしにじっとドアを見張っていた。ジョナサン・ゲイナーが入ってきて、ふたりに合流したのは、それから四十分後だった。彼は、手のつけられていないマロリーのクロワッサンの皿のそばに懐中時計を置いた。彼女は時計をまじまじと見つめた――いったい自分の理性はどこに行っていたのだろう？　こんな大事な物を忘れてきてしまうなんて？

「大丈夫ですか？」ひょろ長い体をイーディスの隣の席に収めながら、ゲイナーが言う。いかにも気遣わしげな声だ。

いつもなら、彼を黙殺し、萎縮させ、自分と温かなやりとりをしようなどと思っているなら大馬鹿者だと目つきだけでわからせてやるところだ。しかし、いまのマロリーは、いつもの彼女ではなく、この親切をやり過ごすほど動揺していた。レッドウィングにカモにされるなんて馬鹿みたいな気分だ。その気持ちが顔に出ていたのだろう。ゲイナーはすっかり図に乗って、理解と憐れみを目にたたえ、カンザスの麦畑のシャイな少年のように人なつこく彼女にほほえみかけている。

マロリーは彼にほほえみ返し、そんな自分に驚いた。それは、ほとんど無意識にあふれ出た自然な笑みだった。

「あの女に本物のネタなんかやるべきじゃなかったな」ゲイナーは言った。

「でもね、そうするしかなかったのよ」イーディスが言う。「作り話はすぐ見破られたでしょうからね。レッドウィングには能力があるの」

「能力なもんですか」マロリーは言った。「レッドウィングはあらかじめ、情報ネットで標的のことを調べているんです。こっちの話はコンピュータでチェックされる。だからわたし、マーコヴィッツを使うことにしたのよ」

「危険な賭けだね」ゲイナーは言った。「じゃああの女は、あなたが警察の人間だということも知っていたわけだ」

マロリーはうなずいた。

「レッドウィングのなかには、本当にマーコヴィッツがいたんでしょう?」イーディスが訊ねた。

「第一級のものまねですね。その点だけは認めてやらなきゃ」

「あの人の才能を見くびってはいけませんよ」イーディスが言う。

ゲイナーがイーディスにほほえみかけた。「どうやらあなたは、あのショーに彼女よりは感銘を受けたようですね」

「とてもスマートだったわ」イーディスは言う。「おどろおどろしくも、けばけばしくもなくてね」彼女はティーカップを掲げ、目に希望の色をたたえて、ウェイトレスにこれで三度目の合図をした。食べ物のしみで汚れた白い制服姿の若いウェイトレスは、さっさと通り過ぎていく。その目には壁の時計以外何も映っていない。イーディスのカップが卓上にもどった。希望はついえた。

マロリーが、ほんのわずかに暴力を匂わせて、ウェイトレスの目を捉え、拘束した。一瞬後、イーディスのカップには、きわめて迅速に、あふれんばかりになみなみとお茶が注がれた。若いウェイトレスは、一刻も早くマロリーから逃れようとあわてるあまり、ティーポットをテーブルに忘れていった。

「おふたりはいちばんおもしろいところを見逃したんですよ」ゲイナーが言った。「あのあとカードテーブルが宙に浮きあがったんです。二フィートくらいは上がったかな」そのさまを表す彼の手が、砂糖壺をテーブルからなぎ落とす。「あれにはほんとにぞっとしましたね」彼はかがみこんで壺を回収した。「残念ですよ。彼がそれをテーブルにもどすと、今度は胡椒入れがイーディスの膝に飛んでいった。どういう仕掛けかわかればよかったんですが。あの男の子は、たっぷり三フィートは離れて、完全に姿を見せていたし、レッドウィングの両手はテーブルにぴったりついていたんです」

「それは簡単よ」マロリーは言った。「あの女がテーブルに手を置いたとき、指輪が指に食いこむのが見えたの。テーブルクロスには小さな皺がふたつ寄っていたし。布地の下のピンに指輪をひっかけてあったわけ。あとはただ、テーブルを持ちあげるだけ」

「なんだ」ゲイナーは言った。ピーターパンのワイヤーにたったいま気づいた子供のような、ややがっかりした口ぶりだ。「でもまだあるんです。ねえ、殺された婦人たちのなかには、胸を刺された人もいたんですか？」

「どうして？」

「レッドウィングが伯母にコンタクトしたとき、あの男の子が右の胸に手を当てたんです。ほら、こんなふうに、手を丸めてね。まちがいなくあれは女性の胸の形ですよ。そのあとはもう血みどろでした。刺されたのか、切り開かれたのか」

マロリーは「どうかしらね」と言うように肩をすくめると、あたりを見回して例のウェイトレスをさがし、ほんの一瞬、化粧室へと消えていくその制服の白い色を捉えた。ドアはバタンと閉まった。これは、当分何があっても出てくる気はないという意味だ。

喫茶店を出ると、イーディスとマロリーは、ゲイナーと分かれた。イーディスを家まで乗せていき、３Ｂの前まで送ったあと、マロリーは二階でエレベーターを停めた。今夜最後の約束までまだ二時間、暇をつぶさなくてはならない。

ドアの鍵はかかっていなかった。チャールズにもイーディスの悪い癖が移ったのだろうか？よきニューヨーカーらしく機敏な反応を見せ、彼女はホルスターの銃を抜いた。まるで急に右手に銃が出現したかのようだった。銃口を上に向け、彼女はドアを押し開けた。明かりが灯っているのは、奥の部屋のひとつだけだ。彼女は静かに、猫ほども足音を立てずに、奥のオフィスに向かった。

チャールズは、ステンドグラスのスタンドが生み出す温かな光の輪のなかで、デスクに向かってすわっていた。彼は、デスクマットの上の雑誌に読みふけっていて、マロリーがここにいることにも、この世にいることにもまるで気づいていない。彼女には彼の集中力がうらやましかった。光の速さで読み進むその姿は、少々不気味でもあった。

マロリーはショルダーホルスターに銃をもどすと、チャールズの邪魔をしないようこっそり受付エリアにもどった。彼がいるとわかっても、あまりなぐさめにはならなかった。マーコヴイッツは、助けが必要なときはチャールズのもとへ行けと言っていた。でもそれは、本人やそのコネを利用しないという条件つきだ。今度のことに彼を巻きこんだりしたら、親父さんは喜ばないだろう。

マロリーはカウチに腰を下ろした。アンティークに似ず、ブルックリンの家の椅子と同じにほどよくクッションが利いていて、すわり心地のよいカウチだ。それは温かく彼女を受け止め、すらりとした体の線にそってふくらんだ。彼女はずっとこうしていたかった。このままずっと動かずに。今夜はまだまだ先が長い。しかし彼女はもう疲れ果て、その目はいまにも閉じそうになっていた。

これまでのことを思い返しても、マーコヴィッツが見ていたものは見えてこなかった。論理的に考えれば、コフィーが正しいことになる。マーコヴィッツは、犯人の手がかりをまったくつかめないまま、逆につかまってしまったのだ。しかし彼女は、マーコヴィッツに教えられてシャドーを信じたように、彼を信じつづけていた。論理なんかどうだっていい。論理が通用するのはどうせ二回に一回だ。彼女の目が閉じた。

マロリーはハッと目を覚ました。カウチのクッションが別の人間を迎え入れ、形を変えた。チャールズが笑顔で見つめている。心温まる呆けた笑顔。ところが、その笑みはゆっくり消え去り、気遣わしげな皺へと変わった。チャールズは、この顔から何を読み取ったのだろう？何かあったと気づかれたのは、どうしてだろう？　彼に隠し事をしようとしても無駄なのでは？　自分にそんな能力はないのでは？　そう、きっとそうだ。

「その様子だと、降霊会はうまくいかなかったみたいだね」

　すると、イーディスがしゃべったのだ。他には何を知られたのだろう？　彼なら無に等しいところから多くを推測できるはずだ。

「そうなの。でもマーコヴィッツと楽しく語り合えたわよ」

　ああ、彼は気に食わないようだ。はっきりと顔に出ている。その目には気遣い以上の何かがあった。しかしマロリーには、それが何なのかわからなかった。彼は怒っているのだろうか？　だとしたら、なぜ？

「その霊媒がきみとマーコヴィッツの関係を知っていたのはどうして？」チャールズは訊ねた。彼の声はとても優しい。ということは、彼女を怒っているわけではないのだ。では誰を？　イーディスを？

「わたしが話したから」

「それはまずかったんじゃないかな。イーディスには、ルイを使うことは話してあったの？」

「ええ。他に方法がなかったの。ゲイナーもまずかったと言ってたけど」チャールズが彼女の状態を表すバロメーターだとするならば、彼女は乱れだしている。大きな音を立て、自らの動きのすべてを外に漏らしている。おそらくマーコヴィッツは、心配のあまり墓のなかで目を覚まし、踊り狂っているだろう。

「何があったか教えてくれない？」

　チャールズの手が彼女の手に重なる。これが、マーコヴィッツがその遺書で約束した人のぬくもりだ。こんなふうに触れられたのはずいぶん前のことで、彼女はもうその感触をほとんど忘れかけていた。助けが必要なときはチャールズのもとへ行け——ヘレンとともに頭のなかに生きつづけるマーコヴィッツが言う。ふたりはいまなお、ブルックリンの家の精密な複製のなかに住んでいる。光沢剤でつややかに輝き、松の香料の香りがしていたころのあの家に。

マロリーは、いつもの癖で異常なまでに細部にこだわって、降霊会の模様を物語った。ただし、レッドウィングがマーコヴィッツの表情をまね、同じしゃべりかたをし、同じように振舞ったがために、それを彼だと信じこまされたことは話さなかった。彼女は、もう少しで過去にケリをつけ、さよならできるというところまで行きながら、そのチャンスをぶち壊してしまった。それが、あの降霊会の最悪の点ではないか？　彼女の目は開かれてしまった。ないものを信じるよすがはすべて失われ、二度と取りもどすことはできない。彼女は背景のワイヤーを見てしまったのである。

「どうしてあの女はあんなにうまくマーコヴィッツのまねができたんだと思う、チャールズ？あいつ傷のことまで知っていた。そこまで具体的なことはどの新聞にも載ってなかったのに」

「きみは得意のコンピュータに目を眩まされているんだよ。もっと現場の経験があれば、かなりの情報が口コミで伝わるものだってことに気づいたんじゃないかな。犯行現場には何人警官がいた？　民間人は？　そのうち何人に奥さんや、義理の兄さんや姉さんやお母さんがいるだろうね？　そういう人たちは、誰と話をするかな？　マーコヴィッツの傷のことだけなら、驚くにはあたらないよ。物まねのほうはと言えば、誰だってテレビでマーコヴィッツを見ているんだ。議会の聴聞会のときは、何日もつづけて映っていたことだし。ふたりでチャイナタウンで食事をしていたときなんか、彼はひと晩に二度もサインを求められていたよ」

「じゃああの男の子が胸を切られるまねをしたのは？」

「男の子は女性を演じてみせただけだよ。胸の形を作ってね。ゲイナーはそれが切られるところまでは見ていないはずだ。もちろん彼には何の責任もない。ひとつの部屋に人が大勢集まればば集まるほど、エネルギーはふくれあがり、集団心理も働きやすくなるんだよ。誰もが見てもいない出来事を見たと思いこんでしまうんだ」

「あのお婆さんたち、みんな、降霊会と事件のつながりに気づいていたのに、警察に連絡しようとしなかったのよ。その点はどう思う？」

「そうだね、きみと話したご婦人が言ったように、眠りながら死ぬのを待つより、そのほうがはるかに刺激的だからじゃないのかな？　きみって人は、何事も額面どおりに受け取れないんだね」

そう、そのとおり。「もしかしたら、殺人犯より怖いものがあったのかも」

「たとえば警察とか？　その人たちを老犯罪者の集団だとでも思っているの？」

そうであってもおかしくはない。チャールズの身内にだって老犯罪者がひとりいるのだ。年を取ると、どんな悪事もやりたい放題――イーディスはそう言っていた。だがこの話題はタブーだ。

「レッドウィングはお婆さんたちの弱みを握っているのかもしれない。あの女はやり手よ、チャールズ。あなたもあの場にいればよかったのに。マーコヴィッツの物まねときたら、みごととしか言いようがなかった。マーコヴィッツは一時間かけて死んでいった。レッドウィングはその姿を見ていたのかも」

「そうは言えないね。不完全な人物像だけで充分こと足りたはずだから。ルイにまつわるきみの記憶が、レッドウィングの表現していない部分を補ったんだ。彼女の仕事のほとんどは、きみ自身がやっていたんだよ。霊媒っていうのは、それを見込んでいるんだ。ぼくは一流の霊媒の降霊術を見たことがある。連中は、どうとでも取れる文章を半分だけ口にする。するとお客がそのブランクを埋めるんだ。それに彼らは、相手の微妙な表情も参考にするしね。観察眼の鋭い読心術者を見くびっちゃいけないよ。連中には人の心を裏返しにする力があるんだからね」

「あの女はまちがいなく事件に関係している」

「かもしれないね。でも彼女が有力な容疑者とは思えないな。被害者全員が降霊会の参加者だなんて、利口な殺人とは言えない。確かルイは犯人は利口だって言っていたよね」

「あの女はとても利口だから、あれと同じ効果があると考えたのかも――二重盲検みたいな」

「いや、それは手がこみすぎているね。彼女には天賦の才がある。でも天賦の才とIQの間に相関関係はないんだ。レッドウィングはすべて直観でやっているんだよ」

「イーディスはどう？　彼女はどうやって夫が死ぬ日を知ったの？　偶然？」

チャールズはカウチの上にまっすぐ身を起こした。その目があらぬかたへとさまよっていき、記憶のなかの何かを見つめている。やがて彼は、マロリーに視線をもどした。「イーディスは日付まで予言していたの？　あの人自身がそう言ったのかい？」彼の手が、彼女の手からぬくもりのカバーを撤収する。「どうやらきみは、ぼくより詳しくあのことを知っているみたいだ」

「イーディスの作り話じゃないのよ、チャールズ。図書館の定期刊行物コーナーで調べたんだから。彼女は彼がいつ死ぬか知っていたの。それも何日も前から。近所の人たちもそう証言している」

「偶然の一致の可能性も充分あるよ。あれはとっても危険なマジックだったからね。死の危険はつきものだったんだ。マックスは落とし戸から舞台下に脱出したわけじゃない。鉄のチェーンをかけられ、ロープで縛られて、水槽に入っていたんだからね。最初の夜は予定どおりうまくいった。ぼくも父や母といっしょに見にいってたよ。マックスは、水中でチェーンの鍵と格闘し、それからロープの脱出にかかった。観衆の目の前でね。ステージには大きな目覚まし時計が置いてあって、人体の限界が来たら鳴りだすようにセットされていた。時計は耳をつんざくような音で鳴りだしたよ。なのに彼はまだ自由になっていなかった。最後のロープがほどけなかったんだ。しばらくの間、彼は溺死体みたいに水中に囚われていた。その間もずっと時計は悲鳴をあげつづけ、観衆も悲鳴をあげつづけた。すると突然、彼がロープのなかからがばっと身を起こし、水槽の底を蹴って、空中に飛び出してきたんだよ。ほんとにすごい技だったな。チェーンの鍵を外す間、心拍数と呼吸数を落とすのに、全神経を集中させなきゃならないんだからね。ちょっとでも気が散ったら、一巻の終わりなんだよ」

「彼が溺れたと思ったとき怖かった？」

「いやいや、ぼくはマックスが死ぬのを百回くらい見ていたからね。観客はマジシャンが死ぬかもしれないと本気で思わされる。危険なマジックの醍醐味はそこにあるんだ。マックスはいつも入場料だけのものを見せていた。毎回、死んでいたんだよ。でもぼくは、彼が最後に死ぬところは見なかった。あの夜、父と母はぼくを連れずにショーを見にいったから」

「それでその夜が——彼が本当に死んだ夜が、イーディスが家の外に出た最後だったのね？」

「何だって？」

「彼女その場にいたのよ。知らなかったの？」

「知らなかった。本人から聞いたの？」

「いいえ、ひとことも。わたし、古い新聞の保管庫で、そのときの彼女の写真を見つけたの」

マロリーは、チャールズの目に気がかりな苦悩の色を認めた。だがそれは一瞬後には消えていた。

「そろそろぼくに協力させてくれてもいいころだと思わない？」彼は笑顔を見せた。「どうしても犯人を追いたいというきみの気持ちは理解できる。うれしくはないけどね。きみのことが心配だから。でも理解はできる。もうひとりでやらなくてもいいんだよ」

「あなた、わたしのやりかたはなってないと思ってるんじゃない？　たぶん、わたしはマーコヴィッツほど利口じゃないと——」

「そういう話ならこっちに任せて。ぼくは専門家だからね。問題は知能じゃないんだよ。もっとも、きみの手法については少し考えたほうがいいかもしれないね。きみが得意なのは、データの収集と分析だよね。確かにきみは名射手だけど、それは狙撃の腕というやつだ。走りながら撃つ現場の警官とは種目がちがう。だから自分がいちばん得意なことをやるんだ。情報を集めて、尾行と覆面捜査のほうは市警に任せておくんだよ」

「市警？　コフィーはマーコヴィッツがヘマをしたと思ってるのよ。親父さんが不意打ちを食らったなんてね。わたしには、マーコヴィッツがすっかり謎を解いていたとしか思えない。マーコヴィッツは犯人をつけていたにちがいないのよ」

「ルイは死んだ。彼のやりかたに倣ったら、きみも死ぬよ。この理屈はわかるね？　彼と同じ轍《てつ》を踏めば、同じ穴に落ちるんだ。あの日、彼が誰をつけていたのか、きみは知らない。きみは手がかりをひとつつかんだ。彼は別の手がかりをつかんでいたのかもしれない。誰にわかる？」

「シャドーにはわかる」

「シャドー？　まさか、あのシャドーじゃないよね？　昔ラジオでやっていた――」

「あの番組、昔からマーコヴィッツのお気に入りだったの」

「うちの親たちも大好きだったよ」

「オーケー、今後はデータの収集に専念する。それで、あなたにお願いがあるんだけど」

「何でも言って」

「ヘンリー・キャサリーと仲よくなってもらいたいの。彼、週に七日、公園でチェスをやっているから。彼をゲームに誘いこんで」

「いいよ。でもどうして？」

「あなたはチェスをやるし、わたしはやらないから」

「そうじゃなくて、どうしてぼくにたのむの？　とても覆面捜査向けの人材とは言えないよ」

「だからこそ、ぴったりなの。あなたを疑う人なんている？　キャサリーは利口よ。わたしだったら一分もしないうちに正体を見破られる。あなたはもっと頭がいいわ」

「どうしていきなり彼が容疑者リストのトップに躍り出たの？　彼は除外されていたんじゃなかったっけ？　新聞によると、アリバイがあるって話だし」

「新聞なんか信じちゃだめ。彼、容疑者リストのトップとは言えないけど、かなり上のほうにいるの。毎日、何時間も公園にいるんだもの。みんな見慣れてしまって、もうその存在に気づかなくなっている。公園の付属物みたいなものね。茂みやベンチとおんなじ。お祖母さんが殺されたときも、あそこにいたかもしれない」

「ぼくが持ってる公園の門の鍵は、もう利かないだろうね。門をガチャガチャやって、彼に入れてくれってたのもうか？　それでも疑われないと思う？　彼から話を聞き出しにいったように見えないかな？」

「ちょっと待ってよ。どの鍵の話？」

「公園が作られた当時の鍵をひとつ持っているんだよ。アンティークなんだ。見せてあげようか」

チャールズはオフィスを出ていった。一瞬後、向かいの部屋の鍵を開ける音が聞こえてきた。もどって来たとき、彼の手にはベルベットの宝石箱が握られていた。彼はその箱を開け、黒いサテンに収められたきらめく金の鍵を見せた。

「前世紀に作られた最初の鍵は、どれも金でできていたんだ。これは、子供のころ誕生日にマックスからもらったんだよ」

「マックスは、いったいどうして、グラマシー・パークの鍵を持っていたの？」

「ああ、それはね、ほぼ百年にわたって、グラマシー・パークには常にバトラー一族の誰かが住んでいたからだよ。マックスは家を出たとき、というか、親に追い出されたとき、バトラーからキャンドルに姓を変えたんだ。やがて、まあまあのスターになると、彼は叔父の遺言書に復帰し、その家を譲り受けたんだ」

「彼、グラマシー・パークに住んでいたの？」

「ほんの五年ほどだけど、イーディスといっしょにね。ふたりはあの家を売って大儲けしたんだ。この建物を買ってもまだ、あちこちに投資できるくらいだったよ。イーディスがグラマシーに住んでいたのはもう三十年も前だ。でも、あの人がそれを言わなかったなんて驚くね」

「彼女には驚くことばかりよ」マロリーは言った。とはいえこれで、イーディスと、グラマシー・パークの老婦人ふたりとのつながりが解明された。

「とにかく、この鍵が使われていた時代から、鍵はもう何度も変わってるはずだよね。残念ながら」

「はい、わたしの鍵を使って」マロリーは上着のポケットから鍵を取り出した。

「それをどこで手に入れたか訊いてもいいかな？」

「あなた、日ごとにマーコヴィッツに似てくるわね、チャールズ。これはゲイナーの部屋から取ってきたの。彼、鍵がなくても困らないわよ。公園にはぜんぜん行かないんだから」

「ゲイナーはきみがそれを取ったのに気づかなかった？」

「ねえ、チャールズ、あなたの知ってる、いちばん腕のいい泥棒は誰？」

「きみ以外の泥棒なんてぼくは知らないよ」

イーディス・キャンドルは、窓から差しこむ夕暮れのほの暗い光のなかで、ひとり椅子にもたれていた。全宇宙がくるくるとこの部屋から遠のいていく。星々は銀河となって回転しながら外へ外へと広がっていき、またくるくるともどってくる。彼女には、ひとつの物体がどんなふうに別の物体を動かしているのかがわかる。かつての無秩序な散らばりは、いま耳になじんだ音楽の調べのように法則どおりに流れている。彼女には、完璧な秩序が見えた。

彼女はレッドウィングを値踏みしていた。「あの女をどう思います？」キャシーはそう訊ねた。イーディスはすらすらと答えた。怖れ気もなく、傲岸に、可愛らしく、真実を隠し、少しも動じず、そして、まったく無関心に。しかしキャシーにはわかったろう。レッドウィングは一流だ。

あの女はあなたそっくりよ、キャシー。

イーディスは目を閉じ、眠りの神モルペウスに身を委ねた。眠りという名の小さな死に。

数時間後、彼女はベッドに向かってふらふら廊下を歩いていた。突然ひどい疲労に襲われながら、キッチンの開いたドアの前を素通りし、コンロの上の壁に書かれた乱暴な文字には少しも注意を払わずに。派手な赤のメッセージを背後に残し、寝室のドアを開けたとき、すでにその目は閉じられていた。

マーゴは、公立図書館の門を護る石のライオンの下にへたりこんだ。銀行を飛び出してから、もう何時間も経っているが、激しく歩道をたたいた足の骨はまだ痛む。運動不足だ。最後にダンスのレッスンに行ったのはいつだったろう？　ほんの数日でここまで落ちてしまうものだろうか。

あの銀行のチビ男は、警察を呼び、彼女がナイフを突きつけたなどとしゃべったかもしれない。それを聞いたら、連中は耳をそばだてるだろう。もしも連中が彼女のうちに行き、あのナイフのコレクションを見つけたら？

いいえ、あの男は警察なんか呼ばない。ついうっかり警報装置に飛びついてしまっただけだもの。それに、彼女が本当に相続人だった場合のことも考えるだろうし。ああ、ヘンリー。彼ならどうすればいいかわかる。少なくとも、当座を乗り切るだけのお金は貸してくれるだろう。でも、何十回かけても彼の電話はつながらない。いまいましいヘンリー。あいつは、ときには何日も受話器を外しっぱなしにする。なんてろくでなし、なんて役立たず。唯一の友。聴罪師。

ときに彼女の神となる男。

朝のうちに、アパートメントへ帰って、窓を割ろう。人に見られずすむころに。警官どもも危険な時間帯は、あの近辺は避けている。マーゴは歩道からまた紙コップを拾いあげ、残業帰りの連中への見せ金として、残っていた一セント玉をジャラジャラ入れた。やがてコインの数は増し、地下鉄代となった。

彼女は行ったり来たり乗りつづけた。時間の感覚はなくなっていた。いまが何時なのかまるでわからない。身を乗り出してひとりの乗客の腕時計をのぞく。十時二十分前？　そんなに長いこと乗っていたのだろうか？　胃の痛みは、確かにそうだと告げている。最後に食べたのはいつだったろう？　彼女は他の乗客たちの顔をじっと見つめた。彼らの目が彼女の目と合う。視線がぶつかってきては、睡眠不足で虚ろになった彼女の目から離れていく。

何日か前には、もう二度と地下鉄には乗らずにすむと思っていたのに。彼女は、地下鉄に乗り慣れた者の浅い眠りへと落ちていった。

電車がゆっくりと停止した。ベルが鳴り響き、またひとりお客が乗りこんできた。マーゴはびくりと目を覚まし、新しい乗客に向かって顔を上げた。彼女は恐ろしいほどはっきり覚醒していた。あの男だ。何の不思議もない。これは同じ電車、夜の同じ時間帯なのだから。

男は、彼女の記憶ほど背が高くはなかったし、肩幅も広くなかった。でも無理もない。男は、悪夢のたびに大きくなり、この二年の間にほとんど魔物となっていたのだから。彼女は、この男がただの人間だということを忘れていた。にきびの跡のある、うるんだ大きな目を持つただの人間。男のナイフも、やはり彼女の記憶よりも小さいのだろうか？　あのナイフ、踊りながら彼女の目の前に上がってきて、それから顔を切り裂いたあのナイフ。たぶん男は、彼女に会いにもどって来たのだ。顔の反対側をも切り裂き、彼女のねじれた笑いを左右対称にするために。

マーゴは膝を引き寄せ、丸くなった。胸に顔を埋め、膝のうしろに隠れて、泣き声をあげながら揺れだすと、向かい側の客たちは席を立ち、車輛の向こう端へ移動した。彼女の視線が右へ飛び、左へ飛ぶ。助けてくれる人はいない。周囲の輪が次第に広がっていく。おまえはひとりぼっちだ——新たな配置がそう告げている。

電車は速度を落としていた。ひどい傷を負う前に、何とかドアまでたどり着けるかもしれない。でもそのあとは？　あの男は追いかけてきて、またこの髪をつかみ、そのひと握りを頭からむしり取りながら、彼女を引きずっていくのだろうか？　プラットフォームには警官などひとりもいないだろう。最初のときもそうだった。

電車が停まった。マーゴはドアへ突進した。男が背後に迫ってくる。ドアはまだ開かない。彼女は金属の板にガンガン拳をたたきつけた。ドアが開きだし、車輛の壁にするすると引きこまれていく。マーゴはそのせまい隙間を駆け抜け、乗りこもうとしていた別の男にぶつかった。踊るナイフの男は、こちらを見ていた。マーゴを通り越してその向こうを眺めながら、彼女を追い越し、そして、行ってしまった。

彼女がわからなかったのだ。

いったいどうして？　あの男は、彼女をレイプし、カットしたのに。覚えていないなんてそんな馬鹿な。

男は階段を上っていく。マーゴはそのあとを追って、地上へ、地下鉄の外へ出た。覚えていないなんてそんな馬鹿な。彼女は男をつけていった。男は七番アベニューのオフィスビルに入っていく。ガラスの扉の外から見ていると、男は警備員に身分証を呈示した。するとあの男の勤務時間は、十時から六時なのだ。マーゴは扉の前を離れ、通りを渡ると、闇と歩道のゴミ屑のなかにまぎれこんだ。そして、ネズミたちの駆けめぐる音を聴きながら、彼らを怖れもせず、害獣どものそばに身を落ち着けた。


その家の窓はどれも、温か味のある四角い光を放っていた。テレビの音がなかからかすかに漏れてくる。ポーチの手すりのそばでは、二度咲きの薔薇が香っていた。これは、命を吹きこまれた、マーコヴィッツ夫妻の家の思い出だ――ふたりがまだあの家に住んでいたころ、生きていたころの。ベルを鳴らすより早くドアは開かれ、マロリーは、笑みをたたえるヘレンの目を見つめていた。きっとブレンダの母親だろう。この人のほうは、ヘレンに生き写しとまではいかない。ただ、ヘレンが中年以降太っていったのと同じに腰のあたりに丸みを帯びているだけだ。

「マロリー巡査部長ですね？」

「ええ」マロリーは、その声がヘレンのものでなかったことにほっとしながら、内ポケットのバッジをさぐった。

ミセス・マンクージは身分証を待ってなどいなかった。「どうぞお入りください」彼女はそう言って、大きく開かれたドアの脇へ寄った。

「夜分にお邪魔して申し訳ありません」マロリーはミセス・マンクージのあとから、広々したリビングに入っていった。部屋は、大ぶりの椅子や足台で居心地よくしつらえてあった。リクライニング・チェアのそばには、新聞が折り返されたまま置いてある。あたりにはまだ、夕食の匂いが残っていた。テーブルの上には、作りかけのハロウィーンのパンプキンが載っている。ナイフや種や果肉、それに、このオレンジ色の野菜から切り取られた三角の目の一方もだ。

「ちっともかまいませんよ、巡査部長。さっきブレンダから電話があって、少し遅くなったけれど、もうすぐ着くと言っていました。夫がいてくれたらよかったんですけどね。きょうは病院の遅番だもので」ミセス・マンクージは、毛糸玉と編みかけの何かをリクライニング・チェアの上からどけた。「どうぞこちらに。この椅子がいちばんすわり心地がいいんですよ」ミセス・マンクージはその向かい側のカウチにすわった。「こんな遅くまでお仕事だなんてさぞお疲れでしょう。その椅子は背もたれが倒れるんです。よかったら足台も使ってくださいね。何かちょっとお腹《なか》に入れたいでしょう？　何がいいかしらね？　コーヒーをお飲みになる？　キッチンにはパイが半分あるんですよ」

「ありがとう、でもいいんです」この婦人は、声こそヘレンとちがうけれども、なぐさめと同情、パイの持つ癒しの力への信仰に満ち満ちたそのせりふは、ヘレンそのものだ。

「うちではみんな、ぜひ力にならせていただきたいと思っているんですよ。ルイ・マーコヴィッツは本当にいいかたでした。死んだのがあの人だって知ったときは、泣きましたよ」

「彼をよくご存じだったんですか？」

「ほんの数カ月前からですけど。だいたい二週に一回、食事にお招《よ》びしていたんです。ブレンダのほうは、もちろん、もっと前からお世話になっていました。うちにもどるようブレンダを説得してくれたのは、あの人だったんです。家出したとき、あの子はまだたったの十六だったんですよ」

「食事に来たとき、仕事の話は出ませんでした？　お宅のみなさんは当然、大きな事件には興味がおありだったでしょうけど？」

「ルイは仕事の話は一度もしませんでした――事件の捜査のことは」

「では、どんな話をしたんでしょう？」

「ご家族のことです。奥様が数年前に亡くなられたこととか、そのせいでとても淋しい思いをなさっていることとか。でもね、あの人には娘さんがいたんですよ。とっても頭がよくて、とってもきれいなお嬢さんなんですって。自慢でしょうがなかったのね。声に出ていましたもの。新聞でお葬式のことを読んだとき、わたし、その娘さんと連絡を取ろうとしたんです。電話帳に載っていたマーコヴィッツという名前の人全員に電話してみたんですよ。まあ、その大勢だったこと。でも、その人は見つかりませんでした。かわいそうに、さぞ悲しまれたことでしょうね」

悲しみはこの家にも訪れたらしい。ミセス・マンクージはちょっと声をつまらせた。

「ブレンダはもうすぐ帰るはずですから。あの子、昼は学校へ行っているんです。で、夜は何をしてると思います？　なんと、メトロポリタン・オペラ劇場で踊っているんですよ。ルイがその仕事を見つけてくれたんです。こんなことは何でもないって言っていました。ただ知り合いにたのんだだけなんですって。いまあそこで、大舞踏会のシーンのあるオペラをやっていて、うちのブレンダもそのシーンで踊っているんです。映画のエキストラみたいなものね。昼間は学校で踊っています。こっちはまた、ぜんぜん別物ですけれど。あの子はモダンダンスとクラシックバレエを勉強しているんです」

そのとき玄関のドアが開いて閉じる音がした。涼しい風がさっと吹きこみ、ブレンダという名の若いヘレンが入ってきた。ミセス・マンクージが紹介を終えると、ブレンダはマロリーに向き合って、低い足台の上に優雅にすわり、内気そうな笑みを浮かべた。膝に肘をつき、両手を顎の下で組み合わせる、そのしぐさひとつひとつに自然な美しさがある。

「あたし、あの人が大好きでした」ブレンダは、子供っぽい小さな声で言った。「刑事さんもあの人を知っていたんですか？　同僚か何かだったの？」

「同じ部署にいたの。ねえ、《ブルックリン・ダンシング・アカデミー》のことを教えてくれない？　彼、職場ではぜんぜんその話はしなかったのよ」

「あの人、常連でした。毎週必ず火曜の夜に来るって感じ。一年くらい前からかな。お金払ってレッスン受けてたんだけど、どのインストラクターよりずっと上手だったな。あたしに五〇年代風のロックンロールを教えてくれたりして。仕事のあとは、うちまで送ってくれてたんです。

「あたし、あの仕事、大嫌いだったの。じじいどもをあっちこっちへ引きまわして、触ってくるのを適当にあしらったりして。ほんとにいやでたまんなかった。もうやめるつもりだったんです。そこへマーコヴィッツが来たの。みんな、あんな年寄りって思うかもしれない——あの人、もう六十近かったから——馬鹿らしいって思うかもしれない。かなり太ってたしね。ところがそうじゃないんだ。ほんとすごいの。すばらしいのよ」

マーコヴィッツ。あのダンス狂。

マロリーは目を閉じた。しばらくして顔を上げると、ミセス・マンクージがパイの皿を彼女の手に押しつけながら、椅子の横のテーブルにコーヒーカップを置こうとしていた。礼を言う間も与えず、婦人はキッチンへもどっていった。マロリーはブレンダに視線をもどした。彼女は自分のパイにフォークを刺しているところだった。

「夜、うちまで送ってくれるとき、マーコヴィッツは仕事の話をした？」

「あたしたち、たいていあたしのことばっかり話してたの。実家に帰って、まじめにやるとか、学校にもどるとか、そんなこと。彼、あたしをダンス・スクールに入学させて、一学期目の学費まで貸してくれたんですよ。もう九月から通っているけれど」

「それで《ブルックリン・アカデミー》をやめたの？」

「わたしも主人も、ずっとやめろやめろと言ってたんですよ」ミセス・マンクージが、砂糖壺とクリーム入れを持ってふたたび現れ、それをマロリーのカップの横に置きながら言う。「この子の授業料を払うくらいの余裕はありますもの。でもこの子が、自分のお金でルイへのプレゼントを買いたいと言うもので」

「ママとパパはずっと、あの人に授業料を返すって言ってたんです」ブレンダが立ちあがり、ドアのほうへ向かった。「あたしがどんなプレゼントを買ったか見せてあげる。ちょっと待ってて」

ミセス・マンクージはカウチにすわると、身を乗り出してささやいた。「あの子、そのプレゼントをあなたからルイの娘さんに渡してほしいんですよ。今度のことは、ブレンダにとっては、ひどいショックだったんです。まだルイを失った痛手から立ち直れずにいるんですよ。わたしも同じ。死に向き合うのはどうも苦手で」

ブレンダが軽やかな足取りで部屋にもどってきた。十七歳につきものの鬱積したエネルギーではち切れそうになりながら、踊るようにやって来て、小さな箱をマロリーの手に載せた。マロリーは箱を開け、金の懐中時計を取り出した。

つまみを押すと時計は開いた。蓋の内側には文字が刻まれていた。子供じみたハートマークのなかに、I LOVE YOU と。時計は、オルゴール風に、黄金のオールディー・ロックの出だしの調べを奏でた。この女の子にとって、この特注の音楽は相当の出費だったにちがいない。

「あの人の古い懐中時計、動いてなかったんです」ブレンダが言う。「それで腕時計して、その壊れたやつをいつもポケットに入れて歩いてたの。変でしょ？　ねえ、あの人の娘さん、これ受け取ってくれるかな？　あげてもかまわないと思います？　刑事さんからキャシーに渡してもらえませんか？」

「わたしがそのキャシーなの」

子猫の鳴き声にも似た小さな音が、ブレンダの胸の奥から漏れた。彼女はマロリーの足もとにへたりこみ、あぐらをかいてすわり、黙りこんだ。彼女の頭が低く垂れ、指が絨毯の複雑な模様をなぞっていく。ブレンダは、そこにヒントを求め、この世の不条理を解き明かそうとしているのだった。しかしヒントなど見つからない。ふたたび顔を上げたとき、その目は挫折に満ち満ちていた。「お気の毒に、ほんとにお気の毒に」声が割れそうになる。「あたしなんか何の役にも立ってませんよね？　ぜんぜん何にもなってませんよね？」

「いいえ、そんなことない。この時計とってもすてき。マーコヴィッツはすごく気に入ったと思う。わたしは気に入ったわ。どうもありがとう。ほんとに変よね？　ふたつも時計を持ち歩いてたなんて。ねえ、ブレンダ、他に何か変だと思ったことはない？　ふつうとちがっていたことはなかった？」

「あの人は、ぜんぜんふつうの人じゃなかった。あたし、彼を愛してたの。とにかく彼が死ぬ前に思いきって告白だけはしたんだ」

マロリーは時計を見つめた。その手がぎゅっと時計を包みこむ。

「でも長々としゃべりすぎちゃったみたい」ブレンダは言う。「それでたぶん恥ずかしくなったんだろうな。あの人、立ちあがって、大急ぎで行っちゃったの。それが最後だった」

大急ぎで？　マーコヴィッツはおよそ急ぐということのない男だった。彼の歩みはどんなときでもゆっくりだった。いつものんびりゆったりかまえていて、楽々と足を運び、あの体型なのに驚くほど優雅に歩いた。彼は何をするときも決して急がなかった。

「そのときのやりとりは覚えてる？　人に話すようなことじゃないだろうけど、参考になるかもしれないの。別れる前、あなたたち何を話してたの？」

「あたし、彼が自分にとってどんなに大事な人か、一生懸命話してた。馬鹿みたいに《ブルックリン・ダンシング・アカデミー》で働いてたのは、他にどうしようもなかったから。そこで働くか、ルームメイトみたいに街に立つしかなかったからなの。その子は体売ってたんだ。でもダンスが、あたしの人生を百八十度変えてくれた。最初はお金のためにやってたんだけど、彼がダンスの楽しさを教えてくれて、そのうちダンスなしには生きてけなくなった。あたし彼にそのことを言ったの。こうなるのが運命だったような気がするって。あの人に出会ったのも、それからつぎつぎいろんなことが起こったのも。まるであの出会いによってすべてが動きだしたみたいだって。そしたら彼、行っちゃったの。あっという間に。こんなんで役に立つ？　あたし、ほんとに力になりたいの」

「ええ、助かったわ」

これは嘘だ。手もとにあるのは、これまでと同じ情報、同じ謎だけだ。いいえ、待って。マーコヴィッツが死ぬ前に何を知ったか――それが新たにわかったではないか。そろそろマーコヴィッツの足取りをたどるのはやめ、脇道へそれたほうがいいのかもしれない。このままでは、彼が命を落とした穴に落ちこむだけなのかも。

「あたし、本気であの人を愛してた」ブレンダが言った。百マイルも踊りつづけたかのように枯渇し、消耗しきって。彼女は片手で顔を覆った。泣いているのだ。

マロリーは泣かなかった。

それは絢爛豪華なビデオ・ショーだった。ビデオデッキは部屋の隅で、若きヘレンと踊るルイの姿を再生している。そしてマロリーは、壁の空白に殺人現場のスライドを映写している。あふれ出る血がスクリーン上を流れ、死の映像のどぎつい光がマロリーの顔を照らし出す。カシャッ。第一の被害者。チャック・ベリーが踊り手たちに歌いかける。カシャッ。第二の被害者。音楽の激しいビートが、マロリーの頭を揺らし、足にリズムを刻ませる。

ビデオデッキは、テープが繰り返し再生され、踊り手たちが疲れも見せず夜を徹して踊りつづけるようセットされている。マロリーはスライドに集中し、矛盾点、引っかかり、他となじまないものを見出そうとした。何かがあるはずなのだ。マーコヴィッツにはそれが見えていた。そう考えて何度、眠れぬ夜を過ごしたことか。自分は何を見逃しているのだろう?

ちがう、これではだめだ。いまそれがわかった。踊るマーコヴィッツと若きヘレンと同様に、彼女もまた堂々めぐりしている。仮にマーコヴィッツがここにいたら、彼のつかんでいなかったことも視野に入れろと言うだろう。いまのマロリーは、マーコヴィッツより多くのヒントを持っているのだから。

マーゴの目に映る空の断片は、日の出前の深い紫色をしていた。彼女は、男が警備員に別れを告げ、回転ドアを押し開けて通りに出てくるのをじっと見守っていた。

まちがいない。やっぱりあいつだ。

彼女は、破れて捨てられたマットレスの箱から這い出していった。歩道では、まだ残る闇に乗じて、ネズミどもがなおも図々しく、なおもくるくる踊っていた。とりわけ大胆な一匹が、マーゴの広げた手の甲の上を駆け抜けていく。彼女はさっと手を引っこめ、それから、足跡がついたかどうか確かめるようにその手を見つめた。

男はゆっくりした足取りで、地下鉄の駅のほうへもどっていく。マーゴは立ちあがった。ネズミどももようやく彼女の存在に気づき、するすると逃げていった。マーゴは、ネズミほどすばしこくはない足で、男のあとを追った。

第七章

彼らは平らな敷石の上を、ひょこひょこと行進していた。色の薄いもの、濃いもの、茶色と灰色のまだらのあるもの。共通点は前に進むその動きだけだ。そして、そのうち一羽は狂っている。

赤い足に、狂気に輝く目のまわりの赤い輪——それをのぞけば、彼は全身真っ黒だ。しかしやがて斑模様の日溜まりへと入っていくと、緑の斑点が光を受けて玉虫色にきらめいた。彼の頭の羽毛はつるりとしてはいない。それは逆立ち、汚れている。あたかも激しい恐怖がそんな形を作り、その恐怖が長期にわたって——一シーズンかそれ以上もつづき、垢か雨かが羽根をそのまま固めてしまったかのように。しかし実は、この鳩は、すっかり気が狂っていて、もうずっと前から恐怖など感じなくなっている。人間の足も怖くない。ひとりの通行人が、群れのなかを歩いてくる。群れは彼女を避けて、波のようにサーッと分かれたが、この狂った鳩だけは別だ。女の足が彼を蹴る。驚いたのは、その鳩よりも蹴った女のほうだった。

女は悲鳴をあげると、七番アベニューをぎくしゃくと歩きつづけた。狂った鳩も、蹴られてどこか傷めたのか、体をかしがせあとを追ったが、やがてその目的さえ忘れ去った。

自分が何時間眠っていないのか、マーゴ・サイドンにはわからなかった。徐々に明るさを増す空のもと、彼女は男をつけてセント・ルークス・プレースを駅へと向かった。街路灯はまだ輝いており、彼女の影を地下へとすべりこませる。回転改札《ターンスタイル》を通過すると、蛍光灯が彼女の顔を白く照らした。この時間帯、駅に人気《ひとけ》はない。いるのは彼らふたりだけだ。その点を確かめると、彼女は太い柱の陰をひとつひとつ調べながら、プラットフォームを歩いていった。

宇宙とこのニューヨークを支配する法則によれば、誰にも見られたくないこの瞬間にかぎって、ここにはおまわりがいるはずだった。ところが、この旧来のルールまでもが、世の法と秩序の崩壊とともにくずれ去ったらしい。おまわりはひとりもいなかった。

マーゴは男に近づいていった。もう一度あの目を見なくては。

彼女が袖に触れると、男は振り返った。汚れたその手を払いのけながら、男が最後に耳にしたのはカチリという音だった。よきニューヨーカーである彼は、それが何の音かを知っていた。八インチの鋼鉄があばらに刺さる直前、ほんの何分の一秒か、彼は恐怖を味わった。その目は驚愕を表していた。なぜ、と問う間もなく、倒れ、死んでいく驚きを。

イーディス・キャンドルは、日の出前のほのかな闇のなかで目覚めた。裸足の足が絨毯に触れる。彼女はウールのローブを肩にはおり、その日のスケジュールを考えながら、バスルームまで歩いていった。彼女はいま、風呂の湯を抜いている。キッチンのほうはまだのぞいていない。キッチンの奥の壁、流しの真上には、口紅で太く書かれた稚拙な文字が広がっている――

勇者は死ぬ。

彼は、かすかに不安を覚えながら、公園に近づいていった。最後にここに来てから、もう三十年以上になる。彼にとって、ここはいつまでも怖い場所でありつづけるだろう。子供の目の高さで作られた記憶は、サイズの点ではあてにならない。しかしグラマシー・パークはその他の点では、昔のままだった。あまりにも鮮明な六歳の誕生会の記憶に、チャールズ・バトラーはたじろいだ。

イーディスはその誕生会に街の子供全員を招いた。どの子も、チャールズが会ったことのない子ばかりだ。その午後、彼はひとりも新しい友達を作れなかった。その代わり、一度か二度、大爆笑の的となり、恥ずかしさのあまり地面にもぐりこみたい、どこでもいいから逃げていきたいと願ったものだ。

従兄マックスが子供たちのなかにそびえ立ち、いろいろな品物を燃え立たせ、鳥たちを飛び立たせている間、六歳のチャールズはできるだけ小さく椅子のなかに縮こまり、何とか姿を隠そうとしていた。マジック・ショーの大フィナーレに、マックスはチャールズの切なる願いをかなえてくれた。マックスはまず、一同をチャールズに注目させ、それから情け深くも彼を消し去ったのだ。これこそ、子供の群れに交じっているかぎり、その大きな鼻ゆえに決してかなわなかった夢だ。

ショーが終わると、チャールズは意思に反してふたたび出現しなければならなかった。彼より小さな鼻と並みの頭脳を持つ子供たちは、チャールズを取り囲み、種明かししろと迫った。

チャールズは名誉にかけてマックスの秘密を守った。ゆっくりと、心をひとつにして、子供たちは脅威に満ちた小さな体の輪を縮めてきた。イーディスとマックスは、マジックのかたづけにかかっていた。ふたりは箱や袋を転がして、門を抜け、通りを渡り、屋敷へと入っていく。チャールズは、憎悪に満ちた顔、怒りに燃える小さな目に囲まれ、孤立無援だった。

腹にたたきこまれた最初のパンチで、彼はショックに陥った。驚きのあまり痛みすら感じないほどだった。なぜ自分がこんな目に？ つぎのパンチに備えて腹をかばうと、今度はうしろから蹴飛ばされた。平手が飛んできて顔を殴る。腕を上げてさけようとすると、その手がげんこつとなって脇腹を見舞う。

そしてようやくチャールズは彼らを理解した。

彼は両手を脇に垂らし、他の子たちにほほえみかけた。口を思いきり大きく広げ、思いきり呆けた顔をして。子供たちは半歩後退した。なおも心はひとつだが、その心は混乱していた。何なんだ、こいつ？ 一体化した彼らの目が問うている。彼らなりの怒りや恐怖の概念によれば、こんな笑いは法則に反している。ためらいがちに、ひとつの拳がチャールズの後頭部を殴りつけたが、その殴打に力はなかった。彼らのエネルギーは、燃料を補給されずに衰えつつあった。それ以上の暴力はなく、やがてイーディスが子供たちの輪に入ってきて、チャールズの肩に手をかけ、家のなかに連れていった。

その後、イーディスとマックスの家に泊まりに行っても、チャールズは決して公園のなかへは入らず、歩道から格子の向こうを眺めていた。ちょうどいまと同じように。

チャールズは、マロリーの鍵で門を開け、十月の太陽が落とす大きな暖かい日溜まりに自分のすわるベンチを見つけた。

門のそばのあの若者が、ヘンリー・キャサリーにちがいない。キャスリーンはその外見をあそこまで詳しく説明しなくてもよかったのだ。あの旅行用チェス・セットだけですぐわかる。別の太陽系からの来訪者などという部分は余計だった。同じく異星人であるチャールズは、地球人のなかでのキャサリーの暮らしに思いを馳せ、胸を痛めた。

キャサリーが別の日溜まりに落ち着くと、チャールズは自分の旅行用チェス・セットを取り出した。マホガニーと杉材が四角くはめこまれた木製のボード。駒は、象牙と翡翠でできている。小さな駒ひとつひとつに刻まれた驚異的に細かな彫刻は、職人の目を痛めたことだろう。駒の裏には、ボードの穴にぴったりはまる小さな棒がついている。

離れたベンチでは、キャサリーが自分のチェスの駒をマグネット製の金属ボードにすべらせていた。集中しきっていて、じろじろ見られる居心地悪さなどまるで感じていないらしい。若者はひとり彼の宇宙にいる。宇宙ひとつ分離れたチャールズには、自然な出会いを装って、その目を捉えることなどできそうにない。

子供時代のチャールズには、見知らぬ人と仲よくなる法を学ぶチャンスがまったくなかった。彼は、一般人がごく自然に経験する、その社会化の一段階を逃してしまったのだ。さりげなく会話のきっかけをつかむことなど彼にはできない。いや、でも、この相手はいわば同郷人、同じ火星人ではないか。チャールズはチェス・セットを折りたたみ、見知らぬ者同士を分かち、公園のベンチというきわめて個人的なテリトリーを分かつ溝を、ゆっくりと渡っていった。

日差しをさえぎってキャサリーのそばに立ち、彼は言った。「出っ張りのある駒より、マグネット・タイプのほうが好きなんだね」

キャサリーは、ボードから目を離しもせずうなずいた。仮にチャールズが燃える芝のなかに現れた主の使いだったとしても、キャサリーの集中を破ることはできなかったろう。チャールズは自分のセットを開いて、若者とその金属のチェスボードとの間に差し出した。キャサリーは木製のボードを見つめた。その顔にゆっくりと笑みが広がっていく。キャンディーを目の前にした子供の笑顔だ。

一歩前進。

「前にそういうのを見たことがあるよ」キャサリーは、顔を上げず、チャールズのボードと駒に目を据えたまま言った。「希少価値のあるやつだよね?」

「そうだよ」

「どこで売ってるかな?」

「売ってないよ。同じのは三点しかないんだ。そのうち二点は博物館だしね」

「それ売ってくれない? いくら高くてもかまわないから」

「残念だけど売れないな。ひと勝負どう?」

キャサリーは返事もせず、自分のセットを脇へやり、不安げにチャールズを見あげた。それは、このちょっとした社交ダンスに不慣れな者、ステップを知らない者の顔だった。その瞬間、チャールズは、仲間としてこの若者を理解した。この若き天才チェス・プレイヤーが備えているのは、幼い子供特有の、言葉にたよらない社交術なのだ。チャールズはほほえみ、腰を下ろして、ふたりの間にボードを置いた。白を差し出すと、キャサリーはうなずいた。こうしてふたりの会話が始まった。ただし、つぎに言葉が交わされたのは、二十分以上あとだったが。

マグネットのセットをちらっと見て、チャールズは、キャサリーが古典となっているチャンピオン戦のオープニングを使うものと読んでいた。

そう、まちがいない。三手過ぎると、キャサリーがそのゲームを新しいゲームに応用していることがはっきりした。チャールズは、チェスの本にあった駒の配置を浮かびあがらせ、それに従って駒を進めた。従って彼には、キャサリーの指し手も逐一読めた。オリジナルのゲームどおりに指しつづけたら、そのうち相手に気づかれるかもしれない。おそらくこの若者に直観記憶はないだろう――あれは稀な能力だから。それでも、キャサリーが彼なりの記憶をたよりに指しているのは明らかだ。

相手がボードに見入っている隙に、チャールズは頭のなかでページを繰った。同じオープニングから展開しうる、さほど有名でないゲームはないだろうか。考えようによっては、これは不正だ。マロリーの影響だろう。しかし、好ゲームを展開しないと、キャサリーとの世間話はあっさり終わってしまうかもしれない。

「見ない顔だね」若者は言った。彼は新たなクイーンを生もうと賭けに出て、ビショップを危険にさらした。「引っ越してきたばかり？」

「いや、ここに住んでるわけじゃないんだ」チャールズは、そのビショップは無視して、未来のクイーンを奪う作戦に入った。「従兄が昔、あの家に住んでいたんだよ」彼は、公園の向こうに顎をしゃくった。「いまでは分割されて、アパートメントになっているんじゃないかな。古くてすごくいい家だったよ。子供のころはよくこの公園で遊んだんだ。変わってないな。静かでいいね」

キャサリーはうなずいた。「絶対ここから出る気はないね」

もちろんそうだろう。キャサリーはもう大人だ。子供たちのいじめに遭う気遣いもない。この公園は、孤高のチェス・プレイヤーにとっては完璧な環境だ。街の人々もいない。哀願やら奇矯な振る舞いやらで彼の邪魔をする物乞いもいない。ヘンリー・キャサリーは、一切無駄のない暮らしのなかでこそ栄《さか》える人間なのだろう。着る物や髪に手間暇かけている様子はまるでなく、汚れた頬髭は明らかに不精の産物だ。この若者は何事につけても、いちばんシンプルな道を選ぶのだ。チェスの邪魔が少しでも減るように。

「ヘンリー！」

いま、その邪魔が、痩せた若い女という形を取り、門の向こうからキャサリーを呼んでいる。女の髪はくしゃくしゃだ。ぞろりと長い濃い赤のドレスは破れている。その体を十月の朝の寒気から守るのは、大きすぎる色褪せたブロケードのベストだけだ。チャールズは、女がキャサリーをファーストネームで呼んだことに興味を覚えた。

キャサリーが駒を動かして目を上げるのを待ち、チャールズは門の女のほうに顎をしゃくった。キャサリーはそちらに目をやると、表情ひとつ変えずに言った。「知らん顔してりゃいいよ。じき行っちゃうから。そっちの番だよ」

「友達じゃないの？」

「ちがうよ」

確かにこういう友情はありそうにない。ヘンリー・キャサリーは大切に育てられた金持ちの坊やだ。一方、門の前の若い女は、まるでホームレス。行くあてもなさそうに見える。

「ぼくには友達なんていないからね」キャサリーは言う。

もちろんそうだろう。そのほうが邪魔が減る。

「家族は？」

「もういない」

さらに邪魔が減ったわけだ。

若い女は門の前をうろうろしている。パニックが、その全身の筋肉をひきつらせている。と突然、その足が止まった。女は鉄格子をぎゅっとつかみ、そこに顔を押しつけた。徐々に体の力が抜けて傾き、その手が格子を離れて落ちる。いらだちの発作は収まっていた。女はゆっくり歩み去っていった。ハッとするほど美しい身のこなしを見せ、遠ざかっていく。チャールズは見えなくなるまでその姿を見送り、説明のつかない悲しみを覚えた。

キャサリーが、かすかにいらだちをのぞかせて、チャールズを見あげた。チャールズはキャサリーの未来のクイーンを奪い、やや優位に立った。巨匠の一手が稼いでくれた時間を利用し、チャールズは頭をめぐらせて、公園の東端に立つ納屋を眺めた。

「あそこが最初の殺人現場か。チェスより、その謎解きのほうがおもしろいんじゃないかな」

キャサリーが、キングを護る一手を打とうと太った手を伸ばす。その目が納屋のほうを向くと、集中が切れ、手は宙に止まった。

「何が謎なんだかわからない」彼は言った。

「衆人環視のなかでの白昼の殺人だよ？　おもしろいじゃないか」

「どうってことないさ。そいつは被害者をすばやく倒し、喉をかき切って声を封じた。それからさらに切りつけたんだ。その程度のことは、あの茂みの陰で充分できるよ。被害者は年寄りだからね。抵抗する力だって大してなかったはずだろ」

「喉がかき切られていたなんてどうして知ってるの？」

「誰だって知ってるさ。警察が来る前に、少なくとも十人は死体を見にきたんじゃない」

「きみも見たの？」

「うん、見た」

「喉の傷の他に何か気づいたことはなかった？」

「別に。体の一部にゴミ袋がかかってたな。警察が来るまで触った人はいなかったよ。みんなただ死体を見たかっただけだから」

惨殺された祖母を思い出しても、何の痛痒もないらしい。それはただのつまらぬ話題、ゲームの邪魔にすぎないのだ。

「でも、納屋のほうを向いているベンチがいくつかあるよね。ベンチと現場の間はいくらも離れていない。なのに誰ひとり、あの日、よそ者が入りこんでいたのに気づかなかったんだよ」

「じゃあ、そいつはよそ者じゃなかったんだろ」キャサリーは肩をすくめる。「余計簡単じゃない」

「ちがうね。よく考えてごらん。きみは平らなゲーム盤に慣れすぎているんだよ。ほら、あの窓から顔がのぞいているだろう？」彼は、赤煉瓦のアパートメントの二階の窓を指差した。

キャサリーは目を細めて顔を上げた。窓ガラスの向こうで白髪頭がはずんでいる。

「じゃあ今度はあっち」チャールズは言った。

さっきのよりはるかに若い別の顔が、通りの反対側からふたりを見おろしている。

「警察はああいう人たちが大好きでね。どこの街にも、少なくともひとりはプロの見張り番がいるんだよ。この街にはいくつ窓がある？　絶対、誰かが見ていたはずだよ。なのに誰も名乗り出ない。おそらく目撃者は自分が何を見ていたのか、わからなかったのかもしれない。でもそんなことがありうるかな？　あのドアマンは、ちょうど殺人現場のほうを向いている。たぶん、そのときは奥に入っていたんだろう。でも、その日の特定の一時《いっとき》に、誰もあの場所を見ていなかった確率はどれくらいある？　確かにあの茂みは、倒れた遺体を隠せるかもしれない。でも、どうやって、まともな遮蔽物もなしにあんなひどい殺しかたができるんだ？　それにどの馬鹿がそんな危険を冒すと思う？」

「きわめつけの快感だったんじゃない？」

「え？」

「さっき門のとこに女の子がいたろ。あの子、高校時代、よく万引きをしてたんだ。盗んだものの半分は要りもしないものだったけどね。ぞくぞくするんだってさ。スリルを楽しんでたんだよ」

ステールメイトでゲームが終わると、チャールズは公園を出て、門を閉めた。振り返ると、キャサリーはあの白髪頭の見張り手をじっと見あげていた。見張り手は窓から身を退いた――まるで逃げるように。


マロリーは確かに親父さんの頭脳を受け継いでいる。ジャック・コフィーもその点だけは認めざるをえなかった。この三カ月、市警は事情聴取を重ね、何千ものメモを集めてきた。なのに誰ひとり、事件と降霊会との関連性に気づく者はいなかったのだ。

コフィーは、デスクの向かい側に静かにすわるマロリーを見つめつつ思った。彼女を復帰させられたら、どんなにいいだろう。この朝まで、彼は、過去二カ月、自分が彼女のいない淋しさをどれほど強く感じていたか気づかずにいた。彼にはかつて――そう遠い昔ではないが――勤務時間外の彼女を追いまわしていた時期があった。彼女がいないとわかっている日、その皮肉と香水のほのかな香りにいらだたずにすむ日は、元気が湧かず、体を引きずるように出勤したものだ。彼女の香水をかがずに過ごすこの二カ月は長かった。

コフィーは顔を上げ、戸口に現れたチャールズ・バトラーを迎えた。バトラーはなかへ入ってくると、長い体を折りたたんでマロリーの隣の椅子に収めた。彼は遅れたことを詫びながら、やがてオフィスの変化に気づいてハッとした。その目の前にあるのは、裸になった壁、マーコヴィッツ在りし日は、警官も民間人も見たことのなかったものだ。

「始めたばかりだから大丈夫よ、チャールズ」マロリーがチャールズに言う。

始めたばかり？　これはどういうことだ？　バトラーは三十分も遅刻してきた。なのにあの時間に厳しいマロリーがひとことも咎めないとは？　あの毒気はどこへ行った？　あの皮肉、「さあ、おいで、痛めつけてあげる」とばかりに怒気をはらんだあのまなざしは？　コフィーはチャールズ・バトラーに顔を向けた。相手は、部屋の変化の与えた軽いショックから立ち直ったところだった。

「さっそくですが、チャールズ、ふつうなら婆さんたちの誰かが警察に知らせてくるはずだと思いませんか？」

「ああ、あの降霊会のご婦人たちですね？　誰かが連絡するだろうと思って誰もしなかったということもありうると思いますよ。集団になると、人はそういう行動を取りがちですから」

「ちがう」マロリーが言う。「あの人たち、ロシアン・ルーレットを楽しんでいたのよ」

うなずきはしたが、コフィーはその説を信じてはいなかった。それでは、彼の老婦人というものに対する概念と嚙み合わない。結局のところ、可愛いお婆さんは可愛いお婆さんでしかない。あの老婦人たちは何かに怯えていたのだろう。だからこそ警察を避けていたのだ。彼はそれが何なのかさぐり出すつもりだった。

「これから婆さんたち全員を連行するよう手配します」尋問は、弁護士どもに邪魔されないうちにしたほうがいい。

「すごい競争率になってきましたね」チャールズが言う。「こんなに容疑者が大勢いるというのはよくあることなんですか？」

「そうですね」コフィーはほほえんだ。「われわれは通常、マンハッタンの全人口を容疑の対象とし、それからしぼりこんでいくんです。現時点の容疑者はレッドウィングです」

「ヘンリー・キャサリーは？」

「彼は除外しました」

「これは単なる好奇心なんですが、FBIの犯人像にぴったりなら、どうして彼に集中しないんですか？」

「わたしは動機は金だと思う」マロリーが言う。

「わたしもだよ」コフィーは言った。「どの婆さんもみんな、一流株を山ほど持っている。ところがヘンリー・キャサリーもそうなんだ。彼は死んだ祖母以上に金持ちなんだよ」

「でも、あなたがたが追っているのは連続殺人犯でしょう。当然、精神障害も考慮すべきじゃないでしょうか。そうした犯罪に至る病理を」

「いいですか」コフィーは言った。「仮にFBIの本部がニューヨークにあったなら、連中のプロファイリングもまったくちがったものになっていたはずなんです。ニューヨーク・シティーは異国の地なんですよ」

「コフィーの言うとおりよ」マロリーが言う。「たとえば人食いども。いちばん最近市警がつかまえた人食いは、本物の人食いじゃなかったの」

「そうそう」コフィーは言った。「そいつは、ミネソタの人食い鬼みたいなやつとはぜんぜんちがっていた。被害者は事故死だったんです。そいつはただ、死体をどうすればいいかわからなかっただけなんですよ」

「誰もが頭部の処分でゆきづまるわけ」マロリーは言う。「市警は、半分食われた頭を見つけた。そして、FBIの心理分析のおかげで迷路に迷いこんだの」

「連中は一度だって、元ボーイスカウトの銀行員をさがせとは言いませんでしたからね」コフィーは言った。「それに、われわれの知るかぎり、そいつは両親から虐待を受けたこともなかったし、染色体にも異常はなかったんですよ」

死んだ馬にもう一度鞭を振るう精神で、チャールズがふたたび挑戦する。「でも、本当に単なる営利目的なんでしょうか？　四件の殺人すべてから利益を得る人間はひとりもいないんですよ。正気の人間が、ひとり死ねば充分だっていうのに、四人も殺すと思いますか？　陪審がそんな話を信じますかね？」

「ニューヨークの陪審でしょう？」コフィーは言った。「信じますとも」

マロリーもうなずいている。

「しかし、四週ごとというサイクルは、精神異常者の病理にぴったり合っているでしょう？」チャールズはコフィーとマロリーの顔を見比べる。「賛成できませんか？　しかし、狂気ということを考慮に入れるだけで、いろんな可能性が出てきますよ。確か、従姉が殺されたときのマーゴ・サイドンのアリバイは、オーディション会場にいた人たちですよね？　でもその人たちは、時刻はおろか、それが西暦何年だったかさえはっきり覚えてやしないでしょう。エステル・ゲイナーやアン・キャサリー殺しについては、彼女のアリバイはない。パール・ホイットマン殺しについては、アリバイの証人はキャサリーだけで、彼はきわめていい加減。キャサリーはキャサリーで、ミス・ホイットマンが死んでしまったから、祖母殺しのアリバイを証明する人がいなくなっている。霊媒はまだ未知数ですが、犯人と考える根拠は薄弱。そしてゲイナーは——」

「ゲイナー？　仮にマロリーという証人がいなかったとしても、あの男ならそのとき何をしていたかちゃんと説明できますよ。学生たちが完璧なアリバイになる。連中はスケジュールに則って動いていますからね。始終時計を見ているんです。教官室にこもっていた時間帯について裏を取る必要はありますが、ゲイナーの一日に不透明な部分があるとは思えませんね」

「ヘンリー・キャサリーにだって証人はいましたよね？　パール・ホイットマン。彼女があてになりましたか？」

「だから何です？　まさかマロリーがあてにならないって言うんじゃないでしょうね？」チャールズがそんなつもりでないことは、もちろんコフィーにもわかっていた。マロリーは早くも身をこわばらせている。彼女のほうを見るまでもなく、デスクごしに張りつめたものが伝わってくる。

「まさか」チャールズが言う。この男もやはりみんなと同じく命は大事なのだろう。「しかしゲイナーは時間の制約に救われているんです。仮に、殺害現場が遺体の発見場所とちがっていたとすると、どの殺人についても、誰にもアリバイはないんです。犯人は誰であってもおかしくないんですよ」

「やりますね」コフィーは言った。これは皮肉ではない。彼は心からチャールズが好きなのだ。「しかし、犯行現場はもう断定されています。検視官が、被害者の身長、体重、傷の状態から出血量を割り出したんですよ。たとえば、即死なら出血量は少ないという具合にね。そのうえで、鑑識員が現場の血液を調べたんですが、血溜まりは、遺体の位置とぴったり一致していました。最初のひと突きは、大動脈を切断しています。現場の血の量ものすごかったですよ。それにどの遺体からも、現場にないはずの付着物は一切発見されなかった。微細な証拠を見ても、被害者たちがよそで倒れた可能性を示すものは一切ないんです。ゲイナーは無罪放免ですよ」

「わたしはゲイナーを除外してないわ」マロリーが言う。「あの男も、他の誰も」

「何を言っている?」コフィーは言った。「何かこっちがつかんでないことを知ってるのか?」

そう訊ねながら、彼はすでに引っかけられたことに気づいていた。彼女は彼をもてあそんでいるのだ。

「そっちは何をつかんでるの、コフィー? わたしと共有したいささやかな情報が何かある?」その目は拳銃だった。コフィーは落ち着きを失い、何でもいいから見るものはないかと

視線を泳がせた。ようやくチャールズ・バトラーに目を落ち着かせると、相手はかすかに同情の色をたたえ、ほほえんでいた

「よし、フェアに行こう」コフィーは言った。とはいえ、マロリーと彼との取引がフェアだなどということはありえない。相手は生まれながらに、彼より回転の速い頭脳と、まばゆいばかりの美しさを備えているのだ。初対面のときその美貌は、彼に恐ろしい、そしてすばらしい魔法をかけた。彼女がどんなに異彩を放っているか、わかっていないのは本人だけだ。それが心に傷を負った子供の悲しさである。彼らはゆがんだ鏡を見て育つのだ。

「レッドウィングとガイ者のつながりがわかったおかげで、新たな線が出てきたよ。きみ好みのやつ、信用詐欺の可能性だ。あの街の監視に入ってすぐ、われわれはあの女の特徴が記録に載っているある人物と一致することを確認した。逮捕時、彼女が使っていた名前は、カサンドラ、メイ・フォング――」

「そして、メアリー・グレイリング」マロリーが爪を調べながら言う。「彼女はアジトを変えたばかり。なのに重大犯罪課の連中は、空っぽのアパートメントを午前中いっぱい見張っていた」

コフィーはぐったり椅子に寄りかかり、しばらく天井を眺めていた。この女、殺してやりたいところだが、いまやればみんなにばれる。

彼は視線を下ろして、彼女を見つめた。犯してはならないミス。彼はしばしその美しい目に見とれた。ともに働きだしたころ、彼はマロリーを見るたびに、みぞおちのあたりがおかしく

なったものだ。彼女が石でできているということ――ハートも何もないということを理解するまでには、何年もかかった。彼女は、溶けて自分の足もとでゼリーになるような男に対しては軽蔑しか抱かないのだ。もっとも彼はそれでも平気だ。ゼリーには自尊心などないのだから。

「他には何を隠している、マロリー？　どんな爆弾を落としてくれる気だ？」

「ルールを守って」彼女は言う。「ギブ・アンド・テイクよ」

「いいから知ってることを全部言うんだ。いますぐにだぞ。公務執行妨害でぶちこまれたくなけりゃな」

彼女は退屈しきった顔をしている。

「いいか、マロリー、こっちはいつでもきみをひねりつぶしてやれるんだ。きみはすでに、勝手に事件の捜査を行い、休暇のルールを破り、警察の仕事に首を突っこんで――」

「これはわたしの仕事よ」マロリーは一語一語に力をこめて言った。怒ったときの彼女は、何の感情も表さない。ただ目を細めて、その視線の的となった哀れなやつに警告を与えるだけだ。

「マーコヴィッツは、あんたのじゃなく、わたしの父親なの」

「この事件は市警の管轄だ。こっちはいつでもきみを停職処分にして、バッジと銃を取りあげられるんだぞ」

「あら残念。バッジも銃も別の上着のなかなのよね」

「隠し事なんかしてみろ、生皮剝いで壁に吊してやるからな。そっちに勝ち目はないんだよ、マロリー」これは嘘だ。

ゼリーが石にぶつかったら、ゼリーの負けは決まっている。彼にも彼女にも、それはわかっていた。

「コフィーは、最初の殺しの手口について、何かつかんでいるのかしら？」マロリーは、通りに面した窓の前に立っていた。その向こうには、昼間のソーホーの汚らしい日常風景が広がっている。風に吹かれて歩道を舞う紙屑、着るものがなくボロをまとった人々、ファッションで自己主張すべくボロをまとった人々。押しあげられた窓からは、収集業者のストのため一階下の歩道に溜まったゴミの臭いが流れこんでくる。

「ありうるね」チャールズは、マロリーにシェリーを注いでやり、それを健康的にぐいとあおる彼女を見守った。味わって飲むべき上等のシェリーも、マロリーにかかっては何の意味もない。彼はため息をついた。「さっきの話だけで判断するなら、ジャック・コフィーはきみ同様、何もつかんでいないことになる。しかしさっきの話が正しくないとすると――その場合は、何とも言えない」

「つまり、あいつが嘘をついているかもしれない、何か隠しているかもしれないってことね。絶対そうよ。犯行現場は断定ずみって話、がっくりきたでしょ？」

「いや、そうでもない。他にもいろいろ可能性はあるからね。あの日一日の、公園内の動きは全部わかっている？　何かみんなの注意をそらせるようなハプニングがあったんじゃない？」

「殺人課の刑事たちは、あの日、公園に行った全住人から話を聞いていた。でも報告書を見るかぎり、特に変わったことは起きていないの」

「従兄のマックスは、手のひと振りで観客全員の注意をそらしたもんだよ。マジシャンの業界用語で言う、ミスディレクションだね。種がばれないように、目をよそへ向けさせるんだ。ミスディレクションは、小さなこと、ありふれたことでいいんだよ。ちょっとした音とか争い事とか」

「調べてみる。他に気づいたことは？」

「公園での殺しは、計画的だったのかな？　咄嗟《とっさ》の犯行だった可能性はない？　たまたまチャンスに恵まれたとか、そんな単純なことは？」

「いいえ。それにしては用意周到だもの。凶器はよくあるキッチンナイフよ。それが公園に持ちこまれているの。ところで、ヘンリー・キャサリーはどうだった？　ああいうことができる男だと思う？」

チャールズはうっかりシェリーを飲み干してしまった。

「どうだろうね。頭はすばらしくいいと思うよ。でも、金のために面倒なことをするとは思えないな」

「わたしも。でも仮に、お祖母さんを憎む理由があったとしたら？」

「たとえば？」

彼女は、新しいプリントアウトがいくつかファイルされているフォルダーを差し出した。プリントアウトのひとつは、ある精神分析医からの短期入院の勧告だった。日付からすると、へンリー・キャサリーは当時十二歳だったことになる。

チャールズは、あたりまえの人間のスピードでプリントアウトを読んでいった。そうしようと思えば、内容もその意味も瞬時にしてつかめるのだが、マロリーの前ではそれもはばかられる。彼は常に正常人を装う努力を怠らない。しかしヘンリー・キャサリーは、その点、努力が足りなかったか、無頓着だったかだ。そして、それがあの若者の唯一の過ちだった。

担当の精神分析医の名前には、覚えがあった。チャールズは壁を見つめ、天才児をテーマとした論文を載せている心理学専門誌の一ページをそこに投影した。

壁の空白を読むこの癖もまた、チャールズの掃除婦を気味悪がらせ、遠ざからせる要因のひとつだ。一度、彼の目が左から右へ猛スピードで動き、本人だけに見える文章を追っていたとき、ミセス・オルテガがその視野の隅にいたことがある。チャールズがひきつけを起こしたものと思いこんだ彼女は、舌を引っ張りだして気道を確保しようという純粋な善意から、キッチンの椅子に飛びあがり、彼の口をこじあけようとした。そのときの恥ずかしさから彼は学んだ。人前での行動にはもっと注意しなければならない。しかしマロリーは、もうずいぶん前に、この才能に気づいている。彼女なら誤解して、口をこじあけようとしたりはしないはずだった。

壁に再現された論文から見て、ドクター・グレンカムは、受け狙いだけの男らしい。彼は、子供の社会性の発達について何冊か本をものしているが、子供にはそれぞれ個性があり、一概には言えないという点を述べるのは忘れていた。才能ある内気な少年ヘンリー・キャサリーは、社会的にアンバランスと診断され、病院へ入れられたのだろう。

記録には、私立病院へ入れられた少年の毎月の経過がこと細かに記されていた。ヘンリー少年はますます内向的になり、気力を失い、肉体まで危険な状態となった。食事を強制されながら弱っていき、ついにグレンカムは、ヘンリーを解放するか、彼を衰弱死させ、それによって、児童心理の権威という実のない評判をも殺すかの選択を迫られた。幽閉生活のあと、幼いチェスの名人は、二度と試合に出なかった。

チャールズはフォルダーを閉じた。マロリーの不法侵入は、ますます無情になりだしている。子供の人生をこんなふうにのぞき見するのは、ひどいプライバシーの侵害だ。それでも、いましがた読んだ内容を忘れることはできなかった。少年は、母親を失い、あの老婦人に引き取られた。この天才児は、まず悲しみを克服し、それから、正常ということに対する祖父母の思いこみと戦わねばならなかったのだ。しかも祖父母は、博士号を持つ馬鹿の、権威ある意見を後ろ盾にしていた。

「こんなのはまともな診断とは言えない。これをもって、ヘンリー・キャサリーが精神的にアンバランスだとか、本人や他人に対して危険だとかいうわけにはいかないよ」

「確かにそうよね」マロリーは言う。「でも、あのお婆さんと分析医は、彼を放っておいてはくれなかった。そうでしょ？　仮に彼がずっと恨みを抱いていたとしたらどう？　そして、とうとうキレたとしたら？　最初はお祖母さんを殺し、それから、その快感が忘れられず、病みつきになるかもしれない」

チャールズは、チェスボードから引き離され、ちがう鋳型に無理やりはめこまれ、盆栽の木のようにねじ曲げられた少年がどんな気持ちだったか、考えていた。

「動機は金だと言ってなかったっけ？」彼は言った。「精神障害説は嫌いなんだろう？」

「思いこみは捨てようと思って。ほら、これを見て」

彼は紙の束を受け取った。アン・キャサリーと、九年前、少年が逃れ出た個人病院との通話の記録だ。

「あのお婆さん、きっと、二十一歳の誕生日を迎える前に、孫を再入院させる気だったのよ。殺されたのは、その誕生日の二週間前。おもしろいでしょ？」

「この記録をコフィーに渡す気じゃないだろうね？　そんなの残酷すぎるよ。だってヘンリーに勝ち目はないだろう？　こんなものを突きつけられちゃとても太刀打ちできない。当然、こういう過去が外に漏れることはないと信じているんだから」

「コフィーになんか渡すわけないじゃない」

「ならいいんだ」チャールズは新たな希望をもってマロリーを見つめた。ついに彼女にも人間らしさが身についたのでは？

「あいつが何をしてくれたっていうのよ？」

玄関のブザーがごく短く、騒音を最小限に留めて、鳴った。チャールズはドアを開けて、常に礼儀正しいドクター・ヘンリエッタ・ラムシャランを迎えた。きっと急ぎの用なのだろう。いつものすり切れたやわらかなブルージーンズに着替えもせず、彼女は、パリッとした白いシャツに薄いブルーのリネンのスーツという仕事用の服装で戸口に立っていた。チャールズが一歩退って彼女を通すと、マロリーは消えた。

「ハーバートのことですか？」

居間に入ってきながら、ヘンリエッタはほほえみ、うなずいた。彼女は戸口にいちばん近い椅子にすわった。

「面倒を持ちこんでごめんなさい。イーディスのところへ行こうかとも思ったのよ。あの人は、マーティンもハーバートも、ずいぶん前から知ってるわけだから。でも、もうお年でしょう？あなたも、こんな馬鹿な騒ぎにあの人を巻きこみたくないだろうと思って。わたしもそれは同じだし」

「賢明ですね」チャールズは言った。「で、何があったんです？」

「ハーバートはまちがいなく銃を持っています。上着の下が大きくふくらんでいますもの。それに、お話ししたかしら？　あの人、陸軍の作業衣を着るようになったんですよ。怖いでしょう？」

「マーティンのほうはどうです？　少しは話を聞き出せましたか？」

「マーティンがどんなにおしゃべりかご存じでしょ」

「うーむ。こうなってくるともう、どっちがどっちを触発したのかわかりませんね。たぶんマーティンは、イーディスの壁の文字を見て、防弾チョッキを買ったんだろうな。そして、その防弾チョッキを見て、ハーバートがおかしくなったんですよ。きっともう限界まで来ていたんですね」

「誰がわたしの銃のことを彼に話したのか、まだわからないんですよ。留守している人には訊けないし。でも、わたしが銃を持つようになったのはずいぶん前だから、ハーバートだってとっくに知っていると思っていたのにね。彼はこのアパートメントで起きていることは何もかも知らなきゃ気がすまないんですもの。一度、ゴミ容器をあさっているのを見たこともあるわ」

「それはちょっと異常なんじゃありませんか？」

「いいえ。よくいるただのお節介焼きですよ。人間社会ではめずらしくもない存在。どの集団にも、ひとりはハーバートみたいなのがいるんです。それに誰にだって変なところはあるでしょう。ちょっとしたひびくらい。でも、ハーバートのひびは広がりつつあるんです。どうしてなのかしらね」

ヘンリエッタは椅子に身を沈め、天井を見あげた。じっと集中することで、漆喰を通して三階のイーディスの部屋を見つめているようだ。つぎの言葉は予測どおりのものだった。「イーディスの部屋に何が書いてあったのかわかればいいのに」

「本人に訊いてみたらどうでしょう？」

「やめたほうがいいわ。あの人、アパートメントの所有者だったころは、ずっと寮母的存在だったんですもの。昔の癖はなかなか抜けない。あの人は自分の手で何とかしようとするでしょう。でもわたしとしては、あの人がハーバートと同じ部屋にいるだけで心配。前にも言ったように、彼は爆発寸前ですからね。わたし、そういう爆発物には詳しいのよ」

チャールズは、言外の意味を聞き取ろうとするように、首を傾けた。イーディスをかかわらせては危険だとは彼女は言っていない。ただ、その周辺を踊りまわっているだけだ。ダンスは得意でないようだが。イーディスが諸悪の根元だとも彼女は言っていない。イーディスがチャールズの身内だと知っているから、そこには踏みこまず、危なっかしく踊っている。どうやらヘンリエッタは嘘をつくのは苦手らしい。彼女には、真っ赤な嘘をつく図々しさも、真実の一部を省《はぶ》くずるさもない。

チャールズは驚いていた。イーディス・キャンドルのことはよく知っているつもりだったのに。

「わかりました」彼は言った。「イーディスには何も言いませんよ」

ヘンリエッタは口もとの緊張をゆるめ、ほっとした笑みを浮かべた。彼女は、ダンスを終えて、本来の率直な彼女にもどっていた。

ヘンリエッタを送り出してドアを閉め、振り返ると、ほんの数インチのところにマロリーの顔があった。いつのまにやって来たのか、足音はまったく聞こえなかった。彼女の首に鈴をつけられたら、と彼は願った。

マーゴは片方の手で目をかばい、寝室の窓をたたき割った。ガラスの破片で手を切ったが、それにはまるで気づかなかった。彼女は床に倒れこみ、深い眠りに落ちた。むきだしの床も、壊れた窓から吹きこむ冷たい風も気にはならない。眠りながら寝返りを打つと、乾いた血のついたナイフがポケットからすべり出て、ゴトリと床に落ちた。彼女は夢も見ずに眠りつづけた。

ライカーは、割り当てられたその老婦人をグラマシー・パークのうちまで迎えにいった。他三名の降霊会の婦人たちは、四人をいっしょにするなというコフィーの命により、それぞれ他の刑事が迎えにいっている。なんたる時間の浪費。車で署に向かう間、老婦人はずっと黙りこくっていた。その丸い顔は白粉《おしろい》の仮面だった。眉は震える手で描かれている。彼女は弁護士に会いたいとも言わなかったし、なぜ警察署に連れていかれるのか訊きもしなかった。興味深い事実。つぎの赤信号でメモを取らなくては。ライカーはひとことこう書いた――怯え。

署に到着すると、彼は制服警官に、オフィスの片隅や課の小部屋から老婦人たちを駆り集め、全員いっしょに取調室に入れるよう指示した。

「コフィーが怒りますよ」昨年髭を剃りだしたばかりのその制服警官は言った。

「だろうな」ライカーは答えた。「もしやつが怒らなかったら、どんな非難でも甘んじて受けるよ」

ミラーグラスの前に立った彼は、老婦人たちが入場し、これまでより快い沈黙に身を落ち着けるのを見守った。のろのろと数分が過ぎ、ぎこちなさが消えると、彼女たちはくつろいでおしゃべりを始めた。ひとりの警官が、近所の店のスタイロフォームのコップとドーナツの箱でトレイをいっぱいにして運びこんだときも、会話は途絶えなかった。ライカーはにんまりして、ジャック・コフィーの待つマーコヴィッツのオフィスへ悠然と歩いていった。

「降霊会のお年寄り全員を連れてきたか？」

「ああ」

「ペンワースという人を取調室に入れてくれ。まず彼女と話したい」

「もう入ってるよ」

彼はコフィーのあとから廊下の突き当たりの大きな部屋へと歩いていき、警部補がドアの小窓をのぞきこむと数を数えだした。

「全員いっしょじゃないか」三つまで数えたとき、怒り心頭のコフィーが言った。「別々に会うと言ったろう」コフィーは、長いテーブルを囲み、すっかり興奮して笑いさざめきながらおしゃべりしている四人の老婦人を、ガラスごしに眺めた。

「いっしょにしたほうが、よくしゃべるんだ」ライカーは言った。「井戸端会議風にしたほうが、いろいろ聞き出せるよ」

「いいか、ライカー――」

「待った、警部補。マーコヴィッツはもういないって言うんだろ？　わかってるよ。もう指示を出すのは親父さんじゃないし、あんたはマーコヴィッツじゃない。だが、おれたちが別々に車で連れてきたとき、ご婦人がたはまるで貝だったんだ。ところがここでいっしょにしたら、百八十度変わっちまった。この二十分、殺人事件についてノンストップでしゃべりまくっているんだからな」

「わかったよ、ライカー。マーコヴィッツ流にやるとしよう」コフィーはドアの小窓を振り返った。「どの人がどの人なんだ？」

戦う気になっていたライカーは、コフィーが思っていたほどいやなやつでなかったことに少し失望した。彼は、それぞれの婦人の名前を読みあげていった。始終うなずいている婦人、丸顔の婦人、小さな頭と巨大な胸の人、頬骨の高い痩せた人。この最後の、口の立つ婦人は、ライカーのお気に入りだ。

コフィーとライカーは、取調室へ、蛇口全開でほとばしるゴシップのなかへと入っていった。

「アンの死にかたが、いちばんすごかったわよね」とうなずき女。頭のかすかな痙攣も、最近ご近所でつづいている血なまぐさい殺人事件のそのランキングに、さもうれしげに賛同している。

コフィーはテーブルの上座に席を取り、ライカーは手帳を手にその隣にすわった。ふたりは礼儀正しく会話が途切れるのを待ち、それからコフィーが自己紹介をした。

丸顔がコフィーににっこり笑いかけ、肉付きのいい白い手をその腕に置いた。「ねえ、警部補さん、しばらくはみんな、犯人はこのなかのひとりだろうなんて思っていたんですよ」

「そうなんですよ」頬骨の高い婦人が言う。「もちろん、最初のころですけど。パールはまだ死んでいなかったし」

「というと、そういう可能性についてよく話し合っていたわけですか?」

ライカーは手帳に視線を落としてにやにやした。コフィーにはこの事実がなかなか呑みこめないらしい。

「というより、降霊会の合間に話すことといったら、それぱっかり。お宅、わたしたちがレース編みの話でもしてると思ってらした？」ライカーの手帳に「小頭、でかパイ」と記されている婦人が訊き返す。

「パールが死んだころには、わたしたちの考えも変わってましたけれどね」うなずき女が言う。

「というと？」コフィーが促す。

「たとえば、あのヘンリーって子も怪しいでしょ」

ライカーは手帳のページを前へとめくっていった。「ヘンリー・キャサリーのアリバイはミス・ホイットマンが証明しています。ミス・ホイットマンは、六月三十日の午後、一時半から四時半まで、彼といっしょに公園にいたと言っていました。ふたりは三時間、チェスをやっていたそうです。これはありうることですか？」

「ええ。若いころ、パールのチェスの腕はかなりのものでしたからね。六十になったとき、やめてしまいましたけれど。あの人は、ヘンリーより試合経験が豊富なんです」

「確かヘンリーは」白塗りの丸顔が言う。「パールにその時間を思い出させるのにちょっと苦労していたわね。パールが混乱していたから。でも最後には、その時間にちがいないってことになったのよ」

「キャサリーが思い出させた？」

「あのふたり、別に会う約束をしてたわけじゃないから。あの子は毎日チェスのセットを持って公園に行くけれど、それは午前のときもあれば、午後のときもあるのよ。パールは、たまたまいっしょになると、あの子をゲームに誘っていたの」

「ミス・ホイットマンは、時間についてはまちがいないと言っていましたが」コフィーが言う。

「それはどうでしょうね」痩せた女が言う。「おわかりでしょう——いいえ、おわかりにはならないわね。年を取って、しょっちゅう鍵を忘れるようになったら——それは、ボケたってこと。だから、パールに、ある時間、ヘンリーといっしょにいたと思いこませるなんて簡単なことだったのよ」

「パールが殺されて以来」うなずき女が言う。「午前も午後もヘンリーが公園にいるのを見かけるわ。もしかしたら、いままでもずっとそうだったのかもしれない。あの子があそこにいても、もう誰も気にしなくなっていたし」

「ほんとにね」丸顔が言う。「パールとのゲームが午前中だったということは充分ありうるわ」

「みんながみんな、ヘンリーが犯人だと思っているわけじゃないんですよ」小頭の女が言う。

「わたしは、あの連中が共謀して、つまり、相続人全員で、人を雇ってやらせたんだと思うの。それなら料金も割引になったかもしれないし」

「そりゃそうですよ」うなずき女が、頭の痙攣が表す以上の熱意をこめて言う。「ここはニューヨークよ。値切らない人間なんているもんですか」

「あなたも共謀説に賛成ですか?」ライカーは、若いころのセクシーぶりを彷彿させる、頬骨の美しい痩せた女に訊ねた。「相続人みんなが事件にかかわっていると思いますか?」

「いいえ。わたしならマーゴ・サイドンに賭けますね」

「マーゴはここ数年、様子がおかしかったものね」丸顔が考え深げに言う。「サマンサに言わせればだけど」

「おやまあ」小頭が、豊かな胸をふくらませ、プリマドンナのため息とともに言う。「誰と比べておかしいの？　ヘンリーだって全米代表の若者とは言えないでしょ」

うなずき女の頭が、うなずきながら同時に首を振ろうとして、プルプルと震えだす。

丸顔がふたたびコフィーにほほえみかける。「ヘンリーはほとんどアンに面倒をかけなかったのよ。アンが、両親をなくしたあの子を引き取ったのはご存じよね」

「彼女は、ヘンリーを引き取り、養育者兼遺言執行人としてかなりの手当を受け取った」ライカーのお気に入りが言う。「ちなみに、ヘンリーにはアンの十倍も財産がある」

「マーゴ・サイドンにアリバイはあるんですか、警部補さん？」小頭が、目を輝かせ、身を乗り出して訊ねる。

「犯人が女性のはずはありません」コフィーは答えた。

小頭はこの言葉にムッとしたと見え、小首をかしげて仲間を見やった。他の三人は、忍耐強い優しい笑みを浮かべていた。痩せた女のすくめた肩がこう言っている――「男なんてこんなものよ」

「ところでミス・ホイットマンのドアマンの証言の件ですが」

「おやおや、ドアマンの証言なんかあてになさらないほうがいいと思いますけどね」小頭のプリマドンナが言う。「パールとわたしのドアマンは同じ人だけれど、彼、五日に四日は酔っ払っていますからね」

「わたしのドアマンは、アンやサマンサといっしょだけど」丸顔が言う。「こっちは、毎週水曜日にアパートメントの人を集めてサッカー賭博をやっているの。アンが殺されたのは水曜だったわよね？」

「エステルのドアマンは、わたしのといっしょ。でもその人は新顔だし、とても若いの」うなずき女が言う。「ほら、若い人ってお婆さんはみんな同じ顔だと思ってるでしょう」

コフィーはライカーにちらっと目を向けた。ライカーはうなずいた。確かにドアマンという人種は、証人には適さない。

「降霊会以外に、被害者の四人に何か共通点はないでしょうか？」

「サマンサとアンは出身校が同じよ。確かバサー大だったわ」

「エステルとパールはとても仲がよかったわ」痩せた女が言う。「あのふたりは、いっしょに株をやっていました」

「は？」

「同じ証券会社を使って何件か投資をしていたんですよ。一度、わたしに優良株を教えてくれたこともあるわ」

コフィーは愚かにも、見下すような優しい笑みを浮かべた。老婦人たちが、ささやかなお小遣いの話をしているとでも思ったのだろう。実はこの人たちは、証券取引所の電光掲示板上で、億単位の金を動かしているのだが。しかしコフィーは、老婦人たちの持ち株や最近の取引が逐一わかるマロリーのプリントアウトを読んではいない。

丸顔が身を乗り出して、話に入ってきた。「パールとエステルはいっしょに会社経営をしているんじゃなかった？」

「それはもう二十年前の話でしょ。その会社はあの翌年売却したのよ。共通点ねえ」うなずき女は考えこんだ。「エステルとサマンサは《ニューヨーク四百名家》の出よ。名士録に載ってる家柄ね。アン・キャサリーとサマンサは両方ともDAR、つまり《米国愛国婦人会《ドーター・オブ・アメリカン・レボリューション》》の会員だったわ」

ライカーは、鉛筆で手帳をコツコツたたきながら、身を乗り出した。「四人全員の共通点はありませんかね？」

「みんな年寄りよ」

「どうもありがとう」

「みなさん」コフィーが、校外見学の小学三年生たちに話をしたときと同じ声音を使って言った。「このなかのひとりがつぎの犠牲者になるかもしれないということは、おわかりになっていますか？」

「そうね、最初は賭けみたいなものだった」うなずき女が言う。「でも、今回はみんな、かなり確信を持っているの。つぎはフェイビアでしょう。あの手紙をお見せしなさいよ、フェイビア」

その婦人は、小さな頭を下に向け、大きな胸ごしに膝のバッグをのぞきこむため少し身を乗り出すと、折りたたまれた紙を思い入れたっぷりに取り出した。ライカーとコフィーが、命が惜しければ金を払えというその文面を読む間、彼女はほくそえんでいるようでさえあった。

チャールズは、図書館のマイクロフィッシュをカシャカシャ回し、三十年前の新聞のページをつぎつぎと見ていった。キャスリーンの言ったとおりだ。例のものは、大手日刊紙の第一面にあった。夫の亡骸に取りすがる半狂乱の未亡人の写真。

《タイムズ》の記者は、マックスが死なずにすんだ可能性はあると考えていた。ところが、制限時間を過ぎてもまだ、片脚を水槽の底の重石に結ばれたまま水中を漂うマックスを見て、助手は水槽のガラスをたたき壊した。割れたガラスは彼をずたずたにし、あちこちの大動脈を切断した。見物客は、彼が出血多量で死んでいくのをなすすべもなく見守るばかりだった。

そのときチャールズは、写真のなかにもうひとつ別なものを見つけた。彼自身の父の顔、恐怖と驚愕が刻まれた小さなカメオが、背景を成すナイトクラブのお客たちの間からこちらを見つめていたのだ。

父の驚愕はよく理解できる。子供だったチャールズには、マックスも死にうるのだという事実が、なかなか呑みこめなかった。

マンハッタン大聖堂での葬儀に参列したときも、九歳のチャールズは、マックスの最後の脱出、この世からの脱出を信じきってはいなかった。千本ものロウソクに照らされた、広々とした聖堂に入っていくとき、彼は両親の手をしっかり握りしめていた。なかは、巨匠にさよならを言いにきた人でいっぱいだった。従兄マックスは白い柩のなかに安らかに横たわっていた。

少年が聞いていたとおり、遺体となって。それでもなお、チャールズは希望にしがみついていた。これもイリュージョン、脱出芸のひとつなんだ。それにこれで最後ってわけじゃない。

大聖堂の天井は天よりも高かった。ステンドグラスの窓とロウソクは計らずもまばゆいばかりの空間と美を生み出していた。ロウソクは、人の手も借りずに、ひとつ、またひとつ、と消えていった。窓はなおも輝いていたが、聖堂の内部は黄昏時のようにほの暗くなった。そこへひとりめのマジシャンが、白いシルクハットをかぶり、白いタキシードの上に白く流れるサテンのマントをまとって現れた。マントのなかから、彼は輝く火の玉を取り出した。チャールズはステージ上でこのマジックを見たことがあった。マックスの最高のイリュージョンだ。火の玉はマジシャンの手を離れ、マックスの眠る柩の上を浮遊しはじめた。それから、白いサテンに身を包んだ男や女がつぎつぎ進み出てきて、柩を取り囲んだ。一瞬後、彼らがそこを離れて、席にもどったとき、柩は消えていた。

柩は墓地でふたたび現れた。マックスの杖は、墓穴の上で折られた。

チャールズは、千羽もの白い鳩が舞いあがり、太陽を覆い隠したとき、空を、雲ひとつない青い広がりを、見あげたことを覚えている。彼は、上っていく翼の轟きを聞き、顔に、髪に、その風を感じた。ふたたび視線を落としたとき、柩は消え、墓穴の底の土は薔薇の花びらに白く覆われていた。鳩たちは、あたかも重荷を上へ、遠くへと運び去るように、激しくはばたき、ぐんぐんと天をめざして昇りつづけた。チャールズ少年は、彼らの飛翔を驚嘆のまなざしで見送っていた。

大きな鼻の得なところは、かすかな匂いも逃さないという点だ。彼女の香りは、彼とともにエレベーターで上へ上ってきた。新聞とふた袋の食料品を何とかバランスよくかかえ、チャールズは匂いをたどって通路を進んだ。ふたつの部屋の分かれ目で、彼は自分の住まいに背を向けて、オフィスのほうのドアを開けた。

マロリーは、頬髭の男と向かい合って、受付エリアのデスクにすわっていた。さかんに振りまわされる男の腕の一方は、華奢なガラスのランプシェードに危険なまでに接近している。まちがいない。これこそ、グラマシー・パークの社会学者、相続人にして殺人事件の容疑者である例の男だ。マロリーの案山子という表現は当たっている。ただしそれは、手足のゆるみ具合と、むやみに飛びまわるそのぎくしゃくした動きについてのみ言えることだ。彼の顔、こぢんまり整った目鼻立ちと愛嬌のある温かなまなざしは魅力的だった。頬髭もよく似合っていて、おかげで彼は、パグすれすれの小さな鼻にもかかわらず、老けた万年少年にならずにすんでいる。

「こちらはチャールズ・バトラー、そしてこちらはジョナサン・ゲイナー」マロリーが言う。

「よろしく、ミスター・バトラー」

「チャールズと呼んでください」

「すばらしく美しい窓ですね」ゲイナーは言う。「いつの時代のものですか?」

「ありがとう。一九三五年ごろのデザインですよ」

この背の高い三連の窓は、通路を隔てた彼の住まいの四角い窓より芸術的だ。窓枠は天井近くでアーチを描き、その枠内で修復された木工細工がきらめいている。デスクの向こうのマロリーは、夕食時のほのかな光を背後に浴びて、中央のガラスをバックに黒いシルエットとなっていた。

チャールズは食料品の袋をデスクに置いた。「この部屋は特別なんです。この建物の窓はどれも同じ時代のものですが、様式はまったくちがっているんですよ」

「驚くほど静かな部屋ですね」ゲイナーは言う。「窓が二重ガラスになっているのかな?」

チャールズはうなずいた。ときどき、部屋があまりに静かなので、マロリーなどは、針が床に落ちる音や、天から落ちた天使の「くそ!」という悪態まで聞こえると言っている。

「この窓を見て、何を思い出したと思います?」ゲイナーの手が、筆立てを絨毯の上へ払い落とした。うっかり物を吹っ飛ばすことに慣れきっているせいか、彼はまったく無頓着にかがみこんでそれを拾いあげた。「この部屋はそのまま《マルタの鷹》のセットに使えますよ。昔なつかしいサム・スペードの部屋そのものです」

チャールズはデスクの端に腰を乗せ、新たな目で部屋を見回した。この部屋をオフィスにしようと決めたとき、彼は、部屋というのは人の暮らしの立体メタファーであり、調和の基本要素であるという持論に基づき装飾を施した。この部屋さえ手に入れれば、生活は変わる、今度こそ改まる、と彼は信じていた。その理想の部屋が、殺人捜査の典型的セッティングだったのかと思うと、いささかショックだった。しかし、言われてみれば確かにそうだ。

「いま夕食につきあってくれるようマロリーをおがみ倒したところなんです」ゲイナーは言った。「いっしょにどうです?」

チャールズは食料品の袋をかかえあげると、ドアに向かって歩きながら、肩ごしに振り返って言った。「いや、ふたりとも我が家の夕食に招待しますよ」

三人は一列になって通路を渡った。

このところ自宅のキッチンは、チャールズのお気に入りのスペースとなっていた。この一年で、彼も始終人が訪ねてくることにずいぶん慣れた。シンクタンクのオフィスでひとり過ごしてきた長い年月の後、人とともにいられるのはいいものだった。

《アカデミー・オブ・セント・マーティン・イン・ザ・フィールズ》が、静かにヴィヴァルディのマンドリン協奏曲を演奏し、会話を盛り立てる。ジョナサン・ゲイナーは、スウェーデン風ミートボールのソースのかき混ぜ役を買って出た。マロリーは、調理台に軽く腰かけ、チャールズのまな板のすぐ左で白ワインをすすっている。チャールズは、妙に幸せな気分になっていた。

「うん、うまい」ゲイナーがソースの味見をしながら言う。「料理は、お母様から教わったんですか?」

「とんでもない」チャールズは、みじん切りにしたタマネギの上で涙を流しながら、ほほえんだ。「母が焦がさずトーストを作れたのは一度きりでしたよ」

「まさかそんな」マロリーが言う。

「ところがほんとなんだ。ぼく自身その日その場にいたんだから。朝食のテーブルにそのトーストが載った瞬間を覚えているよ。最初目にしたとき、そいつは黒焦げじゃなく黄金色だった。ぼくはそいつを取ろうと手を伸ばした。ところが父に先を越されてしまってね。父はそいつを母に渡してこう言った。『まだ焼けてないよ』母は一瞬だってぐずぐずしちゃいなかった。すぐさまそいつをトースターにもどして、炭になるまで焼いていたよ」

「子供時代のわたしは、寄宿学校の食事しか知らなかったんですよ」そう言ってゲイナーは、空のグラスをマロリーのほうに差し出し、ワインを注いでもらった。「焦げたトーストだってすごいご馳走に見えたろうな」

ふたりの男は、ヘレンやルイと暮らした長い年月、栄養バランスの取れたおいしい食事を欠かしたことのないマロリーを見やった。ほんの一瞬、チャールズは、負けず嫌いの彼女が、ゴミ缶から食べ物をあさっていたころの思い出を語りだすのではないかと思った。

彼女はワインボトルにコルクをねじこんだ。

「ところで、ジョナサン」チャールズは言った。「グラマシー・パークの透明人間について、何か意見はありますか？」

「犯人は、頭のおかしい人間でしょうね」

「どうして？」タマネギを刻み終え、チャールズは小さくちぎったパンをさらに細かくする作業に移った。

「わたしは毎日、窓からあの公園を見ているんです」ゲイナーは言う。「誓ってもいいが、犯人が人に見られずアン・キャサリーを殺せると思っていたはずはない。故にそいつは、保身にまで頭が回らない、精神的欠陥のある人間にちがいありませんよ」

「理にかなっていますね。しかし、実際目撃者がいないという事実はどう説明します？」

「たまたまでしょう。そう考えると筋が通る。誰もそっちを見ていなかった空白のひとときがあったんです」

「そして、誰ひとり、返り血を浴びたその異常者が公園を出ていく姿を見なかったわけね」マロリーが皮肉っぽく言う。

「何かで服を覆っていたのかもしれない」とゲイナー。

「だとすると、保身に頭が回っていたことになりますよね？」チャールズは指摘した。

ゲイナーはワインをすすり、横目で宙をにらんだ。チャールズ自身、何かいいアイデアがほしいときは、いつもそれとまったく同じ方向を横目でにらんでいる。

「それなら」ゲイナーは言った。「空白のひとときが、犯人が公園を出るまでつづいたと考えるしかありませんね。そいつは、アン・キャサリーが門の鍵を開けたとき、いっしょに入りこんだ浮浪者かもしれない。いったん外に出てしまえば、ただの通行人ですから、誰も気に留めないでしょう。そいつの服に血がついているかどうかわかるほど、じっくり見る人間なんかいないはずですよ」

ゲイナーと同じく横目で宙をにらみ、チャールズは、公園の門からヘンリー・キャサリーに呼びかけたあの娘の、ぞろりとした赤いドレスを思い浮かべていた。ゲイナーの意見にも一理あるかもしれない。濡れていようが、乾いていようが、血というのは、映画で使われるテクニカラーの血のようにはっきり目につくものではない。犯人は、黒っぽいものか赤いものを着ていたのだろうか？　ことはそれほど単純だったのだろうか？

　マロリーの頭はそこまで柔軟ではなかった。

「そんなの信じられない」彼女は言った。

「そりゃあそうでしょう」ゲイナーは律儀にソースをかきまわしながら、彼女の言葉を誤解して言った。「まともな人間なら、無防備なお婆さんを殺すような異常なやつの存在なんて信じたくはないですよ」そして彼は、ソースをかきまわしつづけ、マロリーを誤解しつづけた。本当の彼女は、無防備なお婆さんに対する感傷などみじんも持ち合わせていないのだが。「しかし、透明人間が自分のうちに来てくれればよかったのにと思っている人も、おそらく大勢いるはずですよ」

「冷酷だな」チャールズは、牛の挽肉をボウルに掻き落としながら言った。

「確かに」とゲイナー。「しかしそれが現実です」彼はマロリーを見あげた。「老人ホームに入る金のない人たちのことを考えてみてください。寿命は年々延びている。人によっては、九十代まで生きつづけ、子供たちの財産を食いつぶしています。世間が今回の連続殺人に怒りを抱いているとは、わたしには思えない。この事件は、みんなの空想を刺激しているんです。マスコミが透明人間をスーパーヒーロー扱いしだしたのも、単なる偶然じゃないんですよ」

「まるで、そのケダモノが福祉事業をしているような言いかたね」マロリーが言った。

チャールズにはマロリーの気持ちがわかった。これは彼女には受け入れがたい話なのだ。ルイやヘレンが老いていく姿を見るためなら、マロリーはどんな犠牲でも払ったろう。彼女はワイングラスを満たし、視線を落として、男たちを閉め出していた。

「あなたは社会学者だそうですね」チャールズは言った。「社会病質者のことも、詳しくご存じなんでしょうか？」

「彼らの社会的影響に関しては、いくらか知っています。戦時には、彼らは必要な人材となります。その数が足りなければ、社会が基礎訓練によって、人為的にそうした病状を作り出すんです。軍隊生活や戦闘的なスポーツ、あるいは警察の仕事に従事させておけば、われわれは彼らを抑制できます。しかし一般社会に出してしまうと、彼らは攻撃の対象を、社会的弱者、落伍者――」

もしマロリーがさえぎらなければ、つぎの言葉は「老人」だったにちがいない。

「インサイダー取引の社会的影響は？」

チャールズは、彼女の美しい顔、アジアの神秘をたたえるアイルランド系の目を見つめた。

「破壊的なものとなりかねませんね」ゲイナーは言う。「最悪の場合、ウォール街は投資家の信頼を失ってしまう。自分たちの貯えを八百長試合に投じようとする人間なんていませんからね。ペテンに遭ったときいちばん苦しむ小規模の投資家のことを考えてみてください。電光掲示板上で株価は落ちていく。ミューチュアル・ファンドも公債も優良株もです。そして市場は崩壊し、われわれはみな皿をかかえて配給所に並ぶようになる。一九八〇年代に暴かれた一連のインチキは、多くの人々の信頼を揺るがしました。配給所はすぐそこなんですよ」

「それがどんなに悪いことかわかってない人も大勢いるんでしょうね」マロリーはワインをごくごく飲みながら、いつになく世間話をするように言った。「それがどんなに違法なことか」

「いや、どんな規模であれ、投資する金のある人で、インサイダー取引がいけないとは知らなかったとか、なぜいけないのかわからないとか言える人はほとんどいないはずです」

「可愛いお婆さんたちでも？」マロリーはほほえんだ。その目が細くなり、チャールズに向けられる。

「可愛いお婆さんたちは特に、ですよ」ゲイナーは言う。「中規模から大規模の資本金の多くは、そういうお婆さんたちの金なんですから」

そしてチャールズは気づいた。マロリーは自分に聞かせるためにこの話題を持ち出したのだ。イーディス・キャンドルに対する彼女の好意が心からのものだとしても、イーディスは法を遵守していないし、マロリーは法そのものだ。どうやら彼女の倫理観は、あのポーカー連中が思っているよりは複雑なものらしい。なぜいままで気づかなかったのだろう？　マロリーは、そのコンピュータの腕で地球を丸ごと盗むことだってできる。しかし、彼女がこれまで盗んできたのは、マーコヴィッツが法を維持するために必要としたものだけだ。その泥棒の魂が永遠に消えないものだとしても、彼女はきっちり一線を引いている。マーコヴィッツの線を。マーコヴィッツはヘレン以上に彼女に影響を与えていたのだ。

チャールズはマロリーの目を見て、うなずいた。イーディスの不正について本人と話し合い、今後はただではすまないことを伝えるという約束の印だ。

ゲイナーがおやすみとありがとうを言ってドアを閉め、テーブルの食器がかたづくと、マロリーは靴を脱ぎ捨て、脚を折ってカウチにすわった。チャールズは、彼女の前のテーブルに、コーヒーとリキュールの盆を置き、そのとき初めて赤い包みに気づいた。そういえば、きょうは彼の四十歳の誕生日だった。

チャールズはマロリーの隣にすわり、赤い包装紙をびりびりはがした。現れたボール箱にはエスプレッソ・メーカーのロゴが入っていた。しかし蓋の下にあったのは、おいしいエスプレッソを抽出することなど——少なくともこの世では——ありえない品だった。何と言ってよいのかわからず、彼はわかりきったことを口にした。「水晶玉？」

「敬意を表するためにね。あなたは、わたしがすごいと思える唯一の人よ。他の連中はみんな先が読めて退屈だけど」

チャールズは水晶玉を明かりにかざした。湾曲した黒っぽい表面の上で彼の鼻が長く伸びる。彼は水晶玉をコーヒーテーブルに置いた。

この喜びは、マロリーには決してわからないだろう。友情の印は、彼がさほど変でない証拠、完璧な奇人でも、まったくの異星人でもない証なのだ。これ以上望むことがあるとすれば、マロリーが絶世の美人でなくなることか、自分の鼻が本体の数分先を進むほど大きなものでなくなることだけだ。

「気に入った？」

「うん、とっても。ただのペーパーウェイトじゃないよね？」

「ううん、本物。署の証拠品保管室にあったの。でもあのジプシーたちは、ペーパーウェイトとして使っていたかもね。その一味、コンピュータ詐欺でつかまったんだもの」

彼女は、スプーンを手に取り、お砂糖は？　要らない？　などと、コーヒーとリキュールの用意をしている。「ところで、ゲイナーをどう思った？」

「まあ気に入ったよ」ゲイナーが、大いにマロリーを気に入っているのは明らかだ。「彼のこと、どれくらいよく知っているの？」

彼女に父親がいたら、同じことを訊ねたろう。かつてルイは、自分が孫の顔を見られるうちにあの子が若い男と知り合えるよう、そのうちほんの数分だけあの子のコンピュータのプラグを抜いてやらねば、と言っていた。ルイは、ほんの数分でこと足りると信じていた。部下の刑事たちが、数分足らずで、彼女に魅了されるのを見ていたからだ。

「こんなに長いプリントアウトがあるのよ」マロリーは言った。「両親は死んでいる。ファイア・アイランドに別荘を持っている。それから株で財産を二倍にしたことや、数億ドルの遺産を相続したばかりだってこともわかっている。でも、あのお婆さんが死ぬ前だって飢えていたわけじゃないの。それまでも十万ドル持っていて、手堅く投資していたのよ。逮捕歴なし、少年時代の非行歴もなし」

では、彼女はあの男に対し、刑事としての興味しか持っていないのか。

そして、ゲイナーは株で財産を二倍にしたのか。

「彼が《ホイットマン化学》の合併で儲けたなんてことはないかな？」

「いいえ。わたしも最初それを考えたの。時期は合うし。で、ある証券会社のコンピュータで彼の株の売買をさかのぼってみた。そうしたらその年は少し儲けていたけど、合併がらみじゃないのよね。運のいい男」マロリーは言う。「エステル・ゲイナーはうまく逃げおおせたの。調査の過程で名前が出た程度。でも甥のほうは、ちょっとでも関係していたら、即逮捕されてたでしょうよ。儲けはすべて取りあげられ、罰金を科せられ、投獄されていたはずね。ところが彼自身の取引に違法な点はひとつもなかった。あの男、金に困っていたわけでもないし」

「でも、いくらあっても足りない人もいるからね。他の被害者たちは？」

「ゲイナーの伯母以外は、《ホイットマン化学》の合併がらみの売買はしてないわ。パール・ホイットマンは社長だけど、合併先の株は買っていなかったし。サマンサ・サイドンやアン・キャサリーも過去にインサイダー取引した疑いはない。ふたりとも株をやってはいるけどね」

「どんなつながりがあるかはっきりするまで、その人たちには近づきすぎないほうがいいかもしれないよ」

「わかってる。降霊会だけじゃないはずだもの。降霊会以前に何かがあったのよ。あの人たちを結びつける何かが」

「そうかもしれないし、そうでないかもしれない。お年寄りのグループは、ふつう何を話題にする？　子供のことだよ。あの人たち、秘密を打ち明けあっているような感じはあった？」

「たとえば身内のちょっとした精神異常とか？」

「あのキャサリーって若者のことを曲げて解釈したくはないな。確かに彼はつきあい下手だ——才能ある人にありがちなことだよ——でもやることが変わってるからって、精神障害があるとはかぎらない。彼がお年寄りをめった切りにしているところなんて想像できる？」

「できるわよ。もし、財産を横取りするために孫を幽閉する気だったなら、アン・キャサリーがあんな目に遭ったのは自業自得ね。でもあの子を見逃すわけにはいかない」

「ヘンリー・キャサリーの願いは、ひとりでいることだけなんだ。彼はただ放っておいてほしいんだよ。まさか彼を苦しめる気じゃないだろうね？」

チャールズは絨毯の模様をじっと見つめていた。

マロリーがそっとその腕に触れ、彼の視線を捉えた。「あなた、ヘンリー・キャサリーが好きなのね？」

「彼の気持ちがわかるんだ」

「お婆さんたち、役に立った？　レッドウィングの新しいアジトの場所は教わったの？」

「いや」ライカーは言った。「婆さんたちのほうからは、連絡は取らないんだ。あの女が電話をよこすんだと。つぎの降霊会まで待って、尾行するさ。いいか、余計なこと考えるなよ、おチビさん。尾行の手配ならもうコフィーがしたからな」

つづく一時間、彼はマロリーのビールを飲みながら、コフィー側の進捗状況——ライカーに言わせればゼロ——をざっと話してきかせた。「ドクター・スロープによると、殺しかたに若干のちがいはあるかもしれないってことだよ。犯人がふたりだとすると、そいつらはどっちも右利きで、どっちもものすごい力で切りつけていることになる。しかし傷の形は一致してない。四人目の被害者がちょっとパターンから外れてるんで、スロープとしちゃひとりの仕業と言いきれないんだ。もしかすると今回はただ、ひどく急いでたってことなのかもしれんがね」

「男と女が組んでやってる可能性は?」

「そりゃないな。その点じゃおれもコフィーと同意見だ。可能性は考えたが、女が他の女にあいうまねをするとは思えない。誤解するなよ、おチビさん。女だって、銃やナイフは使いこなせる。やるときは徹底的だよ。弾倉が空になるまで弾が撃ちこんであったら、おれは女の仕業と見るね。だが女があんな具合に人を切り刻むとはどうしても思えんよ。あの手の死体があったら、ホシは女ともめた男と決まってるんだ」

ライカーが行ってしまうと、マロリーはビデオデッキとスライド・プロジェクターの明滅のなかにすわり、スライドと踊るマーコヴィッツによる夜ごとのホラー・ショーを始めた。

どうして何も残していってくれなかったの、親父さん? せめてパン屑程度でも?

マロリーの夢のなかで、ルイ・マーコヴィッツは彼女にダンスを教えようとしていた。


目を開けるとあたりは明るかった。うっすらしたその光が夕暮れのものなのか夜明けのものなのか、マーゴにはわからなかった。きょうは何曜日だろう? 彼女は食べ物のことを考えていた。胃袋は、体内に棲む独立した生き物のように内側から彼女に噛みついている。血まみれのナイフは顔から数インチのところに転がっているが、延々と食べ物を思い浮かべていく間はそれも目に入らなかった。彼女はパン屋のパンを夢想した。盲目の足がドアへ向かう途中、ナイフは片隅へ蹴飛ばされた。

通りには、紙コップがいくつも捨ててあった。マーゴはそのひとつを拾いあげて、一セント玉を三個入れ、観光客たちに向かってジャラジャラ鳴らした。

ひとりの老女が足を止め、寒風のなかにマーゴを立たせたまま、血管の浮き出た曲がった手を大きなバッグに入れて、気が狂いそうなほどのろのろとなかをさぐりまわったすえ、ようやく小銭入れを取り出した。マーゴは一方の足からもう一方へと重心を移した。老女は関節炎の指でどうにかこうにか留め金を開け、痛みに身をすくめながら十セント玉を一個だけ取り出すと、紙コップにチャリンと入れた。

マーゴは三個の一セント玉といっしょに紙コップの底に収まったその十セント玉をじっと見つめた。怒りの叫びが彼女の口のなかで爆発すると、そのすさまじさに老女は思わず二歩退って、芝居のチラシや広告や落書きでいっぱいのブロック塀に張りついた。マーゴは老女に食ってかかった。口汚く罵り、怒りをこめて甲高く「くそばばあ、くそばばあ、くそばばあ」と。相手が向きを変えて、血管の浮き出たか弱い脚の許すかぎりのスピードで逃げだすと、彼女はそのあとを追った。老女は、かたわらで踊っているイカレた娘から身を守ろうと、薄いコートを喉のまわりに引き寄せた。娘はときどき飛びあがり、呪いの言葉を吐いている。それは殴打と同じくらい肉体を痛めつけ、激しい恐怖を与えた。

老女は走って逃げようとした。しかし、骨は彼女を裏切り、脚は体の下でくずれた。老いた骨を憎み、機会あらばそれを打ち砕こうと狙っている固いセメントの上に倒れたとき、骨の折れる音がした。最初老女は、ぎざぎざに割れたビールの空き瓶に気づかなかった。視線を落とし、肉の裂け目からあふれ出ている血を目のあたりにするまでは。乾いた唇の間から小さな声が漏れた。ひび割れた声、恐怖の悲鳴、痛みよりも自分の血を見たショックの叫びだ。老女はいま、体を引きずり、歩道を這って進んでいる。汚れた髪をくしゃくしゃにした、気の触れた女は、そのまわりを踊りまわり、毒づき、足を踏み鳴らし、飛び跳ねている。通行人たちは、恐れをなして目を見張り、見えないふり、聞こえないふり、何も感じていないふりをして、急ぎ足で素通りしていく。

じりじり這い進んでいた老女の動きが止まった。彼女は自分の体に閉じこめられ、じっと横たわっていた。その目から涙が流れはじめ、脚に開いたぎざぎざの赤い傷口からは命が少しずつ漏れ出ていった。

第八章

たっぷり食べ、たっぷり眠ったため、意識はふたたびはっきりしていた。マーゴは頭のなかで、ナイフの刃が鋭く飛び出し、男のあばらにめりこんでいく映像をリプレイした。男は、酸欠の魚のようにあえぎ、口から血の泡をあふれ出させながら、地下鉄のコンクリートのプラットフォームにずるずる倒れこんでいく。長い長い間、彼女は男の目を見つめていた。まちがいなくこいつだ。こんな目は他にない。

あのナイフを何とかしなくては。一本も残さずにだ。これからは、あれがなくても大丈夫。ナイフはもう必要ない。何本持っていただろう？　マーゴはキッチンから全部のナイフを集めてきて、それをタオルにくるみこみ、ドアの外へ抱いていった。まるで赤ん坊を抱くように。事実、ナイフはどれも彼女の赤ん坊だったのだ。しかしいまは、もうちがう。

ライカーは、マロリーの書斎のコルクボードのかたわらに居心地よくすわっていた。また一本ビールが空いた。空っぽのコーヒーカップと、彼のより充実したマロリーの朝食の残りの皿は、コンピュータの脇のテーブルに載っている。仮に彼女が書斎にベッドを引きずりこみ、食事同様、睡眠もコルクボードとともに取れるようにしていたとしても、彼は驚かなかったろう。

「チャールズはこのコルクボードを見たことがあるのかい？」

マロリーは、最新のプリントアウトをコルクに留めながら首を振った。プリントアウトは一個の鋲で留められ、だらんとぶら下がった。

こうして雑然と留められたメモやプリントアウトを目にしたら、チャールズはどう思うだろう？　鋲が一個刺されるごとにマロリーらしさは消えていく。チャールズならこの現象をどう捉えるべきか、わかるかもしれない。

彼女は、最近書斎に入った小さな冷蔵庫のところへ行き、ビールを取り出した。「ところで、レッドウィングについては何がわかった？」彼女は、ビールの蓋を開け、冷たい瓶を彼の手のなかにすべりこませた。空の瓶のほうはいつのまにか消えている。

「うん」ライカーは開いた手帳に目を落とした。「あの女は、ゆすりと詐欺で三度挙げられている。三度とも不起訴になったがね」

「そのことならもう知ってる」

もちろんそうだろう。市警のコンピュータに侵入するくらい、彼女にとっては朝飯前だ。

「あの女をパクッた警官たちのメモがほしいの。コンピュータのファイルでは、なぜ不起訴になったのかがわからない」

「被害者が非協力的だったせいさ。仮に被害者の協力が得られても、この手の詐欺を起訴に持ちこむのはかなりむずかしい。知ってるだろ？」

「もっと前に別名での逮捕歴はないの？　ちょっとした暴力の前科なんかは？　暴行罪と

か？」

「ないね。だが、あいつはでかい女だ。賭けてもいいが、おまえさんだって負けるよ」ライカーはごくごくと一気にビールを飲んでいく。

「住所はまだわからないの？」

「調査中だ。タクシーからは行方がたどれなくてね。あいつはいちいちちがう場所で車をつかまえてるし、そのほとんどがもぐりのタクシーで記録がないんだ」ライカーは、底なしの魔法のビール瓶を見つめた。

「共通点が降霊会だとわかって、コフィーはますます共謀説に熱をあげてるんじゃない？」

「ああ、そうさ。レッドウィングにえらく興味を示してるよ。今度の事件には、あの女の陰謀がからんでいるにちがいないんだと」

「あのお婆さんたちが三流ペテン師にだまされるほど甘くないってこと、彼わかってるの？」

「さあな。やつは年寄りはみんな、自分の祖母《ばあ》さんとおんなじだと思ってるんじゃないか」

「他にわかったことは？」

「おもしろいものがある。ほら」ライカーは、タイプで打たれた手紙を、証拠品用のビニール袋ごと彼女に渡した。

「あーら残念。すべてわかったと思ったとたん、新しくゆすりの線が出てくるなんてね。どこで手に入れたのよ？」

「あの婆さんたちのひとりが事情聴取の最中によこしたのさ。フェイビア・ペンワース。もちろんおれたちに見せる前に、友達みんなで回覧してたよ。おかげでこっちは婆さんたち全員の指紋を採らなきゃならなかった」

「彼女、手紙をもらって大満足なんでしょ？」

「まさにね。で、コフィーのやつ、また新たな説を思いついた。死んだ婆さん全員がこいつと同じ脅迫状を受け取ってたってやつさ。被害者は自分の身代金を払わなかったがためにやられたか、支払いの直後にやられたかだろうってわけだ」

「お婆さんたちもそう言ってるの？」

「いいや。婆さんたちはこれ以外の脅迫状なんぞ見ちゃいない。誰ひとりな」

「じゃあ、その説は見当ちがいね。あの人たちの場合、ひとりに何か言えば全員に伝わるの。他の誰かに脅迫状が届いていたなら、全員がそのことを知ってるはずよ。コフィーはあの人たちに会ったんでしょ。いったいあいつ、何に頭を使ってるの？」

「おい、キャシー、そのくらいにしとけ。コフィーは親父さんに育てられたわけじゃないんだよ。だがやつは進歩してる。夜もろくに眠れないらしいしな。犯人をつかまえようと必死なんだ。わざともたついてるわけじゃない」

「あなたから情報をもらってるのがあいつに知れたら——」

「すべておじゃん、か？　で、おまえさんは何に頭を使ってるんだ、おチビさん？　やつはもう知ってるよ。当然だろ。ずっと前から知ってたさ。おれにわからんのは、やつがおまえさんを追っ払うのは無理だと思ってるのか、それとも追っ払うべきじゃないと思っているのかだね。

おれの建設的な忠告を聞く気があるなら——いや、聞く気がなくても言わせてもらうが——コフィーはおまえさんみたいなヘマをするほど青くないぜ。コンピュータ・ルームでのお遊びなんぞ、ちっとも役に立っちゃいない。おまえさんは覆面捜査にかけちゃド素人、尾行のやりかたもなってない。グラマシー・パークの監視チームに、気づかれてないとでも思ってるのか？　車を見えない場所に停めたから？　勘弁してくれ。自分のほうが上手《うわて》だと決めつけてるんだな？　まあ、そのとおりかもしれないが、おまえさん、連中にばっちり写真を撮られてるよ。連中が気づいたんなら、犯人もたぶん気づいてるだろう。まずまちがいないね。他人を見くびっちゃいけないよ、キャシー。いまにそれがあだになる。コフィーのほうは、もっとずっと親父さんに敬意を見せてるぞ。もしマーコヴィッツが殺《や》られるほど犯人が利口なら、危険は冒すまいと考えてるんだ。いまのコフィーには、ひとりの警官だって遊ばせておく余裕はない。それでも毎日、朝から晩まで、ふたりの部下をあのグラマシーのアパートメントに送りこんでる。お互い援護しあえるようにな。そのうえさらに時間を割いて、おまえさんの心配までしてるんだ」

「つまりあなたはわたしの子守りなのね」

ええい、くそ。彼は結局、マロリーの疑いに裏付けを与えただけだったのだ。引っかけられた。彼女の顔を見ればわかる。ほくそえんでいないだけ立派だが。ライカーは降参の印に両手をさっと上げてみせ、またビールをこぼした。

マロリーは向こうを向いてしまった。聞きたいことは全部聞いた。ご親切に時速九十マイルでしゃべりまくり、情報をくれてありがとう。でもこれ以上はもう結構。ライカーは手にした瓶に視線を落とした。マロリーのやつ、いったい何本この手にビールをすべりこませた？

「もしかしたら、あなたはレッドウィングを買いかぶっているのかも」彼女は言う。

「いやちがうね。確かに、あの女は三流どころ、チンピラだよ。うまく立ちまわろうとしちゃあドジってる。これまでいつもそうだった。しかし起訴されない程度の頭はあるし、性悪だからおまえさんに怪我をさせかねない。あいつに近づきすぎるなよ」

「じゃあやっぱり暴行歴があるのね」

情報を漏らすまいと思ったとたん、これだ。

「いいか、レッドウィングには絶対近づくな」

「あの女の居所、知ってるんでしょ。教えてよ」

「だめだ」物事には限度というものがある。キャシーは彼をペテンにかけた。第一級の強奪。だが、何もかもくれてやるわけにはいかない。いったい自分は何本ビールを空けたんだ？　いまの返事は、レッドウィングの居所を知っていると言ったことになるのか？

「いいか、おチビさん、聞く耳を持て。コフィーはおまえさんのためを思って伏せてるんだ。おまえさんが馬鹿をしでかせば、やつも道連れだ。マーコヴィッツと同じヘマをしたくはないだろ。応援なしにあの女に近づいちゃいけない。レッドウィングをパクッた警官ふたりから、メモを見せてもらったよ。一件は被害者の失踪により不起訴になった。もう一件の被害者は心臓発作で死んだんだ。担当刑事の話じゃ、そいつは死ぬほど怯えていたそうだよ」

彼は、マロリーの仮面の横顔を見つめた。彼女は、コルクボードの資料に注意をもどし、そこにのめりこんでいる。ライカーはまちがっていた。彼女は聞く耳を持っているし、話を引き出すすべも心得ている。彼が、隠し立てをするつもりで情報を漏らしている間、彼女はじっと耳を傾けていたではないか。彼がまだ漏らしていないのは、レッドウィングの居所だけだ。マーコヴィッツの娘には優れた刑事の素質がある。

「わたし、ただあなたの力になりたいだけなのよ、ライカー。市警のチームがハドソン・ストリートのアジトの前でレッドウィングの帰りを待ってるなら、それは無駄よ。あの女があそこを利用してるのは、地下で隣の通りのビルとつながっているからなの。あいつ、その手で監視チームを撒いてるのよ」

ライカーは、ビールの瓶を明かりにかざしてじっと見つめた。瓶の口をホラ貝のように耳に当てたら、彼を笑うマーコヴィッツの声が聞こえるだろうか。

イーディスがチャールズのランチの支度をする音が、キッチンから聞こえている。チャールズは絨毯の中央に立ち、何かおかしいと感じつつ、それが何かわからないまま、ゆっくり頭をめぐらせた。写真のような記憶の奥を深くさぐればさぐるほど、ますます多くの瑕瑾《かきん》が出てきそうだ。

住所は彼の子供のころとちがっても、部屋部屋の様子は変わっていない。イーディスとマックスはグラマシー・パークの古い家の内装をそのままここに再現したのだ。窓は作り直され、壁は前の家と同じ木のはめ板と壁紙に覆われた。子供時代、最初で最後にこのソーホーのアパートメントの一室を訪ねたとき、彼は、そのすばらしい記憶の写真を使って、各部屋が細部にいたるまで前の家そっくりになるようふたりを手伝った。両親が会議に出席するため地球の裏側へ行っていたその週、イーディスとマックスは彼をそうやって遊ばせた。チャールズは、アンティークの家具のすべて、骨董品や写真や絵画のすべてがなじみの場所に収まるまで、作業をやめなかった。

彼がつぎにこの家を訪問したのは、その十年後だった。十九歳の若者となっていたチャールズは、すぐさまある変化に気づいた。イーディスは、居間の壁からマックスの肖像を外し、狩猟風景の複製画を飾っていたのだ。しかしその点をのぞけば、部屋はどれも、もとのままに保たれていた。卓上には、同じ稀少価値の小立像、銀器や灰皿などがあり、炉棚には、同じ写真やロウソクがごちゃごちゃと置かれていた。テーブルはドイリーに飾られ、ブロケード張りの椅子は肘掛けカバーに守られ、電話も一九一〇年ごろの古い機械のままだった。二十世紀後期という時代は、人目につかぬよう、イーディスのコンピュータのある奥の部屋に封じこめられていたのである。

チャールズは廊下を進み、図書室に入っていった。グラマシー・パークの家の図書室を縮小して再現したこの部屋に入るのは、子供のとき以来だ。大人になってからのイーディス訪問は、いつも居間でのお茶とサンドウィッチだけに限られていた。けれども彼がいちばん好きな部屋は、この図書室なのだ。棚はどれもマジックの専門書でいっぱいだ。そのほとんどが稀少本であり、二世紀も時をさかのぼる本も何冊かある。凝った装飾の暖炉には、寒い夜、マシュマロを長い串に刺してあぶり、べとつく白い塊にしながら、マックスの十八番の怪談に耳を傾けた思い出がある。マックスは彼を怖がらせ、それから笑わせてくれた。

チャールズは炉棚をじっと見つめた。子供時代の思い出とどこかちがうところがある。彼は写真のひとつを手に取り、装飾的な銀のフレームを鑑賞した。それは、いっしょに炉棚に置かれている他のふたつのフレームとよく調和していた。三つとも子供時代にはなかった品だ。そして彼は、もうひとつおかしな点に気づいた。この家にある従兄マックスの写真はこれだけ、死亡記事の載ったこの新聞の切り抜きだけなのだ。いや、よく見ると死亡記事ではない。それはイーディス・キャンドルについての記事、夫の死を予言した有名な霊媒についての記事だった。

マロリーが図書館で見たというのは、この記事にちがいない。それによると、近所の人々も、確かにソーホーの部屋の壁に死の予言が書かれていたと証言している。

その隣の、よく似たフレームに収められた新聞の写真は、打ちのめされた子供を撮したものだった。十六歳になるやならずの若い顔からは、悲しみととまどいをたたえた大きな目がのぞいている。記事は少年の自殺について。そのあちこちにイーディスの名が見られる。三番目のフレームに入っているのは、婚約の記念としてプロに撮影させた幸せそうな若い女性の肖像写真だった。写真の下の記事によれば、彼女は結婚式の前夜、殺されたのだという。

「チャールズ？」

イーディスは、ティーポットとカップ、調味料とサンドウィッチと銀の食器を載せた盆をしっかり持って、戸口に立っていた。

チャールズは重たい盆を彼女の手から受け取った。「ここで食事をしませんか？ ご存じですよね。ぼくは、大人になってからこの部屋に入ったことがなかったんです。キャスリーンはここも見たんですか？」彼は、革の肘掛け椅子に囲まれた八角形のゲームテーブルに盆を置いた。

「ええ、確かうちじゅう見せてあげたはずよ」

チャールズは、その目に気がかりの色を認めた。それに、テーブルに着き、お茶を注ぎはじめたイーディスの動きには、あせりが感じられた。

「どうしたんです、イーディス？」

「キャシーのことよ。あの子が心配でならないの」

「彼女は子供じゃありませんよ。それにものすごく有能なんです」

「自分が何と戦おうとしているか、あの人はわかってないと思うの。わたしには悪が感じ取れるのよ、チャールズ。手を差し出すと、感じるの」

彼は炉棚の写真に目を向けた。「前にも感じたことがあると言うんでしょう」

「ええ、そうよ。悲しいことに、悲劇を防ぐことはできなかったけれど。運命は定められたもので変えることができないというのは、たぶん本当なのかもしれないわね」

チャールズは炉棚のほうへ歩いていって、自殺した少年の写真を手に取った。「これがその例？」

イーディスは彼の手にしたものを見あげ、分厚いレンズごしに目の焦点を合わせると、急いで顔をそむけ、いかにも骨が折れるといった様子でふたたびお茶を注ぎはじめた。ついに恒例の、砂糖の数の確認が終わると、彼女は言った。「その男の子のことは、長い間忘れられなかったわ。大変な悲劇でしたからね。マックスとわたしは、そのとき最高の出し物をやっていたのよ。中西部の巡業の最中でね。ああ、あのころはほんとによかった。毎晩、ちがう町に行き、牧場や空き地にテントを張ってねえ」

イーディスが手を伸ばす。チャールズはその手に銀のフレームを渡した。

「わたしの本当の力を引き出したのは、この男の子なの。わたしはこの子が近くにいるのを感じた。感触でわかったの。わたしは目隠しを取って、じっとこの子を見つめた。そうしたら死が見えたの。この子はくしゃくしゃのなりをしていた。顔を伏せて何か隠そうとしていた。『自分が何をしたか警察にお話しなさい』そうわたしは言ったの。自白すれば助かるかもしれないと思ったから。するとこの子は逃げだした。その後、この子のあばら家の裏庭にあった浅いお墓から、行方不明の小さな女の子が見つかった。さらにその後、この子は独房のなかで首を吊ったの」

「死の予兆は何かあったんですか？　自動書記とか、その類のことが？」

「いいえ、それが起こるようになったのは、もっとあと。ずっとあとよ」

「で、それがまた起きたんですね？　それも最近？　マーティンの見た壁には何と書いてあったんです？」

イーディスは彼と目を合わせようとしなかった。ごつごつした両手が膝の上で動き、レースのナプキンを熱心に調べている。「あの人に見せたくはなかった。マーティンがどんなに繊細か知っているでしょう？　あの人がキッチンに入ってきたとき、わたしは文字を消そうとしていたの。玄関のドアが開く音にも気づかなかったのよ」

彼女がマーティンとの関係を築くまでには、相当の忍耐力が必要だったにちがいない。

「それでその文字は？　何と書いてあったんですか？」

「こうよ――『壁も通路も血みどろになる』」


中古品店のその店員は、ひとりで店番をしていた。同僚たちはランチタイムに女と楽しんでおり、彼は話のわかるところを見せてやったのだ。ふたりがここにいないのは残念だった。ジョンもピーターも話してやったところで信じないだろう。彼自身、我が目を疑っている。学習障害のあるその万引き女は、ひとかかえ分の銀器をこっそり台所用品の箱に捨てようとしているのだから。

女は空になったタオルを持って、すばやくドアのほうへと向かう。と思いきや、ふと何か思い出したように、くるりと踵を返し、箱のところへもどってきた。女はナイフを一本取りあげて、タオルでそれを磨いた。それからもう一本、そしてまた一本。今度は箱を持ちあげ、床の上に降ろしている。女は箱の脇にすわりこみ、すり切れたカーペットの上にその中身をざーっと空けた。

鉄灰色の髪をした、素人ソーシャル・ワーカー風の中年女性が、女のそばに立って、ふたことみことそっと声をかけている。しかし、汚らしい破れた赤いドレスのその女は、ただひたすら目の前のナイフを見つめ、他のものは一切目にも耳にも入らぬ様子で、銀器をひとつ残らず磨きあげる作業に没頭している。いや、ひとつ残らずではない。店員は気づいた。女はナイフが好きらしい。彼女は汚れたタオルでナイフを磨きながら、ひとり鼻歌を歌いだした。

さきほどの中年女性が目と声に警報を響かせつつ、彼のほうを向く。「人を呼ぶべきじゃないかしら?」

「その理由がないでしょ。別に暴れてるわけじゃなし」

「でも、異常だと思わない?」

「ここはニューヨークですよ、奥さん。異常なだけじゃね。ベルビュー病院に部屋を取りたきゃ人でも殺さないと」


チャールズは三つの写真を炉棚にもどした。小さな図書室を横切ってくる間に、それらの写真については、ある恐ろしい結論が出ていた。そして彼は、いままた気持ちを切り換えて、目下の問題へと立ち返った。

イーディスの意見によれば、レッドウィングは強力なパワーを持っているという。また、あの女は危険でもあり、カソリックとブードゥー教の祭儀のミックスであるサンテリア、共感呪術、生け贄の儀式の匂いをぷんぷんさせているそうだ。つまりマロリーは、思っていた何倍もの危険にさらされているということだ。

「実はマーティンが見た文字は、二番目のものなの」イーディスの声が意識の隅で聞こえている。「最初のを見たのはハーバートよ。最初と言っても、ここ数年で、ということだけれど。これもやっぱりわたし自身は書いた覚えがないの。ハーバートが見た文字はこうよ――『死はすぐそこに迫っている』」

「最近、ハーバートと話しましたか？」

「いいえ、ここ何日かは。あの人、かわいそうなマーティンのことをずいぶん気にしていましたよ」

「かわいそうなマーティン？」

「ほら、マーティンって少しおかしいでしょう」これは質問ではない。イーディスは指をこめかみに向けてくるくる回し、マーティンの頭の歯車が狂っている可能性をほのめかしている。これはおかしい。マーティンは少しも狂ってなどいないのだから。精神分析医であるヘンリエッタも、その種の言葉は一度だって使わなかった。繊細な人――彼女はマーティンについてそう言った。それに、もろい、と。しかし狂っているとは言っていない。

マーティンは、自らの芸術を全うすべく日常生活を設計したまでだ。確かに、彼の世界は異常なまでにせまい。ヘンリー・キャサリーと同じく、彼もまた常に面倒を避け、自身の環境からうるさい色を取り払い、白という静寂、耳に快いものだけを残している。ならば当然、その真っ白な環境に映るあらゆる微妙な色合いに過敏に反応するだろう。

ヘンリエッタがマーティンを見守っているのは、本当に、あの青年が毀れそうだからなのだろうか？　彼女は、鉱山労働者が坑道の垂木に吊った籠のカナリアを横目で見ているのと同じ目的で、マーティンを見張っているのではないか？　敏感なカナリアがあえぎ、暴れ、籠の格子をか弱い翼で打ちすえるとき、鉱夫は空気の異変を知る。そしてヘンリエッタは、イーディスがふたたび動きだしたことを知るのだ。

イーディスの天賦の才も、百万分の一秒刻みで駆けめぐる知能にはついてこられない。脳のなかの重要な情報をチャールズにさぐられても、彼女はそれを単なる礼儀正しい世間話としか取らなかった。サンドウィッチとお茶には手もつけず、彼はイーディスに別れの挨拶をし、急いで部屋をあとにした。


車が停まるのも待たずに、マロリーはイグニションとライトを切った。彼女は歩道に静かに車を寄せた。「これが今週のレッドウィングのマイホームよ」ライカーの前に身を乗り出し、彼女は助手席側の窓の外を眺めた。「一階の部屋のテレビを見てて」

ライカーは、その安アパートの明かりの灯った四角い窓を眺めた。室内の様子はいかにも貧しげで、窓にはまった防犯用の格子など無駄な投資としか思えない。カードテーブルの上には古い白黒テレビが載っている。その向こうの壁は、ひび割れとめくれたペンキのモザイク模様だ。テレビの横には、詰め物の飛び出たずたずたの安楽椅子があり、その背もたれの上から、くすんだ白髪の房のついた禿げ頭がのぞいている。

マロリーはラップトップ・コンピュータをケースから取り出している。「テレビの画面が乱れたら教えて」

マロリーが、新しい小道具をいくつか車に設置したことにライカーは気づいた。フロントフェンダーのアンテナは、ふつうのラジオ受信用のものではない。すると今度は、彼女の左手の黒い電話機――電話局の備品――が目についた。「よせよ、おチビさん。令状なしに盗聴なんかしちゃいけない」

「そんなことしないわよ。人の声を聞くんじゃないの。空中から電子のスクランブルを引っ張ってきて、コンピュータで組み立て直すだけ。これって連邦法だとどういう罪になるの？」

ライカーは、アパートメントの窓に目をもどした。マロリーのしていることは見ないほうがいい。「テレビ画面が乱れると、どうなるんだ？」

「テレビの前にすわってるあのお爺さんが、立ちあがって、テレビをたたきはじめるのよ」

ライカーは彼女の腕を肘でつついた。テレビ画面はジグザグになり、縦に流れている。老人は安楽椅子から立ちあがり、テレビをたたきはじめた。表情に怒りの色はないが、泣いている可能性はある。

マロリーのラップトップの画面が明るくなった。

「さあ、入った。このビルの配線はひどいもんなの。レッドウィングは自分のコンピュータのせいであのお爺さんのテレビが乱れるなんて知らないし、お爺さんのほうはコンピュータが何なのかも知らないのよ。ほら、テレビを見て」

ライカーは窓に目をもどした。テレビの画面は正常になっている。老人は椅子に引き返していった。

「さあ」マロリーが言う。「無免許でテレビの修理をした罪で、わたしをつかまえたら？」

いったいこれまで何回、こいつはこの技を使ってきたのだろう？

「もう二度とここへは来ないと約束してほしいね。訓練を受けもしないで尾行をやろうなんて無茶もいいとこだ」どうしたらわからせてやれるだろう？　たとえ訓練を受けても、輝くばかりの金髪と、何年も、あるいは一生涯記憶に残りかねない美貌を備えた彼女には、とても尾行は無理なのだ。「他の連中は、時間をかけて情報源と仲よくなってるんだ――ポン引きやジャンキー、泥棒や売人、娼婦――警官が街で一日生き延びるためには、そういうやつらの目や耳が必要なんだ。パトロール警官は、もっと情報源を持ってるんだよ」

「へええ、そう。マーコヴィッツのコルクボードに貼ってある証券取引委員会の書類はどう？　事件の関係者の背景は？　どれも街のワルどもじゃなく、わたしがマーコヴィッツに提供したのよ。それに、あなたに降霊会の線を教えたのは誰？　わたしは、ポン引きを脅したりジャンキーを丸めこんだりはしない。でも、そういう情報を全部手に入れたじゃない」

確かに、マロリーはマーコヴィッツにとって最高の情報源だった。

「コフィーにはあの株取引の資料は使えない」ライカーは言った。「証券取引委員会をいま引きこんだら、ＦＢＩがどっと押し寄せてくるからな。コフィーはルイの事件をやつらには渡したくないんだよ。身内でかたをつけたいんだ。わかるだろ？」

「わかる」

「とにかく、レッドウィングのことは、しっかり話し合っておかなきゃな。こんなまねをしてりゃいつか殺され――」

「わたしは新米じゃない――」

「現場の捜査に関しちゃ新米だ。マーコヴィッツはドジを踏んだ。それは否定できない。なのにおまえさんは、応援もなしに尾行をやって、彼と同じ轍を踏もうとしてる」

空気に向かってしゃべっているようなものだった。マロリーはコンピュータ画面にじっと目を凝らしている。「で、レッドウィングの手口はどういうんだ？　よそのコンピュータに侵入しちゃあ金を盗んでるってわけか？」

「あの女にそういう頭はないと思う。腕はそこそこ。プログラムを使いこなすことはできるけど、自分でプログラミングはできないの。この数日、彼女、通信センターを見てまわっているのよ。何か待ってるのね。誰だか知らないけど、この陰謀の首謀者との連絡には、その都度ちがう通信センターを使ってるんでしょう。つまり少なくともひとりは、レッドウィングより上のレベルの人間がいるってこと」

ライカーはラップトップの画面を見おろした。「なるほど、いまおれたちが見てるのは何なんだ？」

「レッドウィングがいま見てるのと同じもの。ネット上の掲示板よ。世界中の誰でも、電話さえ持っていれば、ログオンしてメッセージを残せるの。あの女が拾ったメッセージは、暗号で書かれてる。こんなの子供だまし。一分で解いてやる」

　ライカーは老人の部屋の窓に視線をもどした。レッドウィングが何に手を染めているにせよ、儲けは微々たるものらしい。もちろん、ひとつの部屋だけ見て、この地区を貧民街と決めつけることはできない。たとえゴミ容器の蓋の上でネズミどもが踊っていてもだ。アップタウンにもダウンタウンにもネズミはいる。しかし、歩道に捨てられたコンドームは、ここが売春地区であることを物語っている。隣のブロックは、まっとうな中流工場労働者の地区かもしれない。これがニューヨークだ。角を曲がれば、街の様子もがらりと変わる。ひとつ向こうの通りのウインドウには玩具が飾られ、このブロックではそれがエロ本やのぞき部屋になるのだ。

「なるほど」マロリーが言う。「なるほどね。あの女、カモについての情報を集めてるわけじゃないんだ。合併や吸収がらみの株の情報を拾ってるのよ。これが未公開情報なら——証券取引委員会のファイルと一致しないなら、インサイダー取引の証拠になるわ」

「なあ、マロリー、おれにわかるように嚙み砕いて話してくれないか？　こっちは株だの証券だのに詳しいタイプじゃないんでね。たぶん知らなかったろうが」

「あなたの姪御さんは、法律事務所に勤めてるんだったわね？」

「グロリアか。ああ、弁護士補助員だよ」

「たとえばグロリアが、ふたつの会社の合併の契約に携わってたとするでしょ。その合併に関する書類が証券取引委員会に届くまでには、少し時間があるわけ。合併が公表されたとたん株価が上がるのを、グロリアは知っている。彼女がその情報を、公表される前に、友達に流したらどう？　友達はその株を買って大儲けし、分け前を姪御さんに渡せるでしょ。もともとの株主はだまされたことになるわ。グロリアの友達に持ち株を売ってしまったわけだから。しかもはした金でね。ＦＢＩはこういう犯罪を目の敵にしてるの」

「つまり競馬の八百長みたいなもんだな」

「そういうこと。ねえ、この数字と文字を見て」彼女は画面上の最初の欄に打ちこまれた文字を指差した。「これが株の銘柄。それぞれの時価で識別するようになってるんじゃないかな。うちに帰ったら新聞で調べてみなきゃ。銘柄のマークのつぎの数字は買いの指示よ。これはイカサマ降霊会なんてもんじゃない。あの女、ひとりじゃやれっこない大がかりなことに首を突っこんでるんだわ。中規模の銀行では扱いきれないくらいの取引だもの」

「令状を取って、あいつのコンピュータを押収したらどうかね？」

「無駄よ。あの女に指示を出している首謀者と直接つながってるわけじゃないもの。レッドウイングには逃げ道があるの。この掲示板は誰でもアクセスできるから、新聞の株式情報とおんなじだって言えるわけ。利口ね。実に利口なやりかただわ。レッドウィングのアイデアじゃない。頭のいい黒幕がいるはずよ。株に詳しくて、組織的にやる腕のある誰かが」

「コフィーが大喜びするな」

「へええ、そう。あいつに言ってやって。新米からのプレゼントだって。で、そっちはどんな情報をくれるの？」

「おいおい、情報ならもうたっぷりやったぜ」ライカーは言った。これは本当のことだ。マロリーはそっぽを向いた。彼への信頼は失われたらしい。

マーゴは飛び出しナイフを手に、果てしなく鳴りつづける電話の呼び出し音に耳をすませていた。二十回、三十回。待つことには慣れている。彼はそのうち出るだろう。飛び出しナイフは十回も磨かれ、きらめくその刃は光を壁に反射している。彼女は待ちつづけた。これが何よりの特技なのだ。あの踊るナイフの男のことも、何年も待った。彼女はナイフの刃に視線を落とした。銀色の金属が光を捉える。

この飛び出しナイフだけは、取っておくことにしたのだ。血はコンロの火であぶって、蒸発させた。もう心配ない。これはずっと持っていよう。幸運をもたらしてくれるかもしれない。銀行のデスクに落ちたのは幸運とは言えないけれど、あれはあのブギーマンを殺す前のことだ。これを持って、もう一度銀行に行こうか？　前払いの件はどうすればいいのだろう？　ヘンリーならわかるはずだ。

電話は鳴りつづけている。

もしかしたらヘンリーは、彼女が前払いを受け取れるように、自分の弁護士を貸してくれるかもしれない。それとも、ただこのナイフをポケットに、もう一度銀行に行ってみようか？　きょうはラッキーな日だ。観光客が一ドル札を紙コップに入れてくれたし、いまそのコップにはピザひと切れと地下鉄のトークンを買うのに充分な額が入っている。こういうなりをし、こういう臭いを放っていると、金は驚くほど簡単に手に入る。

三十分後、彼女は角を曲がって、アベニューCに入っていった。イースト・ヴィレッジのその地区は、アルファベット・シティと呼ばれている。別名は戦闘地帯。警察もここには入ってこない。だから、歩道に立つ警官の姿を見て、マーゴはぎくりとした。そいつは、彼女のアパートの前に停められた車のなかの相棒と話をしていた。

では、あの銀行員が通報したのだ。ちくしょう。必ずあのチビに仕返ししてやる。

彼女は踵を返し、途中、歩道のゴミ缶から紙コップを拾いながら、地下鉄の駅のほうへもどっていった。走ってはいけない。彼女は自分にそう言いきかせた。走ればすぐにばれてしまう。彼女は物乞いをしながら通りを歩いていった。こうしていれば安全だ。警官も一般人も、必要に迫られないかぎり貧困の顔をのぞきこもうとはしない。


ビデオデッキはいつまでも回りつづけるようセットされており、それゆえマーコヴィッツは夜を徹して踊っている。マロリーが五〇年代の曲を子守歌に眠りに落ちると、マーコヴィッツはロックンロールを踊りながら、その夢のなかに入ってきた。踊る警官はマロリーを腕に抱いている。彼女は意識がなく、彼は必死に彼女を起こそうとしている。ガクンと落下するような感覚とともに夢は終わった。マーコヴィッツはかがみこんで、コルクボードのすぐ前の床にマロリーの体を横たえた。彼が大声で叫んでいる。何と言っているのだろう？　なぜ意味がわからないのだろう？

彼女は目を覚まし、デスクから頭を上げた。ビデオの映像にゆっくりと目の焦点が定まる。マーコヴィッツは若いヘレンと踊りながら、マロリーをひとり闇に残し、カメラの目からくるくると離れていく。彼女の手がゆっくり頭上に上がっていき、固い拳となってハンマーのようにデスクを打ちすえた。

なぜ、わたしを置いていったの?

第九章

いまは夜なの？　それとも昼？　マーゴは、近くの乗客の腕時計をのぞいた。十一時。だが、昼なのか夜なのかはわからない。いったい自分は何時間眠っていたのだろう？　どれくらいの間、この地下鉄に揺られ、アップタウンとダウンタウンを行きつもどりつしていたのだろう？

車輛のドアが開き、乗客がひとり乗りこんできた。

マーゴはそいつを見守った。男が向かい側の席にすわると、彼女の目はその動きを追ってゆっくりと動いた。彼女は相手の口もとをじっと見つめた。その残忍さ、両隅が深く邪悪に垂れ下がった非情な線は、独特のものだ。忘れられるわけがない。あの口、あの冷酷なゆがんだ口。彼女はあの口と踊るナイフをいつも夢に見る。列車が停まった。男は降りていき、彼女は少し距離を置いてあとを追った。やはりあいつだ。まちがいない。彼女は男につづいて、ひとつ上の階へ通じるトンネルに入っていった。ナイフが踊りながらポケットから出てくる。刃が光のなかにカチリと飛び出す。

あの男だ。

チャールズは、その公立図書館ではよく知られた存在であり、定期刊行物コーナーの司書とはファーストネームで呼び合う仲だった。ジョンという名のその司書は、通り過ぎていく彼に、やあ、と声をかけた。図書館の常連たちは、ホームレスから学者まで、棚十個分離れていても彼の鼻は見逃さない。みんな、本人の意図していないコミカルな笑みが返ってくるのを期待して、チャールズに笑顔を向ける。きょうチャールズがさがしているのは、本ではなく、ファニー・エヴェンローだった。人名辞典のコーナーに行ってもよいのだが、ファニーは彼の狙っている獲物を個人的に知っている。

彼女は、棚の前に立ち、分厚い本に読みふけっていた。チャールズは、彼女の気がすむまでいくらでも待つつもりでゆっくりそちらに近づいていき、そうしながら、この七十を過ぎた貴婦人の若かりし日の姿を思い描いた。人目を引くその顔立ちはいまなお美しく、背中は年老いたとはいえ少しも曲がってはいない。

この人のことを考えるとき、彼の頭にいつも浮かんでくるのは、初めて彼女が語ってくれた思い出――十七歳の彼女がワシントンでデビューする場面だ。彼女は、白い長手袋とイヴニングドレスに身を包み、舞踏室の丸いガス灯のやわらかな光を浴びてワルツを踊っている。同世代のロマンチストがみなそうであるように、チャールズもまた、生まれてくるのが遅すぎたこと、騎士道もワルツもない時代にいることを残念に思っていた。

ファニーは本を棚にもどし、彼に挨拶しながら、顔を皺くちゃにしてほほえんだ。彼女には、あらゆる人に「自分こそこの人の世界の中心なのだ」と思わせる才能がある。ファニーは両手を差し出して彼の手を握り、それから、ほんの少しだけ伸びあがって、彼の両の頬にキスした。

彼女の背丈は六フィートを超えている。しかし正確な身長は、生年月日同様、もはや口にされなくなっていた。

「ずいぶん久しぶりね、チャールズ。それはどういう女の人なの？」

「女の人？」

「あなたの人生に何か新しいことが起きたんでしょう。顔に出ているわ」

「まあ、新しい問題なら確かに」

「それでその問題は何という名前なの？」

「以前はキャスリーンと呼んでいたんですが、最近はマロリーと呼ばされています」

図書館の厳めしい扉へとつづく階段の間の石の通路で、コーヒーとクロワッサンを買う列に並んでいる間に、チャールズは、自分が新たに共同経営の契約を結んだことを彼女に話して聞かせた。やがてふたりは、石のライオンと五番街の往来を見晴らせるテーブルの、パラソルの陰にすわった。チャールズはちょうど、自分が何を調べているか切り出したところだった。

「ええ、その人よ」ファニーは言った。「よく知っていますよ。若いころはとっても美男子だった。初めて会ったときは、ある上院議員の秘書を務めていたわ。数えきれないくらい何度も、いっしょに踊ったものよ。あの人は、わたしより背のある数少ない男性のひとりだったの。彼が法律事務所を開くために故郷に帰っていったときは、胸が張り裂けそうだった」

「その後、お会いになったことはありますか？」

「ええ、何年もあとになってからね。どちらもまだ結婚していなかったのよ。また何度かいっしょに舞踏会に行ったわ。あの人は、今度は下院議員としてワシントンにもどって来ていたの。上院選に出馬する前に、二期、下院にいたのよ」

「当選したんですか？」

「最初はだめだった。二度目も落ちたわ。でも三度目にとうとう当選したのよ。それから、一時、弁護士の仕事にもどったあと、今度は最高裁の判事に任命されたの。とても名誉なことですよ。あの人は本当にすばらしかった。今後どうなるか、とっても楽しみだわ」

「彼からその少年の話を聞いたことはありますか？」

「ええ。あの人は決してその子のことを忘れなかったから」

「彼が出版した論文に、あの事件に触れたものはないんです。すぐ忘れてしまったのかと思っていました」

「あの人と話したい？」

「そうできるでしょうか？」

「わたしのことなど彼はもう覚えていないだろうと言うの？」

「それはありえませんよ」なぜなら彼女は、歳月の力も及ばない、忘れえぬ女性なのだから。きょうの午後、裁判所の職員が彼女の名を告げるとき、かの最高裁判事は記憶をさぐるまでもなくファニーの顔を思い出すことだろう。

手を貸して彼女をタクシーに乗りこませたあと、チャールズは、イーディス・キャンドルの炉棚に載っていた三番目の写真をさがすべく図書館へもどった。

日付はだいたい見当がついていた。彼はいま、あの女性の記事まで一年足らずのところにいて、紙面の内容をすべて確実に把握しつつ、一般人がパンケーキをひっくり返すのとほぼ同じスピードでマイクロフィッシュ・リーダーのダイヤルを回していた。あの事件は、自分がヨーロッパにいた数年の間に起きたにちがいない。

そう、これだ。まもなく、結婚式前夜に、フィアンセの手で撃ち殺されることになろうとは夢にも思わず、こちらに向かってほほえむ花嫁。詳しい情報はどうすれば手に入る？　馬鹿め。簡単なことじゃないか。マロリーにたのめば、何だって手に入る。でも、それはまずい。この件に関しては、彼女は避けたほうがいい。

ライカー巡査部長は口の堅い男だ。彼なら力になってくれるだろうし、マロリーに告げ口などしないはずだ。

下の通りにレッドウィングが姿を現すと、ヘンリー・キャサリーの意識はほんのひととき澄み渡った。つぎの降霊会までには、まだ間があるはずじゃないか？　彼は窓辺に立った。その目の曇りは消えていた。これはチェスボードに向かっているとき以外、めったにないことだ。背後では電話が鳴りつづけている。きょうはずっとこの調子だ。まともなやつのすることじゃない。鬱陶しいセールスマンや警察官だって、ここまでしつこくはないだろう。これはマーゴにちがいない。また金の無心だ。放っておけば、からからになるまでしぼり取られてしまう。

彼は、平らな広場の外の歩道に立つゲームの達人を見おろした。そのときすべてがはっきり見えた——過去と現在と未来とが。しかしその瞬間はたちまち過ぎ去り、頭に残ったのは、電話のベルをどうするかという問題だけだった。彼は機械に歩み寄ってベルのスイッチを切ると、ふらふらキッチンに入っていった。何か食べようと思いつつ、しかし、缶詰の開けかたもわからずに。それでも彼はＩＱ一八七なのだ。

「お電話ありがとうございます」そう言いながらもチャールズは、驚いてはいなかった。橋渡しをしてくれたのがあの人なら、こうなって当然なのだ。

「うん、きみの話に興味をそそられてね。あの少年のことをもう一度考えてみる人がいようとは思ってもみなかった。あんな形で敗北するのはつらかったよ。州がロープを用意するか、あの子が自ら首を吊るかだったからね」

男の声には、中部地方独特の鼻にかかった響きがあった。同時に、それとは別の張りつめた響きも。判事にとってこれは、おぼろげな思い出などではなく、しばしば心に去来する出来事なのだ。

「その少年は実際、罪を犯していたわけですよね？」

「何の罪か知っているかね？　タミー・スー・パートウィーの立場からすれば、正しいことをした罪だよ。あの少年は州境を越えてタミーと結婚した。そして、たった十五の子供なのに、それから六カ月、彼女と生まれてくる赤ん坊のために、昼夜を問わず遮二無二働きつづけたんだ」

「赤ん坊？」

「タミーはお産で死んだんだよ。誰にも救うことはできなかったろう。だがそれがわかったのは、ずっとあとになってから、あの少年が死んでからだった。郡検視官のやつがもたもたしやがったからな。赤ん坊はタミー・スーと同じ墓から見つかった。母子は粗末な即席造りの棺桶に横たわっていたよ。破かれてしまう前に、わたしもその写真を見たんだ。実に痛ましい写真だった——死んだ子供に死んだ子供がしがみついているんだからね」

「どの新聞も、その赤ん坊のことにはまったく触れていませんでしたね」

「タミー・スーの家の者たちが、噂を静めたんだ。赤ん坊の写真はなくなったことになっている。あの少年は、赤ん坊の年がわかりにくくなったら、故郷に帰るつもりだったと言っていたよ。タミー・スーは何度か親父さんに殴られたことがあってね。彼は、タミーにはこれ以上は耐えられないだろうと思っていたんだ。少年の家の者たちは遺体を引き取りにさえ来なかった。身内だってことを認めたくなかったんだ。ひどいお祭り騒ぎがあったからね。みんな、『怪物を殺せ』だの『タミー・スーに正義を』だのというプラカードを掲げて、真夜中に松明《たいまつ》行進をやった。地元の商人は、留置所の外でビールやホットドッグを売ったものだよ。しかも少年の独房の窓からは、この余興がすっかり見えていたんだ。

「あの子は毎晩泣きながら眠りについていた。まだほんの子供だったよ。十二日がそんなふうに過ぎていった。そしてある晴れた夏の朝、保安官はあの子が照明器具からぶら下がっているのを発見したんだ。あの子は寝具でロープを作ったんだよ。こうして子供の遺体は三つになった」

「イーディス・キャンドルは真相を知っているんでしょうか？」

「彼女のご主人、あの魔術師マックス・キャンドルには、わたしから話したよ。彼が奥さんに伝えるのを期待してね。だが伝えなかったかもしれん。わたし自身は、まちがいなく、伝えてくれとたのんだが。彼女がマスコミに声明を出せば、裁判が少年に有利になるかもしれないと思ったんだ。しかし、何をしようにももう手遅れだった。あの子が自殺したのは、その翌日だったからね。マックス・キャンドルは、わたし宛に少年の埋葬費用を送ってきてくれた。かなりの額だったよ。わたしは、クレア郡一大きな墓碑を買い、それにふさわしい丘にあの子を埋葬した。町の連中は大いに憤慨していたがね」

家を出る前、マロリーはジーンズのウォッチポケットに、二十五セント玉をひとつ電話代としてすべりこませた。無意識にやっている十五年来の習慣。たったひとつのちがいは、そのコインを渡してくれるヘレンがもういないということだ。「何かあったとき、おうちに電話できるように」ヘレンは毎朝そう言った。小さなキャシーを学校に送り出すときも、背の高いキャシーを大学に、そして後には、警察学校に送り出すときも。「ただ電話すればいいの。そしたらすぐ行ってあげますからね。ふたりで助けにいってあげるから」弁当箱と電話代をキャシーに渡しながら、ヘレンはそう言ったものだ。

洗練されたバーナード大学の女の子たちのなかで、自分だけ漫画のネズミの描かれた弁当箱を持っていても、マロリーは平気だった。そのグループのなかに仲間はひとりもいなかったし、また彼女は仲間を作ろうともしなかった。

十二歳のときから、彼女の仲間はニューヨーク市警のコンピュータだった。週に三日、ヘレンが何かの委員会やチャリティーの仕事でマンハッタンの学校に迎えにこられないとき、彼女はそこで放課後を過ごした。大学に入ってからも、空いた時間は市警のコンピュータに囲まれて過ごし、瞬く間にマーコヴィッツの有能なスパイとなった。しかし、彼女が購買部のコンピュータに入りこんだのは、まだ子供のころだった。そして、その後まもなく、署のコンピュータはより新型のものへと変わった。部品の入ったいくつもの箱が届くようになり、そうした部品を、小さなキャシーが、後には背の高いキャシーが、組み立てて、最先端を行くシステムを作りあげたのだ。そして、マーコヴィッツは、彼女のモニターの前を通るときは、目をそむけることを学んだのである。

マロリーはポケットのコインをまさぐった。彼女は、大事にされ、いつも見守られている子供だったから、あのコインが必要になったことなど一度もなかった。それに、ヘレンとルイはもう彼女を助けにはこられない。電話もそこまでは進歩していないのだ。それでも、コインはポケットに収まり、マロリーとあのふたりをつないでいる。電話会社の力は及ばなくとも、思い出によって。

ドアに向かう途中、マロリーは留守番電話のライトが点滅しているのに気づいた。彼女は再生ボタンを押した。たったひとつのメッセージは、ライカーからのものだった。レッドウィングがまた夜の間にアジトを移したという。それがどこなのか、彼は言っていなかった。

第十章

イーディス・キャンドルは、大きく拡大された子供の目で分厚いレンズごしにこちらを見つめた。「彼女に近づいてはだめですよ、キャシー」

「どうしてレッドウィングの住所がわかったんですか？」

イーディスは眼鏡を外し、時間稼ぎにレンズを磨いた。眼鏡のないその目は、実物どおりの、ごくふつうの大きさになっていた。

これも一種のイリュージョンね、とマロリーは思った。

「本人が教えてくれたからですよ」イーディスは、もとどおり目を拡大し、眼鏡を鼻梁に押しあげた。「今朝、電話があってね。ずいぶん長話してしまったわ」

「あの女が来てほしいと言ったんですか？」

「ええ」

「このことは秘密にするよう言われました？」

「裏切らないでほしいとは言っていましたよ。正確に何と言ったかは覚えていませんけれどね」

「その住所を教えてください」

「いっしょに来たいというの？　あの人は喜ばないと思いますよ。ひとりで来るよう言っていましたからね」

「あなたには行ってほしくありません。住所を教えてください」

「いいえ、悪いけれどそれはできないわ」

マロリーは椅子の背にもたれ、イーディスの白髪頭の向こうの一点を見つめながら、考えた――この年寄りに口を割らせるには何分かかるだろう？　イーディスは小柄な人だ。そう手間取るはずはない。仮にイーディスを――ほんのちょっとだけ――脅しつけたら、どれくらいチャールズの非難を浴びることになるだろう？

めずらしくも今回は、チャールズが勝った。

「あの女について、あなたは何を知っているんですか、イーディス？」

「彼女の根っこに暴力的な部分があるってこと。本当に危険なのよ、キャシー」

マロリーは電話の脇の回転式名刺ホルダーに気づいた。美しい肘掛けカバーや先祖の肖像画に飾られたこの部屋にはそぐわぬ品だ。回転式名刺ホルダーの隣には、ボールペンがあった。これではネオンの矢印が、ここを見よ、と言っているも同然。

「コーヒーをいただけませんか、イーディス、せめて？」

「いいですとも」

イーディスがキッチンへ消えるなり、マロリーはRの項の新しい名刺を見つけ、回転式名刺ホルダーから引き抜いた。

コーヒーを飲みおえると、マロリーはキーホルダーを手に取った。「レッドウィングのところへは行かないと約束してください」

「そんなに心配なら、もちろん行きませんよ。でも帰る前に、あなたに見せておきたいものがあるの」彼女は先に立って廊下にもどり、広いキッチンに入っていった。洗剤でごしごしこすられた薄い文字が、コンロの上の壁に大きく広がっている。

イーディスはマロリーを振り返った。しかしその才能をもってしても、彼女の表情を読み取ることはできなかった。「マックスのときと同じよ」

「へええ、そうですか」マロリーはひとことそう言った。


ドーベルマンの子犬は、こっそりキッチンへ入っていき、白目をむいているレッドウィングを見つけた。子犬はこの遊びをまだ知らなかったが、痛みによるしつけはすでに受けていた。子犬はまた、飢えと渇きで気も狂わんばかりだった。

女の足の間の床には、生肉の小さな皿が置いてある。子犬は横目で女を見あげながら、じりじりそちらに忍び寄った。子犬にとって、この女は苦痛であり歓びである。皮膚に残るタバコの火傷の跡であり、快い甘いささやきと愛撫でもある。子犬は赤い肉を鼻でつついた。妙な臭いにはもう慣れている。本能は飢えに負けた。彼は肉をちょっとなめ、それから、がつがつむさぼり食った。すると渇きはますますひどくなり、部屋がぐるぐる回りだした。いや、ゆっくり回っているのは彼自身だ。舌は歯の間からだらんと垂れ下がっている。水、水がほしい。黒い頭が低く、床すれすれまで沈んだ。舌がタイルの埃をなめる。目は閉じられ、狂気の白い裂け目となっていた。子犬は低く唸りだした。声はやがて遠吠えへと高まっていった。

天気は快晴、秋とはいえ日溜まりはまだ暖かだ。綱を外してもらえる犬の社交タイムのいま、ウェスト・ヴィレッジの犬たちは、ワシントン・スクエア・パークの柵に囲われた三角地帯に集まっている。彼らはフリスビーを追いかけ、匂いを嗅ぎ合い、泥のなかを転げまわり、涎《よだれ》を垂らしながら満面に笑みをたたえていた。

そのほんの数秒後、犬たちの顔から急に笑みが消えた。彼らはいっせいに風上に向かって鼻を持ちあげ、危険を嗅ぎわけようとした。人間どもは彼らより空気の異変に気づくのが遅い。犬たちはそろって三角地帯の角のひとつへ移動し、目つきがおかしくなったラブラドル犬と距離を取った。そいつは白目になり、まぶたを細めている。黒い頭を低くし、舌をだらりと垂らしている。その唸りは低く、片時もやまない。

何かがその犬の目を捉えた。彼は、女の輝く金髪を追って頭をめぐらせていく。女は、ウェスト・ヴィレッジのこの小さな公園を横切り、イーストサイドに向かっている。髪が太陽のきらめきを反射する。犬は狂気の目でその姿を追った。歯をむきだしているのは、犬の笑みではなく威嚇の印だ。彼は千鳥足で三角地帯の端へと駆けていった。飼い主がそろそろ近づいてくる。「ほら、おいで」ほっそりしたその若い女は、首輪と綱を差し出しながら、そう呼びかけた。彼はそれを無視して、低い柵に顎を載せた。飼い主がさらに近づいてくる。彼はさっと振り返り、愛し愛され暮らしてきたこの七年間で、初めてその手に噛みついた。女は、歯形を、血が湧きあがってくる小さな穴を見つめた。彼女は声も出ないほどショックを受けていた。

ラブラドル犬は数歩退って助走をつけ、すれすれで柵を飛び越えた。歩道のセメントにカタカタと爪音を響かせ、彼は、髪に太陽のきらめく黄金色の女のあとを追った。ようやくあがった飼主の叫びに、黄金色の女は振り向いた。彼は、舌を垂らし、低く唸りながら、彼女に向かって跳ねていった。と、ひとりの子供が彼らの間を通り過ぎた。目の前をよぎった子供の赤いTシャツに、犬は頭をめぐらせた。彼は子供に飛びかかり、そばかすだらけの小さな腕をがっちりとくわえこんだ。小さな人間は恐怖に目を見張り、泣き叫んだ。顎に力を加えていくと、もろくて小さな人間の骨が歯と歯の間でポキンと折れた。彼は子供を右へ左へ振りまわしはじめた。

黄金色の女が走ってくる。彼を呼び、甲高く鋭く口笛を吹いている。しかし犬は、口のなかの肉塊で手一杯だった。黄金色の女は、まず頭を、それからあばらを蹴りつけて、彼の注意を惹いた。彼は子供の腕を放すと、黒い唇を広げ、歯をむきだした。女は手招きしながら、あとじさっていく。彼はガッと口を開け、女に飛びかかった。すばやく力強い一世一代の跳躍。自分にこんな力があるとは知らなかった。彼の目は、女の白い喉に釘付けだった。彼は女に向かい、宙を飛んでいた。そのとき世界が爆発した。

女の手の金属が煙を上げ、同時に犬の心臓は破裂した。犬の最期の数秒が女の顔でいっぱいになる。女は拳銃で彼の体をつついた。その顔は冷ややかだった。殺したことに何の感慨もないらしい。この黄金色の女は、犬がこれまでに出会ったどんな生き物とも異なっていた。そして彼女は行ってしまった。犬は、目の前が真っ暗になるまで、太陽を見あげていた。

引き裂かれ、骨を砕かれたあの四歳の男の子を、ひとりの女が抱いている。マロリーは女の腕から子供を抱き取ると、草の上に寝かせて、折れた腕を持ちあげた。彼女は、手で傷口を押さえ、切れた動脈から噴き出す血を止めた。その目が、知った顔をさがして、見知らぬ人々の群れを眺めわたす。ライカーが野次馬をかきわけて姿を現し、かたわらに膝をついた。彼が近くにいることはわかっていた。

「ベルトをよこして」マロリーは言った。

ライカーはベルトを外して差し出した。マロリーはいちばん近くにいた民間人を見あげた。「救急車を呼んで。ニューヨーク大学の電話を使うのよ。それから、あなた」彼女は近くの女性に言った。「あの茶色いビルに診療所があるから、医者を連れてきて。ごちゃごちゃ言うようだったら、警察命令だって言ってやって。ライカー、この動脈を押さえてちょうだい」

ライカーの手が彼女自身の手に代わって傷口を押さえた。

「これは大動脈よ。救急車が来るまで、手を放さないで」

両手が自由になると、マロリーは、子供の折れた腕をベルトとスケートボードで固定した。さらに彼女は、ライカーとその他二名の上着を徴発し、子供の体をくるみこんだ。これは体温を維持し、ショックからくるダメージを最小限に留めるためだ。ショックはすでに子供の大きな目に忍び寄りつつあった。痛みはあとからくるのだろう。いまのところ少年は、母親を求めて泣くばかりだった。

マロリーは立ちあがり、ライカーに手を振ると、応急処置と書類仕事は彼に任せて、さっさと公園の外に向かった。ふたりの距離が充分開くと、彼女はひとり笑みを浮かべた。ライカーは署の伝説になっている。これまで彼の尾行を振り切った容疑者はひとりもいない。これは彼にとって初めての体験であり、立ち直るには少々時間がかかるだろう。


「やあ、チャールズ。ライカーだ。マロリーはいるかな？……どこにいるか見当つくかい？……何でわかった？……ああ、ずっとつけてたんだが、あのガキ、おれを撒いてくれてね……どうしても見つけなきゃならないんだよ。いますぐ、大至急。もしおれを撒きたがってたなら――実際そうだったわけだが――何か嗅ぎつけたにちがいないからな……ああ、こっちも心配だよ」

ライカーはスーパーマーケットの前で公衆電話の受話器を置くと、東へ曲がってブリーカー・ストリートに入った。まだ夕刻でさほど暗くはなっていないが、ハロウィーンの仮装はすでにあちこちに見られ、ぴかぴか光る紫の付け毛やお化けのマスクで通りを彩っている。巨大な歯磨き粉のチューブが通り過ぎる。おつぎは、脚が二本生えた葉っぱだらけの植物だ。ライカーのズボンのベルトにも背が届かない狼人間や人食い鬼の小集団は、ふたりのママに見守られ、導かれている。この町で保護者なしの子供を見かけることはめったにない。群れのいちばん小さなお化けは、SF映画のキャラクターをかたどったはやりのマスクを着けていた。

「ばああ!」ライカーに向かってその子が叫ぶ。彼はしかたなく両手を上げて叫んだ。「助けてくれえ!」子供たちはどっと笑い、ふたりの保護者は引率をつづけ、ライカーは南へ、署へと向かった。

ああ、おチビさん——彼は胸のなかでつぶやいた——ほんとにあんたは怖いもの知らずだよ。

「『勇者は死ぬ』! これはマロリーのことなんでしょう? そうでしょう、イーディス!」

壁の文字の赤は薄れ、磨き粉をかぶっていた。それを読むときチャールズの息は止まり、ふたたび呼吸を始めるには意識的な努力が必要だった。イーディス・キャンドルはティッシュをひねってちぎりながら、キッチンから出ていった。

チャールズはあとにつづいて廊下に出ていき、図書室のドアの前で足を止めた。どんな変化も見逃さぬその目が、散らかった八角形のテーブルに吸い寄せられる。テーブルに載った新聞の下からは、銀のフレームの角の重厚な渦巻き模様がのぞいていた。彼の目は炉棚に移った。三つのフレームは前と変わらずそこに載っている。テーブルの上のフレームはその姉妹品なのだ。

イーディスが袖を引っ張った。「わたし、いまひどく心が乱れているの。きょうは誰にも会いたくないのよ」

彼女を無視して、チャールズは図書室に入っていき、テーブルに歩み寄った。銀のフレームを覆い隠す新聞のすぐ横には、マニラ紙の大きな封筒があった。差出人は、ニューヨークの、ある情報サービス会社だ。封筒の下には、大急ぎで隠したらしい数枚の切り抜きが見えている。チャールズは、フレームの上から新聞を持ちあげ、マロリーの写真を発見した。ルイ・マーコヴィッツの葬儀で撮られたクローズアップ。その美しい顔は銀のフレームのガラスの奥に囚われている。チャールズは二歩で部屋を横切り、イーディスの肩をつかんだ。

「彼女を殺そうとしているのは誰です、イーディス？　さあ、誰なんです？」

「わからないわ。わたしにもそこまでの能力はないの」

「何が能力だ。自分で彼女をはめたくせに。彼女は誰に殺されるんです？」

「あなた、自分が何を言っているかわかってないのよ」

チャールズは炉棚に歩み寄って、若き未来の花嫁の肖像を手に取った。「この人のフィアンセは、このアパートメントに住んでいた。名前はジョージ・ファーマー。ジョージは結婚式の前夜にフィアンセを殺し、それから自らに銃を向けた。彼はいまでも植物状態なんでしょう？　私立病院のベッドに横たわって天井を見つめているそうですね。たまに涎を垂らすこともあるとか。でも彼は死んでいないから、銀のフレームには値しないわけですね。そういうことなんでしょう？」

「わたしの能力は、恐ろしい重荷を伴うのよ、チャールズ。わたしは悲劇を食い止めようとした。でも結局失敗に終わったの」

「失敗ですって、イーディス？　あなたの汚らわしい基準からすれば、大成功だったんでしょう？　マックスはどうです？　あなたはわざと彼の集中を妨げたんじゃないですか？　あの夜、彼はあなたにだけは会いたくなかったはずですからね。だから、ぼくの父と母は、あれっきりあなたのところへぼくを連れていかなくなったんだ。あなたが彼の死を仕組んだことに気づいていたから。そして今回、あなたはマロリーの死を仕組んだ。あのおぞましい事件の謎が解けたわけですね？　そりゃそうでしょう。あのお婆さんたちに、あの降霊会。あなたほど内部の事情に詳しい人はいない。彼女は誰に殺されるんです、イーディス？」

「あなたがそんなことを言うなんて信じられない」

「最初あなたは、ハーバートと彼の銃を利用して事故を起こそうと企んだ。今回の犠牲者はマーティンだ。ただひとつ、ちょっと引っかかることがあった。そうでしょう？　ハーバートは、ねじけた臆病な小男にすぎない。簡単すぎておもしろみがなかったんだ」

「あなた、頭が混乱してるのよ、チャールズ――」

「ところがそこへ、マロリーが登場した。暴力と憎しみとすばらしい若いエネルギーではちきれそうな彼女が。どうです？　当たっているでしょう？　彼女はどこへ行ったんです？」

「本当に知らないのよ。知っているのは、彼女に危険が迫っているということだけ」

「なるほどそうでしょう」

チャールズは、テーブルに載った肖像写真の銀のフレームに手を触れた。「キャスリーン・マロリーはあなたのトロフィーじゃない」彼は拳でガラスをたたき割り、彼女の肖像を解放した。手の傷から血が流れだした。彼は赤い手形をドアに残し、無傷のほうの手にマロリーの写真を握りしめて、イーディスの部屋をあとにした。

ビデオデッキ、カラーテレビ、ステレオ——マロリーはそのひとつひとつを品定めしていった。オーディオ・マニアや泥棒なら必ず知っているはずの、きわめて高価なこのステレオは、めくれた壁紙やすり切れたカーペットにそぐわない。空気にはスパゲッティ・ソースの匂いがこもっていた。カンカンとやかましいラジエーターの熱気に対抗して開け放たれた換気用の窓からは、さらに強烈なゴミの臭いが漂ってくる。

ドーベルマンの子犬がパタパタと入ってきた。犬は、虚ろな目をし、朦朧とした様子で、一方の前脚をかばいながら歩いている。例の男の子は、テレビの前の床にすわっていた。

男の子とマロリーを隔てる距離は、ほんの数フィート。なのに男の子は、はるか彼方から眺めるようにマロリーを見あげた。彼女がレッドウィングに導かれて隣の部屋へ入っていくと、黄色い目がその姿を追ってぐるりと動いた。

バスルームをも兼ねているキッチンは、居間と同じだけの広さがあった。バスタブは紫色のシャワー・カーテンに囲われ、裾の下からわずかにライオン型の足だけがのぞいている。便器は、黒い蘭の模様のついた薄汚い金色の布で隠してあるが、詰まった排水管の臭いのほうは隠しきれていない。

「おすわり、おすわり」レッドウィングは歯をむきだして笑っている。

マロリーは、パン屑や食べかすが散らばり、あちこちにソースがこびりついている大きなテーブルに着いた。

「お茶を飲もう」レッドウィングはそう言って、のろのろと調理台に向かった。その上には、乾燥させた葉や粉の入ったラベルのないガラス瓶がずらりと並んでいる。レッドウィングは戸棚を開けて、そろっていないティーカップを二個取り出した。

「わたしは結構です」マロリーは調理台をじっと見つめていた。購入日以降そこに触れた指の跡が全部残っているトースターを、ゴキブリが上っていく。物はすべてあるべき場所に収まっているが、どの場所にも、以前――昨日か先月かに――そこにこぼれた何かがこびりついていた。マロリーは身をかがめ、昔からやりつけていることのように、靴の上からゴキブリをはじき飛ばした。

「どうしてもお茶は飲んでもらうよ」

「なぜ？」

「それがあたしたちのやりかただからさ。あんたがたおまわりにも、小道具はあるだろう。あたしにはあたしの小道具があるんだ。情報がほしいんなら、こっちのやりかたでやらせてもらう。いいかい？」

マロリーはうなずいた。あの男の子は、ドアを入ってすぐのところに立っている。まるでどこからともなく出現したようだ。マロリーは、靴下だけで靴のないその足を見おろした。なんておとなしいんだろう。彼女はこの子がしゃべるのを一度も聞いたことがなかった。子供の目はマロリーに吸いつき、離れようとしない。レッドウィングがフランス語で何か子供に話しかけた。すると彼は、夢遊病者のような動きで、椅子に上り、戸棚から缶を取った。さらに命令を浴びせられると、少年は今度は蜂蜜の瓶をさがした。彼は、自分の意思は少しも見せず、ただレッドウィングの命令によってあちこちに引きまわされていた。

マロリーは男の子の一挙手一投足を追っていた。レッドウィングがこの子に与えたダメージはどれくらいだろう？　男の子の服装は、ごくふつうの子供と同じ、ジーンズとTシャツだが、正常なのはそこまでだ。彼はのろのろとマロリーのほうへ歩いてきて、椅子のそばで足を止めると、ロボットじみた緩慢な動きで、テーブルに蜂蜜の瓶を置いた。

レッドウィングが背を向けた隙に、マロリーは手を伸ばし、男の子の頬に触れた。その優しさは、双方をびくりとさせた。男の子の目から虚ろな幕が上がり、その奥に棲むすばしこくて賢い子供がふいに姿をのぞかせた。マロリーは男の子にほほえみかけた。男の子はややためらいがちに笑みを返した。「また来るからね。あなたを助けに」すべすべした若い顔を愛撫しながら、彼女はそう目で語りかけ、手を放した。男の子の目が丸くなった。それからそこに幕が降り、ふたたび目は虚ろになった。誰も棲んでいない、霞みのかかった、ただの黄色いふたつの丸に。

壁の時計は大きくチクタク言っている。お茶のやかんは笛を吹き、悲鳴をあげている。ラジエーターは、こき使われて疲労した金属の音を騒々しく立てながら、部屋に収まりきらないほどの熱を放出していた。レッドウィングは窓を閉ざした。まともな空気のたったひとつの供給源を。室内の空気は、汗をかき、異臭に染まっている。男の子は戸口に退却し、じっとそこに立っていた。小さな体は重石も実体もなく、いまにもふわふわ漂っていきそうだ。

レッドウィングは、ティーカップをそっとテーブルに置いた。

「お飲み」

黒い蠅がマロリーのカップの縁を歩いていく。彼女は手を振って蠅を追った。口もとにカップを持ちあげたとき、ヘレンの影がふっと現れ、カップの縁の口紅に目を留めたが、それも束の間、霊は熱気に触れて蒸発した。マロリーはお茶をすすった。おいしいお茶だ。レッドウィングは自分のカップに蜂蜜をすくい入れたが、蜂蜜なしでも充分甘い。

「パール・ホイットマンのことが聞きたいんだったね？　あんたの親父さんといっしょに死んだのは、確かあの女だったろう？」

マロリーはうなずき、またお茶をすすった。

「一度、警察に協力を申し出たんだよ」レッドウィングは言う。「知ってたかい？　知らない？　連中はあたしを追い返した。結構です、だと。ところがきのうの晩、コフィーって警部補があたしのとこへやって来たんだ。情報をくれ、とさ。何にも話してやらなかったがね。警察なんぞ知るもんかい。だけどあんたはもう警察じゃない。あんたにとっちゃこれは個人的な事件だ。助けてあげるよ」

男の子がレッドウィングの椅子のうしろに現れた。レッドウィングが大きな笑みを浮かべると、男の子の目玉がひっくり返り、両の手は固く結ばれ、怒りの拳となった。

「全部お飲み。そしたらカップの残りかすを見てみよう。あんたの人生をね」

「わたしが往診をしたなんて、誰にも言わないでくださいよ」縫合をすませて糸を切ると、ヘンリエッタはほほえんだ。「幸い、たいていの人は精神分析医も医者だってことを忘れているの。住人のみんなに密告されたら、空いた時間じゅう、ここが痛い、あそこが痛いって話ばかり聞かされるようになるわ」

「ひとことも言いませんよ」チャールズは請け合った。

ヘンリエッタが天才的に縫合がうまいのか、チャールズが麻痺しているのか、痛みはまったくなかった。ショックでそうなることもあるのだろう、と彼は思った。

「人の体を診るのは本当に久しぶり」ヘンリエッタは、縫った手の傷にまずガーゼを、それから絆創膏をあてがった。

「ところで、ご近所の霊媒についてのご意見は?」チャールズは訊ねた。

「すべてつじつまが合うわね。何年にもわたって、他にもいろんなことが起きているのよ」

「アリソン・ウォーウィックが殺された事件ですか?」

ヘンリエッタはうなずいた。「わたし、ジョージ・ファーマーのことはよく知らなかったの。まだ引っ越してきたばかりだったのでね。外の廊下で会ったとき、会釈を交わす程度だった。でも、特に注意していなくても、妄想症の進行はわかるものよ。約六週間の間に彼はどんどん変わっていったわ。そのころには、わたしもずいぶんイーディスに詳しくなっていた。彼女、わたしに自動書記のことを話したの」

「わかった。ある日ジョージはイーディスの部屋に入っていき、壁のメッセージを見てしまったんですね」

「そのとおりよ。ここの人たちは、ノックもせずに彼女の部屋に入っていくのがあたりまえになっていたんです。あの家の習慣ね。壁のメッセージは、アリソンに関することだったの。イーディスは、書いた記憶がないと言っていたわ。あの六週間、壁にはかなりたくさんのメッセージが書かれていたんじゃないかしら。何を見たにせよ、それはジョージの心を蝕んでいったのよ」

「よほどひどい内容だったんでしょうね」

「そうとはかぎらないわ。恋をしている人って、みんな、狂気の一歩手前だから。いまの言葉、わたしの名前を出して引用しても結構よ。メッセージは露骨なものでなくても充分効いたでしょう。イーディスには、ジョージを破壊する時間がたっぷりあったわけだし」

「それはもう何年も前の話ですよね。ここ最近の彼女の動きはどうなんです？」

「小さなことはいろいろあったわ。住人同士が争うように仕向けられたり。ハーバートの離婚だって怪しいと思うの。でもイーディスは、あなたの身内でしょう。だから黙っていたんです。ごめんなさい。判断ミスだったわ。その連中——容疑者たちについて、もっと話してもらえません？　マロリーにとって特に危険そうなのは誰かしら？」

「むずかしいところだな」チャールズは言った。「女性を除外するなら、かなりしぼりこめますが。警察は、犯人は女ではないと繰り返し言っています」

「いいえ、女性も除外しないほうがいいと思う。容疑者のうち、イーディスと関係が深いのは誰？」

「ゲイナーには一度会っていますね。それから、霊媒のレッドウィングにも。ぼくの知るかぎり、他の容疑者とは面識がないはずです」

「なら、その霊媒が有力でしょう。イーディスは自分の領分で——足場の確かなところで、活動するでしょうからね。それにゲイナーはそうやすやすと人に操られそうにないし。その女の住まいを知っていますか？」

「電話帳にはレッドウィングという名前は載っていないんですよ。最初から期待はしていませんでしたが。ライカー巡査部長なら教えてくれるかもしれないな」

「よかった。でも白い騎士になろうとするのはやめておきましょうよ、ね？　警察を送りこむだけにしたほうがいいわ。マロリーのことを考えてあげて。誰か銃を持った人間を先にやったほうがいいでしょう？」

「確かに。それに、何事もなかった場合は、邪魔したといってマロリーに八つ裂きにされかねませんからね」

チャールズは電話をダイヤルし、警察署で鳴っているベルの音にじっと耳を傾けた。深刻な用件でない者——強盗に遭ったり、暴行を受けたり、レイプされたりしていない者の気をくじくべく呼び出し音を十四回も聞かせたあと、ようやく電話はつながった。

「ライカー巡査部長をお願いします」

録音装置が、線はすべてふさがっているので、しばらくお待ちください、と言った。

待てるだろうか？　きょうは長く多忙な一日だった。これ以上待てるとは思えない。

カップが半分空になると、レッドウィングは目を閉じてぐらぐらと揺れだした。マロリーもその動きに合わせて揺れ、少しお茶をこぼした。彼女はカップの中身をすすり、激しい息遣いに耳を傾けた。四方の壁が呼吸しながら迫ってきては遠のいていくのが、ごく自然なことのように思える。彼女は、家の鼓動が時を刻み、壁の時計とともにチクタク言っているのを感じた。レッドウィングは意味のない言葉を甘く小さくささやいている。マロリーは、沸き立つ空気の濃厚な海のなかで彼女とともに揺れていた。

そのとき、あの男の子の揺れが止まった。彼は白目をむいて、見えないお茶を入れだした。それぞれのカップに湯を注ぎ、それぞれのティーバッグを浸し、何かの瓶の蓋を開けて、その中身を一方のカップだけに注ぎこむ。

マロリーの揺れが止まった。彼女はのろのろと、カップの側面にまではねている黒っぽい液を見おろした。黒い甘いお茶の上で、黄色いかすが輪を作っている。

薬を盛られた。

マロリーはカップを床にたたきつけた。足もとでリノリウムが波のようにうねっている。彼女は途中二度転びながら、よろよろとキッチンのドアを抜け、居間に入っていった。テレビが、音と絵をやかましくあふれ出させ、彼女の目を焼き、耳を痛めつける。彼女はまた転び、今度はよつんばいになって進みだした。レッドウィングは落ち着き払ってその横を歩いている。マロリーは汚れたカーペットの上を、そこに溜まったもつれあう抜け毛やパン屑を折れた爪に引っかけ引きずりながら、ドアまで這っていった。レッドウィングはドアを大きく開いて、笑いを浮かべた。

マロリーはぐらつきながら立ちあがると、廊下に逃げこみ、階段めざして走った。廊下はぐんぐん伸びていき、一歩ごとに長くなっていく。気がつくと彼女は転落していた。頭が階段の硬い角にガンガンぶつかる。非情な石のステップが、肩や脚につぎつぎ襲いかかってくる。両手は血の臭いがした。血は全身の傷口からあふれ出てきて、せまいロビーを満たし、彼女がドアを開けて、その血の海を泳いで渡ると、通りに流れ出ていった。

外に出ると、渦巻く星が猛スピードで飛び交っていた。それから、その星たちは、彼女に向かってクラクションを鳴らし、悲鳴をあげだした。彼女は、それより大きな音、自分の血管を駆けめぐる血の轟きに、耳を傾けていた。赤い色が目からあふれ出、いくつもの細い筋となって口に流れこむと、赤い色の味がした。飛び交う星は色とともに脈動し、大きくふくらみ、花火の丸い頭のように爆発した。

マーコヴィッツが呼んでいる。何と言っているのだろう？　マロリーは、重曹と、花の香りの芳香剤の匂いを感じた。

「死にそうなの」彼女は、脳のなかのマーコヴィッツに向かって叫んだ。彼の住む、ブルックリンの古い家そっくりな灰白質の片隅に向かって。マーコヴィッツはにっこりした。「カモにされちゃいけないよ、キャシー」

「お父さんの言うことを聞きなさい」ヘレンが、マロリーの頭のなかのキッチンから出てくる。彼女は黄色いゴム手袋をはめた手で弁当箱を差し出した。「ちゃんと二十五セントを持った、キャシー?」マロリーは泣きながら、目から血をぬぐい、銀色の投入口にコインを入れた。

「死にそうなの! あの女にやられた! レッドウィングがお茶でわたしを殺したの!」彼女は受話器に、電話回線の向こうに向かってそう叫び、八ブロック彼方にいる優しい男を恐怖に駆り立てた。チャールズは、受話器を放り出し、鍵もかけずに、家を飛び出した。

病院の蛍光灯に照らされ、誰も彼もが病人のような顔をしていたが、ジャック・コフィーはマロリーよりもはるかに具合が悪そうだった。その血走った目、くしゃくしゃの服、不精髭から、チャールズは、この男が最後に自分のベッドを見てから少なくとも二十四時間は経つものと見た。ライカー巡査部長のほうは、もっと判定がむずかしい。

眠っているマロリーは、無邪気な顔をしていた。緑の目が見開かれているときには、絶対見られない表情だ。後頭部のいちばんひどい傷は、ガーゼに覆われている。むきだしの腕に花開いたいくつもの痣《あざ》をのぞけば、彼女は、白に重ねた白の習作、糊の利いたシーツの上に映りうるもっとも白い肌だった。白いガーゼが一方の腕の内側に貼られ、そこから出たチューブがT字形の支柱から下がる点滴の瓶に彼女をつないでいる。ベッドサイドの計器は、小さな音と光とで、彼女のバイタルサインを追っていた。

ライカーは、ひとつだけあったベッドサイドの椅子にすわり、計器の明滅にじっと目を注いでいる。まるで機械に接続されているように。たぶん本当にそうなのだろう。

「レッドウィングは抜け目ないが、それほど利口じゃないな」ジャック・コフィーが、ベッドのそばの壁に寄りかかりながら、言っている。「手始めに、麻薬の不法所持で引っ張ってやったよ。あの女、自宅で店を開けるくらいたっぷりブツを持っていたんだ。しかも隠しもしないでそこらじゅうに置いてあったよ。まるで警察なんぞ来っこないと思ってたみたいにな」

コフィーは眠っているマロリーをじっと見おろした。チャールズはその表情に、慈しみともいらだちともつかぬものを認めた。

「ヤクの売買のほうも追及してやる」

「あの男の子はどうなりました？」チャールズは訊ねた。

マロリーは、自分が毛穴という毛穴から血を流して死にかけていると思いこんでいるさなかも、譫言《うわごと》のようにあの少年のことをしゃべっていた。あの薬はマロリーの理性を破壊したが、それでも彼女は、必死になって虐待された子供のことを彼に訴えようとしていたのだ。手に負えないワル、マロリー。本当の彼女を知る者はいない。おそらくはヘレンだけが、彼女の真価に気づいていたのだろう。

磨かれぬままの高貴、人目をあざむく義侠の勇者、汝の名はマロリー。

「あの子は保護しました」コフィーが言っている。「児童虐待の証拠はたっぷりありますからね。レッドウィングは当分帰ってこられないでしょう。こっちは眠ってたって、五件は罪状を思いつけます。それぞれ五年程度食らうやつをね。それも、証券詐欺は別にしてですよ。その件の裁判はあの女が独房入りしてから、連邦検事局がゆっくりやればいいんです」

「殺人容疑はなしか」チャールズは言った。「ルイ・マーコヴィッツを殺したのは彼女じゃないとお考えなんですね？」

「そうです。地方検事にもその件での起訴はやめさせました。あれだけ体がでかけりゃやれたろうって以外、根拠がないんですから。レッドウィングにはマーコヴィッツを出し抜くだけの頭はありませんよ。株取引に関するあの女と黒幕の共同謀議の証拠は、おいおい出てくるでしょう」

「レッドウィングは黒幕の名前を明かしたんですか？」

「あの女、そいつの名前を知らなくてね。黒幕のことはただ、指令者と呼んでるんです。我が尾行チームは撒かれる前にすでに、レッドウィングが五つの地区を回っているのを突き止めていました。月曜から金曜まで毎日ひとつ降霊会をやってたわけですね。ネットワークに関与していた人間は、四十人以上にのぼりそうですよ。きょうの朝から一斉検挙に入る予定です」

ライカーは手帳を見おろしていた。「マロリーから聞いたんだが、連中、中規模な銀行じゃ扱いきれないほどでかい取引をしてるそうだよ。降霊会マニアの間には、小さな国を運営していけるくらいたっぷり資金があったんだ」

「連中の半数は不起訴と引き替えに先を争って仲間を売ろうとするでしょう」コフィーが言う。

「こんなイカレた陰謀は初めて見たね」

「どんな手口か当てさせてください。そのほうがおもしろい」チャールズは言った。「指令者は、レッドウィングを使って、大株主のグループからインサイダー情報を集める。そして、売買の指示が、この大規模なクライアント集団に伝えられる――ただし、どの取引も調査が入るほど大きくならないようにする。クライアントたちは、証券取引委員会に何か訊かれた場合、レッドウィングの水晶玉を盾に使える。そしてレッドウィングと指令者は、利益の上前をはねる」

「おみごと」コフィーが言った。「ただし、山分けじゃあなかった。指令者はレッドウィングにわずかばかりの手数料を支払っていただけでね。そのことは、証券取引委員会の調査員からあの女に説明させました。マロリーの提供資料のうち一件分に関して教えてやっただけですが。レッドウィングは、そんな大金が黒幕の手に渡っていたとは夢にも思ってなかったようです。いまじゃ大いに協力する気になってますよ。たいしたことは知らないでしょうがね」

「彼女が指令者の名前も知らないなら、そのふたりはどうやって手を組んだんです?」

「パール・ホイットマンがお膳立てしたんですよ。霊媒を物色したんです。レッドウィングの話だと、かなり大勢の霊媒を面接にかけたそうですよ。そうやって信頼するに足る不正直なやつを見つけたわけです」

「指令者への支払い方法は?」

「わかりません。ミス・ホイットマンが何とかしていたんでしょう」

「でも降霊会は、ホイットマンの死後もつづいていたじゃありませんか。指令者が支払いも受けずに株情報の集配をやっていたとは思えませんが」

「証券取引委員会の調査員は、支払い用の国外の口座がいまに見つかるものと見ています。一味の全員を逮捕するまでは、確かなところはわからないでしょうね」

「あの女はどうしてマロリーを襲ったりしたんです？　利口なやりかたとは言えないでしょう？　警官を殺そうとして、注意を惹くなんて？」

「マロリーに陰謀を暴かれると思ったんだそうです」

「何がきっかけでそう思うようになったか言ってましたか？　誰かにほのめかされたんでしょうか？」

「馬鹿なレッドウィングといえども、マロリーの頭のよさに気づかないわけにはいかなかったってことでしょう。マーコヴィッツの葬儀の日、あの可愛い顔は、刑事の娘の刑事なんて肩書きつきで新聞に載ったわけだし。マロリーに降霊会に押しかけられて、あの女、死ぬほど怯えたんでしょうね」

マロリーが白いシーツのなかで身じろぎした。疲れきった男三人は振り返って彼女を見た。窓のほのかな朝の光は、蛍光灯の強烈な光を和らげつつある。

「おい、医者は何て言ってた？」コフィーがライカーの椅子を足でつついた。

ライカーはふたたび手帳に視線を落とし、ひとことOKとだけ記されている白いページを読みだした。「薬物は、違法製造の新種の幻覚剤。ひどい代物だ。胃の洗浄に当たった医者が言ってたが、去年そいつのせいで三人死ぬのを見たそうだよ。三人とも、自分で自分を傷つけたんだ。被害者は、自分の目をえぐり出したり、血管を掻き出したりするんだよ。マロリーには後遺症は残らない。数箇所、打ち身や切り傷があるが、それだけだ。じきによくなるよ。ただしこの先何日かは、少々反応が鈍くなる」

「ライカーとぼくで病院にかつぎこんだとき、彼女、自分が出血多量で死にかけていると思っていたんです」チャールズは言った。「でも実際には、頭からの出血と犬に嚙まれた子供の乾いた血痕以外、どこにも血なんてついていなかったんですよ」

「まるでLSDだな」ライカーが言う。「彼女にはたぶん傷が見えたんだろう。マロリーといえども、自分の目で見たものは信じざるをえないからな」

マロリーはイーディスの壁の文字を見て、それを信じたのだろうか？　チャールズにはそうは思えなかった。マロリーにかぎってそれはない。彼女の頭脳は天下一品だ。おそらく彼女は、そのときはっきりイーディスの正体を見抜いたのだろう。

とすると、彼女は危険を承知で、そのなかへ飛びこんでいったのだ。

コフィーがライカーの肩に手をかけた。「また子守り役を務めてくれ。マロリーをどこへも行かせるな。わかったな？」

「オーケー、警部補。うまくやるよ」

「どうしても眠くなったら、まず医者に言って、彼女にたっぷり鎮静剤を投与させるんだ。いいな？」

「任せとけ」

「彼女の家の鍵を貸してもらえませんか？」チャールズはたのんだ。「何日かこのまま入院するなら、いろいろ取ってこなきゃならないので。さっき看護婦さんが要るものを書き出してくれたんですよ」

「いいですとも。いろいろありがとう、チャールズ」笑みを浮かべ、コフィーはチャールズの手を握った。ほんの何分の一秒か、彼は手を放すのをためらっていた。「ソーホーでの殺人に関する例の古い記録ですが、役に立ちましたか?」そう訊ねるコフィーの顔には、もう笑みはなかった。

ではライカーは、彼があの資料をほしがったことをコフィーに話したわけだ。そしていま、コフィーはチャールズの説明を待っている。

「ええ、おかげさまで」チャールズは言った。

この若い刑事の頭脳は、マロリーの頭脳ほど回転は速くないが、それなりに時間をかければちゃんと働くらしい。コフィーに事情を打ち明けようか? そうしたらどうなるだろう?

どうにもならない。

イーディスの犯した罪——それを証明するすべはない。だがいつか、近いうちに、コフィーと話をしなければ。終止符を打つために。

第十一章

チャールズはダッフルバッグを取り落とした。マロリーの歯ブラシ、ヘアブラシ、部屋着、スリッパが、廊下のカーペットに転がり落ちた。彼は、あんぐり口を開け、たったいま幽霊を見た男そのものの表情を浮かべていた。事実、彼は幽霊を見たのだ。

開いていた書斎のドアを通り抜けて、チャールズはルイ・マーコヴィッツと対面した。あの男は確かにここにいる。姿が見えるも同然だ。奥の壁のいたるところで、ルイは働いていた。その散らかしぶりも、生きていたころとまったく同じだ。

チャールズの記憶が、殺される前のルイのコルクボードをそっくり再現する。頭のなかの写真は、部屋の壁の半面と一致した。壁のもう半面も、スタイルは純然たるマーコヴィッツ方式。しかし、そこにあるいちばん古い写真が撮られたのは、あの男が死んで二日も経ってからだ。

チャールズは、右側、つまり、マロリー側のコルクから、いちばん上の層の紙を取りのぞいた。つぎの層の紙片や写真は、いくらかきちんと並んでいる。いちばん下の層では、資料のすべてが、機械によって留められたように少しの乱れもなく整然と並んでいた。上の層へいけばいくほど、あの美しい機械は狂っていき、最後には、傍目には混沌にしか見えない、父親と同じ形の秩序にいたっているのだった。

マロリー側の初期の層には、マーゴ・サイドンの身辺調査があった。マロリーは、つぎの層ではマーゴを除外し、その場所を霊媒に譲らせていた。ヘンリー・キャサリーとジョナサン・ゲイナーは別グループとして、片側へ寄せられている。チャールズは、レッドウィングの写真をすべてボードから外し、目を曇らせる雑多な屑を取り除いた。

「教えてくれ、ルイ」彼は、左側のボードに向かってささやいた。

コルクボードがしゃべりはじめた。手書きのメモが目に飛びこんでくる。そして、信用調査報告書が、一九八〇年代初頭の株取引が、銀行の記録が。ルイがイースト・ヴィレッジまで殺人犯を尾行し、ホイットマン殺しの場面に遭遇したとき、その手もとにあった資料はこれだけだ。しかし、彼がつけていたのは、本当に殺人犯だったのだろうか？　なぜみんなそう思いこんでいたのだろう？

マロリー側のいちばん上の層には、さらに金《かね》関係のデータがあった。イーディス・キャンドルに対する連邦検察局の調査の記録。イーディスのコンピュータへのマロリーの侵入の記録。左右どちらのボードにおいても、圧倒的に多いのは金銭関係の資料だ。金めあての犯行。父と娘は、同じ犯人像にこだわっている――正気だけれども邪悪な人物。

チャールズは、きれいにタイプされた、あきれるほど細かいマロリーの尾行メモを恐るべきスピードで読んでいった。検視官の報告書のほうは読もうともせず、双方のボードから破り取った。そのとき彼はうっかり、マーコヴィッツ側の鋲をひとつはじき飛ばした。留まっていたビニール袋が、排除された資料の山の上にふわふわと舞い落ちていき、それといっしょにアン・キャサリーのネックレスのビーズも床に散らばった。

屑がすべて取りのぞかれ、動機と手口がわかった。だが犯人は？　パール・ホイットマンが答えをちらつかせている。彼女は、マーコヴィッツをもこうしてじらしたのだろう。しかし、ついに殺人犯の名を明かしたのは、サマンサ・サイドンだった。

目を開けたとき、真っ先に飛びこんできたのは、ライカーの顔だった。マロリーの見解によれば、これは美しい眺めとは言えない。こいつの目は前にも増して赤くなったようだ、と彼女は思った。

不精髭の生えた蒼白い彼の顔に、ほっとした笑みが浮かんだ。

「よう、おチビさん。気分はどうだ？」

「マロリーでしょ。二日酔いみたいな気分」

「おまえさんが虫垂炎になったときのことを思い出すよ。あのころはまだ、ほんのガキだったよな」

「ねえ、ライカー――」

「おれも病院に行って、ルイやヘレンといっしょに手術が終わるのをやきもきしながら待ってたもんだ。ルイはおれに、いちばんおもしろいとこを見逃したぞって言ってたよ。虫垂を押さえられて、おまえさん、救急室の看護婦の腹を蹴飛ばしたんだと。涙が出るほど笑ったよ」

「どうなってるの、ライカー？」

「うう、頭がガンガンする。あの女、つかまったの？」

「昨夜のこと覚えてるか？」

「レッドウィング」マロリーはすばやく身を起こした――あまりにもすばやく。「ううっ、頭がガンガンする。あの女、つかまったの？」

「暴行その他の五件から十件の容疑でパクッたよ。コフィーは、何か思いつくたんびに新しい罪状を付け足してる。書き出してた最後のやつは、『犬の未登録』だったな。彼はいま署に出てる」

「あの男の子は？」マロリーは、点滴の針を覆う腕のガーゼをむしり取った。

「施設にいるよ。針をいじるんじゃない。看護婦を呼ぶぞ。そうなったらことだ。その看護婦、おまえさんよりでかくて凶悪なんだからな」

「ここを出なきゃ」マロリーは針を引き抜いて、その跡をこすった。「わたしの荷物は？」

「まだ早いよ、おチビさん。どこへも行っちゃいけない。いいね？　面倒をかけないでくれよ、キャシー」

「マロリーでしょ」

「これは仕事じゃない、私事なんだ。だが仕事にしてもいいんだぞ。じっとしてろ。動いたら逮捕する」

「何の罪で？」

「コピーマシンの窃盗容疑だ」

「わかった。そっちの勝ち」

「ちがうだろ。こんなにあっさり甲《かぶと》を脱ぐなんて怪しいよ。相手がライカーだってことを忘れてるんじゃないか」

「ただ家に帰りたいの」

「当分ここにいるんだ」

「当分家にいる。こんなところにいたら頭がおかしくなるわよ。家に帰れば少なくとも、コンピュータがあるから」

「それにルイのコルクボードもな」

「ええ、それも」

「その体じゃどこへも行けないよ」

マロリーは上掛けをさっとめくって、病院の高いベッドから勢いよく裸足の足を振り降ろした。床に降り立ったとたん、みっともなく尻餅をつき、彼女は新たな痛みを味わった。

「それ見ろ」ライカーは言った。


三人の女性がつぎつぎと警鐘を鳴らした。しかし、慈愛に満ちた彼女たちは一様に彼を買いかぶっていた。警鐘が鳴ろうが鳴るまいが、まぬけはいつも、自分の家の火事を最後に知るものと相場が決まっている。

母は晩年、遠回しに警告した。「イーディスは隠居したの。絶対あの人の邪魔はしないのよ、チャールズ。忘れないで」そして母は逝ってしまった。その後、母の亡骸が地中に降ろされるとき、彼は墓のそばで一通の電報を渡された。それは、お悔やみとお茶への招待だった。お茶に招ばれてはいけないとは、母も言っていなかった。

それからマロリーが、彼に警告を試みた。なのに彼はその親切にどう報いただろう。賢いヘンリエッタのほうは、警告など試みもしなかったが、彼を操ろうとして警報器を作動させてしまった。この人生を全うしたいなら、そのうち彼は、自分の目となり耳となる専属の女性を手に入れなければならない。それに、白い杖と盲導犬もだ。

雨粒が、タクシーの窓にぽつぽつと穴を穿つ。ぎざぎざの稲妻が街を明るく照らし出し、雷鳴が地上を威嚇する直前の一瞬、暗雲のもたらす闇を消し去った。運転手は、天下一品の安全運転で、雨のなかを走らせていく。お客の家が火事なのも知らず、まったくスピードを出さずに。

「ねえ」チャールズは運転手に言った。「赤信号をひとつ突っ切るたびに、十ドル出すよ」

「まったくアメリカ人ってやつは」名前が子音ばかりで成り立っている、その運転手は言った。

チャールズは二十ドル札を一枚、防弾ガラスの隙間から押しこんでやった。

「いい国だねえ、ここは」運転手は言った。

彼女はライカーと向き合ってキッチンテーブルにすわっていた。ふたりの間では、コーヒーメーカーがグルグル音を立てている。頭はずきずき痛んでいた。もしやあの医者ども、わたしの頭蓋骨に綿を詰めたんじゃないだろうか——そんな考えがふっと頭をよぎる。

「なぜチャールズは、病院にもどってこなかったのかしら」

「来たのかもしれない」ライカーは言う。「こっちはさっさか出てきちまったからな」

マロリーは首を振った。ドアマンの話によれば、チャールズがこのアパートメントに立ち寄ったのはもうだいぶ前なのだ。それに彼は大急ぎで帰っていったという。彼女は立ちあがった。

「どこへ行くんだよ、おチビさん？」

「外には出ないから」シャドーだって硬い樫のドアを通り抜けることはできない。

ドアマンに合鍵でなかへ入れてもらったあと、ふたりは不信に満ちた冷戦状態に入った。ライカーが玄関の差し錠をかけたうえ、キッチンのキーホルダーにあったスペアキーをポケットにしまいこんだためだ。つづいて彼は、非常階段に通じる寝室の窓の防犯用格子へと向かい、南京錠の鍵を見つけて、その出口をも封鎖した。

彼女はすでに飲めるだけのコーヒーを飲んでいた。彼女が一杯飲むと、ライカーも負けずに一杯飲んだ。頭の霞はまだまだ取れない。一方ライカーのほうは、寝不足など少しも顔に出ていない。むしろ、カフェインに活気づき、初めて彼女の先手に回り、あらゆる策略を読んでいる。

おそらくは。

彼が朝刊のスポーツ欄に読みふけりだすと、彼女は書斎に入り、背後でドアを閉めた。コンピュータ前の定位置から部屋の中央に椅子を引きずっていき、コルクボードの前にすわると、マロリーはその壁全体を、ひとつの単位、働くひとつの頭脳として、見渡した。ボードの下に紙片が散らばっているにもかかわらず、彼女はしばらく異変に気づかなかった。やがて焦点が定まり、何者かの侵入、ボード上で働くもうひとつの頭脳が見えてきた。

チャールズ。

彼は資料をむしり取り、写真やプリントアウトを並べ変えていた。サマンサ・サイドンは目立つように、ひとり中央を占めている。アン・キャサリー、エステル・ゲイナー、パール・ホイットマンは、ひとつのグループとして、死亡順に並べられ、端のほうに寄せられている。チャールズの書類整理のピラミッドにおいて、つぎに高い地位を占めているのは金銭がらみの資料だ。

マロリーはいま、書類やビニール袋の上に散らばる小さな白いビーズを見つめている。アン・キャサリーのビーズ。グラマシー・パークであの老婦人が殺されたとき、首から引きむしられた装身具。地面は血に染まり、ビーズはその上に飛び散っていた。頭のなかのスライド・ショーで、キャサリー殺しのシーンがマーコヴィッツ殺しのシーンと溶け合っていく。マーコヴィッツの顔の鬱血部分を床に合わせている自分の姿が見える。「そこを床につけるんだ」ドクター・スロープはあのときそう言った。

彼女は壁際に歩み寄り、チャールズが除外した資料の山とビニール袋のそばに膝をついた。何かがなくなっている。チャールズは何を持ち去ったのだろう？　薬漬けの脳は、こちらの望むほど速くは動いてくれない。マロリーは、より回転の速いコンピュータの頭脳にたより、欠けている通し番号のファイルを呼び出した。これでチャールズの見ていたすべてが見える。

あとはあの壁の文字……あの壁の文字だ。

チャールズは激しくドアをたたいた。

返事はない。

ノブを回してみる。鍵はかかっていなかった。彼はゆっくりなかへ入っていった。居間はカーテンが引かれ、暗くなっていた。廊下を進んでいくと、その先の壁が図書室のドアから漏れる四角い光を反射していた。彼は、角を回って開け放たれたドアの前に立ち、部屋の中央に引き出された安楽椅子にすわる黒い影と向き合った。影は、背後から卓上スタンドの明るい光を浴びていた。

「あら、あなただったの」イーディスの声が言った。

目はなかなか慣れず、イーディスが膝に下ろしていく銃の銃身や回転弾倉もすぐには見えてこなかった。

イーディスはほほえんだ。「馬鹿なお婆さんだと思うでしょう？　こんなにびくびくするなんて？」

「いや、思いませんね。あなたはちっとも馬鹿じゃない。それに玄関のドアには鍵もかかっていなかった——これじゃびくついてるなんて嘘は通用しません。それはハーバートの銃ですね？　どうやって手放させたんです？　ああ、そうか。忘れてましたよ。そもそも、彼が銃を持つよう仕向けたのはあなたでしたよね。それに、降霊会のご婦人のひとりにあの脅迫状を送ったのもあなただ。あれはマロリーをはめるためにしたことなんでしょう？　彼女にレッドウイングを追わせるために。他には誰に脅迫状を送りました？」

「いったい何の話？」

「これは千里眼のお告げじゃないでしょう」彼の手がさっと動いて、銃とスタンドを指し示す。「相手が来るのは確実なんだ。招待したお客を待っているんですね。電話をかけたんですか？それとも手紙を書いたんですか？」

「わたしが進んで囮《おとり》になっていると言うの？　そこまでの勇気はありませんよ」

「囮になるというより、むしろこれは待ち伏せじゃないかな。そうそう、マロリーは生きてます。非常に残念でしょうけれど」

「ねえ、チャールズ、どうしてそんなことを——」

「あなたは殺人犯の正体に気づいていたんだ。そして、あなたにとって何よりまずいのは、そいつがマロリーにつかまることだった。その仕事は自分でやるつもりだったんですからね。しかしみごとな計画だな。刑務所行きを免れ、カムバックを果たす。一石二鳥じゃありませんか」

「あなたがそんなことを言うのを、もしお母様が聞いたら——」

「母はあなたの正体を見抜いていた」チャールズは言った。「ただしあなたは、その後少し手を広げたんですよね。いくつか事業内容を増やして。ぼくももっと早く気づくべきでした。しかし標的を引きこむなんて、まったくあなたらしくない。だから見えてこなかったんです。いまやメンバーは四十人。その全員が加担している。少々手にあまりだしているんじゃないですか？　それとも、あなたはスリルを求めていたのかな？　そんなに大勢の人間を陰謀に引き入れるなんて。発覚の恐怖を楽しんでいたわけですか？　先日、ある若いチェス・プレイヤーが、きわめつけのスリルについて、ぼくに話してくれましたよ。おや、怯えているようですね、イーディス。殺人犯のほうも、たぶん同じ恐怖を味わっているんじゃないかな」

「何を言っているのかわからないわ」

「ぼくの心を読んだらどうです――そうするのが怖くなければですが。あなたが盗みを働いたのは、ホイットマン社の合併のときが最初でも最後でもなかった。あれだけでは、あなたの持ち株の総額があんなに大きくなるはずがない。これを見ましたか？」彼はコンピュータ・プリントアウトの束をポケットから引っ張りだした。「マロリーは知っていた。でもぼくは耳を貸さなかったんです。彼女はあなたの財産が増えていった経緯を追い、インサイダー取引に関する細かな資料と照合していったんです。四十人のパートナーたちは、あなたに何もかも教えていた――株価の高騰につながる新製品の発売、懸案となっている合併、売却、吸収。彼らは、あなたがその執行日を設定することまで許した。ちょうどパール・ホイットマンが自社の合併の際、あなたに日付を設定させたようにね。ところがそのとき、何者かがあなたのパートナーをつぎつぎ消しはじめ、警察は犠牲者の共通点を調べはじめた。発覚は脅威だった」

「おやめなさい、チャールズ、いまに後悔――」

「あなたとその殺人犯には、共通点がたくさんあった。ふたりとも、最初は金のために殺し、それから殺しそのものにとりつかれた。あなたがたは魂の友、双子だった。そして同じ事業に関係していた」

「こんなの馬鹿げている。わたしに罪を着せようなんて――」

「あなたはあらゆるところで糸を引いている。レッドウィングに入れ知恵をし、マロリーをおびき寄せ、彼女の死を仕組んだ。あなたの得意技だ。そうでしょう？　まず死を予言し、それから、その死を招き寄せる。マロリーは頭がいい。あなたの犯罪を暴く恐れがあった。そうなったら、あなたは財産も自由も失ってしまう。彼女の死を招くのは、挑戦しがいのあることであり、同時に有意義でもあった。なんて巧妙なんだろう。だが、あなたが事件を操るのももう終わりです。殺人犯が入ってきたとき、ここにいるのはあなたじゃない、ぼくですから。さあ、出ていってください。通路を渡って、ヘンリエッタの部屋へ行くんです」

「心配要りませんよ。わたしがちゃんと対処――」

「出ていくんだ！」


マロリーは、証券会社各社から盗んだファイルのうち最後のひとつを閉じ、コンピュータから椅子を離した。そういえば、イーディスはあからさまに言っていた。年を取ると、どんな悪事もやりたい放題。

彼女は、開いたままのキッチンのドアに忍び寄った。ライカーは相変わらず、スポーツ欄に没頭している。彼女は寝室を抜けて、バスルームへ入っていき、シャワーの栓をひねった。そして水を出しっぱなしにしておいて、チェストのいちばん上の引き出しを開け、マーコヴィッツのものだった、そして、その前はマーコヴィッツの父親のものだった、三八口径の古いロングコルトを取り出した。ライカーは賢くも彼女のスミス&ウェッソンを没収したが、この銃だって悪くない。傷口はさほど大きくならないが、弾丸の飛距離は同じ、速度もほぼ同じだ。彼女は湯気に曇るバスルームの鏡に向かって、ショルダーホルスターを締めた。

イーディスに警察の監視はついていない。彼らは、降霊会のその他の関係者はすべてマークしているが、イーディスのことはまだ知らないのだ。コフィーに電話しようか――一瞬そう考え、マロリーは思い直した。証拠が弱すぎる。犯人は現行犯でつかまえたほうがいい。それにはイーディスが必要だが、コフィーがあの年寄りを餌に使わせてくれるとは思えない。

いまやらなければ、利用しうる唯一の武器を失うことになる。降霊会の投資者たちはつぎつぎ連行されつつある。すべてが崩壊しようとしており、事件はおそらくつぎの版の新聞で公となるだろう。ぐずぐずしている暇はない。証券取引委員会の連中がまもなくデータを調べ、突き合わせを始める。チャールズがあのプリントアウトを持ってコフィーのもとへ行ったのなら、連中は一時間以内にイーディスの部屋のドアをたたくはずだ。

もしチャールズが先にイーディスのもとへ行ったとしたら？　彼には何と言えばいい？　こうたのんでみようか？　「悪いけど、イーディスさんを窓の外にぶら下げる間、あっちを向いててくれない？」

マロリーは寝室のクロゼットへ上着を取りにいった。その扉に手をかけたとき、ヘレンのことが頭に浮かんだ。もしも、可愛いキャシーがか弱いお婆さんを餌に使ったと知ったら、ヘレンは喜ばないだろう。そんなことをすれば、ヘレンは泣くだろう。

でもまあ、ヘレンが泣くのはめずらしいことじゃない。

ヘレンにベッドに入れてもらった最初の夜、マロリーは記憶にあるかぎり生まれて初めて、清潔なシーツの匂いを嗅いだ。そして翌朝、そこには彼女の着る清潔な衣類があった。衣類は柔軟剤の香りがした。洗濯日のヘレンもそうだった。その他の日のヘレンは、松の香りの消毒剤と、磨き粉と、床用ワックスの匂いがした。

マロリーはクロゼットを開けた。すると、匂い袋と虫よけ玉の匂いとともに、ヘレンがなかから現れた。マロリーはその目の前でぴしゃりと扉を閉めた。

ライカーは寝室のドアをそっとノックした。返事はない。

「キャシー？」

あれだけ大量のコーヒーを飲んだあとも、彼女の動きは鈍く眠たげだった。昼寝をしているのかもしれない。しかし、ここには自分しかいないという嫌な予感は、ぬぐい切れなかった。ライカーは書斎に入っていき、奥の壁に目をやった。コルクボードは相変わらず雑然としているが、そのスタイルには変化が起きていた。四角いコンピュータの目は、白い文字を浮かべて青く光っている。

コンピュータをつけっぱなしにして昼寝？

一瞬後、ライカーは寝室の前にもどって、ドアの鍵を壊そうと肩でぐいぐい押していた。空っぽの部屋に転がりこむと、シャワーの水音が耳を打った。彼はバスルームのドアをノックした。「キャシー、いるのかい？」

防犯用の格子戸には相変わらず南京錠がかかっている。バスルームのドアの鍵は、アパートによくある貧弱なやつだ。中央部を蹴りつけると、ドアはあっさり開いた。シャワー室は空っぽで、窓が開いていた。ライカーはそぼ降る雨のなかに頭を突き出した。窓の下の張り出しまでは、十四フィートの落差があった。彼女はそこへ飛び降り、あとはただその上を非常階段まで歩いていったのだろう。

人を殺す透明人間の存在など信じてはいないチャールズは、スタンドの向きを変え、部屋の戸口に光を当てた。イーディスがああして待ち伏せしていたところを見ると、敵はまもなくやって来るにちがいない。

マーコヴィッツの言っていたとおりだ。証拠はきわめて弱い。決着をつける方法はこれ以外ない。

近づいてくる足音は聞こえなかった。

エネルギーの塊がどっとドアから飛びこんできた。顔もない、形もない、ただの色と素材、猛スピードで突進してくるむやみに大きな物体が。スタンドがガシャンと床に落ちた。むきだしになった電球が、視界の隅で太陽のように燃えている。あたりはしんと静まり返り、彼の神経は、左の目玉から一インチのところにあるナイフの切っ先に集中した。その先に目をやると、そこには連続殺人鬼の目があった。

床から差すスタンドの光が、壁には収まらず天井にまではみ出す大きな影を生み、殺人鬼を巨人に変えている。しかしふたたびナイフに目をやると、その影はぼやけた。鋭い切っ先に光が躍り、チャールズの注意を目先の問題に引きもどしたのだ。少しでも動けば片目を失う。強固な意志の力でナイフから目をそむけ、彼は襲撃者の目に視線をもどした。

「今度は何の役を演じているんだ、ゲイナー？　切り裂きジャックかい？」チャールズはほほえんだ。

ナイフがほんの少し、何分の一インチか引っこんだ。ジョナサン・ゲイナーの目が大きくなり、小さくなる――「いったいこれはどういうことだ？」ナイフがふたたび近づき、いまにもチャールズの目に触れそうになる。「イーディス・キャンドルはどこにいる？」

チャールズは悠然と瞬きした。その笑みが広がり、呆けた笑いになった。「ぼくが高齢のご婦人を危険にさらすとでも思ってたのかい？」

「どうして犯人がわかった？」

「さぞ心配だろうね？　警察にまで簡単に謎を解かれちゃまずいものな？　そうさ、警察だってとっくにわかってる。たいしてむずかしくはなかったからね」

「どうせはったりだろう」ゆっくり首を振るゲイナーをまね、それより小さくナイフも揺れる。

「警察には知らせてないんだな。おまえはひとりなんだろう？　あの手紙をよこしたのもおまえだ。婆さんのサインをしたのも。ちがうか？」

「どうとでも好きに考えればいいさ」

「どうしてわかったか話すんだ」

「いや、どうせ殺されるんなら、きみの犯した愚かなミスのリストを道連れにして、大いにやきもきさせてやるよ」

「どうでもいいことだ」ゲイナーは、一インチだけナイフを引っこめ、手で柄の重みを確かめながら言う。「警察には状況証拠しかない。同じ材料で、マーゴやヘンリーを犯人だと言うこともできる」

「おあいにくだね。ついさっき警察の人と話したんだが、マーゴ・サイドンはいま留置場にいるそうだよ。ヘンリーも彼女を保釈させるために警察に行っている。まず無理だろうけれどね。彼女、きょうはツイてなかったらしいよ。非番の刑事を殺そうとしたって話だから」

「でたらめだ」

「この先一時間かそこら、あのふたりには完璧なアリバイがある。二十人もの警察官が証人になるわけだからね。さあどうする？」

「ヘンリーが家に帰るころまでのんびり時間を稼ぐさ。あるいは、月並みだが、おまえが泥棒と鉢合わせして殺されるという筋書きにしてもいいしな。ここはニューヨークだ――死体なんぞめずらしくもない。薪同然に山積みになっているんだ」

チャールズに目を据えたまま、ゲイナーは手を伸ばし、椅子の横のテーブルから電話をつかみ取った。「言うとおりにダイヤルしろ」線がつながると、ゲイナーは受話器を取って耳に当て、六回目のベルまで待ってから受話器を置いた。

「ヘンリーは出ない。だが、やつを待つのはいやだろう？」

「気が変わったよ」迫りくるナイフを見て、チャールズは言った。「なぜわかったか話してやろう。細かな点をいくつか補ってくれ。取引成立だね？」マロリーがよく言うように。

「いいだろう」

「きみの犠牲者の選びかたはあまり利口じゃなかった。サマンサ・サイドンに至っては、遺体にサインしたも同然だよ」

「あの婆さんとわたしとの間には何のつながりも――」

「ルイ・マーコヴィッツの謎解きの鍵は、きみの伯母さんだった。ルイは、動機は金と見ていた。《ホイットマン化学》の合併がらみの調査報告書に伯母さんの名が出ていたことは、当然きみも知っていたはずだ」

「どうして、ごく最近の殺人から八〇年代の証券取引の件に話が飛躍するんだ？」

「あの合併に関する証券取引委員会の調査には、参考資料として、きみの伯母さんに関する形式的な身辺調査がついていた。大きな利益を得た投資家は、全員チェックされたんだ。しかし連邦検察局は起訴は差し控えた。老婦人数人と降霊会に対する疑惑は、より大きなマネーゲームや証券詐欺のなかに埋もれてしまったわけだ」

「わたしに何の関係がある？」

「伯母さんは、あの合併の情報をきみに流したんだろう？　マロリーのメモによれば、きみのあの年の儲けは、ささやかなものだったそうだね。ちょっとささやかすぎるんじゃないか。ぼくはその点に興味を抱いたんだ。でも、きみには莫大な財産を相続するあてがあった。そうだろう？」

《ホイットマン化学》の株は、一株だって買ってないぞ」

「たぶん、情報をどこかに流し、マージンを取ったんだろうね。そういうやりかたは伯母さんから教わったんじゃないか？　その時点までは、伯母さんの活動もささやかなものだった。ただイーディスのもとへカモを送りこみ、合併・吸収だの新製品発売だのの日付を利用するだけだったんだろうな」

「それを証明できたところで、わたしを起訴することはできないぞ。もう七年経って時効になっているからな」

「でも伯母さんのほうは時効になっていない。マロリーから聞いたよ。きみは降霊会のことで伯母さんともめたそうだね。そりゃあそうだろう。伯母さんの活動がつづいていて、しかもあんなに大規模になっていると知ったときは、ショックだったろうね。イーディスが手配したあの合併のあと、伯母さんの財産は二倍になった。しかし、それにつづく組織的な取引で、財産はもっと派手に増えていた。もう手に負えなかった。ちがうかい？　かかわっている人数が多すぎる。一味の犯罪が暴かれるのは時間の問題だ。政府は法に則って、利益のすべてを没収するだろう。それに、数百万ドルの罰金も科せられる。しかし証券取引委員会といえども、一度人手に渡った故人の財産を押さえることはできない。マロリーの直観は当たっていたんだ。彼女もルイ・マーコヴィッツと同じくらい金にこだわっていたからね」

「サマンサ・サイドンの話にもどってくれないかね？　あの婆さんがどうわたしにつながるんだ？」

「サイドンがホイットマンのあとだったからわかったんだ。いくつか条件つきで、ぼくもついにマロリーの考えを受け入れる気になったよ。彼女の言っていたとおり、動機は金、殺された四人のうち本当の狙いはひとりだったんだな。パール・ホイットマンに相続人はいない。彼女の死で、利益を得る人間はいないんだ。となると、彼女を殺す目的は、ヘンリー・キャサリーのアリバイの証人を消すことでしかありえない」

「パールが証言を翻そうとして、ヘンリーに殺されたという理屈も成り立つぞ」

「それはないな。四人も人を殺すなんて、何事にも邪魔されずシンプルに生きたがっている若者には、面倒すぎるからね。彼はわざわざそんなまねはしないだろう――特に金のためにはね。たぶん知らなかったろうが、彼には、近い将来自由に使えるようになる信託財産があるんだよ。驚いたようだね。意外な落とし穴だったかな？」

「さっきから脱線ばかりしているぞ。なぜサマンサ・サイドンがヒントになった？」

「サマンサ・サイドンは、パターンから外れていた。誰もが、パターンと動機を見つけることばかり考えていた。それに、ルイがパール・ホイットマンといっしょに死んだ場所もパターンから外れていた。それでぼくは気づいた――外れてるわけじゃない、いつもどおりのことをしていて、思わぬ邪魔が入ったんだ、とね」

「また脱線しはじめているぞ、チャールズ」

「これは失礼。そう、大事なのは殺された順序だったんだ。きみはまず、ヘンリー・キャサリーに疑いが向けられるように、アン・キャサリーを殺した。彼は犯人に打ってつけだものな。引きこもっている変な若者だから。ただし、彼が逮捕されても、目撃者はいないし、物的証拠もない。金はたっぷりあるわけだから、必ず保釈されるだろう。つまり、きみが自分の伯母さんを殺すとき、彼が留置場にいる心配はないわけだ。ところが予想外にも、二度目に警察が来たとき、ヘンリーはパール・ホイットマンに自分のアリバイを証言させた。かくしてミス・ホイットマンは三番目の犠牲者となった。マーコヴィッツは、そうなるのを予測していたんだろう。たぶん、ヘンリー・キャサリーなら罪を着せるのにぴったりだと気づいた時点でね。きみの伯母さんが死んでまもなく、そう思うようになったんじゃないかな。マーコヴィッツは金めあての線を追っていたし」

ゲイナーがスタンドを蹴飛ばした。光が移動し、彼の影は小さくなった。「そんな単純な話だっていうのか」

「マーコヴィッツがパール・ホイットマンのあとからあのビルに入ってきたときは、あわてたろうね。その時点で、万事休すと思ったんだろう？　きみはビニール袋を置きっぱなしにしていった。不注意だな。現場の写真に写っているよ」

「サイドンは？」ゲイナーがナイフを近づけ、また引っこめる。「サマンサ・サイドンはどうなんだ？」

「ああ、最後の犠牲者だね。マーコヴィッツの推理のとおり、犯人がヘンリー・キャサリーをはめようとしていると考えれば、あの殺人も筋が通るよ。きみは、ヘンリーとマーゴの奇妙な共生関係に気づいていた。そのころには、あの街に引っ越してもう数カ月経っていたからね。たぶんきみは、ふたりがいっしょにいるところを何度も目にしていたんだろう。きみはヘンリーの日常のあらゆる動きに関心があった。彼に全部の殺人のアリバイがないとは言いきれないから、彼とつながりのある唯一の人間を巻きこんだんだ。そうすれば、マーゴの証言の信頼性は失われ、警察も共謀説へと傾くだろう」

「サイドン殺しに関しては、わたしには鉄壁のアリバイがある」

「そうは言えないね。アリバイはマロリーだけだ。きみは彼女がグラマシー・パークを見張り、キャンパスまできみを尾行しているのに気づいたんだろう。彼女の不幸はあの美貌――というより、自分の美貌に気づいてないことだな。彼女は、自分が周囲に溶けこめると本気で信じている。きみは彼女に気づき、自分のアリバイとして利用した」

「彼女の前から消えていたのは、たった二十分だ」

「十九分だよ。彼女の記録は異常に細かくてね、芝居の間、きみの身のこなしが変わることまでメモしていたよ。きみの動きはいつもぎくしゃくしている。でも、その気になればすっかり変われるそうだね？　ステージ上のきみは優雅でさえあったと書いてある」

「十九分では、グラマシー・パークまで行って、あの婆さんを殺し、劇場に帰っては来られない」

「どの被害者も、グラマシー・パークで殺されてはいなかったのさ。あの大学は怪しげな地区と境を接している。その地区なら、こっそり人を殺せる場所がいくらでもあるんだ」

「警察には、あの婆さんが他の場所で殺されたと考える根拠はひとつもない」

「偽の犯行現場にたっぷり血が流れていたからかい？　ビーズを撒き散らすなんていうのも、なかなかの案だったね。きみは、遺体を殺したときのままの格好に整えたんだ。いったん硬直してしまえば、死体を別の場所に同じ形で置くのはそうむずかしいことじゃない。たとえ暗闇の作業であってもね。最初警察は、あのビニール袋は返り血を防ぐために使われたものと思っていた。でも実はあの袋は、偽の犯行現場に必要なだけの血を保存しておくのに使われていたんだ。名案だな。ああいう袋なら、血はきちんと液状のまま取っておける。表面に張りついたりせず、周囲をびしょぬれにできるんだ。それにあの血の手形もいい証拠になった」

「証明はできんさ」

「そうかな？　でもきみは山ほどミスを犯しているんだよ。なぜイーディスが、きみが犯人だと気づいたと思う？　きみは、降霊会で胸が切り裂かれるシーンを見たと言ったろう？　流血と暴力は、霊媒の十八番じゃないんだよ。イーディスはきみが記憶で話を補っているのに気づいたんだ。降霊会で見たはずのない部分をね」

ナイフがほんの一インチ、そしてもう一インチ、チャールズの目から下がった。

「目的は金だけじゃなかったんだろう？　ぼくはずっと、そこが警察の推理の穴だと思っていた。きみは不必要な危険を冒して、最初の遺体を公園に運びこんでいる。スリルを求めていたんじゃないのか？　きっかけは何なんだ？」

床のスタンドは幻の脚光となり、ドラマチックな明暗を生み出している。ゲイナーの笑いはどこか病的だった。

「きっかけはアン・キャサリーの犬だよ。犬は婆さんの手から逃げ出し、婆さんは犬を追って公園から出てきた。わたしたちはいっしょにゴミ置き場で犬をさがしていた。そのとき、わたしのモンキー・パズルが解けたんだ」

「モンキー・パズル？　聞き覚えのある言葉だな」

「子供のころ学校で、猿と椅子と棒とバナナのたとえ話を習ったろう？」

「確かそうだった。バナナは天井から紐で吊されているんだったね？」

「そのとおり」ゲイナーは言う。「手の届かないところにだ。そして腹ぺこの猿は、バナナを取る道具として、椅子と棒をもらう。だが猿にはその使いかたがわからない。猿は行きつもどりつ歩きまわり、ついにはあきらめ、しょげ返って隅にすわりこむ。するとふいに、すべてが解決する。猿のすわっているところから、椅子に立てかけられた棒が見え、その棒の先がバナナを指していたんだ。猿は棒をつかみあげ、椅子に飛び乗って、バナナをたたき落としたのさ」

「すべて成り行きだったたというんだな？」

「そうとも。アン・キャサリーはゴミ缶の列のそばで犬をさがしていた。缶のそばには、どこかのビルの管理人が放置していった、中身の半分残った大型ビニール袋の箱があった。ゴミはどれも袋に入れられ、朝がきて、通りに出されるのを待っている。地面には包丁が落ちていた。誰かが柄が壊れたんで捨てたんだ。包丁の柄はゴミ袋の箱に触れていて、刃のほうはアン・キャサリーを指していた。あの馬鹿な婆さんの向こうには、公園でひとりチェスをするヘンリー・キャサリーの姿が見えた。わたしはゴミ袋を拾いあげ、包丁でそいつに穴を開けた。それで返り血は防げたよ。もうひとつの袋は、包丁で喉を刺すなり、婆さんにかぶせてやった。みんな小柄な婆さんだったんだ。アン・キャサリーを袋詰めにするのは、むずかしくはなかった。見えないように遺体が包んであれば、あわてる必要はない。異常者の仕業に見えるよう細工を施す時間はたっぷりあった」

「きみは充分異常だ」

「平均的異常者の目的は、数億の金じゃない」

「でもきみは犯行を楽しんでいた。そうだろう?」

ゲイナーはこの質問を無視した。

「あとで、わたしは婆さんのところへもどった。そのときはもう遺体は固くなっていた。おまえの言ったとおりだよ。動かした形跡を残さずに遺体を移すのは簡単だった。それからわたしは、婆さんのネックレスを引きちぎり、ビーズを撒き散らしたんだ」

ゲイナーは笑いを浮かべていた。快い笑いとは言えない。この男は、話すことを楽しんでいるのだ。それはそうだろう。完全犯罪の難点は、感心してくれる観客がいないことなのだから。

「危険な賭けだな。たとえ明け方にやったとしても」チャールズは、声に賞賛がこもっているよう願いつつ言った。

「認めるよ。その部分は確かにスリリングだった。しかし、朝の四時に人に見られる可能性がどれだけある？　あの時間帯、周囲に目を光らせている人間はいないだろう。わたしはジーンズを穿き、野球帽をかぶって、用務員になりすましていた。役作りとして、がに股で歩いてやったよ。持っているのは、大きなゴミ袋だけだ。少しも怪しいところはない。あの近辺じゃ用務員なんぞ誰の目にも映らないんだ。仮にそうはいかず、誰かがゴミ袋を持った用務員を見たと届け出たとしても、こっちに疑いがかかる恐れはまったくない。動機がないからな。殺されたのは、ヘンリーの祖母さんであって、わたしのじゃないんだ」

「ヘンリーが、お祖母さんがもどらないのを夜のうちに届け出るとは思わなかったのかい？」

「警察が行方不明者を受け付けるのは、四十八時間経ってからだ。それに、ヘンリーが警官隊を大捜索に駆り立てる心配はほとんどなかった。あいつに会ったろう？　いっしょに公園にいるのを見たよ。大きな危険はなかった。最悪の場合でも、婆さんが他の場所で見つかるだけだったんだよ」

「自分の伯母さんはどこで殺したんだ？」

「昼食に招待し、キャンパスの近くの路地で待ち合わせたんだ。伯母は、わたしとの約束のことは誰にも言わなかったらしい。おかげでわたしは自分でそのことを警察に話し、連中にその前後のアリバイを確認させなきゃならなかった。アリバイのない半時間については、伯母に待ちぼうけを食わされていたと言っておいたよ」

「なるほど、警察は不思議とも思わなかったろうね。なにしろちょうどそのころ、伯母さんは殺されていたんだから。で、パール・ホイットマンは？　どうやってイースト・ヴィレッジまで呼び出したんだ？」

「ブローカーをかたり、連邦検察局が興味を持ちそうな情報を握ってると言ってやったのさ。あの婆さんは口止め料をよこそうとした。だから直接会って、細かい打ち合わせをしようと言ったんだ。そして、公衆電話を利用し、一ブロックずつ移動させ、徐々にあの場所に誘いこんだわけさ」

「恥辱と刑務所行きと貧困に対する恐怖が、物騒な地区に対する恐怖に勝ったというわけだね」

「まさにそのとおり。サマンサ・サイドンのほうは少しちがっていたがね。彼女は、打ち合わせを楽しみにしているようだった。わたしは公衆電話をいくつか使い、三台タクシーを乗り継がせて、彼女を劇場まで来させた。最後の数ブロックは歩かせて、建物の裏で会い、ゴミ容器のうしろで殺したんだ。ほんの数分でかたづいたよ。芝居のリハーサルの着替えのほうがそれより時間がかかったくらいだ」

「遺体はどうやってグラマシー・パークまで運んだんだ？」

「いつもはどこへ行くにもタクシーを使っているが、あの日はそのためにレンタカーを借りたのさ。マロリーが来ないうちに家を出なきゃならなかったが。彼女に車を見られたくなかったんでね」

ナイフがまた一インチ離れた。ゲイナーは椅子の肘掛けに腕をついた。「だがまだ言ってないことがあるだろう、チャールズ。おまえには何の決め手もないはずだ。何か隠しているんでないかぎりな」

「決め手はこれだ」チャールズはすばやくナイフを払いのけ、イーディスのショールでゲイナーの目を眩ませると、椅子のクッションの下から銃を引き出し、顔からショールをはぎ取ろうとする敵の頭に狙いを定めた。

「ナイフを置け。じきに警察が駆けつける。いまごろエレベーターで上がってくるところだろう」

ゲイナーは笑いを浮かべた。今度はチャールズが首をかしげる番だった――「これはいったいどういうことだ?」子供の遊びが脳裏をよぎる。

紙は石を包みこみ、はさみは紙を切り刻み、石ははさみをだめにする。

銃がナイフに負けるはずはない。ならどうしてゲイナーは笑っているんだ?

「警察だと? 信じられんね、チャールズ。そっちはわたしが来ると確信してたわけじゃない――ただそう願っていただけだからな。どうせはったりなんだろう?」

「はったりなんてぼくには無理だ。前に試してみたけれどね。嘘はつけないたちなんだ」

ナイフがゲイナーの手を離れ、絨毯の上にドサリと落ちた。「どうやら本当らしいな」

やはりこうでなくては。ロジックは常に勝つ。

ロジックに反し、ゲイナーが銃に飛びついてきた。

彼らはがっちり組み合って、顔をゆがめ、四肢をよじり、武器を奪い合った。ふたりの体が回転しだす。銃は天井を向いている。手は汗ばみ、互いの皮膚の上をすべる。彼らは蹴り合いながら回転し、回転しながら暗い廊下へ入り、せまい壁にぶつかって居間の床へと倒れこむと、上になり下になり、敷物の上をごろごろと転がった。部屋は暗く、銃ははっきり見えない。それはぼやけた輪郭の冷たい金属でしかない。銃身の向きが変わっていく。銃口が下を指す。弾丸が飛び出したとき、それはまだチャールズの両手に握られていた。

爆音は全世界に響き渡った。チャールズは、苦痛に顔をゆがめて脇腹に手をやった。ゲイナーは、銃を手中に収めて立ちあがった。彼はポケットからハンカチを取り出した。ビニール袋がひとつ、その同じポケットから床に落ちた。

「どうせ撃てんだろうと思ったよ、チャールズ。きみはまともすぎるし、人間的すぎるからな」ゲイナーはまず銃身を、つぎに回転弾倉と銃把を、着々とぬぐっていく。「人の命を奪う前にきみがためらうのは、最初からわかっていた。その〇・五秒が命取りだったんだよ」彼はかがみこんでビニール袋を拾いあげると、銃把をそれでくるみこんだ。「さっきの質問に答えてやろう。そう、わたしは楽しんでいた。いまも楽しんでいる。わくわくするよ」

痛みがショックに変わっていく。ゲイナーは悠然としゃがみこみ、開いたドアから流れこむ光にチャールズの顔を照らし出させた。恐怖の表情を見ようというのか？　ゲイナーが待っているのはそれなのか？　ちがいない。それがなくては完璧な殺しとは言えない。

てのひらが血でぬるぬるする。銃口は彼の心臓に向けられている。死はもうすぐそこだ。その接近、大きな足音、巨大さを感じると、恐怖が胸からあふれ出た。一瞬が永遠のように長くなる。彼はふたたび母の枕元にいた。母は怯えていなかった。彼女は死が近づいてくるのを耳にし、その驚異に屈したのだった。母の死顔には、驚きが浮かんでいた。

彼がほほえむと、ゲイナーの顔が怒りに曇った。銃口が胸に押しつけられた。

もうすぐだ。

エレベーターのベルの音が聞こえる。ジャック・コフィーがやっと来てくれたのだ。だがもう遅い。声をあげる暇もない。銃声が鳴り響き、骨を打ち砕く衝撃が胸を襲った。筋肉が痙攣する。やがて彼は動かなくなった。闇のなかで、廊下から差しこむ光だけが、そのシルエットを絨毯に浮かびあがらせている。優れた頭脳の上のほうの階層が閉ざされはじめ、記憶がくずれ落ちていた。最後まで意識を保っていたのは、脳のもっとも原始的な部分、感情のあるところだ。彼の五感に最後に届いたものは、ヘンリエッタ・ラムシャランの声と、そのうしろからふいに押し寄せてきたマロリーの香水の香りだった。

マロリーはイーディス・キャンドルの部屋を飛び出し、油圧でゆっくり閉まっていく非常ドアへ突進した。その目と銃を握る手には殺意がこもっていた。彼女は階段の踊り場で足を止めた。

どっちなの？　上？　それとも下？

下でかすかな物音がした。ガラスの割れる音？　ぐるぐると下へつづく金属の階段を、彼女は見おろした。地下室のドアが少し開いている。あいつがドアを通ったのは、ほんの数秒前なのだ。でも待って、どこかおかしい。本能が彼女をその場に釘付けにした。ガラスの割れる音？　地下室の窓はひとつしかない。そしてそれは、アコーディオン式の仕切りの向こうにある。マックスの舞台装置の設置場所に。イーディスが地下室にいるのだろうか？　彼女が仕切りを開いたのだろうか？

マロリーはいま、マーコヴィッツと同じ立場に立たされていた。応援もなく、助けを呼ぶ暇もない。そして、たったひとりで闇に入っていこうとしている。

彼女はそっと階段を下りていった。テニスシューズは音ひとつ立てず、生まれながらの泥棒の動きはひそやかだ。踊り場に着くたびに、彼女は電球をゆるめた。地下室のドアの電球が消えると、あたりは真っ暗になった。彼女はドアを開け、背後ですばやく閉めた。何も見えない一方の手が、ヒューズ・ボックスの上に伸び、懐中電灯をさがす。

ない。

雷鳴が地下室に鈍く轟く。稲妻が建物の外壁をジグザグに照らし、奥に見える幅の広い高い窓にゴミ缶の影を映し出す。窓ガラスは割れていたが、破片の間から脱出できるほどではない。あいつはまだここにいる。

彼女は、手さぐりしながら記憶をたよりに進んでいった。大型トランクを迂回し、大小さまざまな箱の並ぶ通路を抜け、マックスの舞台装置が収めてある広い区域へ。そして、奥の窓から差しこむ薄暗い光に向かって、静かに歩きだす。稲妻が閃き、ギロチンを照らし出した。つづいて雷が落ちてくる。クライマックスにふさわしからぬ静かな雨が、砕けたガラスの向こうでゴミ缶に当たり、鋭い音とともに跳ね返っている。風の薄織物が、割れた窓からしぶきを送りこんでくる。

マロリーは全身を緊張させて、ぼんやり浮かぶ物影に目を凝らし、足音がしないかと耳をすませていた。飛んできた雨粒は、ただ一点を凝視するその目には映らなかった。滴は湿気も残さず、跡形もなく、粗いツイードの上に消えた。マロリーは、黒に重なる黒い影の微妙な濃淡ひとつひとつに焦点を当てていった。

「キリスト教の地獄は、永遠に焼かれることじゃないんだ」かつてラビ・カプランはそう教えてくれた。彼女がキリスト教の日曜学校に行って、混乱したときのことだ（ヘレンはキリスト教徒にもキャシーを教育する時間を平等に与えるべきだと感じていたのだ）。「地獄というのはね、愛する者がいないことなんだよ」ラビは、イエズス会士からそう聞いたのだと言っていた。だからこれは本当にちがいない。そして実際そうだった。彼女の愛する人々は殺された。彼女は仇を討ちたかった。

迂回しようとしていた箱のうしろで、球形のライトがぼんやり灯った。彼女は凍りついた。中国屏風の向こうからするする出てくる黒い影に、目が釘付けになる。それは、彼女のすぐ前方を右手へと動いていく。頭はすぐにも現れる。マロリーは銃口を上のほうへ向けた。訓練では体のもっとも大きな部分を撃つよう教わったが、彼女の狙いは頭部だった。影が現れるのを待ちながら、彼女は舌なめずりをした。雨は激しく降りしきっている。雨脚は次第に強く、雨音は次第に大きくなっていく。風は荒れ狂い、雨のしぶきを広く、遠く、送りこんでくる。

ガラスの破片がガリガリ鳴り、別の頭の影が足もとに現れた。走ってくる足音が聞こえる。彼女は振り返った。すると部屋は、目も眩むばかりのまぶしい光に満たされた。光と彼女の間に浮かぶシルエットは、小さく、丸みを帯びており、ふっくらしたふたつの腕を彼女のほうに差し伸べている。

ちがう影だ。

そのとき背後の影の動く音がした。マロリーはさっと振り返った。その反応は遅すぎたが、銃をかまえながら振り返るとき、何分の一秒か、男の姿を目に焼きつける時間はあった。ほんの数フィート先だ。射撃の腕がどうであれ、ゲイナーがこの距離で的を外すということはありそうにない。

イーディス・キャンドルは、平然と成り行きを見守っている。ゲイナーの指が引き金を引く。青黒い銃口が爆音とともに閃いた。一瞬の出来事だった。そしてその一瞬の間も、雨はガラスの破片の間から飛来しつづけ、そのうち数滴だけが、銃の熱の犠牲となった。

室内は真昼の明るさだ。その白い光のなかで、慣れていくマロリーの目に映るゲイナーは、まるで奇怪な化け物だった。弾丸がシャツの胸に穴を開けた。窓から吹きこむじっとり冷たい十月の風に、彼女の金髪が舞う。彼女は倒れていく。倒れながら目を閉じていく。やがてその体が地面にぶつかった。

走っていく軽い足音が聞こえる。そして、もっとのろい重たげな足音がそのあとを追う。

ややあってマロリーの目が開いた。ギロチン上のスポットライトから顔をそむけ、防弾チョッキは過大評価されていると考えながら、彼女は身を起こした。これなら死んだほうがましだ。弾丸の衝撃で骨は砕けていた。体に穴が開かずにすんだとはいえ、防弾チョッキは秒速何マイルかの弾丸のパワーから彼女を守ってはくれなかった。手でさぐると、折れた肋骨が見つかった。胸がゼイゼイ鳴っている。肺に穴が開いたのだろうか？

かたわらには、ひっくり返ったトランクがあった。マックス・キャンドルの胴体のない蠟の頭、チャールズの片割れが、そのすぐうしろに落ちている。それは横倒しになって、彼女を見あげていた。

銃がない。ゲイナーに銃を奪われた。

奥の窓は、いまも危険なガラスの破片でいっぱいだ。あの男があっちへ行ったはずはない。そしてイーディスは――彼女はどこへ行ったのだ？　イーディスならこの地下室のよい隠れ場所をいくらでも知っているにちがいない。

マロリーは、ギロチンのてっぺんに載った、ぎらぎら輝く太陽を見あげた。あの明かりのスイッチのありかを知っているのは、イーディスだけだ。

立ちあがると、胸に鋭い痛みが走った。彼女は球形のスタンドを消してから、ギロチンへと向かった。例の懐中電灯は、木の手枷のそばに置いてあった。この前ショーを見たとき、イーディスの両手はこの枷のなかだった。マロリーはひざまずいて、手さぐりで明かりのスイッチをさがした。小さな木片がさぐりまわる指の下で動いた。そのボタンを押すと、地下室はほぼ真っ暗になった。懐中電灯を手に、蠟の頭を脇にかかえ、マロリーは狩りに出かけた。

窓にふたたび稲妻が閃き、ゲイナーのシルエットが、ほんの一瞬、タブロイド紙の写真のようにドラマチックに浮かびあがった。銃は、光るビニールにくるまれていた。彼が持っているのは、マロリーのロングコルトではなく、銃身を短く詰めたリボルバーだった。残りは何発だ？ チャールズは二発撃たれていた。イーディスの部屋に寄ったとき、それだけは確認してきたのだ。それに銃はもう一挺ある。弾薬のたっぷり入った彼女の銃が。マロリーはマックス・キャンドルの頭を大型トランクの上に載せ、ポケットから手持ちの小銭を取り出した。そして、トランクのほうへそのコインを放ると同時に、懐中電灯のスイッチを入れ、チャールズそっくりの蠟の顔に光を当てた。

闇に銃声が響いた。懐中電灯の光がカチッと消える。弾丸は蠟の頭を大きく逸れて飛んでいった。ゲイナーは反射神経が鈍いうえ、距離の如何を問わず射撃は下手らしい。マロリーは床にまたひとつコインを落とし、今度は自分の顔を照らした。懐中電灯をカチッと消すと、弾丸は、彼女がいままで立っていた宙に撃ちこまれた。

何か硬いものに足がぶつかった。身をかがめると、一本のパイプに手が触れた。マロリーはそれを拾いあげ、どっしりした鉄の重みを手に感じた。相手がつぎの銃に切り換える前に、鉄パイプで戦える距離まで接近しなくては。彼女は一瞬一瞬に集中しきっていた。まるで恋人に会うときのように、興奮が湧きあがってくる。しかし真の目的は、ひとりの男を殴り倒し、その血を流し、痛めつけ、ついには殺すことなのだ。マロリーは雨のしぶきのなかを歩きつづけた。

懐中電灯を顔に向け、スイッチを入れる。

ゲイナーが銃をかまえ、引き金を引いた。カチリという音がした。空っぽの弾倉の音だ。二度目のカチリという音は、銃の轟音に呑みこまれた。懐中電灯が閃く。一瞬、マロリーは魔法を信じそうになった。まるでゲイナーの放った銃弾が百八十度向きを変え、彼を撃ち抜き、その体に血みどろの穴を開けたように見えたのだ。ゲイナーは、回転し、身をひねりながら、肩に受けた弾丸の衝撃であおむけに倒れていく。腕が、継ぎ目が外れてゆるんだように振りまわされている。その顔に浮かんだ驚愕の色は、トウモロコシ畑で身をよじる案山子《かかし》の呆けた表情そのものだった。銃が彼の手から落ち、床の上を滑っていった。

マロリーは懐中電灯を消し、黙って様子をうかがっていた。イーディスがゲイナーに近づいていく。老婦人は、マロリーのロングコルトを持っていた。マロリーは、マックスの頭が載っているトランクのうしろに身を隠した。

イーディスはゆっくりと振り返った。その目が周囲をさぐり、銃が目の照準に従って動いている。マロリーはこっそり箱の山を回って背後から近づき、皮膚に跡が残るほど強く老婦人の手首をつかんだ。彼女はすばやくひとひねりしてイーディスの手から銃を奪い取った。

振り返ったイーディスは、マロリーを見て息を呑んだ。皺の寄ったその顔が、奥の窓から差すほのかな光に照らされる。老婦人は、不自然なまでにすばやく大きく笑みを浮かべた。

「ああ、よかったわ、キャシー。死んでしまったのかと思った。なんてありがたいこと」

「へええ、そう」

マロリーは懐中電灯をつけ、ゲイナーのそばに膝をついた。はなはだおもしろくないことに、息はまだあった。彼は壁に頭をぶつけていた。それで意識を失ったのだが、死んではいないし、傷も命にかかわるものではない。

そして彼女の手には銃がある。

「殺してしまいなさい」ゲイナーを上から見おろしながら、イーディスが言う。ひざまずき、身を寄せ、マロリーの耳もとに唇を近づけて、彼女はそっとささやく。「終わらせるのよ」拡大された青い目がさらに大きくなる。「誰にもわかりゃしないから」

「そうなったらうれしいのね、イーディス？」

マーコヴィッツは少しも喜ばないだろう。

マロリーはゲイナーを見つめた。マーコヴィッツを殺した男はいま彼女の手中にある。イーディスを振り返ると、目に雨が流れこんだ。「上に行って救急車を呼んでくれなんて、あなたにはたのめそうにないわね……そうよ、とても無理」彼女は、ゲイナーの手から落ちたリボルバーを拾いあげた。ビニールは熱に溶け、まだ金属にくっついている。ゲイナーは発砲する暇がなかったらしい。弾倉にはまだ一発、弾が残っていた。マロリーはビニールを引きはがすと、握りのざらざらした面を二本の指でつまんで、イーディスに銃を渡した。老婦人は、きらりと目を光らせ、手のなかの武器を見おろした。

マロリーはゲイナーの脈を調べ、さらに一方のまぶたをひっくり返した。意識を取りもどす気配はない。「救急車を呼びにいってくるわ。銃が要るようなことにはならないと思うけど」マロリーは銃からはがしたビニール袋を丸め、上着の内側にすべりこませた。

「わかったわ」イーディスがゆっくりうなずきながら言う。「ようくわかった」マロリーが背を向け、出口へ向かうとき、老婦人はほほえんでいた。

地下室のドアを出たマロリーは、頭上の電球をくるくるとソケットにもどした。ふたたび光のなかに立ったとき、彼女は、引き返そうかと考えた。なかにもどって、いまのは全部なしにしようか？　しかし、ぐるぐると上に向かう金属の階段を見あげ、一階上に立つジャック・コフィーと目が合うと、その考えは消えた。コフィーのうしろでは、制服警官が、廊下にもどりドアを閉めるようヘンリエッタ・ラムシャランに合図している。

「マロリーか？」コフィーの目が、彼女のシャツの黒ずんだ穴に、そして、手からぶら下がった銃に注がれる。彼は、彼女の目を見つめた。一方の手が手すりをぎゅっとつかみ、そのまま凍りついた。

マロリーは彼を目で捉え、踊り場に釘付けにしていた。あと一秒。

背後で銃声があがった。

ジャック・コフィーと制服警官が、どかどかと階段を下りてくる。銃を引き抜き、マロリーを押しのけ、彼らは地下室に駆けこんでいった。

マロリーは階段の壁にぐったりともたれかかった。自分のしたことにどれほど計画性があったのか――あとになれば自分でもわからなくなりそうだ。

へええ、そう。

彼女は急な階段を上りはじめた。まず意識が、つぎに脚がふらついた。それでも彼女は足もとに注意しようとはせず、上へ上へと上りつづけた。みぞおちがうねり、せりあがってくる。心臓がドクドク鳴っている。脳は信念と疑問の間を揺れ動いていた。彼女は転落を恐れてなどいなかった。どこまで落ちようとかまわない。

エピローグ

ミセス・オルテガは、ピンクのゼラニウムを枕元のテーブルに載った空の水差しに入れながら、何物も見逃さぬ熟練掃除婦の目で病室をチェックした。彼女は、マロリーのいない側のベッドサイドへ行き、マロリーからなるべく離れたところに椅子を寄せた。

「お心遣いどうもありがとう」チャールズが言った。「きれいな花ですね」

「造花だけどね」ミセス・オルテガは言った。「そのほうが長持ちするよ」

チャールズは、耳まで裂けそうな、最高に呆けた笑いを見せた。ミセス・オルテガの椅子の脚がキキッと鳴り、彼から遠ざかった。チャールズは今度はマロリーに笑顔を向けた。こちらは狂気を前にしても、さほど動じる様子はない。

「たぶんぼくは交通事故にでも遭ったんだろうな」彼は言った。「家の近所で事故に遭った場合、心臓付近に金属片が刺さる確率は結構高いんじゃない？　どう？」

ミセス・オルテガは椅子のなかでそわそわし、天井を仰いだ。

「確かに筋が通ってるわね」マロリーが言う。

「ヒントもくれないの?」

「ドクター・ラムシャランが、自然に記憶がもどるのを待つほうがいいって言ってたの。でも、全部は思い出せないでしょうって。トラウマの犠牲者の多くは、意識のなくなる前の最後の十五分のことは思い出せないのよ」

「で、トラウマの犠牲者の病室を警察官がガードすることもよくあるわけ?」

「あなたはインサイダー取引の大事な証人だもの」

「証人だって? ぼくが持ってたデータは全部、きみがコンピュータで引っ張りだしたものなんだよ」

「事柄によっては、あんまり早く思い出さないほうがいいのよ、チャールズ。そうあせらないで。きょうの午後、証券取引委員会の調査員が供述を取りにくるの。仮にあなたが、あのプリントアウトをどこで手に入れたか思い出せなくても、わたしはかまいませんからね」

「了解。でもせめて、この二週間に何があったかだけでも教えてもらえないかな? 病院じゃ新聞も読ませてくれないし、テレビも見せてくれないんだよ」

「インサイダー取引の一味の件は決着がついた。証拠は堅いし、メンバーのほとんどが司法取引に応じようとしている。大陪審からもほとんど文句は出ないはずよ」

「イーディスはどうなったの? 彼女——」

「保釈されたよ」ミセス・オルテガは親切に口をはさんだ。

「何だって?」

マロリーの冷ややかな目の魔力で、ミセス・オルテガは黙りこんだ。

「みんな、先を争って友達や身内を売ろうとしてるの」マロリーは言った。「証言する代わりに不起訴にしてもらおうってわけ。でもイーディスは乗り遅れてしまったのよね」

ミセス・オルテガは床を見つめた。見出しを飾った殺人事件が、カーペットの下にするすると消えていく。

「彼女、どうなるんだろう？」

「聞いた話だと、あの人、金で買える最高の弁護士をつけたそうよ。疲れたでしょう、チャールズ。わたしたち、もう帰るわね。今夜、あなたの購読雑誌を持って、もう一度来るから」

マロリーが立ちあがり、ミセス・オルテガにちらっと目を向ける。ミセス・オルテガは椅子から飛びあがり、彼女のあとを追った。マロリーは病室のドアを抜け、長く白い廊下へと出ていく。掃除婦は短い足をせっせと動かし、彼女に追いついた。警官にこんなに近づくのは本意ではない。とりわけこの警官に近づくのは。しかしどうしても知りたいことがあったのだ。

「あの人はなぜ撃たれたのを思い出せないんだろうね？　そんなことを忘れちまうってどういうわけ？　わたしなら、もし撃たれたら、絶対忘れないよ」

「チャールズは繊細よ。でもあなたはそうじゃない」マロリーは言った。「あなたは彼よりタフなのよ」

ミセス・オルテガの黒い頭が半インチ上に上がった。そうやって半インチ背伸びしたまま、彼女はマロリーの大きな歩幅に合わせて歩いていった。

「これでいいの」マロリーは言う。「繊細な人は事故だと思いたいの。自分が秒速九十マイルの弾丸で意図的に引き裂かれたなんて、思いたくないのよ」

「だけどもし新聞を読んで、誰に撃たれたか知っちまったら、どうするの？」

「わたしが数カ月間、彼を旅に連れ出すわ。長いクルージングか何かに。留守の間に、大陪審は招集され、起訴を決定するでしょう。それから裁判を避けて司法取引が行われ、彼女は軽い刑ですむ。帰ってくるころには、何もかも終わってるでしょうよ。たぶんそのとき、わたしからほんとのことを話すことになるわね」

ミセス・オルテガはペースを落とし、ひとり歩きつづけるマロリーをじっと見送った。誰もいない廊下を遠ざかっていく彼女は、小さくはならず逆に大きくなっていくように見えた。

「あの女も火星人だね」ミセス・オルテガはひとりつぶやいた。

「待っててちょうだい、キャシー」

「マロリーよ。マロリーと呼んで」

マロリーが白いシーツをふわりと広げ、それがカウチ形の幽霊になるのをじっと見守る間、イーディス・キャンドルはその背後に立っていた。チャールズの部屋の家具はすべて埃よけをかけられ、室内は同じような幽霊でいっぱいだった。

「大陪審は明日招集されるの」イーディスは言った。「わたしのために証言してくれなきゃ」

「たのまれてないわ」

マロリーはキッチンに入っていった。イーディスは、皺くちゃの顔を不安にこわばらせ、そのすぐあとを追った。マロリーは冷蔵庫を開けた。なかはミセス・オルテガがすっかりきれいにしていた。腐るようなものは何ひとつ残っていない。

「あのね、イーディス、わたし、警察にも地方検事にも、つじつまの合う話ができなかったの。連中が話をさせようとするたびに、泣きだしてしまって。それで結局、とても証人には使えないと判断されたわけ。あなたの弁護士も同じ結論に達したんでしょう？」

「だけど、わたしがあの男を殺したのは、あなたを救うためだったのよ。あなただってあの壁の文字を見たでしょう？　みんなにそのことを話してちょうだい」

「大陪審の前でオカルト的な話をするのは、許されないんじゃないかしら。彼らに与えられるのは、確固とした現実的な証拠だけでしょう？　ゲイナーの肩に残っていた弾は、わたしの銃から発射されていた。警察がショック状態のわたしから取りあげたあの銃よ。でも、ゲイナーを殺した弾は、あなたの持っていた未登録の銃から発射されていた。それにチャールズの体から見つかった弾も、わたしの防弾チョッキにめりこんでいた弾もね」

「あれはハーバートの銃よ。本人は認めな――」

「ハーバートは銃を非合法に買ったことを認めようとしない。あなたみたいな能力がありながら、それを予知できなかったなんて不思議よね。それにヘンリエッタだって一度もその銃を見たことはないわけだし。そうか、マーティンは見たんだったわね。でも地方検事は、マーティンから三こと引き出すだけでうんざりするんじゃないかしら」

「検察は、第一級殺人と二件の殺人未遂でわたしを起訴しようとしてるのよ。あなた、知っているじゃないの。ゲイナーはあの連続殺人の犯人よ。それに、わたしにあなたやチャールズを撃てるわけがないでしょう。ゲイナーはあの銃を持っていたわ。あなた見たじゃないの」

「わたしは暗闇からまぶしい光のなかに入っていったばかりで、何も見えなかったの。それに、撃たれたあと何があったか、ぜんぜん覚えていないのよ。トラウマになるようなショックを受けた場合、よくあることなんですって。コフィーが見つけたとき、ゲイナーは銃を持ってなかったのよ。でもあなたは持っていた。彼の手から硝煙反応は出なかった。でもあなたの手からは出たわよね」

最後の発砲の前、地下室から例のビニール袋が持ち出されたことに気づいた者はいなかった。指紋と硝煙反応が出るはずのビニール袋。たぶんあれは、マロリーがチャールズとともに救急車に運びこまれる途中、通りのどこかに落ちたのだろう。

「ゲイナーが人殺しだってこと、あなた、知っているじゃない。わたしが発砲したのは殺されると思ったからだって、みんなに言ってちょうだい」

「それは通らないんじゃない、イーディス。弾道検査で、あなたが、床に横たわっている彼の頭を至近距離から撃ったことはわかっているんだもの」

「あの男は人殺しよ！」

イーディスの声が、甲高い恐怖の叫びへと高まっていく。

「警察は彼を殺人犯とは見ていないわ」マロリーは手帳を開き、チャールズの新聞の配達を忘れず止めるようメモを取った。「ゲイナーに不利な証拠はひとつもないのよ。ただ、警察は、倒れていたチャールズから、インサイダー取引の証拠となるプリントアウトを見つけた――あとは、ゲイナーの伯母さんとあなたの関係を調べるだけでよかったの。それに、ゲイナーのポケットからは手紙も出てきた――あなたからの招待状よ。あなたにとってはまずい話よね、イーディス」

「助けてちょうだい！　わたしに残る一生、刑務所暮らしをしろとでも言うの？」

マロリーはほほえんだ。霊能者イーディスには、その微笑の意味がわからなかった。あろうことか彼女は、マロリーが見せたこの人間らしさの片鱗に勇気を得そうになったのである。

「ねえ、イーディス、前から訊きたかったことがあるんだけど。旦那さんのマックスが水槽のなかにいたとき、助手にガラスを割るよう指示したのは誰だったの？　マックスの体じゅうの動脈を切り裂き、彼を出血多量で死なせたあのガラスだけど？　わたし、州北部の老人ホームで、あのときの助手を見つけたの。さがし出すのにずいぶん手間取ったけどね。彼はあの夜のことをとてもよく覚えていたわ。彼にとって生涯最大の事件だったのね。指示を叫んだ人物の顔は見えなかったそうよ。でも、声は女の声だったって言うの。彼の手に斧を握らせたのも同じ女なんですって」

イーディスは何も言わなかった。パズルの最後のピースが、この沈黙によりはめこまれた。

「正義なんてどこにもないのよ、イーディス、でもこの宇宙は結局バランスが取れているのね」

「でもわたしを助けてくれなきゃ。あなたにだって人情ってものがあるでしょ？」

「それはどうかしら？」

チャールズの購読雑誌が詰まった段ボール箱は、足もとの歩道に置いてある。彼女はタクシーを停めようと手を上げかけた。街灯の光に照らされた見覚えのある顔に注意を惹かれたのは、そのときだった。

マロリーは自動販売機にコインを入れて新聞を取り出し、マクシミリアン・キャンドルの目に見入った。それはチャールズの従兄の全盛期の写真だった。第一面には、遅ればせながら巨匠の名誉が讃えられるという話が載っていた。世界各地の名高いマジシャンが、チャリティー・イベントとして彼の昔の出し物を再演しようとしているのだ。マックスはふたたびスターとして返り咲いたのである。

内側の紙面には、三十年前にさかのぼるマックスの壮麗な葬儀についての記述とともに、もっと大きな写真があった。マロリーは、写真の前景に、大きな鼻を持つ小さな子供の姿を認めた。小型版のチャールズだ。

マーコヴィッツが死んだとき、さほどの華々しさも不思議さもない彼の葬儀についての記述は、十五面に埋もれていた。あの小さな囲みの記事には、彼女自身の写真、ごくふつうの悲しみの印などまったくないマロリーの顔が添えられていた。

ついこの間、彼女という人間を知り抜き、決してだまされなかったコフィーの前で泣いたとき、また、それよりだまされやすい、彼女を知らない地方検事の前で泣いたとき、マロリーが流した涙のなかに本物の涙は一滴もなかった。それとは逆に、つむじ曲がりに主義を貫き、あの日、マーコヴィッツの柩が地中に降ろされたとき、彼女は偽りの涙など一滴もこぼさなかった。日曜学校の神様が、潜み、隠れ、よきニューヨーカーと同じくトラブルから目をそむけている天を仰ぎながら、ラビが墓前で語った言葉は、少しも彼女の心に響かなかった。

彼女はあくまでも手に負えないワルとして振る舞った。死体は死体、死んだ人間は死んだ人間と信じる者、魂の飛翔を敬虔に否定する者として。

さよなら、マーコヴィッツ。

マロリーは新聞を閉じると、車道に出て、タクシーに合図した。すぐそばで、車の防犯アラームがけたたましく鳴りだす。すると頭上の木の枝から、鳩の群れがどっと舞いあがった。鳥たちは激しくはばたき、そろって旋回し、街灯を越え、いっせいに鳴きながら、やみくもに逃げていく。驚きに目を見張る女の頭上高く、彼らはぐんぐん上っていき、やがてその姿は、ビルの屋根を越えて闇のなかへと消え去った。

解説

豊崎由美

さて、多くの方にとってキャロル・オコンネルという名前は、『クリスマスに少女は還る』という奇妙な味わいの傑作によって認識されているのではないだろうか。

クリスマスを控えた町から二人の少女が姿を消す。それは町の人間に十五年前の悲劇を思い起こさせるのだった——という、一見平凡な誘拐事件を扱いながら、現在と過去の呼応、それぞれの救済と贖罪の物語、二人の少女の隠された役割を作品全体の構造にまで敷衍させることで、トリッキーかつ奥行きのある読み心地をもたらす他に類を見ない個性的な作品になっているのだから、それもむべなるかな。いや、個性的なのはストーリーばかりではない。キャラクター造形もまた！ その代表株がサディーだ。ホラーおたくにして、常軌を逸したいたずら者。ディナーの席で、自分の眼（もちろん偽物）をフォークでえぐり出すや口に放りこんでクチャクチャ嚙み、大の大人《おとな》を卒倒させるような少女なのだから。そんな規格はずれのお転婆娘が、一緒に誘拐された親友を助けるために八面六臂の活躍を見せる様と、それゆえにもたらされるラストの驚愕と哀切といったら超ド級。まさに、サディーの母親が語るとおり、「みなさんはあの子を愛さずにはいられなくなるわ」なのである。

しかし、その傑作はオコンネルのデビュー作でも、日本に初めて訳出された作品でもない。『クリスマス――』の解説文で萩原香氏も紹介しているが、オコンネルにはマロリーというニューヨーク市警の女性刑事を主人公にしたシリーズ作品があり、その第一作目こそが処女作なのだ。ちなみに、これまでにオコンネルが発表した作品の順番は次のとおり。
①MALLORY'S ORACLE 1994　マロリー・シリーズ＃1（本書）
②THE MAN WHO CAST TWO SHADOWS 1995　マロリー・シリーズ＃2
（英題 THE MAN WHO LIED TO WOMEN）『アマンダの影』創元推理文庫
③KILLING CRITICS 1996　マロリー・シリーズ＃3
④STONE ANGEL 1997　マロリー・シリーズ＃4
（英題 FLIGHT OF THE STONE ANGEL）
⑤JUDAS CHILD 1998『クリスマスに少女は還る』創元推理文庫
⑥SHELL GAME 1999　マロリー・シリーズ＃5
つまり、オコンネルはデビュー以来、ほぼマロリーものだけを書き続けているのだ。ところが、作家がそれほどまでにこだわり続けているこのシリーズが、かつて①と②がそれぞれ九四年、九八年に竹書房文庫から訳出されながらも、日本国内ではほとんど話題にならないまま、今や入手困難となっている有様。それはなぜか。面白くないからなのか？……否！　否否否

っ!! 首が一回転してエクソシストな状態になってもいい、それほどまでに激しく否定したいんである。だって、文句なしに面白いんだもの。話題にならなかったのは、単に紹介のされ方が地味だったからなんだもの。だから、すごく苛立ってたんだもの、三作目以降が一向に訳される気配がなかったことに。

さあ、以前、訳された際に読み逃していた皆さま、『クリスマス――』以外のオコンネル作品を読みたいと熱望されている皆さま、お待たせいたしました。訳も新たに、マロリー・シリーズが仕切り直しのデビューを果たします。この佳き日を全国推定一億二千万のオコンネル・ファンと共に迎えられる歓びを一体何に譬《たと》えればよ《よ》いのでしょう。「譬えはいいから、早く紹介しろ」、全国あくまで推定一億二千万のせかす声に支えられて、この拙文もようやく本題へと入ろうとしているのでございます。

ニューヨークで裕福な老婦人ばかりを狙った連続殺人事件が発生する。事件が起こったのは白昼だったにもかかわらず、しかし目撃者は一人として現れない。そんな、まるで透明人間のように痕跡を残さない犯人像に迫りつつあったのがベテラン警視のルイ・マーコヴィッツ。すご腕で知られる彼ですら三番目の犠牲者になってしまった時、キャシー・マロリーが真相究明に乗り出す。復讐の炎をクールな心の奥にたぎらせて――。

マロリーは実はマーコヴィッツの養女。子供時代をストリート・チルドレンとして過ごしていた彼女は、ジャガーに押し入ろうとしていたところをマーコヴィッツに補導され、以来、ルイとその妻ヘレンによって愛情深く育てられてきたという経緯があるのだ。が、子供時代の苛酷な生活による精神的ダメージからか、マロリーの情緒は未発達のまま。喜びや悲しみといったごく基本的な感情すら滅多に表わすことができない。おまけに、世間一般の道徳観念とも無縁。しかも、知能指数は天才レベル。子供向けのパソコン教室に通い出すや、大好きなヘレンのために貯蓄貸付組合のコンピュータをハッキングして二万ドルもの大金をせしめてしまったこともある。ありとあらゆる物を盗んで養母にプレゼントすること、それが最大級の愛情の表現だったのだ、少女時代のマロリーにとっては。後年、窃盗を止めたのもヘレンがそのたびに泣いたからであって、盗みそのものに罪悪感を覚えるようになったからではない。マロリーの魂は常に善悪の彼岸にある。

成長した彼女はニューヨーク市警の巡査部長になっている。しかし、現場捜査には携わっていない。尾行活動が不可能なほどの、類希《たぐいまれ》な美貌の持ち主であるがゆえに。というわけで、マロリーはマーコヴィッツ夫妻の愛情深い躾《しつけ》にもかかわらず捨て去ることができなかった〝泥棒〟の心を発揮して、署内のコンピュータから情報を盗み出し、養父の捜査を裏から助けるという形で警察の仕事を楽しんでいる。そうした盗みなら、パソコンに通じていない養母が嘆き悲しむことはないから、思う存分に。が、そのヘレンも今はいない。そして、マーコヴィッツもまた……。

クール・ビューティにして天才。極端なキャラクターではある。へたをすると陳腐に堕しかねない、実に危険な人物設定。ところが、本書を読めば瞭然とするように、そうしたスーパーウーマンぶりも、こと、この小説世界内では不自然に感じられない。というよりも、重要な仕掛けのひとつになっているのだ。

全てのものを写真を撮るように瞬時に記憶し、しかもそれを何時でも鮮明によみがえらせることができる、〝直観記憶〟という特異な能力の持ち主である、マロリーのたった一人の友達チャールズ・バトラー。引きこもりがちなチェスの天才。怪しげな霊媒。大魔術師の未亡人。億という単位の金を動かすマネーゲームに興じる老婦人たち etc. etc.。心の一部が壊れた人間や、奇矯な人物が幾つかの興味深いサブストーリーを生き、やがてそれらが連続殺人事件という本流に合流していくまでを緻密に描いたこの物語において、オコンネルが深い関心を寄せているのは〝傷〟なのである。

冒頭で紹介した『クリスマス――』に「真っ赤な傷痕がその右の頰をぎざぎざに走っている。唇の片側が上に向かって引きつれ、口の半分に消えない笑みを貼りつかせている」という印象的な傷を持つ女性法心理学者アリ・クレイを登場させたオコンネルは、デビュー作の本書にもレイプ魔に顔を引き裂かれ、やはり片頰に引きつった傷痕を持つ女性を登場させている。もちろん、身体に残る傷ばかりではない。マロリーを筆頭に、このシリーズには心に癒され得ない深い傷を負った人物が多々現れ、それぞれの壊れた精神の物語を紡ぐのだ。つまり、優れた知性、類希なる美貌というパーフェクトな外見の持ち主だからこそ、読者はマロリーの内にある引きつった傷痕をより鮮明に、より哀切に思い浮かべることができるという趣向なのだ。

とはいえ、『クリスマス――』を読んだ方にならたやすく諒解していただけると思うけれど、傷を抱えた人物ばかりが登場するからといって、陰々滅々とした物語であるわけではもちろんない。偽物の目玉をクチャクチャ嚙んで大人を卒倒させるサディーのような、（やや悪趣味に属するかもしれないけれど）一種独特のユーモアがここにはある。そして、優しさもまた。感情を滅多に外に出すことのないクールなキャラクターが主人公ではあっても、いや、だからこそなのか、マロリーの子供時代にまつわるエピソードの幾つかは読む者の胸を締めつけ、温かくせずにはいられないはずだ。

連続殺人ものという、今や珍しくも何ともない手垢にまみれたジャンルながら、魅力的なサブストーリーを複雑に織り込むことで先を読ませない構成の巧みさと、先述したキャラクター造形の妙によって、クリシェ（常套句）の陥穽から易々と逃れることに成功した本書は、しかし、まだ物語の端緒についたばかり。嬉しいことに、このシリーズは同社から順次刊行される予定だ。が、わたし同様翻訳が待ちきれないというせっかちなマロリー・ファンのために、今後の展開を少しだけ予告させていただこう。（邦題はすべて仮題）

マロリーの名前が入ったブレザーを着た死体が発見される。身元を突き止めたマロリーが被害者の住居を調査してみると、消去された名簿のファイルや、被害者自身が書いたと思われる小説の原稿を見つける。復元した名簿を手がかりに容疑者たちに捜査の手を伸ばすマロリーは、やがてニューヨークの上流階級の虚飾の下に澱む昏い欲望を暴くことになり――（『アマンダの影』）。

マーコヴィッツの殉職から二年後、画廊のオープニング・パーティで画家が殺される。警察に届いた匿名の手紙には「この殺しは十二年前に起きた事件と関わっている」とあった。それはマーコヴィッツが捜査にあたった、新進画家の切り刻まれた死体がオブジェのように展示されるという猟奇的殺人事件。マロリーはマーコヴィッツの遺志を引き継ぐように捜査にのめり込んでいくのだが――(『死のオブジェ』)。

シリーズ三作目にあたるこの作品には、なんと『クリスマス――』にちらっと顔を出すバーマン上院議員が悪役で登場する。さらに、続く第四作目の『天使の帰郷』ではマロリーのたった一人の友達にして、密かに彼女に想いを寄せているチャールズ・バトラーが重要な役割を担い、第五作目の『魔術師の夜』に至っては、シリーズ一作目の本書に登場する大魔術師マックス・キャンドルの友人が中心人物になるというのだから、様々な作品の登場人物をリンクさせあうスティーヴン・キングのキャッスルロックものじゃないけれど、どうやらオコンネルの頭の中にはマロリー・サーガともいうべき大きな物語世界の見取り図があるようなのだ。しかも、ファンとしては一番の関心事であるマロリー出生の秘密も、その中でじょじょに明らかにされていくとのこと。つまり、一作たりとも読みのがせないシリーズ構成になっているのだ。

何はともあれ、この再刊行の慶事に際して、今度こそ大勢のミステリー愛好家の方々の手元に本書が届くことを祈ってやまない。全国しつこくも推定一億二千万のオコンネル・ファンよ、夜明けは近い!

本書はMALLORY'S ORACLE (by Carol O'Connell, Hutchinson 1994)の完訳です。なお、同書は一九九四年に『マロリーの神託』として竹書房から翻訳出版されたことがあります。(編集部)

検印
廃止

訳者紹介　英米文学翻訳家。訳書にオコンネル「クリスマスに少女は還る」，デュ・モーリア「鳥」，アンブローズ「覚醒するアダム」，フレンチ「記憶の家で眠る少女」などがある。

氷の天使

2001年5月25日　初版
2014年2月7日　10版
3　21
4　19

著　者　キャロル・オコンネル

訳　者　務《む》　台《たい》　夏《なつ》　子《こ》

発行所　(株)　東京創元社
代表者　長谷川晋一

162-0814/東京都新宿区新小川町1-5
電　話　03・3268・8231-営業部
03・3268・8204-編集部
振　替　00160－9－1565
工友会印刷・本間製本

ISBN978-4-488-19506-9　C0197

完璧な美貌、天才的な頭脳
ミステリ史上最もクールな女刑事

〈マロリー・シリーズ〉

キャロル・オコンネル◎務台夏子 訳

創元推理文庫

氷の天使
アマンダの影
死のオブジェ
天使の帰郷
魔術師の夜 上下
吊るされた女
陪審員に死を